DIE SÖHNE DER WINDE

GIOACCHINO CRIACO

DIE SÖHNE
DER WINDE

ROMAN

Aus dem Italienischen von Karin Fleischanderl

FOLIO VERLAG
WIEN • BOZEN

Den wunderbaren kalabrischen Müttern gewidmet,
die Märchen erfanden, um uns vor dem Bösen zu schützen,
auch wenn es ihnen nicht immer gelungen ist, doch sie haben unser
Leben mit Zärtlichkeit erfüllt.
Den kalabrischen Müttern gewidmet, den Jasminmüttern.

Den Söhnen der Revolution des Aspromonte gewidmet,
die die noblen Gesetze der Berge befolgten.
Papula und seiner Familie gewidmet,
Rocco Palamara.
Und all jenen, die für eine bessere Welt alles aufs Spiel gesetzt haben.

TEIL EINS
Die Söhne des Windes

Der Wind zerstört Menschenleben nicht,
er bläst sie aber von einem Ort zum anderen.

I.

Africo

Er kommt sanft mit heißem Atem, wie der perfekte Liebhaber überwindet er die Festung des Herzens. Sie ergibt sich der Leidenschaft, die ihr zartes Leben im Schoß einer großen Mutter verwandelt. Und liebevoll kehrt er immer wieder, um seine Kinder in den Bergen zu wärmen und die Beleidigungen des Meeres und die Schmähungen des Sumpfes von ihnen zu wischen.

Das Wunder des hl. Sebastian war der Höhepunkt des Jahres, wenn nicht gar des ganzen Lebens, das Außergewöhnliche schlechthin, das Außergewöhnlichste, was man je zu sehen bekam, nicht einmal bei den Filmvorführungen im Pfarrsaal bekam man so etwas zu sehen, dabei sah man alles Mögliche in den Western, den Kung-Fu- oder den Römerfilmen.

Ich befahl mir, mich zu konzentrieren. „Wir wollen keine Herren, wir nehmen uns, was uns zusteht, wir müssen nicht darum bitten." Die Stimme hallte wider, blähte sich auf wie eine gewaltige Kaugummiblase, tönte über die Piazza und lenkte die alte Lupa von ihren Waren ab; deshalb ging Filippo an ihr vorbei, tauchte unter dem Stand durch und hinter ihr wieder auf, schaute sie kurz an, schnappte sich ein Säckchen und warf es uns zu. Eine weiche Wurfparabel, Antonio fing es auf, feixte, zeigte es mir – leider nur geröstete Kichererbsen, die mochten wir nicht so sehr, aber besser als nichts.

Noch ein Blick, noch ein Wurf, ich fing das zweite Säckchen – gute Haselnüsse –, reichte es Antonio und er steckte es in die Plastiktüte, die er hinter sich am Boden versteckte.

So ging es weiter, Lupa starrte den Redner an und Filippo packte wieder ein Säckchen und warf es uns zu; als ich die *nzudda*, meine bevorzugte Beute, betastete, lief mir das Wasser im Mund zusammen; sie hatte die Form eines Fisches, den ich einmal in einem Schulbuch gesehen hatte, an dessen Namen ich mich jedoch nicht erinnerte, sie hatte einen breiten Schwanz, und auf ihrem Rücken wuchs eine gewellte Flosse, ihre Ohren sahen aus wie die eines Menschen und an gewissen Stellen befand sich blaue und goldene Alufolie. Ich stellte mir vor: Ich werde in ihren Kopf beißen und dabei Honig und Anis schmecken, die man dem Mehl beigemengt hat; dann in den Schwanz, und dabei war mir, als würde ich den harten Teig mit den Zähnen mahlen. „Sie müssen uns Straßen bauen, einen Bahnhof … Sie müssen uns hier bei uns zu Hause Arbeit geben", sagte die Stimme ins Mikrofon. Filippo warf uns jetzt nichts Essbares, sondern eine Kunststoffpuppe zu, „Bulle", sagte ich tonlos und drückte sie, ohne sie Antonio weiterzureichen.

Ich drehte mich zu der Stimme um: Der Redner war ein junger Mann, er trug einen leuchtend roten Pullover unter einer schwarzen Lederjacke; er stand auf der Bühne, die man mitten auf der Piazza aufgebaut hatte; am Abend würden die *muttettari* sie erklimmen und zu Ehren des hl. Sebastian Tarantella spielen. Drei Typen neben und hinter ihm rangelten mit ein paar Jungen, die die Hände nach dem Mikrofon ausstreckten, wahrscheinlich wollten sie ihn zum Schweigen bringen, doch es gelang ihnen nicht. „Wir haben die Ketten abgeworfen, mit denen man uns jahrhundertelang gefesselt hat, und werden sie uns nicht mehr anlegen lassen. Freiheit oder Tod, oder besser gesagt, uns die Freiheit und den Unterdrückern und ihren Knechten den Tod!"

Er sprach im Dialekt des Dorfes, doch ich kannte ihn nicht; seine Worte klangen richtig, erregten mich, allmählich fand ich Gefallen an ihm. „Das Dorf gehört uns, wir müssen das Land rundherum in Besitz nehmen, diese Welt gehört uns genauso wie die Piazza. Jeder ist sein eigener Herr, wir sind alle eine große Familie. Gemeinsam haben wir jahrhundertelang gekämpft, wir haben überlebt ... Doch sie wollen uns spalten, um uns zu besiegen und uns die Freiheit zu nehmen. Aber wir sind Brüder, in uns fließt ein und dasselbe Blut, das Blut der Unterdrückten. Wir haben uns nie als Sklaven gefühlt, wir haben in den Bergen gekämpft und lassen uns am Meer nicht beugen. Wir sind gleich unter Gleichen, unsereins hat nie einen König gehabt, wir haben nur akzeptiert, von den Besten geführt zu werden, von jenen, die aufgrund ihrer natürlichen Gaben die Besten sind, und nicht aufgrund von Blutschwüren."

Mein Hirn rauchte vor Anstrengung, ihn zu verstehen – aber wen kümmerte, was er sagen wollte, es war einfach schön, ihm zuzuhören. Lupa starrte ihn ununterbrochen an, Filippo hörte auf, uns Sachen zuzuwerfen, Antonio hatte das Säckchen hinter seinen Beinen vergessen, es war umgefallen und ein Teil der Beute quoll heraus. Die Männer legten die Karten auf den Tisch und die Jungs unterbrachen ihre Spiele. Sogar die, die versucht hatten, ihn zum Schweigen zu bringen, starrten ihn an, fuchtelten nicht mehr herum, sondern hatten die Arme verschränkt.

Die Leute auf der Piazza verharrten still, so aufmerksam wie in der Kirche bei der Predigt für einen zu jung Verstorbenen.

Der junge Mann schwieg plötzlich, blickte sich um, warf einen verwunderten Blick um sich, der in der unbeweglichen Luft hängen blieb, auch sie war so still wie ein schuldbewusstes Kind in Erwartung der Strafe. Er drehte sich um, lief flink zur Treppe und verschwand hinter der Bühne.

„Dieb!" Ein Ruf wurde laut, die Brustkörbe schwollen an, wir atmeten im Gleichtakt ein und aus. Aufs Neue der Ruf. „Dieb!" Der Ruf wurde lauter, meine Augen erblickten den Schreihals, nagelten ihn fest – es war Lupas Sohn, er blickte mich wütend an. „Verdammt", sagte ich, während sein Arm und sein Blick anklagend auf mich zeigten. Ich war der Dieb, denn ich drückte eine Kunststoffpuppe in einem gelben Badeanzug an die Brust. Ich hatte gerade noch Zeit, um zu sehen, wie Filippo sich unter dem Stand zusammenkauerte und Antonio nach hinten austrat, um die Tüte mit dem Beweis seiner Schuld zwischen den Beinen einer Gruppe von Jungs verschwinden zu lassen.

Ich warf die Puppe Lupas Tochter zu, die die Arme sinken ließ und zu Boden blickte, um sie aufzufangen, dann drehte ich mich um, um davonzulaufen, doch etwas packte mich an der Kehle; die Finger eines Mannes legten sich um meinen Hals, es war Lupas zweiter Sohn. „Dieb", zischte auch er. „Verdammt", stieß ich zwischen den Zähnen hervor, aber das Schimpfwort galt nicht ihm. „Verdammt" war der junge Mann auf der Bühne: Er hatte mich zuerst abgelenkt und dann ganz plötzlich zu sprechen aufgehört.

Seit unserer Kindheit spielten wir Lupa und ihren Wachhunden bei jedem der drei Patronatsfeste des Dorfes diesen Streich: im Januar, im Mai und im August. Es war eine Tradition, und diesmal würde es das letzte Mal sein, denn wir waren schon zu erwachsen. Man hatte uns noch nie geschnappt; im Nachhinein wurde der Schaden bestimmt bemerkt; doch man hatte uns noch nie in flagranti erwischt.

Er drückte fester. „Aua, hör auf", wollte ich zu ihm sagen, „erwürge mich nicht, du Hund", aber es gelang mir nicht, der

Wachhund triumphierte, er näherte sein Gesicht dem meinen, blies mir seinen nach Geifer und Bier stinkenden Atem ins Gesicht. Hilfe, hätte ich am liebsten geschrien. Jemand musste mich retten, aber ich schämte mich auch dafür, ein Dieb zu sein. Filippo warf sich auf den Wachhund, der schubste ihn mit der Schulter weg, lockerte jedoch den Griff. Ich atmete tief ein, die Kraft kehrte zurück, ich trat blind um mich und erwischte ihn an irgendeiner Stelle. „Dieb!" Da war auch schon der zweite Wachhund und hielt mich am Handgelenk fest.

„Hoho", protestierten die Jungs rund um uns. „Er hat uns lange bestohlen. Jetzt bezahlt er ein für alle Mal", sagte einer der Wachhunde herausfordernd. „Lasst ihn los, lasst ihn in Ruhe", schrien die Jungs. Der Wachhund, der mich am Hals hielt, lockerte den Griff, doch ich hatte keine Zeit, mich darüber zu freuen, denn er packte mich am Ohr und zog mich hoch.

Ich weinte nicht, die Tränen waren mir aus Wut in die Augen getreten. Und dann sah ich hinter dem Tränenschleier einen roten Pullover, zwei Hände zerrten Lupas Söhne weg. „Was erlaubt ihr euch." Es war die Stimme des jungen Mannes, der davor auf der Bühne gesprochen hatte.

„Er hat uns bestohlen", sagte der eine.

„Bestohlen, bestohlen … Du bist nicht von hier und erhebst die Hände trotzdem gegen einen aus dem Dorf. Warum erlaubst du dir das, wer zum Teufel bist du?"

„Wer bist du denn?", sagte einer der Wachhunde und streckte den Arm über die Schulter meines Beschützers aus, um mich zu packen. Seine Nägel kratzten über mein Gesicht.

„Arschloch", schrie ich. Der junge Mann mit dem roten Pullover reagierte blitzschnell, Lupas Sohn bemerkte nicht einmal, dass er einen Schlag mitten ins Gesicht bekam – ein trockenes Geräusch, bei dem alle innehielten. Ich war der Erste, der wieder zu sich kam, stürzte mich auf meinen Folterknecht und gab ihm einen heftigen Tritt gegen das Schienbein. In Zeitlupe beugte er sich nach vorne, doch dann setzte es einen Schlag auf den Hals und er krachte zu Boden.

„Es reicht, er hat ja nur ein paar Nüsse gestohlen." Nachdem Lupa ihrem älteren Sohn einen Schlag versetzt hatte, wollte sie jetzt dem anderen eine Ohrfeige geben, doch der duckte sich gerade noch rechtzeitig weg. „Komm mit." Sie packte mich an der Hand und zog mich zum Stand, betastete ihren Körper, zog eine grüne Tüte hervor und drückte sie mir in die Hand. „Füll sie mit allem, was du willst."

Ich wollte nur noch weg, mich im Dunkeln auf mein Bett legen. Ich fühlte mich von Blicken durchbohrt, ich war drauf und dran, die Tüte wegzuwerfen und davonzulaufen, doch Filippo kam zu mir und tauchte die Hände in die *nzudde* auf Lupas Stand, und dann kam auch Antonio und machte dasselbe – im Nu hatten sie die Tüte gefüllt.

Auch der mit dem roten Pullover schnappte sich Säckchen und warf sie den Umstehenden zu. „Esst euch satt", sagte er, „die Gevatterin ist großzügig."

Lupa lächelte, offenbar höchst zufrieden, in ihrem aufgerissenen Mund glänzten Schneidezähne aus Stahl: ganz und gar nicht die Hyäne, die für gewöhnlich ihren Besitz verteidigte. Ihre Söhne hingegen konnten ihre Wut nicht unterdrücken, ihre Gesichter waren dunkelrot, kurz vor dem Explodieren, doch alle aus dem Dorf umringten den Stand.

Ich wollte nicht mehr davonlaufen, ich biss in die *nzudda*, die Filippo mir in den Mund steckte, und auch die Wut verschwand.

Der junge Mann mit dem roten Pullover und der Lederjacke ging weg und die Jungs folgten ihm, er blieb vor einem anderen Stand stehen und warf den Umstehenden Säckchen und Kekse zu. Nach ein paar Schritten blieb er wieder stehen – jetzt herrschte wirklich Feststimmung.

Keiner der Besitzer beschwerte sich; sie würden den Verlust bald ersetzt haben. Sie kamen alle von auswärts, dreimal im Jahr kamen sie ins Dorf, um Geschäfte zu machen: Sie lächelten wie die Lupa, die ihren Stand verlassen hatte und mit uns herumging; freudig forderte sie uns zum Plündern auf; vielleicht war es ein Fehler gewesen, sie immer als Erste aufs Korn zu nehmen.

Als auf der Bühne Ziehharmonikas und Tamburelli spielten, hatten wir Jungs volle Bäuche und unser Mund war mit Kichererbsen, Erdnüssen und *nzudde* verklebt, wir konnten gar nicht alles runterschlucken. Grüppchenweise stellten wir uns vor den Getränkekiosken an, wer ein paar Münzen in der Tasche hatte, teilte sich eine Limonade mit den anderen. Die Getränke mussten bezahlt werden, die Besitzer der anderen Stände kamen von auswärts, doch nur Dorfbewohner durften Getränke verkaufen – ohne Geld konnte man den Durst nur bei den Brunnen auf der Piazza stillen.

Das Fest dauerte bis in die Morgenstunden, die Jugendlichen und Kinder durften aufbleiben, so lange sie wollten – nach der Pause des Dreikönigsfests wurde nun aufs Neue gefeiert, es dominierten wieder weihnachtliche Farben und Geschmäcker: Krapfen mit Sardinen, Schollen mit Nüssen, Mandeln und Honig.

Die Erwachsenen, vor allem die Alten, schluckten die Vorwürfe runter, und wir Jungs liefen durchs Dorf, wo auf jedem Platz Feuer brannten, mit Betrunkenen rundherum, die nicht ins Bett gehen wollten oder es auch gar nicht mehr dorthin schafften, die nur mehr die Zunge gut bewegen konnten, mit der sie wahre oder erfundene Geschichten über das Dorf und seine Bewohner erzählten: durchgeschnittene Gurgeln und Tragödien, die einem den Schlaf raubten, Geschichten über Verschwender und Betrogene, bei denen man Tränen lachte, und schmutzige Geschichten über sündige Weiber, die wir eigentlich gar nicht hätten hören dürfen, ohne sie dem Pfarrer zu beichten. Schöne Märchen und geheimnisvolle Geschichten, die bei jedem Fest aufs Neue erzählt wurden, um der Vergangenheit zu gedenken.

Filippo, Antonio und ich ergaben uns erst im Morgengrauen dem Schlaf, als silberne Wolken den Himmel bedeckten und eine Kälte wie in den Nächten der weihnachtlichen Novenen herrschte. Am 18., 19. und 20. Januar schwänzten die Schüler die Schule, es nützte nichts, dass Direktoren und Lehrer Jahr für Jahr drohten, uns durchfallen zu lassen oder hart zu bestrafen – gewisse Bräuche gab man nicht auf, „nicht mal wenn die Präsidenten mit der Ehrengarde kommen", wie die Alten sagten.

Vor dem Haus stand meine Mutter, sie fachte das Feuer im Kohlenbecken an, um meinen Schwestern im Haus etwas Wärme zu bringen, sie hob den Sperrholzfächer, legte ihn sich auf den Kopf und zeigte auf die Tüte in meiner Hand: mein Anteil, Lupas Gaben und das, was wir ihr geklaut hatten.

Ich nahm eine *nzudda* und reichte sie ihr, mit gesenktem Blick, um dem ihren auszuweichen: „Wo hast du das her, Nì?"

„Die Lupa ist heuer verrückt geworden und hat alle beschenkt."

„Sie muss wirklich verrückt sein, wenn sie alle mit vollen Tüten nach Hause geschickt hat, wie bei der Firmung."

„Stell dir vor, Mama, danach haben die Verkäufer an den anderen Ständen auch ..."

Ich brach die Erklärung ab, es wäre zu umständlich gewesen.

Mama wiegte den Kopf und lächelte mich halbherzig an, streckte die Hand aus, und ich legte einen Keks auf die von der Kohle geschwärzte Handfläche. Sie riss den Mund auf, steckte ihn zwischen die strahlend weißen Zähne, schnalzte mit der Zunge, ein seltsamer Laut, auf den ein Winseln folgte, sie gab mir eine Art Klaps auf den Nacken. „Los, geh schlafen. Und bete zum hl. Bastian, er möge dir verzeihen."

Ich legte die Tüte auf den Tisch, zog mich aus und schlüpfte in den Verschlag, den man mir mit einer Stoffbahn am Flur errichtet hatte, darin befanden sich ein Bett, ein Sessel, ein Tisch und ein kleiner Schrank. Alles war still, meine beiden Schwestern kuschelten sich im Schlafzimmer, im Ehebett meiner Eltern, wohl unter die Decken. Mein Vater war ohnehin nicht da, er war in Deutschland, wie der Großteil der Väter und Brüder aus dem Dorf. Er baute Autos in Wolfsburg und diese Autos wurden in der ganzen Welt verkauft. Das letzte Mal war er zu Weihnachten vor zwei Jahren nach Hause gekommen, er hatte meine Schwestern aus dem Ehebett vertrieben, war zwanzig Tage bei uns geblieben, und als er wieder abreiste, hatte er eine fast volle Flasche Rasierwasser und ein weißes Taschentuch mit dunkel- und hellblauen Streifen zurückgelassen, es steckte in der Innentasche seines Hochzeitsanzuges im Schrank und darin befand sich ein neues, fettes Bündel Geldscheine, um die Schulden, die sich in den zwei Jahren zuvor angehäuft hatten, zurückzuzahlen; hin und wieder öffnete ich den Schrank, rollte die Geldscheine aus, atmete den Geruch von Alkohol und Obst ein, den sie verströmten, und betrachtete den bärtigen Mann im weißen, rosa umrandeten Oval.

Gähnend schlüpfte ich in den Pyjama, zog die Socken aus und die Bettsocken aus grober Wolle an, die mir eine Nachbarin gestrickt hatte, und schlüpfte vorsichtig unter die Decke. Die Kälte vertrieb den Gedanken an den alten Mann auf den Geldscheinen, ich atmete aus, die Luft wurde wärmer, die Augen fielen mir zu und in der Dunkelheit zog so schnell wie ein Gewitter der Zauber auf, der im Stall von Don Santoro Motta, dem Helfer des Heiligen, einen wilden Stier in ein zahmes, weißes Lamm verwandeln würde. Wenn der Plan, den ich mit meinen Gefährten ausgeheckt hatte, funktionierte, würde ich dem Geheimnis am nächsten Tag auf den Grund gehen, im Augenblick verwandelte sich die Aufregung allerdings in etwas anderes, das mich immer öfter erwärmte, obwohl es mitten im Winter war.

Meine Mutter weckte mich am frühen Nachmittag und drückte mir eine Tasse dampfender Milch in die Hand, die nach karamellisiertem Zucker duftete. „Ich mache Wasser heiß, damit du dich waschen kannst", sagte sie sanft. „Nein, lieber morgen", sagte ich abwehrend. „Was heißt hier morgen, es ist schon fast eine Woche her! Entweder wäschst du dich oder ich übergieße dich mit heißem Wasser, sobald du angezogen bist. Das schwöre ich dir bei allen Wunden des hl. Sebastian", sagte sie nunmehr drohend; ich wusste, sie würde die Drohung wahr machen, also ließ ich die Decke von den Schultern fallen, trank die Milch und wartete darauf, dass sie mich rief. Als sie das Wasser für heiß genug hielt, kam sie, in eine Dampfwolke gehüllt, mit einem großen Topf zu mir. „Komm", befahl sie, nun wieder sanft. Ich stand auf, trippelte auf Zehenspitzen über die eiskalten Betonfliesen; im Bad hüpfte ich vor Kälte im Kreis, während Mama das Wasser in eine Zinkbadewanne leerte;

dann leerte sie kaltes Wasser dazu, wobei sie die Temperatur immer wieder mit der Hand prüfte. „Los", befahl sie und zeigte mit dem Kopf zur Wanne, in der sie für gewöhnlich die Wäsche wusch. „Ich mache es schon selbst, Mama." „Zieh dich aus und hinein mit dir." Ich zog mein Leibchen, die Pyjamahose und die Bettsocken aus und stieg in der Unterhose hinein. „Runter damit", befahl sie, zog mir die Hose von hinten runter und ich bedeckte mich vorne mit den Händen. „Runter", wiederholte sie und ich ging in die Knie. „Das ist kalt!", schrie ich, sobald sie mich mit dem ersten Schöpflöffel Wasser übergoss. „Seife dich ein!", sagte sie und drückte mir ein Stück Seife in die Hand; ich seifte mit der rechten Hand zuerst die linke Körperhälfte ein, dann mit der linken die rechte. „Hier auch", sagte sie ungeduldig, seifte meinen Hals und darunter und dann den Spalt zwischen meinen Hinterbacken und zwischen den Beinen ein. „Wasch dir deinen Pimmel", und während ich gehorchte, legte sie mir die flache Hand auf den Rücken, glitt zärtlich über meine Schultern und fuhr mir durch die Haare. „Wie sieht's mit den Läusen aus?" Sie lachte.

„Weißarsch! Weißarsch!" Meine Schwestern, die Nervensägen, hatten sich den richtigen Augenblick ausgesucht, um ins Bad zu kommen. „Dein Hintern ist wirklich schneeweiß, Nicoletto", mischte auch meine Mutter sich ein. Ich machte gute Miene zum bösen Spiel, tat, als würde ich mich ärgern. „Das mache ich selbst", sagte ich und riss meiner Mutter den Topf aus der Hand, aus dem sie gerade Wasser über mich gießen wollte, dabei drehte ich mich jedoch um und stand splitterfasernackt da. „Schaumpimmel", schrie Teresa, die ältere meiner Schwestern. Ich bespritzte alle drei mit Wasser, sie ergriffen die Flucht. Ich sprang aus der Wanne und sperrte sie aus. „Ich spüle mich selbst ab, lasst mich in Ruhe."

Ich setzte mich jedoch nicht wieder in die Wanne, sondern stellte mich mit den Füßen in den Zuber; ich füllte den Topf und schüttete mir Wasser über den Kopf; das Wasser tropfte ab und rund um meine Füße bildete sich eine körnige, seifig-graue Lacke. Ich trocknete mich mit dem großen, roten Handtuch aus rauem

Leinen ab, das Mama an den Nagel neben der Tür gehängt hatte. Ich öffnete sie vorsichtig. Niemand war zu sehen. Der Stuhl mit den sauberen Kleidern stand an der üblichen Stelle, ich machte die Tür einen Spaltbreit auf, um ihn hereinzuziehen; mit einer Hand hielt ich das Handtuch und mit der anderen zog ich ihn näher. Meine Schwestern kamen gelaufen, aber zu spät, der Stuhl war in Sicherheit und ich schlug ihnen die Tür vor der Nase zu.

„Ihr dummen Weiber, gleich komme ich und verdresche euch", schrie ich drohend. Doch dann sah ich, wie sie auf meinem Bett saßen und an einem Stück *nzudda* knabberten, das Lupa mir geschenkt hatte. Selig und unschuldig. Ich brachte es nicht übers Herz, mit ihnen zu schimpfen, außerdem fühlte ich mich prächtig, ich war sauber und meine Kleider dufteten, ich wusste nicht, wie meine Mutter diesen Duft bewerkstelligte. Die selbstgemachte Seife aus Schweinefett und Natron stank nach Bleichmittel; doch die Kleider, die sie wusch, dufteten nach Orangen und Zitronen, keine Ahnung, wo sie dieses Parfüm versteckte. Das war eines ihrer vielen Geheimnisse.

Mama tauchte aus der Küche auf. „Pasta mit Sugo oder mit Kartoffeln?" „Mit Kartoffeln!", antwortete ich, beinahe brüllend. Sie zog sich wieder hinter den Vorhang mit den gelben Blumen zurück. Beim Gedanken an Pasta mit Sugo stieg mir der saure Geschmack von Tomatenkonzentrat in die Kehle; in einem halbvollen Wassertopf wurden dafür zwei Löffel einer rotbraunen Paste aufgelöst, damit wurde das sogenannte „falsche Sugo" zubereitet, eine Imitation von Tomatensauce, die vielmehr an den Geschmack der Tablette erinnerte, die man kauen musste, um den Bandwurm loszuwerden, wääh, das aß ich lieber nicht. „Pasta mit Kartoffeln ist mir tausendmal lieber."

Die *rughe*, die Wohnviertel, bestanden aus zwei u-förmigen Wohnblocks, die sich Fuß an Fuß gegenüberstanden. Sechzehn Wohnungen für sechzehn Familien, egal, ob diese aus einer Person oder aus zehn Personen bestanden – jede Wohnung hatte zwei Zimmer, eine kleine Küche und ein Bad. Wenn es windstill war, roch es in den Straßen nach falschem Sugo, der Geruch waberte vor den Häusern – die Mütter hätten lieber Pasta ohne Zutaten kochen und sich eingestehen sollen, dass es keine Sauce gab.

Pasta mit Kartoffeln hingegen schmeckte mir, am liebsten aß ich sie aufgewärmt, wenn der untere Teil am Aluminiumboden eine Kruste gebildet hatte. Mama bereitete sie mit zwei klein geschnittenen Kartoffeln, einer Selleriestaude, einer ganzen verkochten Zwiebel und etwas Petersilie zu, dann fügte sie die zerbrochenen Linguine hinzu, aufgrund eines Tricks schmeckten sie süß, was ich bei anderen Teigwaren gar nicht so sehr mochte. Wenn man noch etwas gesalzenen Ricotta darüber rieb, war das ein wahrer Leckerbissen.

Heute war ein Glückstag, Mama stellte mir einen randvollen Teller hin, in dessen Mitte sich sogar ein Häufchen Ricotta befand. Ich aß allein, denn die anderen hatten schon gegessen; sie öffnete die Tür, „Kommt ja nicht heraus, hier ist es eiskalt", sagte sie zu meinen Schwestern, die noch immer auf meinem Bett saßen und an der *nzudda* knabberten; dann trug sie das Kohlenbecken hinaus, in dem mittlerweile nur noch Asche war.

Seelenruhig aß ich meine Pasta mit Kartoffeln auf, stellte den Teller in die Spüle und holte mir das Rasierwasser meines Vaters, das Mama unter der Wäsche in der Truhe neben dem Ehebett versteckte. Ich goss mir einen Tropfen auf den Finger und betupfte damit vorsichtig den Hals, aus Angst, es könne auf der Haut brennen. Dann ging ich schnell an meinen Schwestern vorbei, damit sie das Rasierwasser nicht rochen, und draußen hielt ich mich von meiner Mutter fern, die das Feuer im Kohlenbecken anfachte. Aber ihr konnte ich nichts vormachen, sie hob den Kopf und sog die Luft ein: „Du Dummkopf, warte nur, bis er zurückkommt", sagte sie drohend, doch ich war schon so weit weg, dass mich der Fächer, den sie nach mir warf, nicht traf.

Ich kam nicht weit, auf der Straße zur Piazza, vor dem benachbarten Wohnblock, stand Antonio, umringt von einer Schar Jungs. Er sprach leise und die Jungs drängten sich zusammen, um ihn zu verstehen. Ich schubste sie weg und ging zu ihm hin. „Sie müssen alle gleichzeitig explodieren", hörte ich gerade noch.

Das war wieder eine seiner teuflischen Ideen: Er organisierte die Diebstähle an den Ständen während der Patronatsfeste, und es war auch seine Idee gewesen, die Lkws mit den Getränken und dem Speiseeis zu überfallen, die die Läden im Dorf belieferten. Wenn es darum ging, etwas zu tun, was man lieber nicht hätte tun sollen, war er immer zur Stelle.

Dieses Jahr hatte er sich etwas Besonderes einfallen lassen: Durch ein dichtes Gebüsch würden wir zur Rückseite von Don Santoro Mottas Stall vordringen. Bei dem Gedanken, wie wir durch das Loch in der Wand spähen würden, wurde mir heiß; ich hob Pullover und Leibchen, damit die Kälte mir den Bauch kühlte.

Antonio bemerkte mich, zwinkerte mir zu, vielleicht wusste er, woran ich dachte, ich war mir sogar sicher, dass ich es ihm nicht verbergen und er meine Gedanken lesen konnte; er tat jedoch, als ob nichts wäre und sprach leise weiter: „Tut so, als ob ihr frieren würdet, geht zu den Kohlenbecken und reibt euch die Hände … Sobald ihr die ersten Böllerschüsse hört, werft ihr die Kracher ins Feuer, aber auf jeden Fall gleichzeitig. Und jetzt geht", befahl er und verteilte Papierstreifen mit Dutzenden Krachern, deren Lunten miteinander verbunden waren. „Geht in jeden einzelnen Wohnblock und sagt es allen, gebt jedem einen Streifen", fuhr er fort. „Wer fängt an?", fragte einer. „Wir", beteuerte Antonio, und er sah mich und Filippo an, der gerade gähnend kam und sich die Augen rieb, er wusste noch nichts von dem Plan.

Während die anderen wegliefen, zeigte Antonio auf Filippo und der verstand augenblicklich. „Was soll ich tun?", fragte er wie immer.

Ich folgte Antonio und ging dabei an Mama vorbei, die sich über das Kohlenbecken beugte und das Feuer anfachte: Die großen Brüste beulten den Pullover aus, am Hals blitzte weiße Haut auf. Neben ihr standen zwei Jungs aus der Gruppe, die davor Antonio umringt hatte, ich begriff, was sie anstarrten – was auch ich angestarrt hätte, wenn sie nicht meine Mutter gewesen wäre –, und ich wusste auch, was sie gleich machen würden. Wieder stieg Hitze aus meinem Bauch auf, erreichte die Gurgel und kühlte in der eiskalten Luft ab. „Gehen wir", forderte mich Antonio auf, und diesmal stieg Erregung hoch, die Kälte konnte sie nicht kühlen, sie stieg mir zu Kopf.

Wir gelangten auf den Hof des benachbarten Wohnblocks: Es gab nur noch ein freies Kohlenbecken, bei den anderen vor den jeweiligen Wohnungen standen schon die Jungs, die Antonios Anweisungen wortwörtlich befolgten.

Um diese Uhrzeit wurde in den Kohlenbecken Feuer entfacht, um während des Abendessens etwas Wärme abzugeben. Die Hausfrauen legten große Kohlestücke hinein, die man aus der Rinde der Eichen in den Bergen gewann. Das Schicksal hatte uns kein ideales Opfer zugewiesen, es fachte gutgelaunt und zufrieden das Feuer an, die Kohle glühte dunkelrot, gleich würde es bereit sein. Antonio reichte Filippo den Streifen mit den Krachern. „Signora Mela", fragte ich, um sie abzulenken, „gehen Sie heute nicht auf die Piazza zum Fest?"

„Nein, mein Sohn, nicht bei dieser Kälte. Morgen in der Früh gehe ich bei der Prozession mit, um dem hl. Bastian dafür zu danken, dass er wegen unseres Elends Blut weint", antwortete sie, und der Kropf unter ihrem Kinn wackelte. Filippo warf die Kracher ins Feuer und die Kohle flog gemeinsam mit einem Haufen Funken in die Luft, es krachte und prasselte. „Ihr Hurensöhne", fluchte Signora Mela, und der Kropf verwandelte sich in eine verrückt gewordene, bedrohliche Kugel, im ganzen Viertel knallte und knatterte es, und gleich darauf folgten die vulgären Schimpfworte der Frauen, die zusehen mussten, wie die Wärme, die eigentlich für ihre feuchten Wohnungen bestimmt war, auf der Straße verpuffte.

Die Fächer kamen geflogen, ich lief davon, legte mir schützend die Hände auf den Kopf und lief gemeinsam mit einer Gruppe Jungs zur Piazza hinunter. Ich sah meine Mutter: Sie versuchte, ein paar glühende Kohlen zu erhaschen; als sie mich sah, schrie sie, „Das wirst du mir büßen", mehr verstand ich jedoch nicht, denn im Wohnblock gegenüber explodierten noch immer die Kracher, weitere Jungs kamen schreiend gelaufen, und die Frauen schimpften in allen Tönen. Schimpfworte und Kracher verfolgten uns, bis wir den zweiten und dann den letzten Wohnblock erreicht hatten, dann brachten wir uns auf der Piazza in Sicherheit. Ein paar Frauen, die uns nachgelaufen waren, blieben am Rand stehen und riefen uns letzte Schimpfworte nach, dann kamen noch welche, eine mit einer Feuerschaufel in der Hand durchbrach den Kreis. Ich und Filippo rannten hinter Antonio her, wir gelangten zu einer anderen Straße, auch hier liefen die Frauen fuchsteufelswild auf und ab, und sogar von hier aus strömten ein paar auf die Piazza. Wir versuchten es woanders, auch hier schreiende Frauen. Wir wurden zu einem Kommando im Kreis laufender Jungs – alle Fluchtwege waren versperrt, wir saßen in der Falle.

Die Frauen hatten schnell gehandelt, sie hatten sich organisiert, ein paar von ihnen kontrollierten die Ausgänge, die anderen liefen mit den Besenstielen in der Hand in der Mitte herum. „In die Kirche", befahl Antonio, rannte los und wir folgten ihm. Inzwischen waren viele Frauen auf der Piazza, man konnte ihnen nicht ausweichen, auf dem Weg in die Kirche fingen sie uns ab und verdroschen uns blindlings mit dem Besenstiel. Zum Glück bekam ich die Schläge nicht direkt ab. Jeder lief, so schnell er konnte, die Kirchentreppe versprach Rettung, doch auf dem Kirchplatz folgte die Enttäuschung – ein Dutzend Frauen vor dem Eingang, die Reihen dicht geschlossen.

Ich blieb gerade noch rechtzeitig stehen, um nicht in die Schusslinie zu geraten, doch das gelang nicht allen, sie wurden von denen hinter ihnen geschubst, landeten in den Armen der Frauen und bekamen die Kehrseite der Schöpflöffel, Schaufeln und Besen zu spüren. Unser Zusammenhalt zerbröselte, jeder dachte nur an sich, nur ich und Filippo blieben bei Antonio, wir liefen ihm nach, doch dann traf mich eine Schaufel am Hintern, und mir entfuhr ein Schrei und alle Luft entwich meiner Lunge.

Wir schlüpften zwischen die Tische bei einem Getränkestand, wo Männer Karten spielten, hierher würden sich die Frauen bestimmt nicht trauen, schade, dass wir nicht früher daran gedacht hatten. Auch andere Jungs waren darauf gekommen, dass das eine sichere Zuflucht war, wir scharten uns hinter den Kartenspielern, die abgegriffene Spielkarten in der Hand hielten. Wegen des Andrangs begannen sie nervös zu flüstern. Die Stände neben dem unseren wurden eingekreist, wie Indianer aus Westernfilmen schlichen die Frauen um uns herum, um den Wagenkreis zu durchbrechen, der die Karawane beschützte. Nach einer Weile begriffen die Männer, worum es ging, und da sie sich unter den giftigen Blicken der Frauen nicht konzentrieren konnten, hörten sie auf zu spielen, fragten uns, was geschehen war, und lachten die Frauen lauthals aus; sie stellten sich vor, wie vor den Wohnblocks die Kohlestücke in die Luft geflogen waren. Es ergab sich ein Wortwechsel: Die Frauen verlangten unsere Herausgabe, die anderen verweigerten sie, uns klopfte das Herz.

Der Wortwechsel verwandelte sich jedoch bald in einen Austausch von Witzen, und darin waren die Frauen unschlagbar, vor allem eine Gruppe von Frauen, die wir als *barracote* bezeichneten, weil sie in Holzbaracken wohnten, die das Rote Kreuz für sehr bedürftige Familien errichtet hatte. An dem Wettstreit beteiligten sich auch ein Ehemann und seine Frau, und zum Gaudium aller sprachen sie über ihre privaten Angelegenheiten, vielleicht übertrieben sie, doch das, was die Frau sagte, trieb mir die Schamesröte ins Gesicht, ich hoffte nur, dass meine Mutter nicht da war und zuhörte.

Eine Stunde verging, auf der Piazza läuteten die Glocken, alles schien sich in Wohlgefallen aufzulösen, doch die Jungs, die sich von der Stimmung täuschen ließen, fanden sich in den Klauen der Frauen wieder. Sie hatten überhaupt nicht vergessen, was wir ihnen angetan hatten, aufs Neue setzte es Prügel und Ohrfeigen.

Sie waren unerbittlich, alle mussten bestraft werden, und die Jungs ließen sich der Reihe nach erwischen. Ich und Filippo leisteten Widerstand, Antonio hielt uns hinter einem seiner Großonkel, der so breit wie eine Tür war, fest. Dort standen wir, als Einzige unbestraft.

Wie am Abend davor rettete uns wieder die Stimme, sie klang – so pflegten die Betschwestern zu sagen – wie das gesegnete Wort Gottes.

„Revolution bedeutet, alles zu ändern, was uns nicht gefällt, Dinge zu machen, die wir nicht tun dürfen, Rechte zu haben, ohne dass wir dafür zu einem Paten gehen müssen. Revolution besteht darin, die Schläge der Carabinieri nicht einzustecken, nur weil …"

Die Stimme war wie ein Magnet, sie hallte auf der Piazza wider und die Menschen drehten sich um, um zuzuhören; die Männer nahmen die Stühle und verließen die Tische, setzten sich in die Mitte und wir mit ihnen. Vor der Bühne befanden sich bereits zwei Reihen Stühle, die vor allem die Alten von zu Hause mitgebracht hatten. Mitten in der ersten Reihe stach Santoro Motta mit seiner unverwechselbaren schwarzen Krawatte und dem weißen Hemd heraus, seine Schultern nahmen fast zwei Stühle ein, seine Anwesenheit war ein Ereignis. Derselbe junge Mann wie am Abend davor: Er trug noch immer einen roten Pullover und eine schwarze Jacke, er war allein, niemand beschützte ihn und niemand versuchte ihn wegzuzerren. Kaum schwieg er, ertönte aus dem Publikum eine kräftige, tiefe Stimme, sie hallte selbst ohne Mikrofon. Es war die von Don Santoro.

„Die Revolution ist ein Maulbeerstrauch."

„Aaah", tönte es zustimmend.

Don Santoro sprach immer in Bildern, die keiner verstand, jedoch immer staunend aufgenommen wurden.

Das Mikrofon verstärkte die Gegenrede auf der Bühne: „Man muss allerdings darin sitzen, um die reifen Beeren zu sehen", darauf folgte wieder ein staunendes „Ooh".

„Der hat eine Papel auf der Zunge", lautete die abschließende Antwort Don Santoros.

„Papula, Papula", wiederholten wir im Chor. Und Papula akzeptierte seinen Spitznamen mit einem lang anhaltenden, ansteckenden Gelächter. Alle auf der Piazza lachten.

Der junge Mann hörte auf, von der Revolution zu reden, von der nur wenige etwas verstanden, und begann zu erzählen: Wie er als Kind mit seinem Großvater durch die Berge geritten war. Das war eine lustige Geschichte, viele Bekannte kamen darin vor, und die Alten kommentierten die Episoden: „Genau so war es."

Schließlich sagte er: „Erinnert ihr euch an Mastro Don Giannandria, den Dichter und Metzger?" „Jaaa", antwortete das Publikum einstimmig. „Er war völlig blind, trotzdem rezitierte er Gedichte und zerlegte gleichzeitig das Fleisch", fuhr er fort. „Und erinnert ihr euch an den jungen Herrn, Gott hab ihn selig, der sich von einem fliegenden Händler überreden ließ, zehn Soldi für einen Schirm zu bezahlen, der beim ersten Wind davonflog, sodass er ohne Schirm mitten auf der Piazza stand?" Bei dieser Erinnerung erhob sich ein Lachsturm. „Und an Bacicu und Mezzaricchi, die immer Hand in Hand gingen?" „Huhu", diesmal klang das Flüstern bitter, ich ahnte, dass ihre Geschichte traurig war.

Don Santoro Motta hob die Hand, alle verstummten. „Erzähl."

„U Bacicu verstand zu träumen", begann er. „Ahhh", unterbrachen wir ihn augenblicklich, weil der Satz so schön klang, und Don Santoro musste aufs Neue die Hand heben. „Mithilfe des Träumens hatte er drei schreckliche Kriegsjahre überlebt", begann Papula von Neuem, „er träumte immer das Gleiche: vom Land, das Richtung Chianu ansteigt, dem Blick auf das endlose Meer, seinem Haus, mit seiner Frau und seinen Kindern davor, man hatte ihn ihren Armen entrissen und nach Afrika, Griechenland und dann nach Frankreich geschickt. Es war in Südfrankreich, am Abend des 7. September 43 lag er mit offenen Augen auf seiner Pritsche und hatte immer denselben Traum. Eine Gruppe von Soldaten marschierte hintereinander vorbei, er hatte keine Ahnung, woher sie kamen. Einer erregte seine Aufmerksamkeit, doch nur ganz kurz, dann umfingen ihn die Arme seiner Frau. Am Abend des 8. sah Bacicu den Soldaten wieder, und er ging ihm die ganze Nacht nicht aus dem Kopf. Kurz vor Morgengrauen hatte er einen Geistesblitz. ‚Mezzaricchi, Mezzaricchi‘, schrie er laut. Und eine Stimme antwortete ihm: ‚Bacicu, Bacicu‘ …"

„Aahh …", die Unterbrechung war wie das Amen im Gebet, sogar Don Santoro ließ die Hand gesenkt, und ich erinnerte mich plötzlich an die beiden Alten, die seit einigen Jahren tot waren und immer nebeneinander auf der Piazza gesessen hatten.

„Die beiden erkannten einander, sie waren beide aus diesem Dorf. Sie stellten die Pritschen nebeneinander, und am Morgen des 9. September waren sie plötzlich Kriegsgefangene der Deutschen, aufgrund des Waffenstillstandes vom Tag davor waren die Deutschen zu unseren Feinden geworden. Sie wurden in denselben Waggon geladen, stiegen im selben Bahnhof aus, betraten beide den Schlafsaal des Internierungslagers. Sie lagen in demselben Stockbett. Und beide träumten von ihrer Heimat, ihren Ehefrauen, ihren Kindern, den Deutschen zum Trotz, die ihnen unsagbare Qualen zufügten."

„Als die Deutschen flohen, vertrieben die Russen die Gefangenen mit Gewalt aus den Baracken. Bacicu und Mezzaricchi nahmen sich an der Hand und marschierten schweigend Richtung Süden. Erst als sie das Dorf erreicht hatten, ließen sie einander los. Sie nahmen ihr altes Leben wieder auf, kehrten zu ihren Familien zurück und kämpften ums Überleben, denn in Kalabrien bedeutet Überleben Kampf. Und am Ende ihres Lebens verbrachten sie die heißen Sommernachmittage im Schatten der Robinien und Feigen auf dieser Piazza. Schweigend und Hand in Hand wie früher, als sie zu Fuß von Deutschland bis ins Dorf marschiert waren."

Papula schwieg, niemand sagte ein Wort.

Irgendjemand zupfte mich am Arm. „Nicolino", flüsterte mir meine Schwester Teresa zu, zeigte mit der Hand auf meine Mutter, die mit Angela im Arm auf der Piazza stand. Mama lächelte mich an, nickte mir zu und forderte mich so auf, näher zu kommen. Ich ließ mich von Teresa zu ihr ziehen, sie bahnte sich einen Weg zwischen den Dorfbewohnern, zwängte ihren winzigen Körper zwischen ihnen durch. Mama stand zwischen zwei Stühlen, Teresa setzte sich auf einen der beiden und ich wartete auf ein weiteres Lächeln, bevor ich mich auf den anderen setzte. Kaum saß ich, bohrte mir Mama ihre Nägel in den Unterarm, ich biss mir auf die Lippen und wollte schon aufspringen, doch sie lockerte den Griff und küsste mich auf den Hals. Sie duftete nach Zucker, der am Boden des Milchtopfes karamellisiert. Sie legte mir den Arm um die Schultern und drückte mich an sich, ich hörte wieder Papulas Worte und sah die beiden Alten, die Händchen haltend unter der größten Robinie auf der Piazza saßen. Wir hatten sie aus Blasrohren mit Eukalyptussamen beschossen, und die beiden hatten sich ängstlich umgeblickt, uns aber nicht gesehen.

Für uns Kinder waren sie bloß zwei Verrückte.

Plötzlich roch ich starken Milchgeruch. „Nicolino, willst du denn die Prozession versäumen?"

„Die Prozession?", wiederholte ich und schlug die Augen auf. Obwohl ich unter der Decke lag, konnte ich sehen, dass Tageslicht hereindrang.

Verdutzt sah ich meine Mutter an. „Nico, du bist eingeschlafen, du hast ein schönes langes Schläfchen gemacht."

Nein, das durfte nicht wahr sein, ich hatte die Musik versäumt, die Tänze auf der Piazza, das Feuerwerk und die Feuer, die bis zum Morgengrauen brannten.

„Mama hat dich auf dem Arm nach Hause getragen, du warst nicht wach zu kriegen." Die Worte meiner Schwester trieben mir die Schamesröte ins Gesicht – meine Mutter hatte mich nach Hause getragen wie ein kleines Kind. Ich ahnte schon, wie man mich hänseln würde, sobald ich mich hinauswagte.

Angela lachte, nein, das durfte nicht wahr sein.

„Warum hast du mich nicht aufgeweckt?"

„Ich habe es versucht, aber es war aussichtslos. Du hast mich sogar beschimpft."

„Hat man mich gesehen?"

„Nein, Nicolino, wer soll dich gesehen haben? Die Piazza war rappelvoll …"

Die Worte meiner Mutter trösteten mich ein wenig. „Stimmt nicht, stimmt nicht", schrie Angela, „alle haben dich gesehen, und Filippo und Antonio sind uns nachgegangen und haben gelacht, bis wir zu Hause waren."

„Halt den Mund, Dummkopf!", schrie ich.

Die Glocken begannen zu läuten. „Ist gut, wir gehen", sagte Mama und drückte mir die Tasse in die Hand, „und mach die Tür zu", sagte sie, als sie mit meinen Schwestern im Gefolge hinausging. Ich trank die Milch in ein paar Schlucken aus, fluchte, weil sie kochend heiß war, zog mich blitzschnell an und lief hinaus, ich kam gerade noch rechtzeitig auf die Piazza, um zu sehen, wie der hl. Sebastian über die kleine Kirchentreppe heruntergetragen und dann auf eine Holzplattform gehievt wurde. *La vara*. Das Schiff.

Die Statue wurde in die Mitte der Plattform gestellt und augenblicklich gesellten sich zwanzig weiß gekleidete kleine Gestalten zu ihr, um ihr auf der Reise Gesellschaft zu leisten. Balken wurden gebracht, um die *vara* zu heben, die Träger steckten sie in fünf extra dafür angebrachte Löcher, drei vorne und zwei hinten, die Balken tauchten auf der anderen Seite wieder auf und wurden von schwieligen Händen gepackt.

Die Träger aus dem Dorf gingen wie üblich auf der rechten Seite: Das waren die kräftigsten Männer, sie trainierten das ganze Jahr über für diese Gelegenheit. Auf der linken Seite gingen fünf Mannschaften fremder Träger aus Dörfern, mit denen man vor so langer Zeit einen Freundschaftspakt geschlossen hatte, dass sich niemand mehr an das Datum erinnerte, sie hatten die Ehre und die Verantwortung übernommen, die Hälfte des Gewichts des Heiligen und seines Schiffes zu tragen, das die Dorfstraßen pflügte.

Sowohl auf der einen als auch auf der anderen Seite waren es viele, sie würden einander automatisch abwechseln, ohne dass jemand pfeifen oder rufen musste – wie die Betschwestern zu sagen pflegten, wussten sie einfach, wann es an der Zeit war. Von ihren Muskeln hing die Zukunft ab. Der größte Traum von uns Jungs war es, einmal den Heiligen zu tragen, wir wünschten es uns mehr als Milliarden Lire oder tausend Frauen.

Das war der wichtigste Augenblick des Festes: Wenn der hl. Sebastian nicht bereit war, unser Leid auf sich zu nehmen, würde das Schiff sich nicht heben und das Jahr würde Schmerzen bringen. Setzte der Heilige sich hingegen in Bewegung, war er bereit, unsere Pein zu sehen, allerdings entschied er erst im allerletzten Augenblick, ob er sie auf sich nahm oder sie uns ließ.

Es begann mit einem Rauschen, die Träger zogen die Jacken aus – ihre Hemden waren strahlend weiß –, knoteten ein rotes Tuch um den Hals, knieten nieder und packten den jeweiligen Balken, die Trommeln wirbelten, forderten zum Schweigen auf, dann schwiegen auch sie und man hörte nur noch das Jammern der Träger.

Ein unterdrücktes Gejammer, das mit der Anstrengung immer lauter wurde.

Ich schloss die Augen und wusste, dass auch alle anderen auf der Piazza sie schlossen sowie alle, die das Haus nicht hatten verlassen können, und alle, die weit weg waren, in deren Adern jedoch das Blut des Dorfes floss.

Alle gleichzeitig, zu einer einzigen Seele vereint.

Der Kraftakt jedes einzelnen Trägers ließ ihre Muskeln anschwellen, der Schrei aus unserer Kehle wurde immer lauter, wir rissen die Münder auf, er wurde zu glühender Luft, die in den Himmel aufstieg und sich in befreiendes Gebrüll verwandelte.

Der hl. Sebastian hob sich und blickte auf uns herab.

„Verdammt …", fluchten wir, ein jeder spuckte auf den Boden und stellte den Fuß darauf. *La vara* bewegte sich durch einen Schlauch, ähnlich einem Darm, der mit faschiertem Schweinefleisch gefüllt und zu Salsiccia wird: Die Frauen mit ihren Töchtern teilten sich in zwei Reihen und bildeten eine Art Kranz; die Männer gingen, in kleinen Grüppchen, davor und rundherum; wir, die Kinder und die Jungs, liefen wild durcheinander. Die Prozession verließ die Piazza, bog auf die Straße ein, die hinunter zum Meer führte, erreichte die letzten Häuser und bog nach rechts ein, um das Dorf zu umrunden.

Wir gingen ganz langsam, der Heilige betrachtete jedes Haustor und kreuzte den Blick derer, die aufgrund ihres Alters, einer Krankheit oder sonst einer Behinderung nicht an der Prozession teilnehmen konnten; auf der Straße ertönten Lobgesänge und Bitten um Gnade, die Stimmen der heiratsfähigen Mädchen übertönten die der anderen. Sie waren so festlich wie möglich gekleidet, und ihr Blick suchte ohne Koketterie einen anderen, willkommenen Blick, bei dem sie innehalten konnten. „Heuchlerinnen", kreischte ich, es hörte mich ohnehin niemand, ich zündete einen Streifen Kracher an und warf ihn vor die Beine einer Schar Mädchen, die aussahen, als wären sie einem Modejournal entsprungen.

„Los, gehen wir." Antonio war plötzlich hinter mir und drückte mich an sich, er hatte mir den Arm um den Hals und den Mund ans Ohr gelegt.

Aufs Neue wurde mir wieder heiß. Warum hast du mich aufgeweckt?, fragte ich insgeheim meine Mutter und verfluchte sie leise, während ich das besorgte Gesicht Filippos vor mir betrachtete. Der Augenblick war gekommen, einen Plan durchzuführen, den Antonio schon vor einigen Jahren ausgeheckt hatte, den wir jedoch aus Angst immer wieder aufgeschoben hatten.

Wir verließen die Prozession, durchquerten das Dorf und erreichten die Straße, über die die Prozession erst in einer Stunde ziehen würde, die letzte Etappe der Runde, auf der der Heilige stille Beichten ab- und große Geldscheine entgegennahm, die stolz auf die Füße der Statue geklebt wurden, Geldscheine, wie man sie sonst nie zu sehen bekam.

Ich hatte dafür gesorgt, dass der hl. Sebastian mir nicht ins Gesicht blickte, dachte ich bedauernd, er hätte erraten, was wir im Schilde führten, und uns sicher davon abgehalten. Insgeheim hoffte ich, dass er es noch tun würde, wenn er in Gedanken alle Dorfbewohner Revue passieren ließ.

Wir gingen über die Straße und bogen auf einen Feldweg ein, dahinter ging das Land sanft in leicht ansteigende Felder über, in ein paar Monaten würden sie grün vor Gerste und Weizen sein und ein paar Meter weiter hinten würden Zikaden und Grillen einen goldenen Zufluchtsort finden. Auf halber Höhe des Hügels befand sich ein vom Menschen geschaffenes Plateau, auf dem irgendwann das Haus von Don Santoro Motta errichtet worden war, und daneben stand ein großer Stall, sie waren durch zwei große Stege verbunden: Einer führte vom Garten hinter dem Haus zum Stall und bestand aus dicken Brettern, die an in den Boden gerammten Holzpfählen befestigt waren. Er war schmal und hoch, ein wilder Stier musste darauf in den Stall gelangen.

Der zweite Steg begann bei einer kleinen Tür seitlich neben dem Stall, hatte einen niedrigen Metallzaun, der ebenfalls an in den Boden gerammten Eisenpfählen befestigt war, und mündete in einen Feldweg, der wiederum zu der Straße führte, auf der die Prozession vorbeiziehen würde.

Hier würde das Wunder geschehen, der aufregendste Augenblick des Festes, auf den alle ängstlich warteten: Von ihm hing das ganze kommende Jahr ab.

Der Priester würde wie immer so tun, als würde er mit den Dorfbewohnern schimpfen, das war ja bloß ein dummer Aberglaube, doch er würde zulassen, dass die müden Träger unten bei der Kreuzung Atem schöpften, bis sie sahen, wie der Stier im Stall verschwand und an seiner Stelle das Lamm, das die Sünden auf sich nahm, auftauchte und von den Jungs herausgetrieben wurde.

Wir erreichten das dichte Gebüsch hinter dem Stall – heimlich hatten wir immer wieder Zweige ausgeschnitten und so einen sehr engen, unsichtbaren Gang geschaffen. Beim Gedanken an die Gefahren, die wir dabei auf uns genommen hatten, lief es mir kalt über den Rücken.

Als Erster begab sich Filippo in den Gang, dann Antonio und schließlich kroch auch ich auf allen vieren hinein, drang in eine leise, klebrige und nach Harz duftende Welt ein. Unter meinen Handflächen und Kniescheiben knisterten die Blätter und die trockenen Äste. Mittlerweile konnten wir uns hier sehr schnell bewegen, unser Gang war ein sich windender Durchschlupf, der um die größten Äste herumführte, es dauerte nicht lange und wir hatten die Nische erreicht, die wir gegraben hatten, eine Höhle, in der wir sogar sitzen konnten.

Antonio spähte durch das Loch, das wir in die Mauer gebohrt hatten; jedes Mal, wenn wir gekommen waren und uns einen Weg durch die Mastixsträucher gebahnt hatten, hatten wir auch das Loch größer gemacht. Niemand hatte es bemerkt, wer wäre auch auf die Idee gekommen, dass wir einen derartigen Plan ausgeheckt hatten, um dem Wunder auf den Grund zu gehen, einen Plan, wie ihn nur der teuflische Antonio erfinden konnte?

Antonio trat zur Seite und Filippo spähte eine Weile durch das Loch. Danach wirkten beide sehr zufrieden. Ich wollte fürs Erste gar nicht durchschauen; ich betrachtete den Bretterzaun, durch den der Stier hindurchmusste, gleich dahinter lag der Steg, auf dem das Tier sich in ein Lamm verwandeln würde.

Wir atmeten schwer – wir hatten schon schlimme Streiche gespielt, doch das war auch uns eine Nummer zu groß, plötzlich wollte ich nur noch davonlaufen, der Wunsch wuchs und wurde unbeherrschbar, ich sprang auf, die dichten Äste über der Nische zerkratzten mir das Gesicht, ich schloss noch gerade rechtzeitig die Augen. Als ich sie wieder aufmachte, sah ich Antonios Gesicht dicht vor mir. Er hatte genauso Angst wie ich. Jemand packte mich an der Wade, drückte sie, dann packte er mich am Gürtel und zog mich nach unten. Filippos Ausdruck war triumphierend. Er zog auch Antonio hinunter und lachte höhnisch: „Feiglinge.“

Der Wunsch davonzulaufen verschwand, so schnell wie er gekommen war, verwandelte sich in Wut und Zorn. „Ich hatte einen Krampf“, sagte ich dreist. „Du auch?“ Filippo schaute Antonio an, nach wie vor feixend. „Nein, ich dachte, vielleicht bemerken sie uns“, murmelte er, als ob das eine gute Ausrede wäre. „Bei dem Durcheinander wird keiner auf uns achten“, sagte Filippo und lachte aufs Neue.

Stumm hockten wir uns wieder hin, die Zeit verging langsam im Rhythmus unseres Atems; wir saßen wohl schon eine Stunde da, als plötzlich Schreie, Kracher und an den Heiligen gerichtete Gebete anzeigten, dass die Prozession die Kreuzung erreicht hatte.

Alle verstummten.

Wir hielten den Atem an.

Ein paar Minuten später wurde der Stier lauthals angestachelt: „Stirb, stirb, damit das Lamm aufersteht“; das Tier galoppierte immer lauter, es brachte die Chöre zum Schweigen, die Hufe trommelten auf den Boden, dann wurde der Lärm leiser: Die Bestie war im Stall.

Antonio sprang auf und spähte durchs Loch.

Ein Schuss knallte. „Neeiiin", schrie Antonio und trat zurück, ich vergaß meine Angst und drängte Filippo weg, der kurz zögerte. Im Stall war es dämmrig, doch Don Santoro war deutlich zu sehen, unbeweglich stand er mir gegenüber auf dem Steg, er hielt ein Gewehr in den Händen und richtete den Lauf auf etwas vor sich. Ein riesiger schwarzer Körper bewegte sich, er füllte mein Blickfeld aus, die Hufe trommelten wieder, der Schritt wurde zum Galopp. Es war der größte Stier aller Zeiten, er hatte mächtige, glänzende Schenkel ...

Und dann verschwand alles, denn Filippo stieß mich weg und drängte sich an die Wand, ich hatte keine Zeit zu protestieren, er gab einen freudigen, erlösten Schrei von sich, und gleich darauf folgten weitere Schreie, die Jungs hinter dem Stall kreischten – „der Stier ist gefallen und das Lamm ist auferstanden" –, gewiss brachten sie das Lamm gerade zum Heiligen.

Ein Trommelwirbel kündigte an, dass uns im kommenden Jahr Glück beschieden war, und gleich darauf explodierte am Gipfel des Hügels das Feuerwerk.

Der hl. Sebastian war auf unserer Seite, er hatte unsere Wunden gesehen und sie auf sich genommen. Das Dorf war wieder rein und leicht.

Wir umarmten einander, verließen unser Versteck in den Mastixsträuchern und liefen sorglos zu den anderen. Das Lamm saß schon in einem Korb und wurde auf das Schiff gehievt, mit arrogantem Blick, als wüsste es, was für eine Bedeutung es für das Dorf hatte. Die Prozession formierte sich wieder unter den vorwurfsvollen Worten des Priesters, der sich wegen der Verspätung beklagte, jeder nahm seinen alten Platz wieder ein, allerdings lose: Es gab keine ordentlichen Reihen und keine Trennung in Männer und Frauen mehr, die jungen, heiratsfähigen Mädchen vermischten sich mit den jungen Männern, die ihnen gefielen. „Nicolino ..." Eine Hand drückte meine Schulter, ich drehte mich um und folgte Antonios ängstlichem Blick: Don Santoro stand allein mitten auf dem Feldweg, ohne Gewehr, doch sein Blick durchbohrte uns. Er blickte uns – Antonio, Filippo und mich – an. Ich wusste nicht, wieso, aber er wusste es. Ich sah die Flanken des Stiers vor mir, den Gewehrlauf und seine Augen, die auf das Loch starrten, durch das ich spähte. Er hatte mich gesehen.

Doch jetzt entspannte sich sein Gesicht, er lächelte, ein paar Menschen gingen zu ihm hin, sie reichten einander die Hand und er schaute weg. Zu meinen Füßen explodierten ein paar Kracher und ich musste zur Seite springen. „Dummkopf, Dummkopf!", die modisch gekleideten Mädchen hatten sich revanchiert und liefen lachend davon. Und auch der hl. Sebastian rannte jetzt beinahe, das Schiff mit dem Lamm darauf glitt dahin wie im Oktober die Baumstämme im Fluss. Er erhielt Beifall und Danksagungen.

Wir kehrten auf die Piazza zurück, oberhalb des Hügels krachten wieder Böller, die Kirche verschluckte den Heiligen, die Männer und wir Kinder blieben draußen und belagerten die Stände; die Großen gestatteten sich ein Bier und die Kleinen bekamen eine Limonade. Ich und meine Freunde befanden uns mit unseren fünfzehn Jahren an der Schwelle zum Erwachsenenalter, wir hätten noch ein paar Monate und ein paar Barthaare mehr gebraucht, um ein Bier verlangen zu dürfen, ohne dass der Barmann uns zum Teufel jagte oder einen Witz über uns machte, bei dem alle lachten. „Bring mir die schriftliche Erlaubnis deiner Mama!" Diese Antwort hatte Filippo das letzte Mal erhalten. An diesem Tag versuchten wir es gar nicht, alle kannten uns, und außerdem hatten wir kein Geld für Bier; Filippo zog gerade mal hundertfünfzig Lire aus der Tasche, die für drei Limonaden reichten. Der Barmann bediente uns rasch, denn hinter ihm zerlegte einer gerade den Kiosk, alle hatten es eilig, auch wir nahmen die Getränke und gingen rasch in Richtung Viehmarkt.

Von der Piazza gingen wir in den tiefer gelegenen Teil des Dorfes hinab; das riesige Feld zwischen den letzten Häusern und dem Meer war von Dornenbüschen und Unkraut gesäubert worden; jetzt standen dort kleine Holzgehege mit Tieren darin, die während des Fests des hl. Sebastian den Besitzer wechseln würden, mit dem Viehmarkt ging das Fest zu Ende. Die Luft war von dichtem Rauch erfüllt, der langsam von dem auf den glühenden Kohlen liegenden Bratrosten aufstieg: Darauf lag jede Menge fettes Rind-, Hammel- und Ziegenfleisch. In großen Töpfen wurden Kutteln gekocht, ihr saurer und zugleich süßlicher Geruch stieg aus den Zinkblech-Baracken auf, die jene zusammengezimmert hatten, die dort schliefen, weil sie von weit her kamen und nachts nicht mehr in ihr Dorf zurückkehren konnten, oder von den Händlern, die dort ihre Kunden empfingen.

Es war bereits nach Mittag, unser Abenteuer und der Duft des gegrillten Fleisches hatten uns Hunger gemacht, mein Magen knurrte so laut, dass man es gehört hätte, wenn Menschen und Tiere nicht so einen Lärm gemacht hätten. Ein Blickwechsel mit meinen Freunden genügte, um zu verstehen, dass wir ein und denselben Gedanken hatten: Hunger. Wir mussten uns was zu essen besorgen. Bei solchen Gelegenheiten war das einfach, man musste bloß einen Verwandten, einen engen Freund der Familie oder, besser noch, einen Taufpaten finden. „Gevatter!" Wir mussten nicht einmal suchen, unser Mittagessen rief uns – aus Tradition war es für die Dorfbewohner eine größere Freude zu geben als zu nehmen.

Ein Onkel Filippos hatte uns gerufen: ein gerade mal einem Meter großer Fettwanst, dessen Bauch den Knien näher war als der Brust. Er stand neben einem Kreis von Feuerstellen, auf denen ein Rost lag, und darauf brutzelte das Fleisch. Mit der Linken nahm er ein Stück Braten und auch die Mütze vom Kopf, und mit der Rechten ergriff er unsere Hand: ein doppelter Kuss auf die Wangen und ein Händedruck, danach waren sowohl unsere Wangen als auch unsere Hände fettig. „Nehmt euch ein Stück", forderte er uns auf, das ließen wir uns nicht zweimal sagen, wir knieten uns gemeinsam hin und standen mit einem von einer fingerdicken Fettschicht überzogenen Hammelknochen wieder auf.

Beim ersten Bissen verbrannte ich mir die Lippen und saugte etwas Saft zwischen die Zähne; beim zweiten verbrannte ich mir die Zunge, doch ich gab nicht auf, denn das Fett war süß und schmolz am Gaumen. Erst beim dritten Bissen stellte ich fest, dass es zu sehr gesalzen war.

„Und Don Nino Zacco begrüßt ihr nicht?", sagte unser Wohltäter vorwurfsvoll, nachdem wir wieder zu Atem gekommen waren. Das war ein Befehl. Ich legte den Knochen ab, den ich in der Linken hielt, wischte mir die Hand an der Hose ab und streckte sie Don Nino hin. Er war groß und schlank, seine Mütze saß schief auf dem Kopf, fast auf dem Ohr. Das war ein Erkennungsmal, damit unterschieden sich die Mafiosi von den anderen. Filippo sagte, in ein paar Jahren würde auch er die Mütze so tragen, und ich zweifelte nicht daran, Filippo war clever, cleverer als ich und Antonio.

Dank seines Onkels hatte er gute Chancen, auch seine Eltern waren eng mit der Mafia verbunden. Antonio hingegen hatte keine guten Chancen, seine Mutter hatte ihn und seine zwei Schwestern ledig zur Welt gebracht, und Untreue und enge Bindung passten, zumindest offiziell, nicht zusammen. Auch wenn es genügend Gerüchte über treulose Weiber gewisser Mafiosi gab. Aber Antonio behauptete, er wolle der Gesellschaft gar nicht beitreten, denn man könne auch außerhalb, allein in Gedanken, ohne schief getragene Mütze, ein Mafioso sein, und ich glaubte ihm, denn er war der hellste Kopf von allen Jungs in den Wohnblocks.

Ich hatte noch nicht entschieden, was ich tun würde, unter den Verwandten meines Vaters gab es zwar ein paar Mafiosi, aber keinen einzigen unter den Verwandten meiner Mutter; ich war unentschieden zwischen Filippo und Antonio, und gewiss waren wir drei keine Dummköpfe. Es wäre schön gewesen, ein Mafioso zu werden, denn einem Mafioso konnte man zu den Feiertagen kein Holz stehlen und niemand erlaubte sich, sich über sie lustig zu machen. Wahrscheinlich war auch Don Santoro ein Mafioso, er hatte einige Jahre im Gefängnis verbracht, obwohl er die Mütze nicht schief trug, musste man ihn Don nennen, wie Don Nino Zacco, der ebenfalls ein Don war, obwohl er noch nicht alt war.

„Heuer habt ihr Lupa wieder einen schönen Streich gespielt", sagte Filippos Onkel, „ich glaube, beim nächsten Fest im Mai stoßen wir mit Bier an", sagte er und sah Don Nino an, der halbherzig lächelte. „Vielleicht sogar früher", sagte der überraschenderweise, und ein Feuer wärmte mir die Brust, Antonio wurde rot wie eine

Wurst und Filippo zuckte mit den Achseln, als bewegte er Flügel. Zwei Worte und mir wurde schwindlig, denn alle wussten, dass Don Nino äußerst selten mehr als zwei Worte sprach.

Antonio wartete, bis er wieder normale Farbe angenommen hatte, betrachtete seine Hände, schluckte den Bissen runter, den er gerade kaute. „Es ist mir eine Ehre, das erste Bier mit Ihnen zu trinken …“, murmelte er, doch Don Nino hörte ihn nicht, er hatte uns schon den Rücken zugekehrt und ging weg, wobei er den mächtigen Brustkorb vorreckte, und Filippos Onkel und zwei andere folgten ihm, watschelnd wie Truthähne. Verwirrt und zufrieden blieben wir neben dem Feuer stehen, das eine Hitze verströmte, als wäre es August.

Das gesalzene Fleisch belebte uns, das Salz fuhr uns ins Blut, wir stürzten uns ins Getümmel, auf der Suche nach jemandem, der uns ein Getränk spendierte. Aufs Neue kam uns ein Verwandter Filippos zu Hilfe, aber er war weder ein Mafioso noch derart großzügig. „Willst du was trinken?“ Er lud nur Filippo ein und ignorierte mich und Antonio.

„Eine Orangenlimonade“, sagte Filippo. Der Mann an der Bar reichte sie ihm, nachdem er den Kronenkorken mit einem Gabelstiel abgezogen hatte, Filippo bedankte sich bei seinem Verwandten und ging. Wir kamen ihm erst nach, als er die Flasche schon zu einem Drittel ausgetrunken hatte, er reichte sie Antonio und dann mir.

Sobald Hunger und Durst fürs Erste gestillt waren, konnten wir die außergewöhnliche Welt des Viehmarkts genießen. Viele Menschen kamen aus den Dörfern in der Umgebung, manche kamen sogar von weit her, die größte Neugier erweckten allerdings die Zigeuner mit ihren traditionellen Gewändern; Männer in roten Flanellhosen und blauen Jacken mit gelben Bändern und spitzen grüngoldenen Hüten, die Frauen mit wallenden türkisorangen Kleidern, ihre rabenschwarzen Haare waren mit silbernen Bändern zu Rossschwänzen und Zöpfen zusammengebunden. Sie verkauften Tiere und Eisenwaren, hauptsächlich Esel und Schemel; die Baracken, die sie extra für den Viehmarkt errichteten, waren genauso merkwürdig wie die Kleider, die sie trugen – in ihrer

Welt wimmelte es von Bändchen, Glöckchen, Decken und allen möglichen Schabracken und Zaumzeugen, und die Erwachsenen schwirrten so aufgeregt um diese Welt herum wie kleine Mädchen, die Kleider für ihre Puppen nähten.

Die Zigeuner bestanden aus riesigen Clans und hatten Hähne mit silbernen Sporen und Lederkapuze auf dem Schnabel bei sich. Ihre Söhne waren wie Orgelpfeifen; ihre Frauen waren so geschminkt, wie keine Frau aus dem Dorf es vermocht hätte, und sie hatten immer ein Kind im Bauch, manchmal hatten auch ihre Töchter schon einen dicken Bauch.

Aus den goldgelben Mündern der Zigeuner kamen Witze, über die man einfach lachen musste, und immer wieder neue, unerhörte Geschichten, und man konnte ihre Frauen anstarren, ohne dass sie eifersüchtig wurden – darin waren sie einzigartig; hätte man die Frauen aus dem Dorf derart angestarrt, hätte es eine Rauferei gegeben. Manche sagten, sie nähmen sie absichtlich mit, um die Käufer abzulenken und zu betrügen, dafür waren sie berüchtigt: „Kauf nie einen Esel bei den Zigeunern", hieß es, „die Esel sind Schindmähren mit tausend Gebrechen und Lastern wie ihre Besitzer."

Doch alle hatten sich schon reinlegen lassen oder würden sich reinlegen lassen; die Alten warnten, niemand verstünde es so wie die Zigeuner, „zu striegeln, die Mähne zu frisieren und den Schweif zu bürsten, das Zaumzeug mit Bändern und Bändchen zu schmücken. Man bemerkt den Betrug erst zu Hause, und da sind die Verkäufer schon weit weg, man findet sie nie wieder."

Angeblich war ein Großteil ihrer Tiere gestohlen, aber sie verkleideten sie so gut, dass die Bestohlenen sie manchmal sogar zurückkauften, ohne es zu bemerken.

„Hallo, Brüderchen, kauft einen Anhänger", forderte uns einer mit melodischer Stimme auf und klimperte mit ein paar Armbändern mit roten Hörnern daran. „Brüderchen", so riefen sie uns Jungs, „Brüder", so verlockten sie die Großen, und deshalb waren die Zigeuner für uns alle „Brüder".

„Ach, Bruder, wenn du ihn mir schenkst, nehme ich ihn, ich habe nämlich kein Geld mehr", versuchte ich es.

„Weihnachten ist leider vorbei", erwiderte er in verändertem Tonfall, riss einen Mund voll falscher Zähne auf und gab ein sonores Lachen von sich. „Für tausend Lire gebe ich dir diese Goldkette mit Edelsteinen für deine Verlobte", sagte er hartnäckig. „Ja, Zigeunergold", sagte ich ihm, damit er verstand, dass ich kein Idiot war. „Haha, Brüderchen, auch wenn sie nicht aus Gold ist, ist sie schön, und du kannst sie beeindrucken. Wenn du sie willst, geb' ich sie dir um fünfhundert."

„Ich habe keine Verlobte."

„Da hast du aber Glück, Brüderchen, dann schenk sie deiner Mutter, dein Herz wird immer ihr gehören, Mutterliebe betrügt dich nie."

Ja, ich hätte meiner Mutter gern die Kette geschenkt, sie war zwar nicht aus Gold, aber dennoch schön, und die grünen Steine hätten gut zu ihren Augen gepasst; außerdem machte ihr niemand Geschenke, auch mein Vater nicht, er schickte nur Briefe aus Deutschland. „Aah", seufzte ich, wo hätte ich fünfhundert Lire hernehmen sollen?

„Das Karussell beginnt zu fahren, das Karussell …" Die Ankündigung lief von Mund zu Mund und dort, wo sie gehört wurde, gab es eine Bewegung wie von Eisenstaub in der Nähe eines Magneten. Wortlos liefen wir zum Rand des Feldes, wo wie jedes Jahr Berlingeris Karussell stand. Als wir ankamen, hatte die erste Runde schon begonnen, die Sitze flogen durch die Luft, und die Jungs darin schraubten sich in den Himmel.

Ich und Filippo lehnten uns mit dem Rücken an eine Baracke. Antonio begann wie immer genau zu beobachten, und nach einer Stunde stellten wir uns an einer gewissen Stelle auf, die, wie ich wusste, nicht zufällig gewählt war.

Die Jugendlichen fuhren derweil auf dem Karussell, es gab zwanzig Sitze für zehn Paare, an einer Stange war ein Fuchsschwanz befestigt, und wer ihn erwischte, erntete Ruhm und bekam zehntausend Lire. In den letzten drei Jahren hatten wir es immer wieder versucht, wir waren der Trophäe ganz nahe gekommen, hatten sie jedoch niemals erwischt. Es war merkwürdig, dass Antonios Berechnungen nicht stimmten, doch wahrscheinlich versagten nicht seine Berechnungen, zweifellos hatte er uns immer gute Anweisungen gegeben. Auf dem Karussell fuhren nämlich ich und Filippo, wenn Antonios Körper so flink gewesen wäre wie sein Hirn, wäre er Bürgermeister gewesen oder vielleicht sogar noch mehr.

Nun erwachte Antonio aus seiner Starre, bekreuzigte sich, und kaum waren wir bei ihm, machte er zwei kleine Schritte nach vor und einen nach rechts, betrachtete das Karussell, dann die lange Stange, an der der Fuchsschwanz befestigt war. „Hier musst du ihn stoßen, Nicolino", sagte er, „aber nicht zur Seite, das bringt nichts, sondern nach vorne." „Warum nach vorne, wenn der Fuchsschwanz doch seitlich ist?", fragte Filippo verdutzt. „Nach vorne, und auch nicht sehr stark, du musst ihn ganz zart schubsen und mit der Bewegung des Karussells mitgehen", erwiderte Antonio, seiner Sache sicher.

Ich diskutierte nie mit ihm, er irrte sich einfach nicht, wenn er sich irrte, dann hatten wir seine Anweisungen nicht genau befolgt. „Los, steigt ein", befahl er uns. „Und mit welchem Geld?", fragte Filippo. Tja. Die letzten Münzen hatten wir für Limonaden ausgegeben, in diesem Jahr hatten wir noch weniger Geld als in den Jahren davor. Antonio drehte sich um, blieb jedoch wie angewurzelt stehen. Plötzlich begann sein Gesicht zu leuchten, er hob die Arme. „Die Revolution", sagte er und richtete den Blick auf Papula, der eine Flasche in der Hand hielt und mit anderen Jungs vor einer Zigeunerbaracke stand.

Ich übernahm es, zu ihm hinzugehen. Ich sprach mit ihm, aber er war ein wenig betrunken, verstand nicht, warum er sich mit Antonio unterhalten sollte, und ich konnte es ihm nicht klarmachen, denn Antonio hatte es auch mir nicht erklärt, er hatte nur zu mir gesagt, ich solle Papula holen. Ich packte ihn am Arm, „So halt", sagte ich, zog ihn hinter mir her, und als wir zu Antonio gelangten, fragte der: „Willst du fünftausend Lire verdienen?" „Überfallen wir die Lupa?", fragte Papula und lachte wie ein Zigeuner mit offenem Mund, allerdings hatte er keine Goldzähne. „Nein, wir schnappen uns nur den Fuchs", sagte Antonio und zeigte mit der Hand auf die Trophäe an der Stange.

Papula lachte noch immer. „Ihr wollt mich wohl verarschen?"
„Nein, du investierst zweihundert Lire und bekommst fünftausend zurück", sagte Antonio hartnäckig. „Hundertprozentig",
fiel ich ein, um meinen Freund zu unterstützen. Papula lächelte
noch immer und sah uns der Reihe nach an. „Hört auf, Jungs, ich
unterhalte mich gerade mit meinen Freunden, warum wollt ihr
ausgerechnet mich verarschen?" Wir machten ernste Gesichter und
er hörte auf zu lachen, warf einen Blick auf das Karussell, hob den
Blick zu dem Fuchsschwanz, der wie zum Hohn schlapp herabhing,
schüttelte den Kopf. „Es ist einfacher, eine Revolution anzuzetteln
als die Schausteller reinzulegen, wenn ihr mich tatsächlich nicht
verarschen wollt, seid ihr verrückt. Alle wissen, dass das unmöglich ist, der Schwanz ist zu weit weg. Und wenn die Dummköpfe
ihr ganzes Geld dafür ausgegeben haben, wird die Stange näher
gerückt und die Prämie halbiert, damit auch die Vorsichtigeren ihr
Geld ausgeben. Schließlich wird die Prämie auf zweitausend Lire
reduziert und der Fuchsschwanz noch näher herangerückt, selbst
die, die sich für schlau halten, fallen drauf rein. Irgendjemand
erwischt ihn und bekommt zweitausend Lire, doch dann hat der
Schausteller schon die Taschen voller Geld ..."
„Zweihundert und du bekommst fünftausend", unterbrach ihn
Filippo, hob den Arm und schloss die Hand, als hielte er schon
den Fuchsschwanz. Papula wurde ernst, kramte in seiner Tasche,
packte Filippo am Handgelenk und zählte ihm zweihundert Lire
auf die Handfläche, vier Fünfziger-Scheine. „Wenn ihr gewonnen
habt, gebt ihr sie mir zurück, wir teilen zu gleichen Teilen, denn
hier gibt es keine Herren und keine Knechte", sagte er, etwas be-
schwipst, und begann wieder zu lachen, zu schreien und mit den
Armen zu fuchteln, um die Aufmerksamkeit der Freunde auf sich
zu ziehen, mit denen er davor getrunken hatte.
Antonio stand unbeweglich an der Stelle, von der aus man vor-
schnellen sollte. Ich und Filippo gingen zu dem Trittbrett, von dem
aus man sich auf die Sitze setzen konnte – ungefähr fünfzig Personen warteten in einer Reihe. Wir mussten zwei Runden abwarten,
mit klopfendem Herzen sahen wir zu, wie die anderen ihr Glück

versuchten. Dreimal kam jemand dem Fuchsschwanz so nahe, dass ich vor Angst die Augen schloss, aber nur ganz kurz; der Schausteller, ebenfalls ein Zigeuner, der sich allerdings verkleidet hatte, als wäre er einer von uns, hatte wohl einen unsichtbaren Komplizen vor dem Schwanz aufgestellt, oder, was wahrscheinlicher war, einen Zigeunerzauberspruch ausgesprochen, vielleicht zog eine unsichtbare Hand den Fuchsschwanz weg, wenn man ihm zu nahe kam.

Die flinksten Jungs aus dem Dorf saßen auf den Sitzen, doch keiner schaffte es. Und der, der im Kopf am flinksten war, war einer von uns, und jetzt hatten wir auch den wortgewandtesten auf unsere Seite gezogen. Wir würden gewinnen.

Schließlich nahmen wir auf den Sitzen Platz. Die Sache ließ sich gut an, denn sie waren rot, meine Lieblingsfarbe neben Blau, Grün und Gelb. Das Karussell setzte sich in Bewegung, nach zwei Runden hob es sich wie der Rocksaum einer tanzenden Frau. Filippo schaukelte, sein Sitz wippte auf und ab, die Kette, an der er befestigt war, hing durch, und ich hatte Zeit, ihn einzuholen, ihn am Arm zu packen und mich an der Lehne festzuhalten. Wir verschmolzen zu einem Vogel, wir flogen und betrachteten von oben das dampfende und duftende Feld des Viehmarkts. Auch die anderen schlossen sich zu Paaren zusammen und probierten augenblicklich der Reihe nach ihr Glück; sie erschöpften sich bei dem Versuch und wir profitierten davon: Bei jeder Runde wuchs unsere Überzeugung und die Kraft in Antonios Augen, der unbeweglich dastand, wie das Eisen der Zigeuner. Papula war jetzt von seinen Freunden umringt, bei jeder Runde lachte er weniger und sein Blick wurde immer siegessicherer.

Ich zählte die Runden, und bei der siebenundzwanzigsten sah ich, wie Antonios Wangen sich blähten, um uns den Befehl zu geben. „Jetzt", schrie ich gemeinsam mit Filippo und die Energie strömte zu den Fußspitzen, zu den Hüften, konzentrierte meine Kräfte in der Brust und in den Schultern. Ich hielt den Atem an, wir befanden uns im dritten Viertel der Runde. „Los", schrie ich und gab ihm einen Schubs nach vorne, Filippo flog in die Höhe, blieb in der Luft stehen, ich folgte ihm, überholte ihn, er war noch immer ein Fixpunkt am schwarzen Himmel, die Kette zog ihn zu sich, zerrte an ihm wie ein Zaumzeug, er drehte sich, löste sich jedoch nicht vom Himmel, im Fliegen streckte er den Arm aus, seine Finger wurden zu Kaugummi, blieben am Fell des Fuchsschwanzes kleben, schienen sich abzulösen, doch schließlich zogen sie sich mit der an der Stange befestigten Trophäe zurück.

Das Unmögliche war geschehen. Uns zuliebe hatte der hl. Sebastian heute zwei Wunder gewirkt.

Der Motor des Karussells wurde abgestellt, das Gesicht des Schaustellers in der Kabine wurde von einem blinkenden grünen Licht beleuchtet, er betrachtete uns ungläubig, während wir aufgrund der Trägheit noch ein paar Runden in absoluter Stille drehten. Nicht einmal wir trauten uns zu jubeln.

Die Freude erwartete uns jedoch beim Aussteigen: Da waren Antonio und Papula. Papula durchbrach das wundersame Schweigen und rief dem Schausteller zu: „He, Bruder, zehntausend Lire!“, und erinnerte ihn daran, dass er trotz seiner Kleider ein Zigeuner war. Er kam aus der Kabine, und vor lauter Staunen wurde er wieder zu einem fröhlichen Zigeuner, denn wie alle seiner Rasse fürchtete er sich vor einem Trick, der größer als ein anderer war, klebte sich den Zehntausend-Lire-Schein auf die Stirn, stieg auf das Trittbrett, schrie „Champions“ und forderte alle auf, uns Beifall zu spenden. Dann hob er die Hand und forderte Stille. „Heute hält die Firma Berlingeri ihr Versprechen. Bisher habt ihr nicht gewonnen, weil ihr ein Haufen Trottel seid, und nicht, weil sich ein Trick dahinter verbirgt, das ist der Beweis. Ich zahle die Prämie aus und danach hänge ich noch einen Fuchsschwanz auf, bitte steigt ein, sonst gehe ich heute Nacht in Konkurs.“ Er wurde von Schreien, Lachen und Witzen übertönt, er schaute Antonio direkt und hinterhältig in die Augen, nahm meine und Filippos Hand, verflocht unsere Finger, steckte den rosa Geldschein hinein und hob sie hoch: „Bravo, meine Söhne“, schrie er, umfing unsere Gesichter mit seinen Händen, als würde er sich mit uns freuen, mir wurde schwindlig, als säße ich noch immer auf dem Karussell. Aber angesichts der Umarmungen und der Glückwünsche erholte ich mich wieder, es dauerte eine Weile, bis wir alle losgeworden waren und wir einander umarmen konnten.

Wir gingen ein paar Meter weg, jetzt waren nur noch wir drei, Papula und seine vier Freunde von auswärts da. Papula schlug vor, was trinken zu gehen, um zu feiern und die Geldscheine wechseln zu lassen. „Genau", schrien wir im Chor. „Freunde, rückt das Geld raus", forderte er uns auf. Ich drehte mich um, sah Filippo an, doch der machte ein überraschtes Gesicht: „Du hast es doch", sagte er vorwurfsvoll lächelnd, „Nein, du hast es", erwiderte ich. Weder ich noch er hatten das Geld. Wortlos drehten wir uns zu dem Schausteller um, er saß in der Kabine, auf sein Gesicht fiel wieder grünes Licht, doch diesmal blinkte es nicht. „Arschloch", „Dieb", „Verräter", jeder beschimpfte ihn, wie es ihm gefiel. Der Zigeuner stellte sich dumm, aufgrund der lauten Musik, die die Drehungen des Karussells begleitete, konnte er uns nicht hören; er grinste uns an, bis wir näher kamen und unser Gesichtsausdruck ihm Angst machte. Papula schlüpfte in die Kabine, knöpfte ihn sich vor, und auf einmal lächelte der Inhaber der Firma Berlingeri wieder, streckte den Arm aus, zeigte auf etwas und bewegte dabei die Lippen, um eine Erklärung abzugeben, die wir draußen nicht verstanden.

Auch Papula lachte, ließ von ihm ab, breitete die Arme aus und riss die Augen auf wie ein Heiliger auf einem Kirchenbild. Ich drehte mich um: Filippo stand ein paar Meter hinter mir und bog sich vor Lachen, auf seiner Stirn klebte der Zehntausend-Lire-Schein; er drehte sich um und lief davon, wir rannten ihm schreiend nach. Vor einer Wellblechbaracke erreichten wir ihn; der Duft und dann erst der Anblick verrieten uns, worin ihre Spezialität bestand: Auf einem Dreifuß stand ein vom oftmaligen Kochen geschwärzter Topf, in der Luft lag der Duft von Innereien in Tomatensauce. „Sie sind von der Ziege und nach allen Regeln der Kunst geputzt", sagte der Wirt, als er bemerkte, dass die Sauce unser Interesse geweckt hatte. „Meine Schwiegermutter hat sie mit Bergamotteschale gewürzt." Er wischte sich die Hände an der fettigen Schürze ab und rührte das Sugo mit einem Holzlöffel um. Von ganz unten im Topf stieg eine große Blase auf, die eine Art Delle bildete und dann explodierte, heiße Tröpfchen flogen durch die Luft; sie landeten in meinem Gesicht und auf den Armen, ich leckte sie mir vom Gesicht und den Händen ab, sie schmeckten süß wie in Schmalz geröstete Zwiebel, durchsetzt vom säuerlichen Geschmack der Nieren, diese übertönten den eisenartigen Geschmack der Leber, auf den der blutige der Milz folgte und dann der der Kutteln und des Herzens.

Der Wirt verstand es, seine Köstlichkeiten anzupreisen, er überließ es unserer Fantasie, uns die Leckerbissen vorzustellen, die er auf unsere Teller legen würde, ähnlich den Zigeunerinnen in gewissen Häusern, die rasch ein Tuch von ihrer Brust wegzogen. Wir stellten uns vor, dass sie einen für zweitausend Lire ihre süße Milch kosten ließen.

„Drinnen im Warmen ist jede Menge Platz", sagte er und machte eine Geste, die besagte, dass es eine kalte Januarnacht war. Das überzeugte uns. Wir setzten uns gemütlich an einen Tisch und machten den Preis aus. Natürlich verhandelte Papula, um zweitausend Lire erhielt er vier belegte Brötchen und acht Flaschen Bier.

Die vielen Körper an den anderen drei Tischen dampften, die vielen Zigaretten und das Kohlenbecken, in dem das Feuer mit Holzscheiten am Leben gehalten wurde, verbreiteten Rauch, im Topf darüber brodelte der *caccamo*. Trotz seiner beträchtlichen Wampe tänzelte der Wirt zwischen den Tischen auf und ab, stellte eine Schüssel auf den Tisch, die randvoll mit Innereien und Sauce war, brachte eine Papiertüte, aus der er einen großen Brotlaib holte, legte ihn auf den Tisch, schnitt ihn mit dem Messer in zwei Hälften, hob die obere Hälfte ab und goss mit einem Schöpflöffel etwas Sugo auf die untere Hälfte, wartete, bis es aufgesogen war, füllte noch einmal den Schöpflöffel und goss reichlich Sugo darüber, legte den Deckel darauf und schnitt es in der Mitte durch.

Das erste Brötchen teilten sich zwei Freunde von Papula, die am unteren Ende des Tisches saßen, dann kamen die zwei dran, die nicht aus dem Ort waren, dann Papula und Filippo, die gegenüber saßen, und schließlich Antonio und ich, mir lief schon das Wasser im Munde zusammen.

„Ihr müsst ein wenig blasen", warnte uns der Wirt, und kam gleich darauf mit einer Kiste Bier zurück, zählte acht Flaschen ab und stellte sie paarweise auf den Tisch, legte den Flaschenöffner dazu, wünschte uns guten Appetit und wiederholte seine Warnung. „Glaubt er, wir essen das zum ersten Mal?", sagte einer von denen, die von auswärts kamen; wir hörten nicht auf ihn und bliesen aus voller Lunge auf das Brötchen; der erste Bissen war angenehm heiß, aber wir verbrannten uns nicht die Zunge; ich kaute voller Genuss und schluckte ihn mit reichlich Speichel runter.

Doch dann brannte es doch unvermutet wie Feuer, ich schluckte und riss den Mund auf; die Paprikaschoten brannten, nicht die Innereien. Jemand öffnete die Bierflaschen, der Typ, der von auswärts kam und gesprochen hatte, hustete heftig, und der Wirt stand in einer Ecke und hielt sich den Bauch vor Lachen. Wir hoben die Bierflasche, um anzustoßen, und die anderen machten den ersten Schluck, außer mir, Antonio und Filippo: Es war unser erstes Bier. Zwar hatten wir heimlich hin und wieder einen Schluck gemacht, doch nie in der Öffentlichkeit, und bis vor wenigen Stunden hätte uns auch niemand eines serviert. Aber hier verbreiteten sich Gerüchte rasch, alle wussten von unserem Abenteuer, sonst hätte uns der Wirt aus dem Dorf auch keines gegeben.

Doch wir zögerten, denn wie es so schön hieß, wohnt jedem Anfang ein Zauber inne.

„Ist es das erste Mal?" Papula hatte verstanden.

„Dem Wolf die Zähne und der Mühle das Rad, hoch lebe der, der zum ersten Mal trinkt, wem es nicht schmeckt, der soll kotzen!" Er hob die Flasche und prostete mir zu und ich und Antonio gaben uns einen Ruck und Filippo folgte widerwillig unserem Beispiel. Das Glas klirrte und das Bier lief kühl in unseren Mund, ich biss noch mal vom Brötchen ab und machte gleich darauf wieder einen Schluck. Das Bier war schneller ausgetrunken als das Brötchen aufgegessen. „Die nächste Runde spendiere ich", sagte einer der Freunde Papulas. Und dann war ein weiterer Fremder dran. Jemand legte ein Päckchen Zigaretten mitten auf den Tisch, und wir feierten an einem Abend zwei Premieren, wir rauchten und tranken Bier in der Öffentlichkeit, und ich sagte immer wieder zu mir, dass der hl. Sebastian uns heute sein Fest gewidmet hatte. Das war, sagte ich zu mir, der schönste Tag in meinem ganzen bisherigen Leben.

Ich wusste nicht, wie spät es war, als ich nach Hause kam, mir war schwindlig, und ich musste mich sehr anstrengen, um den Schlüssel ins Schloss zu stecken, den Mama mir an die Tür gehängt hatte. Ich schaffte es nicht einmal mehr, mich auszuziehen, die Paprikaschoten heizten mir ein, das half gegen die Kälte. Ich schlief auf den Decken. Als ich aufwachte und Mama hörte, dass ich mich im Bett bewegte, ging sie in die Küche, gleich darauf roch ich den Duft der Milch, der Löffel schepperte in der Tasse und ihr Geruch kam näher. „Nì, das Frühstück."

Ich machte ihr Platz und sie stellte das Tablett auf das Bett. Eine Haarlocke fiel ihr ins Gesicht. Sie blies mir aufs Gesicht und gab mir einen Kuss auf die Stirn, berührte mich mit ihren weichen Lippen.

Genau so eine Frau möchte ich auch einmal haben, dachte ich. Ihre Haare waren nass, wahrscheinlich hatte sie sie gerade gewaschen, sie zog ihren Kopf langsam zurück und ich sah ihre Augen, die grün wie Meeresalgen waren. „Setz dich auf", flüsterte sie, öffnete eine paar Knöpfe der Bluse und zeigte mir das Goldkettchen mit dem Anhänger aus grünem Stein, das auf ihrem weißen Busen lag. Ich hatte es ihr gestern Nacht gebracht. Ich hatte es ihr gemeinsam mit den fünfzehnhundert Lire, meinem Anteil der Prämie, in die Küche gelegt.

Auf dem Tablett, neben der Milchtasse, lagen Kekse, ich tunkte sofort einen ein und holte ihn mit dem Löffel wieder raus, bevor er sich auflöste. Ich ließ ihn im Mund zergehen. Es war nicht mehr Frühstückszeit, das erkannte ich am Licht, das hereindrang, und am Blubbern des Topfes auf dem Herd. Trotzdem setzten meine Mutter und meine Schwestern sich ebenfalls mit Milch und Keksen an den Tisch: „Von dem Geld, das du gebracht hast, habe ich Fleisch und Mehl gekauft, ich werde Makkaroni mit Fleischsauce machen. Und Kekse", sagte Mama, und meine Schwestern steckten die Hände in die weißblaue Emaildose, schoben sich einen Keks in den Mund und sangen eine Strophe eines Schlagers, den sie aus der Sendung *Carosello* kannten, aus der Werbung der Keksmarke Bucaneve.

Ich ging zu ihnen hin, schweigend tunkten wir die Kekse in die Milch, bis der Inhalt der Schachtel sich halbiert hatte. „La madre disse ai figli, dopo oggi c'è domani, se non ve le togliete vi chiudo anche le mani" („Die Mutter sagte zu den Kindern, nach dem Heute kommt das Morgen, wenn ihr sie nicht wegnehmt, sperr ich auch noch eure Hände ein"), sang Mama und machte den Deckel der Dose zu. Meine Schwestern bettelten noch um einen letzten Keks, doch sie gab nicht nach, „Ich gebe euch eine Stunde Pause, dann essen wir die Makkaroni."

Mama nahm die Tassen und verschwand in der Küche, zog den Vorhang hinter sich zu, machte das Kofferradio an, das auf einer Wandablage stand. Sie stellte lauter, das bedeutete, man durfte sie nicht stören. Meine Schwestern gingen zum Spielen nach draußen und ich ging aufs Klo, mit einer Tüte voller „Tex-Willer"-Comics, die ich unter meinem Bett versteckte.

Antonio hatte herausgefunden, dass Tex nicht immer ein Guter gewesen war. Auch ich ahnte, dass er eine dunkle Vergangenheit hatte. Aber Antonio hatte nicht klein beigegeben und mit allen Jungs aus dem Dorf Comics getauscht, bis er eine gewisse Anzahl Episoden gefunden hatte, in denen Tex und seine Pards am Lagerfeuer alte Geschichten erzählten. So hatte er herausgefunden, dass Tex ursprünglich ein Verbrecher gewesen war. Aber je mehr ich las, desto mehr kam ich zu der Überzeugung, dass er auch als Gesetzesbrecher ein Guter gewesen war, denn er hatte es nicht aus Gemeinheit gemacht, sondern, um sich in einer Welt voller Bösewichte zu behaupten.

Mir war klar, dass auch ich als Kind ein großes Unrecht erfahren hatte, wusste jedoch nicht, worin dieses bestand; ich begriff es erst, als ich alle Comics gelesen hatte, die Antonio mir gab. Tex war allerdings Ranger geworden und das bedeutete, dass das Gesetz die Jugendsünden vergab. Antonio lachte, als ich ihm das erzählte. Er sagte zu mir, ich solle so viel lesen wie möglich, egal was, es würde mir helfen zu verstehen, und zwar nicht nur Tex' Vergangenheit. Filippo hingegen sagte, es sei ihm egal, ob das Gesetz ihm vergab, denn er war dazu bestimmt, ein Bandit zu werden, und das Gesetz und Banditen waren wie Hund und Katz. Und während ich auf dem Klo saß, erblickte ich endlich den Straferlass; in dieser Episode begegnete der junge Tex einem merkwürdigen Menschen, der Zigarre rauchte und den Hut tief ins Gesicht gezogen hatte. Ich stellte mir vor, dass sein Gesicht voller unsichtbarer Pockennarben war. Der Mann sagte zu Tex, es gäbe eine Möglichkeit, alle Dokumente zu vernichten, in denen von seiner Vergangenheit die Rede war, und Tex fragte ihn argwöhnisch: „Wer bist du?", und der andere antwortete nicht, nahm seinen Hut ab, drehte sich jedoch um, weshalb sein Gesicht nicht zu sehen war; er sprach vom Tod eines Pistolenhelden, der unten in Sacramento an der Theke eines Saloons umgelegt worden war. Er sagte, viele Zeugen hatten gesehen, dass ein Typ hereingekommen war, was zu trinken verlangt und zu dem Pistolenhelden gesagt hatte, er solle sich bereit machen zu sterben, ihn dabei aber nicht angeblickt hatte. Obwohl der Pistolenheld sehr flink war, konnte er nicht mehr an den Schaft seiner Pistole greifen, denn die Kugel des anderen hatte ihn schon kaltgemacht.

Tex fragte den Mann ohne Gesicht aufs Neue: „Wer bist du?" Der setzte wieder seinen Hut auf, drehte sich um, blies ihm eine Rauchwolke ins Gesicht und sagte, über dem Gesetz der Sheriffs und der Bundespolizisten gäbe es ein noch viel mächtigeres und verborgenes Gesetz, das der Geheimdienste. Das war ein Gesetz, das nicht den Einzelnen, sondern den Staat schützen solle, und zu diesem Zweck war so gut wie alles erlaubt. Er gehörte dem Geheimdienst an und dieser würde auch seine Zukunft ändern.

Und an dieser Stelle begann mein Hirn zu rauchen, denn von Geheimdiensten hatte ich bisher erst im Friseurgeschäft von Santo Trentacapelli gehört; ein paar Leute, die Zeitung lasen, sagten, diese seien in der Lage, Lügen über alle zu verbreiten. Gut, dachte ich, auch das würde Antonio mir erklären müssen, legte das Comicheft beiseite und nahm stattdessen eines zur Hand, in dem Tex wie immer ein Held war. Darin kämpfte er mit merkwürdigen Todesfällen beim Viehbestand eines großen Züchters. Im Nu hatte er herausgefunden, dass die Tiere vergiftet worden waren und eine

Gesellschaft die Hand im Spiel hatte, die Land kaufen wollte, um Eisenbahngleise zu verlegen.

Ich war noch immer bei Tex und seinen Pards, die nachts an einem großen Teich saßen, als ich plötzlich einen Hustenanfall bekam, der in meinem Hals ein leichtes Brennen hinterließ. „Nico, es ist schon spät, wasch dich", rief Mama aus der Küche, das lenkte mich ab.

Ich steckte die Hefte wieder in die Tüte, goss ein paar Kübel Wasser ins Klo und hockte mich auf den Rand des Waschzubers, um mir den Hintern zu waschen. Ich verwendete zu viel Seife, mit dem eiskalten Wasser konnte ich sie nicht abspülen. Als ich die Hose hochzog, waren meine Hinterbacken noch immer seifig. Und ich konnte die Seife auch nicht aus dem Gesicht entfernen. Ich überwand mich und spritzte mir etwas Wasser in den Nacken und unter die Achseln. Daraufhin bekam ich wieder einen Hustenanfall, der ein leichtes Brennen im Hals zurückließ.

„Er wäscht sich gerade", sagte Teresa zu jemandem. „Wird bei euch um diese Uhrzeit nicht gegessen?", schrie meine Mutter. Ich hörte Filippo, verstand aber nicht, was er sagte, und dann die Stimme Antonios. Der Tonfall meiner Mutter veränderte sich, er klang jetzt höflich. „Setzt euch", sagte sie, und jemand bedankte sich, die Stimme klang vertraut, aber ich erkannte sie nicht.

Mama sprach leiser und ich konnte sie nicht mehr gut hören, den anderen verstand man besser, vielleicht weil alle schwiegen. Er sprach von einer sehr langen Reise, er würde Italien, die Schweiz, Frankreich, Luxemburg durchqueren und in eine deutsche Stadt namens Velbert fahren, die nicht weit von Holland entfernt war. Mir war, als säße ich inmitten von emigrierenden Dorfbewohnern im Zug, ich hörte ihre großartigen Pläne, sie sprachen davon, einen Haufen Geld zu verdienen und dann wieder nach Hause zurückzukehren; und je länger der Zug unterwegs war, desto bleicher wurden sie und sie begannen, Geschichten und Erinnerungen hervorzukramen. Und ich dachte an meinen Vater, an seine erste Reise und seine seltenen Besuche in der Heimat; ich stellte mir seine Einsamkeit vor, ohne meine Mutter, ohne uns, das Dorf, und ich sagte mir, dass es nicht schön war, fortzugehen. Ich öffnete die Tür einen Spaltbreit, inzwischen hatte ich begriffen, wer da war; Papula saß inmitten meiner Familie und meinen Freunden am Tisch, und es war schön, ihm zuzuhören, auch wenn er nicht auf der Bühne stand und von Revolution sprach: Er beschrieb merkwürdige, riesige, faszinierende Städte – wie in einem Film, der im Pfarrsaal gezeigt wurde, mit ruhigen Bildern von einem anderen, lustigeren Leben, doch irgendwann gab es eine Wende und das Ende war traurig. Aufs Neue dachte ich an Papa, an sein Gesicht, das mir bei all seinen Besuchen wie das eines Fremden vorgekommen war; er war weggegangen, als ich noch viel zu klein war, wir hatten viel zu wenige Tage miteinander verbracht, ich konnte ihm nicht erzählen, was mir in seiner Abwesenheit passiert war, er konnte mir nicht von seinem Deutschland und seinen Plänen erzählen und ich konnte ihm nicht erzählen, was mir durch den Kopf ging.

Er war nicht da, wenn ich mich stritt, und er war nicht da, wenn ich Spaß hatte, er war gestern Abend nicht da gewesen, als wir den Fuchsschwanz heruntergerissen und gemeinsam das erste Bier getrunken hatten. Nachts, wenn ich hässliche Träume hatte, lag er nicht in Mamas Bett. Er hatte sich in das Taschentuch verwandelt, das in der Tasche seines Hochzeitsanzugs steckte, und ursprünglich prall gefüllt und jetzt schlaff war.

Ich öffnete die Tür zur Gänze und ging zum Tisch, setzte mich schweigend, um Papula nicht zu unterbrechen, er lächelte mir zu und redete weiter. Er sagte, er würde zum letzten Mal hinauffahren. Er war mit seinem Vater wegen des Fests ins Dorf gekommen und um sich mit den Maurern abzusprechen, die ihr altes Haus etwas oberhalb der Holzbaracken instand setzten. Im Sommer musste es fertig sein, er wolle mit der ganzen Familie zurückkehren.

Er und seine zahlreichen Brüder, die noch als Kinder fortgegangen waren, hatten hart gearbeitet. Sie würden eine Bäckerei eröffnen und auf immer dableiben. „Unsere Mühen müssen dem Dorf zugutekommen", sagte er, „alle sollten zurückkommen und unser Getreide mahlen, um unser Land wieder groß zu machen wie in der Vergangenheit", fuhr er fort. Filippo mischte sich ein:

„Die Alten sprechen doch immer nur vom Elend und von Läusen, die so groß sind, dass man sie mit dem Hammer erschlagen kann!" Antonio gab ihm einen Schlag auf den Nacken und Papula lachte herzlich. „Ihr müsst was lernen", sagte er und erzählte, dass er in Deutschland eine Berufsschule besucht habe, dieses Jahr würde er den Abschluss machen, und vielleicht würde er nach seiner Rückkehr die Universität besuchen.

„Verdammt, du wirst Professor", entschlüpfte es mir, und meine Schwestern wiederholten flink das Wort „verdammt", was ihnen einen Kopfnuss von Mama eintrug. Sie war aufgestanden und ging zwischen Küche und Wohnzimmer hin und her, um den Tisch zu decken. Ich erkundigte mich bei Papula nach Wolfsburg, wo Papa arbeitete. Er beschrieb es als großes Dorf, das rund um die Volkswagen-Fabrik entstanden war, es war nicht schön, weil die Häuser extra für Arbeiter gebaut worden waren, aber es wohnten so viele Kalabresen dort, dass man auf den Straßen unseren Dialekt öfter als Deutsch hörte. Einmal war er zu einem Fest von Dorfbewohnern gegangen, er glaubte, dort sogar meinen Vater getroffen zu haben.

Papula hingegen wohnte in einer schönen Stadt, in Deutschland gab es jede Menge schöne Orte, nicht nur Fabriken und Baustellen, und die Deutschen waren sogar freundlich, nicht so, wie man sie sich vorstellte, ganz im Gegenteil, nach der Arbeit vergnügten sie sich und die Lokale waren rappelvoll. Wenn man dort auf die Welt kam, war es kein schlechter Ort zum Leben.

„Du solltest dortbleiben", sagte meine Mutter und legte vor Papula das Besteck auf den Tisch, „das Leben hier ist hart, und Spaß kann man nur bei den Patronatsfesten haben."

Papulas Augen begannen zu leuchten, wie wenn er über die Revolution sprach: „Nein, wir müssen das Beste für unsere Heimat geben. Wenn alle weggehen, wird unsere Welt sterben. Arbeit, Schulen, Krankenhäuser und alle anderen guten Sachen, die es woanders gibt, können wir auch hier errichten, wir können im Dorf genauso gut Dinge schaffen wie woanders."

Ich verstand nicht: „Welche Dinge haben wir denn nicht?", fragte ich. „Das da!", sagte Mama und knallte beinahe zwei Teller mit dampfenden Makkaroni auf den Tisch. „Die gibt es nicht immer, sondern nur, wenn Geld da ist, aber du gewinnst ja nicht immer beim Karussell."

Ich wollte schon antworten, doch da musste ich wieder husten, ich vergaß, was ich sagen wollte, denn auch vor mir stand ein Teller mit Pasta. Ich würde schon allein deshalb fortgehen, um Makkaroni zu essen, wann immer ich wollte, aber das sagte ich nicht.

Alle schwiegen, bis die Makkaroni aufgegessen waren, und Mama sorgte für ein länger anhaltendes Schweigen, indem sie die restliche Pasta brachte. Am Abend würden wir nichts zum Aufwärmen haben. Sobald sie gegangen war, um das Fleisch zu holen, ergriff Filippo das Wort: „Wenn einer Mafiosi als Freunde hat, muss er nicht gehen, dann hat er hier alles, was er braucht", sagte er, mit dem Ausdruck von jemandem, der sich auskennt. Nun meldete sich auch Antonio zu Wort, das erste Mal, seitdem wir am Tisch saßen: „Hier sollte es eigentlich keine Mafiosi geben, denn hier gibt es nur unsere Leute", erwiderte er verärgert, und Papula machte ein ernstes Gesicht. „Die Mafiosi rekrutieren nur bei den Armen neue Mitglieder, unsereins wird von niemandem beschützt, deshalb wandern die Armen aus, denn die Herrschenden verteilen das Wenige an die Mafiosi, damit sie ihnen besser dienen."

Filippo wurde dunkelrot, man sah, er wollte antworten, vielleicht fand er nicht die richtigen Worte, aber das war kein Wunder angesichts von zwei Typen wie Antonio und Papula. Mama stellte ein Tablett mit Schweinefleisch und Sauce auf den Tisch. „Gevatterin, das ist der Grund, warum es hier besser ist als woanders: Niemand beschwert sich, wenn man unangekündigt zum Essen erscheint, man gibt dir einen Platz am Tisch, als würdest du zur Familie gehören", sagte Papula lächelnd und die ernsthaften Gespräche waren suspendiert.

Es war so schön, gemeinsam und mit vollem Bauch im Warmen zu sitzen, am liebsten hätte ich den Wecker abgestellt, der auf Mamas Nachtkästchen tickte, und hätte dafür gesorgt, dass ein Eisenbahner an die Tür trat und zu Papula sagte, die Abfahrt des Zuges sei aufgeschoben. Der einzige Wermutstropfen: die in immer kürzer werdenden Abständen auftretenden Hustenanfälle und meine immer heißer werdende Stirn.

Doch der Wecker skandierte, wenn auch von fern, das Vergehen der Zeit, wie jeden Tag würde der Zug in einer Stunde kommen, das war die einzige Funktion des Staates, die klaglos funktionierte; der Zug verließ Italien und fuhr in den Norden, in derselben Weise, wie ein Wurm einen Tunnel in den Fuß des Brokkoli gräbt, herausfällt und seine Welt verliert. *Pellaio* – Kürschner – nannten die Leute aus dem Dorf den Zug, weil er arbeitete wie Micelotta, der die Häute der Tiere kaufte: Er stank wie ein Rabe, tauchte wie das Amen im Gebet bei jenen auf, die das Glück hatten, ein kleines Tier schlachten zu dürfen. Er bezahlte vierhundert Lire für die Haut einer Ziege oder eines Schafs und fast dreitausend für eine Kuhhaut, und die Hälfte, wenn das Tier noch jung gewesen war. Es hieß, dank der in Reggio und Messina verkauften Häute habe er ein kleines Vermögen gespart; ein nach Kadaver stinkendes Geld, doch die Bank nahm es an.

Wie Micelotta ging der Pellaio von Haus zu Haus und holte die Haut des zu opfernden Familienmitglieds ab. Nur dieser Zug blieb in allen Bahnhöfen, sogar in den kleinsten Dörfern, stehen und nahm die Leute mit; musste man nach Reggio für eine Erledigung oder zum Vergnügen, dann hielt der Zug in jedem dritten oder vierten Nest.

Papula stand auf, um sich zu verabschieden, küsste meine Schwestern, gab Mama die Hand und bedankte sich für das Essen; ich wehrte mich gegen die Umarmung, sagte, ich würde ihn begleiten und ging mit ihm und meinen Freunden hinaus; wir begleiteten ihn auf seiner Abschiedsrunde bis in die Wohnung seines Verwandten, der ihn und seinen Vater beherbergt hatte. Wir trugen ihre Koffer und durchquerten das Dorf. Als wir auf die Bahnhofsstraße einbogen, wimmelte es auf der langen Allee von Menschen, die alle jemanden begleiteten: Schweigende Prozessionen bewegten sich über die Schatten der langen Zypressen hinweg. Auf dem Bahnsteig vor dem einzigen Gleis hatte sich eine lange Schlange gebildet, sobald man das Pfeifen der Lokomotive hörte, kam Leben in sie; die Frauen begannen zu klagen und die jungen Männer flehentlich zu bitten. Junge Männer fuhren ab: junge Familienväter, die bereits einige Kinder hatten, und junge Söhne von Familien, die zu zahlreich waren, um alle durchzufüttern.

Der Zug blieb stehen und jetzt richtete Papula flehentliche Bitten an uns – keine Zigaretten und kein Bier bis zum nächsten Fest! „Sorg dafür, dass sie lesen!", sagte er zu Antonio.

Der Zugführer gab das Signal zur Abfahrt, man verabschiedete sich hastig, stummer Hauch stand vor den Mündern, und die, die abfahren mussten, ergriffen die Hände der Nächstbesten, in der Hoffnung, zurückgehalten zu werden. Doch wie Micelotta packte der Pellaio die Häute ein, legte Geld auf den Tisch und zog weiter. Vor ihm lag noch ein langer Weg, er musste seinen stinkenden Sack füllen. Der Zugführer pfiff gebieterisch und die Dorfbewohner fanden die Stimme wieder, brüllten letzte Abschiedsworte aus dem Fenster, die allerdings im Geräusch der Räder untergingen. Der Pellaio pfiff noch einmal aus der Ferne und kündigte den Bewohnern des nächsten, nur drei Kilometer entfernten Dorfes sein Kommen an.

Die Schlange blieb eine Zeit lang wie betäubt und geschlossen stehen, als würde der Zug zurückkommen und sagen, das alles sei bloß ein Scherz gewesen, und die Beute rückerstatten, dann begannen sich die Jungs auf dem Bahnsteig zu bewegen, auf das Gleis und wieder zurückzuspringen, jemand schrie: Achtung! Wir traten aus der Schlange heraus, jeder gesellte sich zu seiner Gruppe und ging auf der Allee zurück.

Ich hustete auf der ganzen Strecke, der Kopf tat mir weh, ich sagte zu Antonio und Filippo, ich hätte keine Lust, auszugehen. Ich ging nach Hause. Meiner Mutter genügte ein Blick, noch bevor ich ins Bett schlüpfen konnte, legte sie mir die Hand auf die Stirn. „Du hast einen Rückfall." Das war ein Urteil. Sie erteilte Befehle: Ich musste im Pyjama ins Bett, Angela musste eine Nachbarin um Eis bitten und Teresa musste Gnura Mela benachrichtigen.

Alle gehorchten wortlos. Ich landete unter der Bettdecke, Angela kam mit Eis in einem Küchentuch zurück und Teresa übermittelte die Anweisungen von Gnura Mela – ich sollte etwas essen, sie würde in einer Stunde kommen.

Das Eis schmolz schnell auf meiner glühenden Stirn, Mama nahm es mir ab, bevor es sich ganz aufgelöst hatte, und stopfte mir ein paar Kissen unter den Rücken. Ich trank ein wenig Milch und schluckte die eingetunkten Brotstücke, die sie mir in den Mund steckte, ich tat es aus Pflicht, denn ich schmeckte nichts mehr.

Als ich am Abend davor die Gnura Mela abgelenkt hatte, damit Filippo die Knaller in ihr Kohlenbecken werfen konnte und die Kohlen in die Luft flogen, hatte ich daran gedacht: Auch im Jahr davor hatte ich nach dem Fest des hl. Sebastian Fieber und Husten bekommen, und auch zwei Jahre davor. Wenn im Wohnblock eine Krankheit ausbrach, war das die Stunde Gnura Melas: Mit einer Aluminiumschüssel, in der sich eine bereits ausgekochte Glasspritze befand, erschien sie am Krankenbett. Ohne viele Umschweife stach sie dem Kranken in den Hintern. „Dreh dich um und zieh die Hose runter", befahl sie, schmierte Alkohol auf die Hinterbacke und führte die Spritze wie eine Lanze. Sie verfolgte mich seit der Zeit der Impfungen, wegen der Polioimpfung hatte sie mich einmal durchs ganze Dorf gejagt, und als ich mich ergeben hatte, hatte sie mir die Spritze in den Arm gegeben, ohne den Hemdsärmel hochzuziehen. Mama sagte, ich hätte diese Geschichte erfunden, aber ich erinnerte mich gut daran, obwohl ich noch sehr klein gewesen war. Sie sagte auch, ich sei ängstlicher als meine Schwestern, nicht einmal, wenn man mit einem Messer auf mich eingestochen hätte, hätte ich mehr Angst gehabt.

Doch jetzt, wo ich die Kracher im Kopf und das glühende Kohlenbecken im Rachen hatte, war mir die Hexe egal – sie sollte einfach ihre Pflicht tun und mich wieder gesund machen.

Als ich sie im Haus hörte, lag ich mit geschlossenen Augen im Bett, sie setzte sich an den Rand und tastete mich ab: Stirn, Hals, Bauch. „Mach auf", forderte sie mich auf und ich riss die Augen auf. „Nicht die Augen, du Dummkopf. Den Mund sollst du aufmachen." Ich öffnete ein wenig die Lippen und sie steckte die nach Knoblauch und Zwiebel stinkenden Finger hinein, trotz der

Schmerzen stellte ich mir vor, in welche Öffnungen sie sie davor gesteckt hatte, gewiss kannten sie kein Wasser und keine Seife. Sie spreizte meinen Mund auf und steckte einen Löffel hinein, um die Zunge festzuhalten. Gleich werde ich kotzen, dachte ich. „Lass dir ja keinen Unsinn einfallen", warnte sie mich, und auch der Brechreiz gehorchte ihr.

„Entweder schneidet man die Mandeln raus oder dieser kleine Gauner muss immer, wenn er sich verkühlt oder etwas Kaltes trinkt, Penizillin einnehmen." „Sollen wir nicht lieber den Arzt rufen, Gnura Mela?", fragte Mama frevlerisch, und ich freute mich einen Augenblick lang wie verrückt, vielleicht verordnete er mir nur Saft und Tabletten. Gewiss erriet sie meinen Wunsch, denn sie hörte auf, meine Hand zu streicheln, drückte sie und sagte beleidigt: „Lidia, seit heute Morgen laufe ich mit dem Arzt herum und besuche hustende Lungenkranke, alle haben sich beim Fest verkühlt und allen hat er Penizillin und Bettruhe verschrieben. Stell dir vor, auch ich habe ein paar Tabletten genommen, denn auch ich habe mich verkühlt, nachdem mir diese Gauner Bomben ins Kohlenbecken geschmissen haben."

Gut, ich gab klein bei, gleich würde ich mich auf die Seite drehen und sie mir die Spritze bis zum Knochen stoßen. Tatsächlich hob sie mich am Arm hoch, legte mir eine Hand unter die Beine und rollte mich auf die Seite. Ich betrachtete ihre drei glänzenden, angespannten, bedrohlichen Kröpfe, schloss wieder die Augen und konzentrierte mich auf den Schmerz in meinem Kopf, damit ich den, den sie mir gleich verursachen würde, nicht spürte, doch ich spürte unweigerlich, wie sie mir mit der Watte über den Hintern strich, und unweigerlich zählte ich auch bei ihren Handgriffen mit – jetzt bricht sie die Ampulle auf, jetzt öffnet sie das Fläschchen, schüttelt, zieht auf, gibt mir einen Stich in die Backe und zack.

Ich erriet alles, nur nicht das Zack.

„Habe ich dir wehgetan?"

Sie hatte mir nicht wehgetan, sie machte sich über mich lustig, sie wollte bloß meine Ohnmacht genießen.

„Für das Kohlenbecken werde ich mich rächen, sobald es dir wieder gut geht, du wirst sehen, wie sehr ich dir wehtun kann", fuhr sie fort. Mach ruhig, hässliche Hexe, flehte ich in meinem vom Schmerz geplagten Kopf. „Bedanke dich wenigstens bei ihr", sagte Mama. Ich drehte mich ein wenig um, ihre Kröpfe baumelten weich am Hals wie bei einem Gockel. Tatsächlich hatte sie mir nur die Spritze gegeben und ich hatte nichts gespürt. Ich lächelte sie an und Gnura Mela grinste bösartig zurück. „Mach dir keine Hoffnungen", sagte sie, „morgen bekommst du die nächste und dann noch zehn, du hast Glück gehabt, weil ich gerade die Nadel gewechselt habe und dich als Ersten gestochen habe, aber es wird nicht immer so gut laufen."

Ich spürte einen stechenden Schmerz im Kopf und kümmerte mich nicht mehr um sie und ihre Stiche. Es war ein betäubender Schmerz, er füllte jeden Winkel des Hirns aus und wurde von einem Summen wie von einem unablässig fahrenden Zug begleitet, er pfiff und keuchte und blieb an keinem Bahnhof stehen. Ich kannte diesen Schmerz bereits, später würde sich ein Geräusch dazugesellen, als würde ein Tropfen unbarmherzig in einen vollen Wasserkübel fallen, meine Zähne bissen auf eine imaginäre Schnur und die Beine waren wie aus Holz. So war es jedes Jahr und ich wusste nicht, ob es wirklich von der Kälte kam oder ob ich eine ganz eigene Krankheit hatte, denn keiner meiner Freunde hatte je einen Tropfen oder eine würgende Schnur erwähnt; alle meine Freunde, auch Antonio und Filippo, hatten immer nur ein Summen gehört.

Vielleicht lag es daran, dass ich vor einiger Zeit hingefallen war und sie nicht. Ursprünglich war der Schmerz nämlich nur ein Summen gewesen. Ich war hingefallen, als ich plötzlich kühn geworden war, als ich nicht länger den Deckel als Schlitten benutzt hatte und über den schwarzen Erdhügel nicht hinuntergerodelt, sondern wie ein Stein hinuntergekugelt war und mir den Kopf angestoßen hatte. Plötzlich war alles schwarz geworden. Mit geschlossenen Augen war ich eine Viertelstunde liegen geblieben. Filippo und Antonio hatten mich aufgeweckt, indem sie mir Wasser auf die Stirn gossen, sie hatten einen Mordsschreck bekommen, sie dachten, ich sei tot. Zum Glück wurde die Beule von den Haaren überdeckt, und Mama bekam nichts mit, in der Nacht hatte ich mich zwei- oder dreimal übergeben, und sie hatte mir Vorwürfe gemacht, weil sie glaubte, ich hätte was Schlechtes gegessen. Am nächsten Tag war alles vorbei gewesen.

Aber nach diesem Sturz hörte ich bei Fieber immer auch das Tropfen, ich spürte die Schnur und die Beine waren wie aus Holz.

Schon fiel der erste Tropfen groß und fett in den Kübel und wirbelte viele kleine Tröpfchen auf. Nach einer Weile folgte der zweite, doch dieser ließ das Wasser nicht aufspritzen, wie eine Bleikugel fiel er auf den Boden des Kübels. Den dritten, durchsichtigen, hatte ich nicht fallen sehen, ich hörte nur seinen dumpfen Aufschlag. Dann der vierte, der fünfte.

Als ich die Schnur im Mund spürte, hörte ich zu zählen auf, sie schmeckte nach dem Hanfseil, das der Brunnenmeister um die Zinkrohre band; sie zerfaserte und ließ sich mit den Zähnen zerbeißen, dann verwandelte sie sich in einen immer härter werdenden Knoten, unaufhörlich öffnete und schloss ich den Mund, es war wie ein Kampf.

Ich kämpfte die ganze Nacht; die einzige Linderung war Mamas Hand, die mir alle paar Stunden über den Kopf strich. Als sie mir etwas in den Mund steckte, begriff ich, dass es Tag geworden war, aber ich begriff nicht einmal, was sie mir zu essen gab.

Gnura Mela kam, diesmal machte sie keine Witze, und selbst wenn sie mir hätte wehtun wollen, wäre ihr das mit der winzigen Nadel der Spritze nicht gelungen. „Bei ihm ist das nicht wie bei anderen Kindern", hörte ich sie mitleidig sagen, „das Fieber reißt ihn in ein Land, das nicht von dieser Welt ist, aber auch nicht von der meines Mannes, Gott hab ihn selig."

Am Nachmittag kam der Arzt, man zog mich aus und er legte mir etwas auf die Brust, dann auf den Arm. Er verordnete mir noch eine Injektion und sagte, wenn es nicht besser würde, müsse man mich am nächsten Tag ins Krankenhaus bringen.

Wieder fiel ein Tropfen und die Schnur spannte sich, Tropfen und Schnur quälten mich mehr als sonst, der Husten ließ mir keine Ruhe. Ich sagte die ganze Zeit über zum hl. Sebastian, dass ich sterben würde, ein schwarzer Schleier legte sich drückend schwer auf meine Brust und der Atem verlangsamte sich, eine Straßenlaterne ging an und darunter sauste eine von Rauch und Flammen umhüllte Kugel vorbei, in der ganz Africo, mein ganzes Dorf, enthalten war, und dann zogen Gesichter vorüber, die von zarten Flügeln in der Luft gehalten wurden: die Gesichter von allen männlichen Mitgliedern der Carbone und der Dominici. Die Gesichter von Antonio und Filippo zogen durch das Licht, und auch andere aus dem Wohnblock und dem Dorf, die zwar lebendig waren, aber die Farbe des Todes hatten. Zuletzt kam ein gepeinigtes, entstelltes Gesicht, das ich nicht erkannte. Dann zeigte der hl. Bastiano Erbarmen, es vergingen die Stunden, es wurde wieder dunkel, und als es wieder Tag wurde, waren der Tropfen und die Schnur verschwunden – nur noch das Summen und ein wenig Husten waren übrig geblieben.

Als Gnura Mela am Vormittag kam, begriff sie sofort und begann wieder ihre Witze zu machen und Drohungen auszustoßen, und als sie mir eine Spritze gab, tat es sogar ein wenig weh. Zu Mittag aß ich etwas Pasta und zum Abendessen setzte ich mich an den Tisch. Am Abend hatte ich nur noch etwas Husten und leichtes Fieber.

In der Nacht schlief ich mit Unterbrechungen, aber am Tag darauf war ich wieder der Alte, und als Gnura Mela das Haus betrat, hatte ich wieder mächtige Angst vor der Spritze, und sie musste mehrmals zu mir sagen, ich solle die Gesäßmuskeln entspannen, „sonst bricht die Nadel ab und wir müssen dich wirklich ins Krankenhaus bringen. Dort schneiden sie dir dann ein Stück Fleisch heraus und du hast ein Leben lang ein so großes Loch, dass du den Haustürschlüssel hineinlegen kannst."

Zu Mittag gab mir Mama dann keine Suppennudeln, sondern Pasta ohne Sugo, und ich als Einziger bekam ein Stück Fleisch. Antonio und Filippo leisteten uns bei Tisch Gesellschaft, sie sagten, sie seien in diesen Tagen immer wieder vorbeigekommen: Sie hatten sich nicht einmal einen Schnupfen geholt.

Erst fünf Tage, nachdem ich krank geworden war, durfte ich wieder das Haus verlassen. Gnura Mela injizierte mir auch noch das letzte Penizillin, das der Arzt verschrieben hatte, nunmehr mit der nicht mehr neuen Nadel, und ich spürte das Piksen, als sie mir in die Hinterbacke stach.

Wir nahmen den Sieben-Uhr-Zug, er brachte uns in das dreißig Kilometer entfernte Städtchen, in dem sich die Schule befand, die ich und Filippo offiziell besuchten: Auf dem Bahnsteig wimmelte es von Kindern aus dem Dorf, von fünfzehn Jahren an aufwärts. Nur Jungs schafften es, hier in den Zug einzusteigen, dafür waren flinke Beine und Arme vonnöten: Wir bezeichneten die Haltestelle als Bahnhof, doch in Wirklichkeit gab es noch keinen Bahnhof, er musste erst gebaut werden. Er war ein imaginärer Punkt, an dem sich irgendjemand – keine Ahnung, wer oder wann – einen Bahnhof vorgestellt hatte, und von da an nannten ihn alle so. Die Züge fuhren hier langsamer, denn auch die Eisenbahner stellten sich vor, dass es hier einen Bahnhof gäbe. Nur der Abendzug, der unsere Leute abholte, blieb hier stehen. Der Pellaio. Nur er betätigte die Bremsen in unserem Dorf, das da war und auch nicht, denn es hatte sich immer oben im Aspromonte befunden und erst die Überschwemmung 1951 hatte es ins Tal gebracht. Allerdings war es noch nicht fertig, und gewisse Dinge besaß es, andere jedoch nicht. Und wenn das Dorf keinen Bahnhof hatte, existierte es gar nicht für den Zug, denn in Reggio, Calabria oder Catanzaro konnte man ja nicht „Fantasiebahnhof" auf die Fahrkarte schreiben, und man konnte von Reggio oder Catanzaro ja auch nicht zu einem Bahnhof fahren, den es gar nicht gab.

Mit Ausnahme des Pellaio machten die Züge mit uns, was die anständigen Mädchen mit den Jungs machten – sie wussten, dass wir da waren, ignorierten uns jedoch, sie gewährten uns nur eine kurze Verlangsamung, sodass auch die Jüngsten ohne Schwierigkeiten zu- und aussteigen konnten. Für die anderen gab es einen Bahnhof davor oder danach, man musste jemanden bitten, mitgenommen zu werden, oder man musste drei Kilometer zu Fuß ins nächste Dorf gehen. Der einzige Vorteil war, wir ersparten uns Fahrkarten oder Jahreskarten, das Dorf half uns beim Sparen.

Der Zug kam pfeifend, wie immer war er schon voll besetzt, die Jugendlichen aus zwei kleineren Dörfern saßen schon darin, sie fuhren in die Städte, in denen sich höhere Schulen befanden; andere fuhren mit dem Bus, wurden von ihren Verwandten im Auto gefahren oder von Gutmütigen mitgenommen. Zum Großteil waren wir Söhne von Emigranten, wir waren ihre Hoffnung auf eine weniger mühevolle Zukunft und der Traum des Küstenstreifens am Ionischen Meer, genauso modern zu werden wie Norditalien.

Kaum eingestiegen, betraten wir ein Abteil, in dem ein Mädchen von auswärts zwischen zwei Typen mit hartem Blick saß, wohl ihren Brüdern oder Cousins.

Zwei von uns lenkten die Aufpasser ab und der Reihe nach begafften wir das Mädchen.

Ich hielt sie für schön, hin und wieder hob sie den Blick. Auf dem Gang gingen all die auf und ab, die sich die Fahrgäste ansahen.

Bei der ersten kleinen Stadt leerte sich der Zug um die Hälfte, die zweite Hälfte stieg im nächsten Städtchen aus. Ein Teil der Schüler, Mädchen und Jungs, ging in die jeweilige Schule, der andere Teil, nur Jungs, teilte sich. Ich und Filippo waren bei dieser Gruppe. Wir gingen zu dem Gymnasium, das von den schönsten Mädchen besucht wurde, Antonio leistete uns eine Zeit lang Gesellschaft, dann verschwand er in dem Friseurladen, wo er arbeitete, er war der Einzige von uns dreien, der gerne zur Schule gegangen und auch intelligent genug gewesen wäre, aber bei ihm zu Hause war die Not noch viel größer als bei uns und die zwanzigtausend Lire, die ihm der Friseur für einen halben Arbeitstag gab, wogen schwerer als seine Intelligenz.

Als auch das letzte Mädchen hineingegangen war, gingen wir wie üblich in die Bar. Seit Anfang Dezember hatten wir die Landwirtschaftsschule, die wir offiziell besuchten, nicht mehr betreten, davor, von Oktober bis November, hatten wir sie gelegentlich besucht, jetzt gingen wir nicht einmal in ihre Nähe: In der ganzen

Schule gab es nur zwei Schülerinnen, und wenn man das nicht wusste, hätte man sie für Jungs gehalten.

Isidoro war bereits in der Bar – er war um ein paar Jahre älter als wir, besuchte die Handelsschule jeweils drei Tage und dann wieder nicht, das reichte, um durchzukommen, denn dort stellten sie keine hohen Ansprüche, mittlerweile war er im dritten Jahr und sein Vater hatte nichts bemerkt und schickte ihn mit vollen Taschen in die Schule, er hatte nämlich ein großes Stoffgeschäft im Landesinneren und verdiente viel Geld, weil er Aussteuern für Bräute verkaufte.

Isidoro war ein gutmütiger Typ; schon mehrmals hatten wir ihn vor den Angriffen einer Gruppe von Angebern gerettet: Er bezahlte Frühstück, Billardtisch, Flipperautomat und einmal in der Woche die Eintrittskarte in ein Kino, in dem es für die vielen Jungs, die wie wir nicht zur Schule gingen, eine Vormittagsvorstellung gab.

Als wir kamen, lehnte er schon am Tresen und bestellte wie üblich einen Cappuccino. Wir drückten ihm die Hand und gaben ihm links und rechts einen Kuss, danach öffneten wir die Glasvitrine und nahmen uns Teigröllchen mit Vanillecreme. „Gevatter Isidoro, warum seid Ihr nicht zu unserem Dorffest gekommen, wir haben auf Euch gewartet, um mit Euch Spaß zu haben", sagte Filippo, der ihn immer mit „Ihr" ansprach. „Mein Vater kann nachts nicht Auto fahren, weil er nicht gut sieht, und sonst war niemand bereit, mich hinzubringen", antwortete er. „Aber Ihr hättet untertags kommen und die ganze Zeit über bei uns bleiben können", fuhr Filippo fort. „Stimmt, daran habe ich gar nicht gedacht", sagte Isidoro, überzeugt, dass Filippo es ernst meinte.

Wir hatten ihn noch nie eingeladen, niemand hätte ihn beim Fest gerne dabeigehabt. Filippo hatte begriffen, dass sich Isidoro gern als Erwachsener aufspielte wie ein Bandit, und er redete ihm immer nach dem Mund, aber insgeheim machte er sich über ihn lustig. „Gevatter Isidoro, was meint Ihr, spielen wir eine Partie Flipper?", fragte er ihn und wischte sich mit dem Handrücken den Zucker vom Mund ab. „Warum fragt Ihr, Gevatter Filippo? Natürlich spielen wir eine Partie."

Wir tranken den Cappuccino, Isidoro bezahlte mit einem Tausend-Lire-Schein und ließ sich den Rest in Fünfziger-Münzen herausgeben. Im halbdunklen Hinterzimmer der Bar standen Flipperautomaten, einer schöner als der andere. Der Automat, der vor zwei Monaten aufgestellt worden war und uns augenblicklich am besten gefiel, war zum Glück frei: Filippo stellte sich davor auf, streichelte die silbernen Kanten, wischte ihn mit den Servietten ab, die er vom Tresen mitgenommen und in Wasser eingetunkt hatte, drückte auf den Knopf, streckte die offene Hand aus, Isidoro legte eine Münze darauf und er steckte sie in den Schlitz, worauf ein Ruck durch den Flipper ging: Die Lampen gingen an und die Bumper klingelten. Filippo streckte die Finger aus, Isidoro betätigte den Plunger und schoss die Kugel ab.

„Was macht Ihr da, Gevatter Isidoro?", sagte Filippo und gebot ihm Einhalt. „Was?", fragte Isidoro verdutzt, „K7 …", wiederholte Filippo. Isidoro schlug sich mit der Hand auf die Stirn und lief weg, wobei sein Fett wabbelte. Ich und Filippo lächelten einander an: „Eins, zwei, drei …", zählte er; Isidoro kam zurück, Filippo legte seine Finger auf den Knopf und sobald die Jukebox zu spielen begann, schoss er die Kugel ab; er war gut, die Kugel schlug sofort gegen den Hundert-Punkte-Bumper, Isidoro riss die Arme hoch, die Kugel rollte in einen Tunnel, der uns einen Bonus von zehntausend Punkten bescherte, und landete auf Filippos rechtem Flipper, er betätigte ihn und schoss die Kugel genau auf einen schwer zu erreichenden Bumper – zwanzigtausend Punkte und der Bumper leuchtete.

Die *Shocking Blue*, die wir mit der K7-Taste der Jukebox gedrückt hatten, sangen den Refrain von *Venus*, und wir sangen im Chor mit. Unsere Partien waren ein Ritual, die Songs gehörten genauso dazu wie Filippos Angeberei; augenblicklich hatte sich eine Traube von Jungs um uns geschart.

Filippo war der Beste und spielte immer als Erster, ich kam als Zweiter. Wir hatten fünf Kugeln. Für gewöhnlich ließ Isidoro seine Runde aus, denn wir wollten immer wieder aufs Neue den Rekord brechen, und er wollte den Wettlauf nicht ruinieren – allerdings gehörte er zur Mannschaft und wenn wir den Rekord brachen, gewann auch er. Deshalb freute er sich immer, wenn die sechste Kugel aufs Spielfeld gerollt kam, und wenn wir wie so oft ein Extraspiel bekamen, freute er sich unbändig, dann durfte nämlich immer er beginnen!

Filippo war heute wirklich in Hochform: vielleicht aufgrund der Abstinenz, denn zwischen den Feiertagen und meiner Krankheit war er nie hier gewesen. Er traf die ganze Serie der Dreier-Türme, einen Großteil der Vierer-Türme und zumindest die Hälfte der Siebener-Türme; er erzielte zweihunderttausend Punkte und gewann eine siebente Kugel, dann übergab er an mich, ich musste nur noch sehr wenige Schlagtürme treffen, um ein Extraspiel zu gewinnen.

Auch ich war in Form, jeder Schuss ein Treffer. Ich musste mich nicht sehr anstrengen, um den letzten Turm zu treffen, ich hielt die Kugel auf dem linken Flipper, wechselte einen Blick mit Filippo und zielte auf eine Kante ganz in der Nähe, die Kugel traf sie und rollte zurück, landete jedoch unausweichlich zwischen den beiden Flippern. „Neeiiin", schrien die Fans. Ich fluchte, senkte den Kopf, trat zurück.

„Hier ist Eure Hand vonnöten, Gevatter Isidoro", sagte Filippo. „Das wäre unhöflich von mir", sagte er abwehrend. „Los, Isidoro!", kreischte unser Publikum. Filippo trat zur Seite und Isidoro pflanzte sich behäbig vor dem Flipper auf. „Ich schieße", sagte Filippo und zog den Plunger zur Gänze aus der Führung, ließ ihn aus und die Kugel schoss mit einem trockenen Geräusch heraus. Sie flog hin und her, rollte in den Tunnel, tauchte mitten auf dem Spielfeld wieder auf und rutschte direkt zwischen den beiden Flippern durch. „Neeiiin", schrien wir. Isidoro machte einen kleinen Sprung und riss den Flipperautomaten mit. Die Lampen leuchteten auf, wir befürchteten ein Tilt. Er drückte auf den Knopf und der rechte Flipper streifte die Kugel, schubste sie auf den linken, der merkwürdig zuckte und die Kugel nach oben schmetterte, wo sie einen Bumper traf, eine Glocke läutete, die Kugel prallte ab, und als das Ziel getroffen und die Kugel von einem Wirbel verschluckt wurde, brüllte Isidoro „Jaaa!"; alle Lampen gingen an, der Punktezähler drehte durch und die Zahlen begannen zu laufen, als wollten sie nie wieder stehen bleiben.

EXTRASPIEL, stand in Rot geschrieben, DU HAST EIN EXTRASPIEL GEWONNEN.

Der Champion schrie auf, hüpfte, tanzte eine Tarantella, sein Bauch wabbelte in alle Richtungen. Das war sein erstes Extraspiel, das erste, das wir ihm gewährten, seitdem wir befreundet waren, doch er hatte keine Lust mehr zu spielen. Er überließ uns den Flipper und lud das Publikum an den Tresen ein. Er ging schnell und mit stolzgeschwellter Brust, mit einer kleinen Schlange im Gefolge.

Aus der Gegenrichtung kamen zwei junge Männer, die ich vom Sehen her kannte, einer hielt eine Tasche fest in der Hand, sie gingen zwischen uns durch und schubsten uns weg; ich folgte ihnen mit dem Blick, sie durchquerten das Hinterzimmer, öffneten die Tür ganz hinten, gingen hinaus, dahinter befanden sich ein Hof mit einer Bocciabahn und das Klo.

Wir am Tresen waren ungefähr fünfzehn, Isidoro sagte warnend zum Barmann: „Höchstens ein Getränk und ein Gebäck für jeden." Jeder bestellte so viel wie möglich und Isidoro holte sogar ein Päckchen Zigaretten heraus und ließ es herumgehen. Ich und Filippo nahmen je eine Zigarette, mit einem Wink bedeutete er mir, ich solle mit ihm hinaus auf die Piazza gehen. Wir setzten uns auf den Bordstein am Rande eines Blumenbeets und tranken ruhig unsere Cola, aßen das Gebäck, baten jemanden um Feuer und machten lange, genussvolle Züge.

Einer der beiden, die den Flippersaal durchquert hatten und auf den Hof hinausgegangen waren, tauchte auf, blickte sich um und sah uns an. Er zündete sich eine Zigarette an, machte einen Zug und blickte sich wieder um. Auch sein Freund kam heraus, sie plauderten, einer gestikulierte und der andere hielt seine Arme fest, sie schauten sich gemeinsam um, noch ein paar Worte, der eine ging wieder hinein und der, der als Erster herausgekommen war, kam auf uns zu.

Die beiden kamen oft in die Bar. Wir hatten einander immer bloß gegrüßt, doch wir wussten, der eine war ein Mafioso. Er hatte immer neue Kleider, zog jeden Tag frisches Zeug an, berührte beim Gehen kaum den Boden und wenn er die Hand aus der Tasche zog, um zu zahlen, war sie voller Geldscheine. Wir beäugten und beurteilten einander. Er war gute zwanzig Jahre alt, dem Akzent nach war er aus Gioioso oder einem Dorf in der Nähe.

Er näherte sich uns auf zwei Meter. „Wie geht's, Gevatter?", sagte er, bevor er stehen blieb. „Alles in Ordnung", antwortete Filippo; er streckte die Hand aus, wir drückten sie. „Ein schönes Fest war das in eurem Dorf", sagte er. „Wart ihr auch da?", fragte Filippo. „So was lassen wir uns nicht entgehen, das ist ja eines der schönsten Feste in der Provinz und es wimmelt dort von guten Leuten", schmeichelte er uns.

„Dieses Jahr waren offenbar noch mehr Leute da", sagte ich, um zu zeigen, dass ich mich über das Kompliment freute. „Stimmt", bestätigte er, „am Viehmarkt gab es alle möglichen Vergnügungen, die Zigeuner haben Vieh und ihre schönsten Frauen gebracht", sagte er in komplizenhaftem Ton, „und außerdem hat sich heuer jemand zum ersten Mal den Fuchsschwanz unter den Nagel gerissen."

Filippo sprang auf und sein Hals blähte sich wie der einer Kröte. „Habt ihr nicht erkannt, dass wir das waren, ich und Nicolino?", schrie er beinahe.

Auch mir gefiel es, dass sich die Nachricht sogar außerhalb des Dorfes verbreitet hatte, aber ich freute mich nicht allzu sehr darüber, denn in seiner Stimme lag ein falscher Tonfall, wahrscheinlich wusste er durchaus, dass wir die Beute an Land gezogen hatten. Und er blickte sich ständig nervös um, ich fragte mich, warum.

„Das wart wirklich ihr? Da waren so viele Menschen, ich kam nicht nahe genug ran, um zu sehen, wer gewonnen hatte", erwiderte er. „Ich schwöre beim hl. Sebastian, wir haben dem Zigeuner eins ausgewischt. Aber ich kann dir nicht verraten, wie wir es gemacht haben", warf Filippo ein, er betonte jedes einzelne Wort, womit er zu verstehen gab, dass unser Unterfangen nur mithilfe eines Tricks gelungen war.

Der andere schlug sich mit den Händen auf die Schenkel und gab mir einen Schlag auf die Schulter. „Glaubt ihr, ich hätte euch nicht schon oft in der Bar gesehen? Ich weiß, dass ihr in Ordnung seid, bodenständig, mit der Sonne im Gesicht, dem Blick zum Himmel und ohne Gras unter den Füßen."

Das war die bildhafte Sprache der Banditen, und genau das wollte er uns auch zu verstehen geben, dass er ein Mafioso war oder kurz davor, einer zu werden.

Filippo war in einer Mafiafamilie aufgewachsen und gab ihm gleich eine passende Antwort: „Wer betrügen will, muss in Ställe ohne Stiere gehen, sonst geht er als Hahn hinein und kommt als Kapaun heraus. Und Zigeuner können nur ihresgleichen betrügen."

„Richtige und wohlüberlegte Worte, Gevatter", stimmte der andere zu, „deshalb wollte ich mit euch sprechen", und blickte sich immer nervöser um.

Auf einer der Straßen, die zur Piazza führten, tauchte eine kleine Truppe Carabinieri auf, er verstummte. Das Grüppchen ging an uns vorbei und verließ die Piazza auf der anderen Seite. „Warum gehen wir nicht hinein, trinken ein Bier und plaudern ein wenig mit meinem Freund?", schlug er vor, und diesmal verbarg er nicht den nervösen Tonfall. Noch bevor wir eine Antwort gegeben hatten, ging er los. Filippo folgte ihm und ich zögerte, ich setzte mich erst in Bewegung, als alle drinnen waren.

Isidoro stand am Tresen, noch immer von einer Schar Jungs umringt; er lachte zufrieden, und die anderen tranken und aßen. Ich sagte mir, dass alle über die Stränge geschlagen hatten. Aber heute war Isidoro das egal; er war wirklich großzügig, er machte es nicht aus Pflichtbewusstsein. Merkwürdig, dachte ich, in allen Bars, in denen Schulschwänzer saßen, gab es einen Typ wie Isidoro. Einer, der sich inmitten der Hungerleider wohlfühlte; und dieser war immer der Wehrloseste und konnte sich nur mit Geldscheinen gegen Beleidigungen und Hänseleien schützen. Sobald die Wohlhabenden jedoch erwachsen waren, gab es keinen mehr, der sie hänselte oder sich um sie scharte.

Ich ging an Isidoro vorbei, ohne dass er mich bemerkte, durchquerte den Flippersaal und ging in den kleinen Hof hinaus. Filippo und die beiden saßen an einem Tisch. Der Zweite war noch viel nervöser als der, der sich draußen mit uns unterhalten hatte, er reichte mir eine schweißnasse Hand. „Hol vier Flaschen Bier", befahl ihm der Erste, sobald ich mich gesetzt hatte, und redete weiter, ohne auf ihn zu warten.

Er hatte es eilig, er redete nicht lang um den heißen Brei herum und verwendete auch nicht die bildhafte Sprache der Banditen. „Ihr müsst etwas für uns aufbewahren. Nur eine Woche lang, danach gebt ihr es uns zurück. Ganz einfach, und falls alles gutgeht …", er hielt inne, „bekommt ihr fünfzigtausend Lire."

Filippo stieg die Röte ins Gesicht, auch ich wurde feuerrot.

Fünfzigtausend Lire!

Damit konnten wir uns den Bauch mit Gebäck vollschlagen, Jeans und Schuhe kaufen, einen Monat lang essen und trinken!

„Was genau sollen wir tun?", fragte Filippo und beim Gedanken an das Geld zitterte seine Stimme. Der andere kam mit den Bierflaschen, stellte sie auf den Tisch, entkorkte sie und reichte sie uns. Der Erste nahm eine Flasche, seine Stimme war jetzt ruhig und ernst: „Wir geben euch eine Tasche. Ihr bewahrt sie an einem sicheren Ort auf. Heute ist Dienstag, stimmt's?", fragte er. Wir nickten. „Nächsten Dienstag kommt ihr mit der Tasche her, gebt sie uns zurück, nehmt eure fünfzigtausend Lire in Empfang und wir trinken wieder ein Bier."

Er hob die Flasche, hielt sie in die Mitte, sein Freund tat es ihm nach, und Filippo stieß mit ihnen an. Sie sahen mich erwartungsvoll an. Unzählige Gedanken gingen mir durch den Kopf, aber die fünfzigtausend Lire brachten sie zum Schweigen. Auch ich stieß an.

Einer nach dem anderen trank das Bier in drei Schlucken aus. „Seht ihr die Kisten?", fragte der Erste und zeigte auf die Plastikbierkisten mit den leeren Bierflaschen, die hinten an der Wand des Hofes gestapelt waren. „Darin ist eine Tasche. Bevor ihr in den Zug steigt, holt ihr sie raus."

Er verstummte, stand auf, drückte uns die Hand; sein Freund tat es ihm gleich, jetzt war seine Hand nicht mehr schweißnass. „Sucht euch aber ja ein gutes Versteck", riet er uns mit einem harten Blick; er hob die rechte Braue, darunter befand sich ein Feuermal.

Sie gingen und wir blieben allein sitzen. Trotz des Biers wurde ich nicht gesprächiger. Meine Skrupel machten sich wieder bemerkbar. „Was da wohl drin ist?", fragte ich.

„Nico, da sind fünfzigtausend Lire drin. Nur daran dürfen wir denken."

Im Flipperraum wimmelte es jetzt wieder von Jungs, die sich auf Kosten von Isidoro den Bauch vollgeschlagen hatten, aber er war nicht da, ich blickte mich um, aber er stand auch nicht am Tresen.

Wir taten so, als würden wir den anderen beim Spielen zusehen und beobachteten unauffällig die Tür hinten. Ich begann die Minuten zu zählen – um halb zwei fuhr ein Zug ab, der bei jedem dritten Bahnhof stehen blieb und bei unserem nicht einmal langsamer fuhr, um zwei fuhr der Lokalzug ab, der überall stehen blieb und in unserem Dorf langsamer fuhr.

Nach einer Weile ließ ich Filippo stehen und ging zur Uhr im großen Saal: Es war erst zwanzig vor elf. Ich ging ins Freie. Ein Auto der Carabinieri machte eine Runde über die Piazza, fuhr vor jeder Bar langsamer, deren Glasfenster auf die Piazza blickten und vor der sich Grüppchen von Jungs gebildet hatten. Noch bevor die Carabinieri zu mir gelangten, ging ich hinein. Ich ging in den Flipperraum und zog Filippo am Arm in den Hof.

„Die Carabinieri sind wieder auf der Piazza, Filippo." „Was tun sie?" „Sie fahren an der Bar vorbei" „Kommen sie etwa herein?" „Nein, ich habe sie nicht hereinkommen sehen, aber ich bin schnell hereingelaufen und sie drehen draußen nach wie vor ihre Runden."

„Wer weiß, was da drin ist", sagte er leise und zeigte mit dem Blick auf die Kisten an der Wand, „… und wenn wir einfach gingen und alles liegen ließen?"

„Nein, jetzt besteht keine Gefahr. Erst dann, wenn wir mit der Tasche hinausgehen. Gehen wir zurück in die Bar. Oder gehen wir lieber auf die Piazza hinaus und bleiben wir in etwas Entfernung stehen. Schauen wir, was passiert, dann überlegen wir, was wir tun", schlug ich vor und fühlte mich erleichtert. Ich ging wieder in die Bar. Als ich bemerkte, dass er mir nicht gefolgt war, kehrte ich um und packte ihn am Arm. „Los." Er sah nicht sehr überzeugt drein, ließ sich jedoch mitschleppen.

Auf der Piazza waren keine Carabinieri mehr, aufs Neue setzten wir uns auf den Bordstein. „Hast du gesehen? Du hast dir einen Schrecken einjagen lassen, Filì."

Ich wünschte mir, dass es nur ein Schrecken gewesen wäre. Aber die beiden, die uns das Geschäft vorgeschlagen hatten, waren überaus nervös gewesen, sie hatten sich erst entspannt, als sie weggegangen waren. Was war wohl in der Tasche, was war fünfzigtausend Lire wert? Und wie gefährlich war sie, wenn die beiden sie uns anvertrauten, auf die Gefahr hin, dass wir sie verloren? Und warum ausgerechnet uns?

„Gevatter, wo seid Ihr gelandet? Ich habe alle Bars auf der Piazza abgeklappert, um Euch zu suchen." Isidoro stand hinter uns, ohne dass wir es bemerkt hatten. Filippo neben mir war aufgeschreckt und einen Augenblick lang, bevor ich ihn erkannte, hatte auch mein Herz wild zu pochen begonnen.

„Wir sind ein wenig spazieren gegangen, und jetzt sind wir wieder da. Setzt Euch zu uns, Gevatter Isidoro", forderte Filippo ihn auf, und zum ersten Mal lag in seiner Stimme nicht der übliche Spott. Wir umringten ihn. Er sah noch immer so zufrieden drein wie davor, als er das Extraspiel gewonnen hatte.

„Habt Ihr vielleicht eine Zigarette?", fragte Filippo. Isidoro steckte die Riesenpranke in die Hosentasche und holte ein Päckchen heraus wie eine Trophäe. „Ich habe mir neue gekauft, deine Freunde haben mir alle weggeraucht." Wir nahmen uns jeweils eine. Isidoro zündete sie an und rauchte ebenfalls. Er war nicht nur zufrieden, sondern auch ruhig, und in diesem Augenblick beneidete ich ihn.

Ausnahmsweise war er es, der uns beruhigte.

Er begann von dem Spiel zu erzählen, und dass die anderen ihm gratuliert hatten. Eine Zeit lang ließen wir ihn reden, ohne ihn zu unterbrechen. Dann fragte ich ihn, ob in der Stadt etwas vorgefallen sei – es seien so viele Carabinieri unterwegs.

„Ihr meint, ob jetzt etwas vorgefallen ist?", fragte er. Ohne auf die Antwort zu warten, fuhr er fort: „Von jetzt weiß ich nichts, aber zu Weihnachten ist in einem Dorf in der Nähe einer umgebracht worden. Und dann während eures Patronatsfests ist genau hier einer umgebracht worden."

„Wo hier?", unterbrach Filippo.

„Genau fünfhundert Meter von hier entfernt. Auf der Piazza Carmine, oberhalb des Agrarkonsortiums. Angeblich dort ein hohes Tier."

„Ach", sagte Filippo, blickte mich an und neigte den Kopf.

„Lest ihr denn keine Zeitungen?", fragte Isidoro, fuchtelte mit den Händen und presste die Fingerspitzen aneinander, „in der ganzen Provinz wird ein Bandit nach dem anderen abgestochen", sagte er aufgeregt, „einer meiner Freunde sagt, da dreht einer durch, wer weiß, was noch alles passiert." Er sprach wie jemand, der sich auskannte.

„Es gibt keine Rosen ohne Dornen", witzelte Filippo. „Ja, Gevatter, am Feuer kann man sich wärmen, aber auch verbrennen", antwortete Isidoro umgehend.

Aber ja doch, die Carabinieri drehten wegen der Banditen ihre Runden, nicht wegen unserer Tasche. Ich entspannte mich ebenfalls und machte mir einen Spaß daraus zuzusehen, wie Filippo Isidoro veräppelte: Bemerkte er es nicht? Vielleicht bemerkte er es, dachte ich, doch wenn man Bedürfnis nach Gesellschaft hat, ist man sogar zu einem kleinen Opfer bereit. Im Grunde überschritten weder ich noch Filippo je die Grenze, wir mochten ihn nicht nur wegen seiner Großzügigkeit, und in unserer Anwesenheit durfte ihn niemand auslachen oder abzocken – außer bei außergewöhnlichen Gelegenheiten wie heute Vormittag.

Ich betrachtete sein ruhiges Mondgesicht, es tat mir leid und gleichzeitig tröstete es mich, nein, wir mussten uns keine Sorgen machen, sagte ich mir, und hörte auf, die Minuten zu zählen, die vergingen, während wir plauderten und rauchten. Erst als Isidoro hochfuhr, erinnerte ich mich daran, wie spät es war: „Fünf nach eins!", schrie er, sprang auf, „Gevatter, ich laufe zum Bus", sagte er, lief watschelnd davon und versprach, morgen wiederzukommen.

Ich und Filippo blickten einander wortlos an, aufs Neue kreisten meine Gedanken ausschließlich um die fünfzigtausend Lire.

Wir betraten die Bar, gingen ins Hinterzimmer. Filippo steckte die Hand in den Spalt zwischen Wand und Kisten, schlüpfte mit dem ganzen Körper hinein, mit leuchtenden Augen zog er eine grüne Militärtasche heraus, eine von der Art, in der Schüler gern die Bücher transportierten. Er hielt sie am Tragriemen fest, ließ sie zwischen den gespreizten Beinen baumeln, als könne das Gewicht ihm die Art oder die Gefährlichkeit des Inhalts offenbaren.

Ich nutzte sein Zögern, riss sie ihm aus den Händen, hängte sie mir um. Ich begann zu laufen, ohne mich um Filippos verdutztes Gesicht zu kümmern. Ich lief durch den Flippersaal und auf die Piazza hinaus, er folgte mir. Erst mitten auf dem Platz blieb ich stehen und blickte mich um. Filippo kam mir nach, riss die Augen auf, sein Lächeln wurde zu einem verzerrten Grinsen und er starrte auf eine Stelle zu meiner Linken.

Ich traute mich gar nicht hinzusehen. Die Tasche war auf einmal so schwer wie Blei, sie schien mich zu Boden zu ziehen. Ich war wie gelähmt, wartete darauf, dass etwas passierte, und Filippo machte dasselbe.

Das Wunder geschah. „Was macht ihr hier?" Das Blut kreiste wieder in meinen Venen. „Ich wollte euch beim Gymnasium abholen, aber ihr wart nicht da."

Es war Antonios Stimme. Filippos Blick löste sich von der Stelle, auf die er gestarrt hatte, und folgte Antonio, der an mir vorbeiging und zwischen Filippo und mir stehen blieb, und dann schaute er wieder auf den Punkt zu meiner Linken, der ihm einen so großen Schreck eingejagt hatte.

Antonio war nicht nur intelligent, sondern auch ein kleiner Zauberer, er beobachtete, dann schaute er mich an. Er stellte keine Fragen, ich hätte ohnehin nicht die Kraft gefunden zu antworten. Er kam näher, nahm mir die Tasche aus der Hand und hängte sie sich um, und ich sprang auf wie eine zusammengepresste und dann losgelassene Feder. Ich atmete tief durch.

„Schnell, sonst versäumen wir den Zug um halb zwei", sagte er, als er zwischen mir und Filippo durchlief. Ich drehte mich um, vor mir, mitten auf der Straße, standen ein Geländewagen und eine Giulia der Carabinieri, und zwischen der Motorhaube des Geländewagens und dem Heck der Giulia stand eine graue Vespa, und daneben standen die beiden, die uns die Tasche gegeben hatten.

Bleib stehen, hätte ich am liebsten zu Antonio gesagt, doch er war schon ein paar Meter vor mir. Als er vom Gehsteig herunterstieg und die Straße überquerte, ging auch ich los. Auch Filippo setzte sich in Bewegung, wir folgten Antonio, er blieb stehen und rief noch mal: „Beeilt euch, sonst verpassen wir den Zug", nur zwei Meter von den Carabinieri entfernt. Wir gingen schneller. Ich hob den Kopf, zog die Schultern hoch, ich und Filippo gingen Seite an Seite, wir gelangten zu Antonio und nahmen ihn in die Mitte. Wir überquerten gemeinsam den Platz. Ich schaute genauer, der Sattel der Vespa war hochgehoben, ein Carabiniere kramte in dem Hohlraum darunter, weitere zwei Carabinieri kontrollierten die Gegenstände, die die Festgenommenen aus ihren Taschen hatten ziehen müssen und jetzt auf der Kühlerhaube der Giulia lagen. Ein weiterer Carabiniere mit silbernen Tressen auf dem Ärmel lächelte Antonio an. Wir gingen weiter, betraten den Gehsteig auf der anderen Seite. „Antonio." Die Stimme durchbohrte meine Ohren wie der Gewehrschuss im Stall von Don Santoro Motta. Antonio drehte sich lächelnd um. „Ab morgen lasse ich mir einen Bart wachsen." Antonio zwinkerte mir zu.

Meine Beinmuskeln lösten sich, ich sah das bleiche Gesicht von einem der beiden Festgenommenen, dem mit dem Feuermal, das jetzt so rot war wie eine reife Kirsche, wir gingen schneller, liefen beinahe zum Bahnhof. Wir sprangen in den Waggon, bevor der Zugführer das Trittbrett einzog, die Tür hinter sich schloss und dem Lokführer das Zeichen zur Abfahrt gab. Wir gingen nicht in ein Abteil, sondern verzogen uns auf den Platz vor der Toilette, vor der Falttür, die in den nächsten Waggon führte und nicht völlig geschlossen war, durch den Spalt drangen Lärm und ein Gestank von Diesel und Bremsflüssigkeit. Antonio ließ sich von Filippo alles erklären, er hörte sich die Geschichte an, und als sie zu Ende war, stellte er keine Fragen. Er ging auf den Gang und wir folgten ihm, aufs Neue nahmen wir ihn in die Mitte; er öffnete ein Fenster und die Luft strömte herein, die eiskalte Luft schlug uns ins Gesicht, aber wir blieben trotzdem stehen und betrachteten das winterliche Meer, das genau so grau war wie die Wolken darüber und das den Strand mit großen Bissen verschlang, ihn bei sich behielt, um ihn später, Anfang April, wieder auszuspucken.

Das Pfeifen des Zuges kündigte einen Bahnübergang und wieder ein Dorf an: zwei Stopps hintereinander, dann wurden drei Dörfer ausgelassen, schließlich blieb der Zug drei Kilometer außerhalb unseres Dorfes stehen. Bevor wir ausstiegen, versuchte Filippo Antonio die Tasche zu entreißen, aber Antonio ließ sie nicht aus, er ging schnell, und wir hinter ihm, er gelangte zur Staatsstraße und ging weiter bis zur Dorfgrenze.

Mit uns waren mehrere Personen aus dem Dorf unterwegs, sie waren mit demselben Zug gekommen und versuchten jetzt ein Auto anzuhalten. Wir wurden immer mehr, wir waren schon gut zwanzig, in Zweier- und Dreiergruppen gingen wir hintereinander, in der Reihenfolge, in der wir ausgestiegen waren. Wir waren an dritter Stelle. Es fuhren nur wenige Autos vorbei, aber die Fahrer waren gnädig, nur die vollbesetzten Autos blieben nicht stehen.

Schon nach wenigen Minuten hatten ein Fiat Millecento und ein VW-Kleinlaster die ersten fünf mitgenommen. Kaum waren sie weg, blieb ein knallroter Fiat 124 Special T bei uns stehen, wir stiegen ein und der Fahrer fuhr mit quietschenden Reifen an, ohne sich umzublicken. „Wo wollt ihr hin?" „Ins nächste Dorf", sagte ich. „Schade", sagte er, „ihr hättet uns Gesellschaft leisten können, wir fahren nach Reggio."

Es waren ein Mann und eine Frau, er hatte lange, lockige Haare, ihre braunen Haare waren mit einem geblümten Band zu einem Pferdeschwanz gebunden. Das Auto duftete sauber und gut. Er steckte eine Kassette in die Stereoanlage und stellte lauter, ein mir unbekannter Schlager, eine männliche, aber sanfte Stimme, ich hätte gern länger zugehört, doch die Kreuzung mit der Dorfstraße tauchte auf und das Auto bremste im letzten Augenblick; ich knallte gegen den Vordersitz und meine Nase landete in den Haaren der Frau.

Wir stiegen aus, das Auto fuhr schnell wieder an. „Bis zum nächsten Mal", schrie der Fahrer, und Filippo konnte gerade noch die Tür schließen, bevor das Auto mit quietschenden Reifen anfuhr, so konnte ich ihr Gesicht nicht sehen.

Antonio ging schnell weiter, wir kamen ihm kaum nach. Er ging jedoch nicht ins Zentrum, sondern bog auf die Straße ein, die ums Dorf herumführte – weder ich noch Filippo wagten zu fragen, wohin er ginge. Ich begriff es erst, als er auf den Feldweg einbog, der zum Haus von Don Santoro führte.

Ich hatte gedacht, er wolle den Alten um einen Rat fragen, doch er blieb vor dem Haus stehen, betrachtete es, ging weiter nach links zum Stall und zu dem Busch, in dem wir uns versteckt hatten, um dem Wunder des hl. Sebastian beizuwohnen.

Antonio hockte sich auf den Boden und verschwand im Gebüsch.

Filippo sah mich an, dann hockte er sich hin und verschwand ebenfalls.

Ich hatte dasselbe Gefühl wie beim letzten Mal. Eine Stimme in meinem Inneren schrie: „Lauf weg, das ist ein Frevel." Ja, eine weitere Sünde nach der, die ich bei der Prozession begangen hatte. Wenn Antonio und Filippo nicht schon im Loch verschwunden wären, wäre ich tatsächlich davongelaufen, ich hätte sie überredet, mit mir zu kommen und die Tasche wegzuwerfen, wir würden nie wieder in die Bar zu den beiden gehen und auch nicht in die Stadt. Stattdessen bückte ich mich langsam, kroch hinein und flehte den hl. Sebastian an, er möge diese Angelegenheit in irgendeiner Weise für mich bereinigen.

Beim letzten Mal hatten die Blätter und die Zweige unter meinen Händen und Knien geknackt, jetzt spürten meine Hände und Beine nur Steine, ich roch nicht einmal den süßen Duft des Harzes, und durch das Loch drang ein eiskalter Hauch, bei dem man erschauerte.

Mach, dass sie zurückkommen und sagen, ich solle weglaufen, flehte ich nach wie vor, aber niemand kam mir entgegen.

Sie knieten vor dem Loch, das sie in die Wand des Stalls gebohrt hatten, die Tasche lag auf dem Boden zwischen ihren Beinen. Meine Knie gaben unwillkürlich nach. Unser Atem vereinigte sich, wurde Rauch und stieß durch das Laub. Antonio öffnete beide Schnallen der Tasche, hielt inne, streckte die Hände von sich, als ob sie brannten. Filippo hob vorsichtig die Vorderseite ab, der Stoff darunter war eingesunken, man musste die Tasche aufspreizen. Nun war ich dran.

Ich steckte die Finger, die Hand hinein, spreizte die Tasche auf der einen und dann auf der anderen Seite auf. Wir schauten hinein. Ich hob sie auf, um sie näher zu unseren Augen zu bringen. Wir senkten den Blick. Ich sah einen beruhigenden schwarzen Pullover. Filippo nahm ihn, zog daran und der Pullover fiel auseinander: Waren das Ärmel? Antonio steckte die Hand in einen Ärmel, dehnte ihn und aus einer Öffnung und dann einer zweiten tauchten seine Finger auf. Es war eine Art Sturmhaube, beziehungsweise waren es zwei Sturmhauben.

Wir senkten aufs Neue den Blick. „Was haben wir da bloß angestellt?", entschlüpfte es mir. Da lagen zwei schwarze Pistolen, Lauf an Lauf.

Der Knall eines Schusses, genauso trocken wie beim letzten Mal, doch diesmal blieb mein Herz stehen und ich hörte zu atmen auf. Noch ein Schuss und noch einer. Antonio und Filippo verschwanden. Es dauerte eine Weile, bis ich wieder atmen konnte, während es noch immer knallte und etwas Spitzes aus dem Loch im Stall ragte.

„Hl. Bastiano", sagte ich, während sich meine Lunge wieder mit Atem füllte, die Brust sich blähte und ich auf vier Beinen davonlief. Ich traf Filippo und Antonio an der Kreuzung von Feldweg und Straße. Wir liefen in Richtung einer sicheren Zuflucht, unseres Wohnblocks.

Auf dem Treppenabsatz vor dem Haus stand meine Mutter, die Mutter Antonios wartete an der Tür – Filippos Mutter hatte zu viele Kinder, sie konnte nicht auf jedes einzelne warten. „Da sind sie ja", sagte Mama, „sie kommen immer als Letzte." „Heute wollte uns keiner mitnehmen", rief Filippo, bevor er ins Haus ging. „Wahrscheinlich kennt man euch schon", antwortete meine Mutter. Antonios Mutter sagte nichts, gab ihm wie immer einen Kuss auf die Stirn und trat zur Seite, um ihn vorbeizulassen, winkte meiner Mutter zum Abschied und schloss die Tür hinter sich.

Der Teller stand schon auf dem Tisch. Ich setzte mich, senkte den Kopf und aß; ich hob ihn erst wieder, als ich fertig gegessen hatte, und fand mich Auge in Auge mit Mama wieder. „Warum hast du gegessen, ohne dich zu beklagen, ha, Nicolì?"

„Ich hatte Hunger."

„Hunger? Du hattest noch nie so großen Hunger, um die ganze Pasta mit der falschen Tomatensauce aufzuessen. Entweder hast du sie übrig gelassen oder ich musste sie dir mit Gewalt einflößen."

Sie rückte näher und legte mir eine Hand auf die Stirn. „Du hast doch keinen Rückfall, oder?" Ihre Hand war kühl und trocken wie immer, sie nahm sie von der Stirn und legte sie mir in den Nacken. „Nein, du hast kein Fieber, vielleicht hat das viele Penizillin der Gnura Mela dich auch von deinem Ekel vor dem falschen Sugo geheilt", sagte sie lachend, „geh zur Vorsicht aber lieber ins Bett."

Zum ersten Mal nahm ich freudig den Befehl entgegen, zu Hause zu bleiben, ich hatte die Pasta tatsächlich gegessen, ohne darauf zu achten, was ich aß. Ich trollte mich in meinen Verschlag, setzte mich aufs Bett, um mir die Schuhe auszuziehen, doch meine Mutter kam gelaufen. „Lass", sagte sie, kniete sich hin und band die Schuhbänder auf, zog die Schuhe aus und schnupperte an meinen Füßen, wie sie es mit den Füßen meiner Schwestern gemacht hatte, als diese noch klein gewesen waren. „Die stinken aber ordentlich", sagte sie, „die muss man wegwerfen", doch dann schweifte ihr Blick ab, wanderte durch die Wohnung, wie auf der Suche nach etwas, das ihr plötzlich eingefallen war. Sie verscheuchte den Gedanken, sah mich an. „Kann ich noch etwas für dich tun, Nichino?"

Nichino, so hatte sie mich genannt, als ich noch klein war. *U nichinu d'u me cori* – ein Stück meines Herzens. Damals waren meine Schwestern noch nicht auf der Welt gewesen. Stattdessen war Papa bei uns gewesen; zu dritt gingen wir zum Fest des hl. Bastiano, die beiden hielten mich abwechselnd auf dem Arm, und wenn Mama mich hielt, lag sein Arm auf ihren Schultern und er streichelte meinen Kopf. „Wie war Papa, als ihr euch verliebt habt?", fragte ich plötzlich.

Sie versuchte wieder den Blick abzuwenden, doch dann schaute sie mir in die Augen: „Groß, schlank, immer gebräunt, mit grünen Augen und schwarzen Locken."

Ich schüttelte den Kopf, ich wusste ja, wie er aussah.

„Er war immer lustig … und konnte gut tanzen", sagte sie und senkte den Blick. „So habe ich ihn kennengelernt. Eines Abends im Sommer hab ich meinen Bruder überredet, mit mir heimlich in ein Lokal an der Küste zu fahren, die Musik dort war laut und auf der Tanzfläche wimmelte es von Menschen. Aber er ist mir sofort aufgefallen. Ich schaute voller Bewunderung zu, wie er sich bewegte. Ich wollte unbedingt, dass er mich sah. Und er sah mich auch tatsächlich. Sein Blick fiel auf mich und er konnte ihn nicht mehr abwenden. In der Zwischenzeit hatte mein Bruder was zu trinken geholt. Keine Ahnung, was in mich gefahren war, ich tat etwas, das streng verboten war. Ich ging mitten auf die Tanzfläche, stellte mich vor ihn hin. Doch mein Bruder zerrte mich weg."

„In dieser Nacht habe ich nicht geschlafen, ich dachte ununterbrochen an ihn und daran, dass mein Bruder bestimmt nicht mehr mit mir an den Lido fahren würde. Es vergingen ein paar Tage, und ich war mittlerweile überzeugt, dass er eine schlechte Meinung von mir hatte und ich ihn nicht wiedersehen würde. Doch ganz im Gegenteil. Nach einer Woche kam er die Straße herauf, ich saß gerade mit meiner Mutter vor dem Haus. Nach einem Monat waren wir offiziell verlobt."

„Aber wie wart ihr, die anderen …?", fragte ich.

„Wir waren glücklich, viele Jahre lang waren wir glücklich. Wir hatten Träume und hofften, sie zu verwirklichen. Wir sahen, dass die Welt sich veränderte: Häuser, Autos, Kleider … alles war neu. Hier wurde das neue Dorf errichtet und alle, die nach der Überschwemmung 1951 aus den Bergen geflüchtet waren und in kleinen Dörfern am Ionischen Meer verstreut waren, fanden eine neue Heimat. Meine Familie zog 53 herunter, zuerst fanden wir eine Behausung in der Nähe von Reggio und dann bezogen wir eine Wohnung, in der vor uns noch niemand gewohnt hatte.

Alle, die im alten Dorf oben im Aspromonte zur Welt gekommen waren und dann in einem Flüchtlingslager gelebt hatten, waren außer sich vor Freude. Licht, Wasser, Toiletten … das alles gab es in den Wohnungen. Sogar eine Küche mit Gasofen, und dann bekamen wir der Reihe nach einen Kühlschrank, ein Radio, in manchen Wohnungen gab es sogar einen Fernseher. Jeder Tag war die Befreiung von einer Knechtschaft, wir fühlten uns befreit von den Ketten der Armut. Wir waren trunken von diesem anderen Leben, aber für uns Junge war der Rausch bald vorüber, wir mussten den Alltag bewältigen …"

„Warum ist Papa weggegangen?", fragte ich.

„Weil wir drei Kinder bekommen haben und die Träume der Reihe nach geplatzt sind. Wir mussten euch Kleider kaufen, Essen … Los, ruh dich jetzt ein wenig aus, Nichino, bevor einer deiner Freunde kommt und dich abholt. Ich muss die Teller abspülen, sonst verkrustet die Sauce und ich muss Wasser heiß machen."

Ich holte einen „Tex" unter dem Bett hervor und machte die Glühbirne an, die ich an einem Kabel festgebunden hatte, damit sie an der Wand hing wie eine Nachttischlampe. Die Ranger verfolgten einen Verräter, der aus dem Gefängnis ausgebrochen war und geschworen hatte, jemanden umzubringen.

Ich schaffte es jedoch nicht, den Spuren zu folgen. Ich musste an die Briefe denken, die mein Vater meiner Mutter geschrieben hatte. Mit der Zeit waren sie immer seltener und kürzer geworden. Früher hatte er merkwürdige Kosenamen verwendet, die ich noch immer nicht verstand, in den letzten, die ich gelesen hatte, sprach er sie nur noch mit „liebe Lidia" an.

Sobald Mama bemerkt hatte, dass ich sie gelesen hatte, hatte sie sie an einen anderen Ort gelegt. Aber sie war nicht sehr einfallsreich beim Verstecken.

Nun hatte ich allerdings schon lange keine mehr gelesen, offenbar hatte sie ein gutes Versteck gefunden.

Papa hätte zu Weihnachten kommen sollen, war aber nicht gekommen: Mama sagte, er würde zu Ostern kommen. Nicht einmal Geld hatte er geschickt, nicht per Post und auch nicht mittels eines Dorfbewohners, die gemeinsam mit ihm arbeiteten und zu den Feiertagen nach Hause kamen. Das hell- und dunkelblau gestreifte Taschentuch war leer und ich hatte Angst, hineinzuschauen.

Ich wälzte mich im Bett. Keiner meiner Freunde kam, um mich abzuholen. Ich machte das Licht aus und nahm eine Zehn-Lire-Münze aus meiner Tasche. Ich rieb sie an dem Metallnetz unterhalb der Matratze, dabei entstand ein Klang wie von einer Gitarre: Ein Alter aus dem Wohnblock, der schon seit Jahren tot war, hatte mir einst erzählt, das helfe, um Angst oder schlimme Gedanken zu vertreiben. Hin und wieder funktionierte es.

Doch auch der Schlaf wollte nicht kommen, ich zog wieder die Schuhe an, trat vors Haus: Mama stand mit dem Fächer vor dem Kohlenbecken, so auch ihre Nachbarinnen, die Jungs spielten Völkerball, langsam wurde es Abend und aus den Bergen kamen jene Männer herunter, die trotz allem noch immer Hirten waren. Die einzige Laterne im Wohnblock ging an, sie befand sich unter einer Art umgestülpten Topf und hing an zwei Fäden, die sich in der Mitte des Platzes kreuzten.

Die Kohlen, denen die Frauen Luft zufächelten, knisterten, das Feuer verzehrte sie und sie erfüllten die Luft mit einem Duft nach Vergangenheit, der die Alten vielleicht an die Berge erinnerte, wo sie zur Welt gekommen waren. Kälte, Dunkelheit, Feuer – so stellte ich mir den Aspromonte aufgrund ihrer Erzählungen vor.

Ich ging wieder hinein; in der Küche, hinter dem Ölkrug, stand eine Taschenlampe. Sie diente dazu, ins Innere des Kruges zu leuchten, wenn man den Aluminiumlöffel hineintauchte. Manchmal holte man nicht nur Olivenöl heraus, sondern auch körnigen und ranzigen Olivensatz, und die Lampe an der Decke reichte nicht aus, um die Öffnung des Emailkrugs zu beleuchten. Ich probierte, ob die Taschenlampe funktionierte, machte sie wieder aus, steckte sie in den Gürtel und zog den Pullover darüber. Ich ging ins Bad und schob den Riegel weg, mit dem man das Fenster verschloss, steckte eine Seife in den Spalt, damit das Fenster nicht zufiel.

Ich ging wieder zur Tür, Filippos Mutter hielt das Kohlenbecken in der Hand, sie verabschiedete sich gerade von den Gevatterinnen: Mit dem Knie öffnete sie die Tür und schob sie wieder zu. Filippo war nicht zu sehen. Die Frauen gingen der Reihe nach ins Haus, sie öffneten und schlossen die Haustür mit dem Fuß, dem Ellbogen, dem Kohlenbecken. Antonios Mutter ging hinein und auch er tauchte nicht wieder auf. Als meine Mutter an der Reihe war, verabschiedete sie sich von den restlichen Freundinnen und rief Gnura Cata, die schon hineingegangen war: „Gnura Cata, kommt dann auf einen Sprung zu mir." Die Gnura tauchte auf. „Nein, Lidia, ich esse früh und gehe gleich darauf ins Bett, ich bin alt." „Mir zuliebe, Gevatterin, ihr müsst auf meine Kinder aufpassen, sonst kann ich nicht kochen."

Abend für Abend lud jemand die Gnura ein, die ihren Mann schon seit geraumer Zeit verloren und nie Kinder gehabt hatte. Und jeder achtete darauf, die Einladung so zu formulieren, als würde man sie um einen Gefallen bitten; und im Grunde erwies sie uns auch einen Gefallen, denn die Kinder aus dem Wohnblock waren mit den Geschichten aufgewachsen, die sie am Kohlenbecken erzählte. Sie war unser aller Großmutter.

„Geh zur Seite", sagte meine Mutter und ich trat über die Schwelle, um sie hineinzulassen. „Ich mache eine Runde", sagte ich, aber sie gab keine Antwort, sie beeilte sich, um sich nicht die Hände am Kohlenbecken zu verbrennen.

Ich ging durch das Viertel, zwischen spielenden Jungs und Frauen, die die Kohlenbecken hineintrugen und die letzten Worte des Tages wechselten. Es gab nur wenige Laternen und dicke Wolken verhüllten die Sterne, es war nicht zu sehen, ob der Mond am Himmel stand oder nicht; als ich auf den Feldweg einbog, der zu Don

Santoro führte, war es finster. An der Hauswand hing eine Lampe, doch das Licht war zu schwach, um den Weg vor mir zu beleuchten – zum Glück kannte ich die Straße, die zur Rückseite des Stalls führte, ich konnte den Weg fast mit geschlossenen Augen gehen.

Ich kniete mich vor dem Gebüsch hin, und als ich zur Hälfte drinnen war, machte ich die Taschenlampe an. Ich steckte sie mir in den Mund und hielt sie mit den Zähnen fest: Die Äste tanzten, ihr Schatten fiel immer wieder auf merkwürdige Insekten, unbekannte kleine Tiere, schutzlose Wesen; ein Vogel spreizte mit einem Schrei die Flügel, das leere Gehäuse einer Schnecke zerbrach unter meiner Hand, ein Spinnennetz blieb an meinem Gesicht kleben – ich durfte jedoch nicht umkehren –, das sagte ich mir, seitdem ich das Haus verlassen hatte, ich durfte nicht einmal umkehren, wenn ein Wolf vor mir auftauchte oder sonst ein Wesen, das die Geschichten der Gnura Cata bevölkerte.

Ich holte tief Atem, ich sagte mir, alles würde so ausgehen, wie es die Seelen im Himmel für richtig befanden. Ich wollte nur noch helle Gedanken haben. Doch die Taschenlampe spielte mir einen Streich, sie flackerte. Ich nahm sie aus dem Mund und trocknete sie am Ärmel ab. Ich hielt den Verschluss der Batterie fest. Ich musste nur noch wenige Meter durch diesen sich windenden Schlauch kriechen. Das Licht der Taschenlampe flackerte, helle Flecken und dunkle Flecken, „Stier oder Lamm?", sagte ich und fühlte mich wie Don Santoro, der ein Wunder vollbringen musste. Als der Strahl der Lampe auf die Tasche fiel, hörte das Licht zum Glück auf zu flackern.

Sie war offen, so wie wir sie zurückgelassen hatten, die beiden Sturmhauben lagen daneben, es war jedoch nicht klar, ob sie voll oder leer war. Ich ging hin, berührte sie, rüttelte sie leicht, meine Hand hielt inne, weil sie so schwer war. Ich schob die Bedenken zur Seite, setzte mich hin, streckte die Beine aus, spreizte sie und nahm die Tasche in die Mitte. Ich leuchtete auf sie: Die beiden Pistolen lagen auf einer Unterlage aus rosa Scheinen. Ich steckte beide Hände hinein, packte die Pistolen und hob sie hoch, mit dem Lauf zur Mauer. Ich legte sie jeweils auf eine Sturmhaube. Ich rührte mit der Hand um, da waren jede Menge Zehntausend-Lire-Scheine, dann Fünftausender, Tausender, aber auch Hunderter und Fünfziger.

Ich hob die Taschenlampe zur Wand des Stalles, in die wir ein Loch gebohrt hatten, um durchzuschauen; jetzt steckte ein spitzes Holzstück darin, jemand hatte es genau in dem Augenblick hineingesteckt, als wir die Tasche hergebracht hatten. Derjenige hatte uns wohl nicht gesehen, sonst hätte er alles an sich genommen; dieser Gedanke beruhigte mich, unser Geheimnis war sicher, aber ich konnte die Tasche nicht hierlassen. Aufs Neue löschte der Gedanke an die fünfzigtausend Lire, die man uns versprochen hatte, alles andere aus – wir waren schon zu viele Risiken eingegangen, um jetzt klein beizugeben.

Vorsichtig legte ich die Pistolen wieder in die Tasche; ich hatte zwar schon Pistolen in den Händen von älteren Jungs gesehen, aber ich wusste nicht, wie sie funktionierten. Ich steckte die Sturmhauben in die Tasche, machte sie fest zu, kniete mich auf Hände und Füße, hängte mir die Tasche um den Hals, ich hatte den Riemen kürzer gemacht, damit sie nicht am Boden schleifte, und machte mich auf den Weg. Ich war bereit, ich richtete den Strahl der Taschenlampe auf das spitze Holzstück im Loch, betrachtete es, drehte um und krabbelte rasch zum Ausgang; die kleinen Tiere, über die ich kroch, taten mir leid, aber ich hatte es eilig. Kaum stand ich aufrecht, fühlte ich mich leicht, ich machte die Taschenlampe aus und steckte sie mir wieder in den Gürtel. Ich hängte mir die Tasche um und ging ganz dicht an der Seitenwand des Stalls entlang, dann blieb ich stehen und betrachtete das Haus Don Santoros. Die Lampe an der Außenmauer war jetzt aus, nur in einem Fenster brannte ein schwaches Licht. Ein gelbes, flackerndes Licht.

Ich wusste, wie es im Inneren aussah, da war ein großer Steinkamin mit einer Öffnung wie ein Maul, und wenn er zu glühen begann, wuchsen ihm rote Zähne. Ich stellte mir den Alten vor, wie er Eichenscheite nachlegte, die er sich aus den Bergen bringen ließ, wie er an die Gespenster der vielen Männer dachte, die er angeblich umgebracht hatte, denen er mit seinen Riesenpranken die Haut abgezogen hatte. Man sagte sogar, es seien seine eigenen Zähne, rot vom Blut, das er immer von der Messerklinge ableckte, wenn er jemanden umgebracht hatte.

Das Schreien eines Esels durchbrach die Stimme, die Kühe im Stall antworteten ihm und dann folgten Meckern und Grunzen. „Die Tiere wünschen einander Gute Nacht", hätten die Alten in ihren Häusern jetzt gesagt, sie hätten über den Kohlenbecken geseufzt und sich an die Zeiten erinnert, als sie oben im Aspromonte lebten, Menschen und Tiere gemeinsam, im gemeinsamen Kampf gegen die Natur.

Ich winkte Don Santoro mit der Hand zu und bog auf den Feldweg ein, der von der Laterne unten an der Kreuzung schwach beleuchtet wurde, von dort kamen mir zwei lange Schatten entgegen, ich wusste schon von Weitem, wem sie gehörten. Die Schatten erreichten mich und legten sich in meiner Vorstellung hinter mir auf den meinen. Und auch die Körper, die zu ihnen gehörten, holten mich ein: Antonio und Filippo gesellten sich zu mir.

Wir durchquerten wieder das Viertel, gemeinsam mit den kleinen Mädchen, die gerade Brot vom Bäcker für das Abendessen geholt hatten, es dampfte in dem Papier, in dem es eingewickelt war, und die Mädchen drückten es fest an die Brust, um sich zu wärmen. Wir grüßten die spielenden Jungs, wünschten ein paar Gevatterinnen guten Abend, sie waren spät dran mit den Kohlenbecken, und auch den Hirten, die immer erst in der Dunkelheit von den Schafweiden zurückkamen, und denen, die nach der Arbeit in die Kneipe gegangen waren, um ein Gläschen zu trinken.

Wir verabschiedeten uns von unserer Welt, die sich bald unschuldig ins Haus zurückziehen würde, uns noch auf der Straße begleitete und mit uns die Last der sündigen Tasche trug.

Ich schickte Antonio voran, damit er Mama ablenkte, ich und Filippo gingen hinters Haus. Sobald ich hörte, dass Antonio nach mir rief, drückte ich das Toilettenfenster auf, ließ die Tasche hineinfallen und machte das Fenster wieder zu. Wir liefen um den Häuserblock herum und betraten den Innenbereich von der anderen

Seite. Die Jungs waren schon fast alle im Haus, auf den Balkons im ersten Stock und den Treppenabsätzen des Erdgeschosses saßen die Männer und die größeren Jungs, rauchten und warteten auf das Abendessen.

Antonio saß vor der Tür meiner Wohnung, ich ließ Filippo bei ihm stehen und ging hinein. Meine Schwestern saßen mit geöffneten Heften am Tisch und sahen mich nicht einmal an. Mama war wieder in der Küche und hatte den Vorhang zugezogen, das Radio spielte leise. Ich ging auf die Toilette, verschloss das Fenster mit dem Riegel, nahm die Tasche und trug sie ins Schlafzimmer, stieg auf den Stuhl und legte sie auf den Schrank, hinter einen Koffer mit alten Decken drin. Da oben langte Mama nur im April hin, beim Osterputz, bevor es warm wurde. Ich rückte den Stuhl weg, versteckte die Taschenlampe unter meinem Kopfpolster, ging an meinen Schwestern vorbei und setzte mich ebenfalls auf den Treppenabsatz; wir hörten den Männern zu, die jetzt nach den Frauen dran waren zu tratschen. Die Themen wurden angeschnitten, fallen gelassen, gewechselt, je nachdem, ob sie auf Interesse stießen. Jeder äußerte seine Meinung, und selbst wenn man von ein und derselben Sache sprach, erzählte sie jeder auf seine Weise. Politik, Arbeit, Sport, Kino. Das ersetzte im Viertel die Zeitung und die TV-Nachrichten, wir wussten nur das, was uns erzählt wurde. Die Außenwelt drang durch die Augen und Ohren ihrer Bewohner ein, und die Nachrichten darüber, wo der Schuh drückte, wurden Allgemeingut. Doch alles, was in diesen beiden gegenüberstehenden grauen Zinskasernen geschah, zwischen denen eine Straße mit einer Piazza in der Mitte lag und wo Morgen für Morgen fast zweihundert Augen aufgeschlagen wurden, blieb innerhalb des Wohnblocks.

Gnura Cata kam aus ihrer Wohnung, mit dem Stuhl in der Hand, ich hatte die Aufgabe, ihr entgegenzulaufen und ihn ihr abzunehmen. Das war Abend für Abend so, denn egal wo sie eingeladen war, sie nahm überallhin ihren Stuhl mit, den sie aus ihrem Haus in den Bergen gerettet hatte, bevor die Überschwemmung alles mitgerissen hatte, Haus und Mühle. Den Stuhl habe ihr Vater eigenhändig mit Stroh bespannt, erzählte sie, und immer wenn sie sich draufsetzte, hatte sie das Gefühl, er säße neben ihr.

Ich lief zu ihr hin, mit einer Hand nahm ich den Stuhl und mit der anderen packte ich sie am Arm, um sie zu stützen. Wir bewegten uns Stück für Stück, denn sie musste mit allen Personen sprechen, die vor der Tür saßen, an jede richtete sie eine Frage, für jeden hatte sie einen Segen oder einen Witz übrig.

Immer wieder blieb sie stehen und ich stellte ihr den Stuhl hin, sie stützte sich darauf und redete. Immer wieder setzten wir uns in Bewegung und blieben stehen. „Ihr seid wie der Papst, Gnura Cata", hatte eines Abends ein mittlerweile emigrierter junger Mann zu ihr gesagt, und sie hatte so sehr gelacht, dass sie sich mitten auf dem Platz auf ihren Stuhl hatte setzen müssen, und dann hatte sie, bevor sie weiterging, eine ihrer schönsten Geschichten erzählt, und alle waren herausgekommen, um ihr zuzuhören. Seit diesem Abend war sie Cata, die Päpstin.

In jedem Haus wurde nun das Abendessen fertig, die Frauen traten auf die Treppenabsätze, um die Männer zu rufen, doch auch sie begannen sich zu unterhalten.

Gnura Cata, die Päpstin, machte der Unterhaltung ein Ende, „habt ihr heute Abend weder Feuer noch Brot?", fragte sie, hakte sich bei mir ein und zog mich zur Tür meiner Wohnung. Antonio und Filippo verabschiedeten sich und gingen weg, ich ließ den Stuhl auf dem Treppenabsatz stehen, half der Gnura Cata beim Hineingehen, holte den Stuhl und stellte ihn neben die Holzmulde, in deren Mitte das Kohlenbecken knisterte. Der Tisch war schon gedeckt und Mama brachte auch schon die Teller. „Linsen und Kräuter", sagte sie. „Gut", sagte die Gnura, stellte ihren Teller auf die Knie, wartete, bis wir alle saßen, dann begann sie schmatzend und saugend zu essen.

Als die Linsen aufgegessen waren, brachte Mama uns jeweils ein Stück Brot und Käse. Die Gnura Cata lehnte ihres ab, sie beklagte sich, dass sie ohnehin schon zu viel gegessen habe, und auch Mama aß ihre Portion nicht, sie begann abzuräumen und sagte zu uns, wir sollten neben dem Kohlenbecken fertig essen.

Ich gehorchte nicht und ging hinaus auf den Treppenabsatz, mit vier Bissen hatte ich Brot und Käse verschlungen, da kamen auch schon, pünktlich wie jeden Dienstagabend, die Großeltern. Ich ging ihnen entgegen, nahm die Tüte entgegen, die Großmutter in der Hand hatte, und begleitete sie zur Tür; meine Schwestern hatten sie kommen gehört und bereits Stühle für sie neben die Mulde gestellt. Ich brachte Mama die Tüte in die Küche und sie warf einen Blick hinein: Kaffee, Zucker, Mehl, Pasta, wie immer.

Mama nahm das Päckchen Kaffee und ich wartete, bis sie es geöffnet hatte, ich atmete den Duft ein, während sie den Kaffee in eine Aluminiumdose schüttete, dann setzte ich mich neben den Großvater, er lächelte mich an und schlug mir mit der Hand auf den Schenkel; seitdem er vor einigen Jahren taub geworden war, sprach er nicht mehr, ich erinnerte mich kaum noch an seine Stimme; niemand redete mehr mit ihm, denn egal, was man ihm mit Gesten und Worten erzählte, selbst wenn man ihm etwas Unangenehmes erzählte, antwortete er immer mit einem Lächeln und einem Schlag auf irgendeinen Körperteil, und deshalb glaubten alle, er verstünde nicht. Jetzt nahm er die Mütze ab und schaute sich um, auf der Suche nach einer Ablage, und ich nahm sie ihm wie immer ab und hängte sie auf den Eisenhaken neben der Tür, auf Mamas Geheiß hatte ich ihn extra dafür eingeschlagen: Die Mütze war aus schwarzem Rauleder mit einem schmalen Schild, sie roch nach Tabak und Kohle. Einer seiner fünf Söhne, die in Kanada lebten – mein Vater war der sechste Sohn –, hatte sie ihm mitgebracht; seitdem trug er sie Tag und Nacht.

Ich setzte mich wieder, der Großvater war mir mit dem Blick gefolgt, zum Dank schenkte er mir wieder ein Lächeln und einen Schlag auf die Schulter. Er fuhr sich mit der Hand über die fleckige Glatze, dann knöpfte er seine schwarze Barchentjacke, eine Hirtenjacke, auf, kramte in der Tasche des Gilets und holte Schnitttabak und Zigarettenpapier heraus – er kniff die Beine zusammen, legte Tabak und Papier darauf und drehte sich eine Zigarette, aus der Küche drang schon der Duft des Kaffees.

Die Großmutter und die Gnura erzählten einander von ihren jeweiligen Gebrechen. Dann erkundigte sich die Großmutter bei den Enkeln nach der Schule, mir widmete sie nur einen mitleidigen Blick und schüttelte den Kopf. Damit waren auch ihre Worte bis auf das Gute Nacht zum Abschied aufgebraucht; alle sagten, seit sie mit einem Stummen zusammenlebte, sei auch sie stumm geworden. Sie wusste das, hin und wieder brach sie das Schweigen und sagte: „Was soll ich denn sagen, soll ich mein Schicksal beklagen, das mir sechs Söhne geschenkt hat, die alle in der Ferne sind? Genauso gut hätte ich keine Söhne haben können, Männer sind keine wirklichen Kinder, sie sind ein Werk des Teufels, er schenkt sie uns, damit wir dann ihre Abwesenheit beklagen. Wenn ich sechs Töchter hätte, würde ich jetzt nicht allein sein und schweigend mein Kreuz tragen."

Für gewöhnlich brach sie mit dieser Klage auch bei Totenwachen das Schweigen; wenn es jemandem im Dorf sehr schlecht ging, äußerten die Gevatterinnen der jeweiligen Ehefrau oder dem Ehemann gegenüber den Wunsch: „Hoffentlich hört man nicht bald das Gejammer der Gnura Teresina."

Mama kam und servierte den Kaffee und ich ergriff die Gelegenheit, lief zum Bett, zog die Taschenlampe unter dem Kissen hervor und legte sie wieder hinter den Ölkrug. Als ich zurückkam, war meine Mutter schon ungeduldig und sagte zu meiner Schwester, sie möge ihr die Tassen bringen, dann ging sie in die Küche, um die Teller zu waschen, gleich darauf hörte man Musik aus dem Radio.

Im Viertel kannte jeder den Tagesablauf der anderen, kaum hatte Teresa dem Alten die Tassen aus der Hand genommen, trudelten die Jungs ein, öffneten die Tür oder lungerten auf der Schwelle herum, die Türen im Viertel wurden nur nachts versperrt. Auch Filippo und Antonio kamen.

Wir hatten nicht genug Stühle im Haus, Gnura Cata wartete mit dem Erzählen, bis alle saßen, die einen am Tisch, die anderen auf einer Truhe, und ein paar sogar auf dem Boden. Der Großvater zog wie ein Blasebalg an seiner Zigarette und sprühte dabei Funken, hustete und spuckte einen gelben Batzen ins Kohlenbecken, er verdampfte und kurz roch es nach verbranntem Mais.

„Ihr wisst sicher, dass der Monteaspro sehr groß ist", begann Gnura, die Päpstin, „früher gingen die Holzfäller aus unserem Dorf die Hänge hinauf, um Eichen, Tannen, Buchen und viele andere Bäume zu fällen und das Holz zu verkaufen. Keiner von euch weiß aber, dass es eine uralte Regel gab, und wahrscheinlich gibt es sie noch immer, nämlich niemals dürfen auf dem Gipfel des Montcaspro Bäumc gcfällt wcrdcn. Dic Holzfällcr durftcn allc Hänge des Monteaspro abholzen, sich jedoch nicht auf den Gipfel begeben. Wer die Regel brach und in die verbotenen Wälder eindrang, kehrte nicht zurück.

Nur sehr wenige aus dem Dorf haben sich über das Verbot hinweggesetzt, niemand weiß, was aus ihnen geworden ist. Doch viele arme Teufel von auswärts kannten die Regel nicht und haben sich auf dem Rückweg verirrt. Niemand weiß den Grund dieser Regel, denn niemand ist je vom Gipfel des Monteaspro zurückgekehrt und kann sagen, wie es dort aussieht."

Ein weiterer Schleimbatzen des Großvaters landete im Kohlenbecken und explodierte.

„Ich allein kenne das Geheimnis, denn der Einzige, der dort war und zurückgekommen ist, hat es mir anvertraut und heute Abend werde ich es mit euch teilen. Aber gebt acht, ihr dürft es niemandem außerhalb dieses Hauses weitererzählen!"

Die Kleinsten rissen die Augen auf und drückten sich flüsternd aneinander. Als ich in ihrem Alter war, hatten die Erzählungen der Gnura auch mir Angst gemacht, sie hatten mich in meinen Alpträumen heimgesucht.

„Eine Unzahl von Wesen bevölkert unsere Wälder oben in den Bergen, die wir verlassen haben. Ein Teil von ihnen gehört zum Reich des Guten und ein Teil zum Reich des Bösen; die Feen, die Nymphen und die Gnome sind freundlich, böse und hinterhältig hingegen sind die Hexen und die Oger.

Der Gipfel des Monteaspro besteht aus einem großen, mit Urwäldern bewachsenen Plateau. Die Ebene wird von einer langen, geraden Straße zweigeteilt. Auf der einen Seite befinden sich die Behausungen der Feen, der Nymphen und Gnome, die andere

Seite ist von Ogern und Hexen, bösen Geistern, bevölkert, und wer auch immer in ihr Gebiet eindringt, wird auf ewig auf dem Berg gefangen gehalten.

Die bösen Geister bewohnen die rechte Seite der Ebene, und genau an der Straße, die sie zweiteilt, befinden sich die Häuser von zwei überaus bösartigen Geistern; das erste Haus auf dem Weg ist das Haus des Ogers Salamandro, der den Körper eines Menschen und den Kopf eines Wildschweins hat. Der Oger sperrt die Menschen ein und macht sie zu seinen Sklaven, nachts legt er sie in Ketten und tagsüber bringt er sie in die Wälder, damit sie Pilze, Wurzeln und Knollen sammeln, von denen er sich ernährt. Seine Gefangenen, die Ärmsten, müssen essen, was der Oger übrig lässt. Die Straße wird jedoch von den guten Geistern beschützt, und solange man ihr folgt, ist man sicher. Oger und Hexen wagen es nicht, ihre Opfer auf der Straße zu entführen, denn die Nymphen, die Feen und Gnome sind viel zahlreicher als sie. Die guten Geister dürfen jedoch die Straße nicht überqueren, und so haben sich Oger und Hexen Tricks einfallen lassen, um die Reisenden anzulocken; sobald sie sich auf ihrem Gebiet befinden, verlieren sie den Schutz der guten Wesen und werden zu Sklaven der schrecklichen bösartigen Wesen …"

„Ohhh!" Ich zuckte zusammen und Filippo lachte, er hatte mir ins Ohr geschrien. Um mich zu rächen, schloss ich die Hand zur Faust und machte eine Bewegung wie von einem Hammer: Das war eine Anspielung auf die Schläge, die das Holzstück in das Loch in der Wand getrieben hatten, und darauf, dass er und Antonio davongelaufen und mich allein dort gelassen hatten. Filippo verging das Lachen.

„Der Oger Salamandro", fuhr die Gnura fort, „hat einen großen Mandelbaum vor seinem Haus, um die Opfer anzulocken, er blüht immer, und wenn man genau hinsieht, hängen an seinen Zweigen die Dinge, die man sich am meisten wünscht. Kinder erblicken dort die herrlichsten Leckerbissen und die schönsten Spielzeuge. Die Erwachsenen erblicken anstelle der Blätter eine Unmenge an Saphiren, Rubinen und Smaragden. Aber das alles ist nur Täuschung, kaum hat man die Straße verlassen und das Reich des Bösen betreten, verschwinden die Visionen, der schreckliche Oger taucht auf und nimmt seine Beute gefangen. Um sich von der Täuschung des Ogers nicht blenden zu lassen, muss man beim Gehen den Blick zu Boden richten und darf ihn nie heben. Gleich hinter der Behausung des Ogers liegt die Höhle von Foscherella, einer Hexe mit dem Kopf eines Eichelhähers, eines hinterhältigen Federviehs, das genauso schwatzhaft ist wie die diebische Elster. Die Hexe hat alle möglichen Vögel, sie sind dressiert und dienen ihr, sie können sprechen und jede Stimme nachahmen, auf diese Weise locken sie die Passanten an, sie rufen sie mit den Stimmen ihrer Liebsten. Diesem Ruf kann man kaum widerstehen, deshalb wird jeder, der vorbeigeht, gefangen genommen. Die Hexe sperrt ihre Opfer in große Eisenkäfige und hängt sie an die Zweige der Bäume, macht sich einen Spaß daraus, sie zu unterrichten und ihnen die süßesten Melodien der Vögel beizubringen, die ihr so gefallen.

Nach der Behausung Foscherellas gibt es keine Hinterhalte mehr. Da es ohnehin noch niemandem gelungen ist, die Fallen Salamandros und der Hexe zu überwinden, haben Oger und Hexen darauf verzichtet, weitere aufzustellen. Sie haben einen Pakt mit Salamandro und Foscherella geschlossen, hin und wieder treten sie einen ihrer Gefangenen an sie ab … So haben alle menschliche Sklaven. Nach einem langen Stück endet die Straße vor der Öffnung einer Höhle: Das ist die Behausung der Drachen oder besser gesagt des letzten Drachen, der noch auf dem Monteaspro lebt."

Wie schön wäre es doch gewesen, ins Bett zu gehen und mich von Drachen und Ogern heimsuchen zu lassen, doch ich folgte schon seit einer Weile nicht mehr den Erzählungen der Gnura Cata und meine Gedanken stoben in alle Richtungen davon. Hinter unserem Viertel lag das Dorf, und dahinter lag eine Welt, die ich allmählich mit eigenen Augen sah und nicht durch den Filter von Erzählungen und Märchen. Auf dem Schrank lag eine Tasche voller Geld und darin waren auch zwei Pistolen, von diesen Dingen hatte mir nie jemand erzählt. Man hatte mir immer gesagt, das Geld käme aus Deutschland, aus Belgien, aus Amerika, die abgegriffenen Scheine kämen in ein Taschentuch gewickelt ins Dorf. Uns Jungs forderte man auf, die Koffer zu packen, wir wussten mehr über den Lingotto und das Mirafiori-Werk in Turin als über Kalabrien.

Papula hatte gesagt, um im Dorf bleiben zu können, müssten wir eine Revolution anzetteln, doch ich hatte herausgefunden, dass die Revolution und der Aufbruch auch in einer Militärtasche aus grünem Stoff liegen konnten. „Wenn es eine Hungersnot gab, verschwand der Holzfäller hin und wieder hinter dem Gipfel des Monteaspro und tauchte nach ein paar Tagen wieder auf; er hatte ein paar Goldstücke bei sich, die ausreichten, um unten in den Dörfern an der Küste Essen zu kaufen und die Dorfbewohner zu sättigen. Lange Zeit lebte man ohne Entbehrungen, doch nach dem Tod des Holzfällers wurde diese Geschichte vergessen und nur die Rauchfänge erinnerten noch an Palenuro, den Drachen mit den sieben Köpfen. Bis heute kannte nur ich seine Geschichte."

Die Gnura war fertig, und ich hatte wieder einmal eines ihrer Märchen verpasst. Seitdem sie angefangen hatte zu erzählen, saßen die Kinder mit weit aufgerissenen Augen da. Ein paar Jahre lang würden sie sich damit zufriedengeben, wie auch ich mich zufriedengegeben hatte, und dann eines Tages würden auch ihre Gedanken unwillkürlich davonstieben.

Die Großmutter gab dem Großvater einen Schlag auf die Schulter, er spuckte ein letztes Mal in die Glut und stand auf. Ich holte seine Mütze, während die Großmutter sich verabschiedete. Ich begleitete sie zur Tür und sah ihnen zu, wie sie davongingen, sie ließen den ersten Wohnblock hinter sich und nach dem zweiten bogen sie nach links auf den Platz ab, sie wohnten nur vierzig Meter von uns entfernt.

Keiner der Jungs hatte den Mut, als Erster zu gehen. Sie warteten und hofften, dass die Gnura sich verabschiedete. Sie hatte uns aufwachsen sehen, sie wusste immer, was uns durch den Kopf ging.

„Lidia, es ist Zeit für mich", sagte sie. Mama überreichte ihr ein Päckchen: „Da sind zwei *nzudde* drin, Gevatterin Cata, Nicola hat heuer so viele gebracht."

Die Gnura lächelte mir zu: „Für die *nzudde* fehlen mir die Zähne", sagte sie.

Aber Mama gab nicht klein bei und reichte mir das Päckchen. „Man muss sie nur in Milch einweichen." Ich half ihr beim Aufstehen, Filippo nahm ihren Stuhl. Sobald wir draußen waren, stützte ich sie auf der einen Seite und Antonio stützte sie auf der anderen, die Jungs schwärmten aus der Tür, wie Entenküken im Gefolge der Mutter. Sie kreischten, um Oger und Hexen in die Flucht zu schlagen und ihren Müttern ihr Kommen anzukündigen.

Wir brachten die Gnura nach Hause und Filippo stellte ihren Stuhl neben das Bett, Hunderte Augen betrachteten uns von den Fotos, die im ganzen Zimmer verteilt waren – wie die Kinder, die ihren Märchen lauschten. Auch unsere Augen waren da, auf einem gerahmten Foto neben einem Bild des hl. Sebastian waren Antonio, Filippo und ich zu sehen; wir waren darauf noch ganz klein, mit Kohle hatte man uns einen Schnurrbart aufgemalt und wir trugen Pistolen in der Hand: eine lang zurückliegende Faschingsveranstaltung.

Wir gaben der Alten einen Kuss, dann gingen wir hinaus: Das war die Stunde der Piazza. Alle in unserem Alter und auch die, die etwas größer waren, trafen sich vor dem Schlafengehen, um einander von ihren Träumen zu erzählen.

Im Winter auf die Piazza und im Sommer ans Meer; es gab fünf Piazze im Dorf, wir trafen uns auf dem Hauptplatz vor der Kirche; gleich daneben waren der Pfarrsaal und das Kino, in dem es zwei Nachmittagsvorstellungen pro Tag und eine am Sonntagabend gab; hier befand sich auch die Bar der Jungs: Da wir Jungen sie bevölkerten, kamen die Erwachsenen nur selten, sie fühlten sich gestört, weil wir einen Riesenlärm machten und auch wegen des ungebührlichen Verhaltens des Barmanns, der hin und wieder vergaß, dass er der Chef war, sich unter uns mischte und mit uns tratschte.

Wenn es kalt war, gingen wir auf und ab, aber meistens waren die Temperaturen mild, wir setzten uns auf die Bänke und auf den Rand des Gehsteiges und irgendjemand fand immer ein interessantes Thema, über das wir endlos diskutieren konnten.

An diesem Abend hatte das Schicksal für das Thema gesorgt. Durchschnittlich einmal pro Woche brach einer von uns Jungs auf, um in der Fremde zu arbeiten. So erfuhren alle, wenn einer wegfuhr, wir hatten uns schon von ihm verabschiedet. Heute Abend fehlte Lorenzo Vitale, *il Mancino*, aus der Familie Mancini, die diesen Spitznamen schon seit ewigen Zeiten trug. Alle Familien hatten einen, die Spitznamen waren Urteile, sie trafen immer ins Schwarze. Irgendein knausriger Ur-Ur-Urgroßvater von Lorenzo hatte den Spitznamen erworben und ihn seiner ganzen Nachkommenschaft vererbt, und es gab keinen Einzigen, der ihn nicht verdient hätte, keiner von ihnen hatte je ein Almosen verteilt. Und wenn der Spitzname nicht passte, begann man zu tratschen und darüber nachzudenken, wo der Fehler lag.

Meine Familie wurde *Nduruti* genannt, weil wir dickköpfig waren, meine Freunde sagten manchmal, ich sei so stur wie ein Stein.

Lorenzo Vitale hatte das Dorf verlassen, um als Melker zu arbeiten, er hatte seinen Beruf beibehalten, sein Vater hielt gut zwanzig Schafe im Dorf, zu wenige, um eine Familie zu ernähren. Doch er würde nicht Schafe, sondern Kühe melken und hundertachtzigtausend Lire im Monat, eine schöne Summe, verdienen. Wenn einer wegfuhr, dann kreisten unsere Gespräche um den Ort, in den er fuhr, doch Lorenzos neue Heimat machte uns ratlos. Niemand von uns kannte das verdammte Novellara. Alle, die an diesem Abend das Wort ergriffen, sprachen von Mailand, der Stadt, die alle vom Hörensagen kannten, und einer sagte, dort, in der Nähe von Novara, befände sich auch Novellara, und alle stimmten zu. Einer sagte, der Bahnhof in Mailand sei riesig, unser ganzes Dorf hätte darin mehr oder weniger Platz. Ein anderer sagte, ein Fluss durchquere die Stadt und man könne mit dem Schiff einerseits bis in die Schweiz und andererseits bis zum Meer fahren. Ich sagte, die Mailänder durchquerten die Stadt in kleinen Zügen auf Schienen, sogenannten Trambas. Ein jeder trug etwas zur Diskussion bei und staffierte die Stadt aus, und als wir ganz Mailand rekonstruiert hatten, kam Rocco, der Chef, aus der Bar: „Ihr Dummköpfe", sagte er, „Novellara ist fast zweihundert Kilometer von Mailand entfernt. Es liegt sogar in einer anderen Region."

Viele sagten, er sei eine Schande für das Dorf und man habe ihn zurückgeschickt, damit wir Buße taten. Er war noch jung, er war mit sechzehn Jahren von zu Hause davongelaufen und vor nicht ganz einem Jahr zurückgekehrt, davor war er zehn Jahre lang verschwunden gewesen. Er war mit einem Fiat 128 mit dem Kennzeichen MIKO zurückgekommen, dessen Farbe ihm zufolge „Zuckerpapier" war, wir hätten sie Blau genannt. Er hatte die Taschen voller Geld und eine Bar auf der Piazza eröffnet, sie nahm die Hälfte des Hauses seiner Mutter ein. Er sagte zu allen: „Ihr habt ja keine Ahnung", „Ihr habt keine Ahnung von der Welt, ihr redet immer nur davon, dass man euch die Tiere weggenommen hat." Die Erwachsenen sprachen in seiner Anwesenheit nicht, oder sie sprachen tatsächlich nur von Feldern und Tieren. Aber wir Jungs fühlten uns wohl in seiner Gegenwart, denn er war der Einzige, der nicht nur von Orten sprach, wo man arbeiten konnte. Er erzählte von wunderbaren Städten, in denen man sich vergnügen konnte, von fantastischen Frauen, die er auf seinen Reisen rund um die Welt kennengelernt hatte. Und das Unglaublichste war die Musik, die er uns vorspielte in seiner Bar oder wenn er uns in sein Auto lud und aus den Lautsprechern unverständliche Schlager drangen, bei denen uns das Blut zu Kopf stieg, als ob wir etwas schrecklich Gefährliches machten.

„Ihr Dummköpfe. Lorenzo mistet in einem Stall aus, und sobald er eine Million oder zwei gespart hat, kommt er ins Dorf zurück und heiratet eines unserer schönsten Mädchen, er verspricht ihr, sie werde leben wie eine Königin, stattdessen wird sie wegen der vielen Kinder und der Plackerei immer dünner. Wenn ihr nur deshalb weggeht, um das Land zu bearbeiten, könnt ihr gleich hierbleiben."

„Und wie soll man leben, ohne das Land zu bearbeiten?", fragte ihn Filippo.

„Köpfchen muss man haben", sagte Rocco und tippte sich an die Stirn.

Wir drehten uns um und sahen Antonio an: Ich dachte, er habe mehr Köpfchen als wir alle und müsste eigentlich als Erster aufbrechen, anstatt hierzubleiben und den Laufburschen des Friseurs zu spielen. Ich hoffte, sein Köpfchen würde ausreichen, um auch mich und Filippo irgendwo unterzubringen.

„Nicola, Antonio, Filippo … drehen wir eine Runde", befahl Rocco. Wir machten einen Luftsprung, gingen mit ihm zum Auto. „Nicola sitzt vorne", befahl er wie immer, wenn er eine Spritzfahrt mit uns machte, ich hörte ihm nämlich am aufmerksamsten zu.

Er fuhr langsam an, drehte eine Runde durchs Dorf, über alle Piazze, dann fuhr er zum Strand hinunter, bremste, bevor er auf die Küstenstraße einbog, machte das Deckenlicht an, nahm die Kassetten und reichte sie mir der Reihe nach. „Nein, nein, nein, heute Abend sollt ihr high werden." Er steckte eine Kassette in die Stereoanlage, mehrere rote und grüne Lampen begannen zu blinken. Rocco legte den Gang ein und fuhr reifenquietschend an. Er stellte lauter und die Boxen hinten krächzten, die Musik dröhnte und das Auto fuhr immer schneller.

Es war ein englischer Schlager, mittlerweile erkannten wir das, hin und wieder verstand ich sogar ein paar Worte, Rocco hatte sie mir übersetzt. Er sang zur Musik aus der Stereoanlage und wir kamen uns wieder vor wie auf dem Karussell der Zigeuner. Er stellte leiser und wiederholte den Refrain, übersetzte ihn: Es waren schöne Worte, sie blieben in meinem Gedächtnis hängen: „My house is dark and my pots are cold", sang er zwei-, dreimal – „Mein Haus ist finster und mein Herd ist kalt", erklärte er uns und dann brüllte er: „Dieses Dorf ist ein Fluch, hierher kommt man nur, um seine Sünden abzubüßen."

Das sagte er immer öfter und wir fragten nicht mehr, was das bedeute, denn sonst wurde er melancholisch. Außerdem hatte er uns schon gesagt, dass er eines Tages, wenn alle schliefen, ins Auto steigen und davonfahren würde – sobald er das Gefühl hatte, die Sünden abgebüßt zu haben, wegen denen er zurückgekommen war. Es täte ihm nur leid, dass er uns dann nicht mehr sehen würde, denn wir waren anders als die anderen, und obwohl er uns nie erklärte, in welcher Weise wir anders waren, gefiel uns dieser Unterschied. Vor allem gefiel uns sein Auto, das blinkte wie ein

Raumschiff, und wir stellten uns vor, wir würden an all die schönen Orte fahren, wo er gewesen war.

„My house is dark and my pots are cold", wiederholte er, dann stellte er die Lautstärke auf Maximum und fuhr mit Höchstgeschwindigkeit, in den Kurven musste ich mich am Armaturenbrett festhalten, um nicht gegen die Tür oder auf ihn drauf zu fallen. Genauso schnell fuhr er ins Nachbardorf hinein, dann bremste er plötzlich und der MIKO geriet ins Schleudern. Ich hatte keine Angst, er hatte das schon oft gemacht. Er schaltete einen Gang zurück, brachte das Auto fast zum Stehen, es drehte sich um die eigene Achse. Wir bogen auf den Corso ein, der auf einer Piazza mündete, um die wir zweimal mit quietschenden Reifen herumfuhren, während die zahlreichen Jungs, die auch hier nachts herumliefen und einander von der großen weiten Welt erzählten, laut kreischten. Sie stachelten uns an, denn inzwischen kannten alle Rocco und seinen 128er. Wir fuhren über noch eine Piazza und dann über noch eine. Wir fuhren über alle und dann bogen wir wieder auf die Küstenstraße ein und fuhren nach Hause. Und auch auf unserer Piazza drehten wir eine vollständige Runde unter dem Applaus unserer Freunde.

Rocco stieg aus und ging zur Bar, ein paar Jungs wollten ebenfalls eine Runde drehen, doch er reagierte nicht.

Für uns war es an der Zeit, nach Hause zu gehen; für jene, die zur Schule gingen oder zumindest so taten, als würden sie zur Schule gehen, und am Morgen aufstanden, war es Schlafenszeit; und auch die wenigen, die eine Arbeit hatten oder so taten, als hätten sie eine, gingen nach Hause. In der Bar und auf der Piazza blieben nur die, die es satthatten, zu tun als ob, und die, die es sich gerichtet hatten und wussten, wie man zu Geld kam – wie die beiden, die uns die Tasche überlassen hatten. Sie würden bis in die Morgenstunden aufbleiben, denn sie fühlten sich als Geister der Nacht, und Rocco würde sich wie jede Nacht ihrer unruhigen Seelen annehmen. Wir Jungs, egal welchen Traum wir hegten, hofften, dass Rocco bei uns blieb und die Piazza nicht ihrem Schicksal überließ.

Ich ging ins Bett und wie erwartet fand ich nicht viel Schlaf, allerdings waren es nicht die Ungeheuer aus Gnura Catas Erzählungen, die mich wach hielten. Verschiedene Gedanken gingen mir durch den Kopf, doch sie blieben nicht lange, ich schickte sie der Reihe nach weg, denn ich hatte keine Lösungen für sie, schließlich beschränkte ich mich auf den wichtigsten: die Pistolen und das Geld auf Mamas Schrank. Nicht einmal mit Antonio und Filippo hatte ich darüber geredet. Das war ein größeres Vergehen als Lupa Nüsse und *nzuddas* zu klauen, den Gevatterinnen Streiche zu spielen, Isidoro zu beleidigen oder Mama zu belügen.

Der hl. Bastiano hatte beschlossen, die Zeit schnell vergehen zu lassen, und sie verging tatsächlich wie im Fluge. Ich wusste, dass auch Antonio so dachte und vielleicht auch Filippo, der ein Bandit werden wollte. Wenn Papula hier gewesen wäre, hätte ich vielleicht mit ihm gesprochen. Mit Rocco nicht, der war zu verrückt, der hätte nur ein Durcheinander verursacht.

Nun war es also so weit, ich hatte viele Male davon geträumt, ein Bandit zu sein, auch in Gesellschaft meiner Freunde hatte ich davon geträumt. Jetzt waren es keine Fantasien mehr, da waren zwei Jungs, die wir kaum kannten und die uns in eine Welt hineinzogen, von der wir nur gerüchteweise wussten. Und das raubte mir den Schlaf, immer wieder sah ich die beiden Pistolenläufe vor mir, die mich aus ihren schwarzen Augen anstarrten. Ich war auch nicht mehr in dem Alter, in dem ich zu Mama ins Bett kroch und mich fest umarmen ließ, meinen Vater hatte ich seit zwei Jahren und einem Monat nicht gesehen, er war zu weit weg, ich konnte ihn nicht um Rat fragen.

Die Nacht verging langsam, aber die Zeit blieb auch diesmal nicht stehen; als es Zeit zum Aufstehen war, war ich bereits wach, doch als Mama ins Zimmer kam, tat ich so, als würde ich schlafen; wieder einmal belog ich sie – sie, die immer vorgab, es würde ihr gut gehen, auch wenn es ihr schlecht ging, die in aller Frühe aufstand, um mir ein Frühstück zu machen und mich mit vollem Bauch in die Schule zu schicken, die auch heute das Kohlenbecken vorbereitete und es gemeinsam mit meinen Kleidern ins Bad gestellt hatte, bevor sie mir die Milch brachte, damit ich keine Gänsehaut bekam, wenn ich die Kleider anzog und mir widerwillig das Gesicht mit kaltem Wasser wusch. Ein neuer Betrug, der jedoch nicht so geringfügig war wie die Lügen in der Vergangenheit, der vielmehr meine Vergangenheit zunichtemachte: Ich war nicht länger ihr kleiner Nichino, sondern wurde womöglich zu einem Stachel in ihrem Fleisch. Ich war unfreundlich, während sie mir die Milch hinstellte, ich hätte ihr sagen sollen, dass sie wunderschön war, doch ich konnte nicht, denn ich hatte die Sünde auf ihren Schrank gelegt.

Wenn ich aus dem Bad kam und fortging, gab ich ihr für gewöhnlich einen Kuss – sie duftete sogar um diese Uhrzeit –, diesmal jedoch nicht und sie schaute mich verwundert an. „Was ist, Nichino?" Ich ging mit gesenktem Kopf, sonst hätte ich alles gestanden. Ich hätte ihr diesen Tag ruiniert und viele kommende, sie konnte keine Lösung für mein Problem haben. Sie war nur eine Mutter, die drei Kinder großziehen musste und deren Mann weit weg war.

Antonio und Filippo waren auf der Straße. Auch sie sahen nicht ausgeschlafen drein. Wir verließen das Viertel und gesellten uns zu der Schülerschar, die die Straße hinunterging; an diesem Morgen hätte ich liebend gern mit jedem Einzelnen von ihnen getauscht. Der Aspromonte war schon wach, das alte Dorf begrüßte uns mit einem Wind, in dem sich die kalte Bergluft und die kalten Tropfen eines Nieselregens vermischten, bei dem sich die alten Frauen den Schal über den Kopf zogen und sagten, oben schneie es. Am schlimmsten war es auf der langen Allee, die zum Bahnhof führte, hier standen keine Häuser und die Zypressen boten keinen Schutz. Der Wind drängelte wie jemand, der schnell ans Ziel gelangen will; die Jungs stellten den Kragen auf und die Mädchen hielten die Röcke fest. Wir gingen schnell und auch der Zug fuhr nicht so langsam wie üblich, wir mussten laufen, um aufzuspringen, aber wenigstens wurde uns dabei warm, und drinnen war die Luft aufgrund der vielen Passagiere lau.

Wir betraten das erstbeste Abteil, in dem noch drei freie Plätze waren, wir bemühten uns gar nicht, eines zu finden, in dem eine

Frau saß, die wir hätten anstarren können. Der Regen wurde stärker, mittlerweile war es Schneeregen, er schlug gegen die Fenster und hinterließ Schlieren, die aussahen wie Sprünge. Das Tageslicht wurde immer spärlicher, an so einem Morgen hatten die wenigsten Lust, sich zu unterhalten. Mir gefiel die Vorstellung, dass ein jeder unter der Jacke oder der engen Weste einen Kummer verbarg.

Bei unserer Ankunft lauerten uns Wind und Regen auf, ohrfeigten uns, während wir die Straße hinaufgingen. Wir senkten den Kopf und stellten den Kragen auf. In stillem Einvernehmen gingen ich, Antonio und Filippo nicht zum Gymnasium, wo wir für gewöhnlich die Schülerinnen anstarrten, sondern schnurstracks zu dem Friseurladen, in dem Antonio arbeitete. Der Rollladen war schon hochgezogen, der Chef fegte gemeinsam mit seiner Frau den Laden. Antonio verabschiedete sich mit einem Kopfnicken, ging hinein, verschwand hinter einer Tür und kam wenig später in einem weißen Kittel heraus; er nahm ein Tuch und wischte einen Stuhl ab.

Ich und Filippo blickten einander an und machten uns auf den Weg zur Schule, der Schulwart schenkte uns ein Lächeln, genauso wie der Professor, der die erste Stunde hielt. Die Klasse war voll, auch viele Jungs, die ich sonst während des Unterrichts auf den Straßen sah, waren da; bei uns musste es kalt sein, damit alle zur Schule gingen.

Niemand hatte in der Zwischenzeit unsere Bank ganz hinten besetzt, in der Tischablage fanden wir noch unsere linierten Hefte und unsere schwarzen Füllfedern. Der Professor wartete, bis alle sich gesetzt hatten, bat um Ruhe, ließ den Blick über die Bänke schweifen, drehte sich um, ging zur Tafel und nahm die Kreide.

Das Aufpfropfen, schrieb er. Er drehte sich um. „Heute werden wir lernen, wie eine Pflanze sich in eine andere verwandelt und wie aus Unkraut ein guter Baum wird …", erklärte er und bei seinen Worten durchbrach ein greller Blitz das Grau hinter den Fenstern. Gleich darauf folgte ein Donner, bei dem die Glühbirnen der Lampen zitterten. Der Professor wartete, bis das Unwetter sich beruhigt hatte; zögernd, mit einem Blick zum Fenster, begann er dann wieder zu sprechen. „Natürlich ist das etwas Grundsätzliches, denn die Technik des Aufpfropfens werden alle, die hier den Unterricht verfolgen, erst in ein paar Jahren beherrschen. Aber ich möchte schon jetzt darüber sprechen, weil ich weiß, dass für manche von euch diese Schule nur eine Notlösung ist. Ein Unterschlupf für die, die nicht wirklich Lust zum Lernen haben. Die Zukunft unseres Landes hängt jedoch zum Großteil davon ab, ob wir imstande sind, die Qualität unserer Produkte zu verbessern." Der Professor ereiferte sich beim Reden, er nutzte die Chance, das Schlechtwetter hatte viele neue Gesichter in seine Klasse gespült. Aber ich kannte den Großteil meiner Klassenkameraden – sie sahen den Professor zwar an, waren mit den Gedanken jedoch ganz woanders, das Schlechtwetter war hier nur eine Pause zwischen Frühling und Sommer: drei, vier Monate, in denen die Haut bleich wurde und die Köhler ein paar Lire verdienten.

Die Alten sagen, das Ionische Meer habe ein zu großes Maul, nicht einmal der eiskalte Hauch des Aspromonte könne auf Dauer seinen warmen Atem besiegen.

Der Professor sprach bis zur letzten Minute seiner Unterrichtsstunde, hörte erst auf, als es klingelte, sah uns zufrieden an, strahlte sogar, als sich ein Wald von Händen erhob. Doch seine Freude verging sofort, denn die Schüler wollten keine wissbegierigen Fragen stellen, alle wollten aufs Klo, eine Zigarette rauchen oder sich die ersten zehn Minuten der nächsten Unterrichtsstunde ersparen.

Der Professor erlaubte es nicht, blickte verdrossen drein und ging hinaus.

In der zweiten Unterrichtsstunde hatten wir Englisch. Die Professorin setzte sich an das Katheder, holte die Brille raus, schnitt eine Grimasse, öffnete das Buch. „Schlagt das Buch bei Seite 57 und den folgenden auf, beim Saxon genitive. Lest euch die Seite gut durch, danach stelle ich wahllos Fragen", drohte sie, dann holte sie Zettel und Bücher aus der Tasche, legte sie auf das Katheder und beugte sich darüber.

Nur die vier Schüler in der ersten Reihe hatten ein Englischbuch, kaum begannen sie zu lesen, baten schon die in der zweiten Reihe, es ihnen weiterzugeben. Wir in den letzten Reihen überließen uns wie immer in der Schule dem Schicksal. Bis das Schicksal entschieden hatte, machten wir, was uns gerade einfiel; die einen tratschten leise, die anderen gingen ans Fenster und zündeten sich eine Zigarette an, wiederum andere ritzten die Oberfläche der Bank mit dem Messer. Ich entdeckte zum Glück unter dem Heft einen „Tex", den ich das letzte Mal mitgenommen und noch nicht gelesen hatte. Filippo legte den Kopf auf den Tisch und versuchte den Schlaf nachzuholen, den er in der Nacht versäumt hatte. Das Schicksal kam den Bösen zu Hilfe und bestrafte die Guten, die vorne saßen und sich den Kopf über Seite 57 und folgende zerbrochen hatten, denn die Professorin widmete sich ganz ihren Beschäftigungen und begann erst ein paar Sekunden vor dem Läuten zu prüfen; der Glückliche – einer von jenen, die die Stunde mit Rauchen zugebracht hatten – machte eine ärgerliche Geste, als würde er tatsächlich bedauern, seine Chance verpasst zu haben.

In der dritten Stunde las der Religionslehrer biblische Gleichnisse vor und erklärte deren wahre Bedeutung – er sagte, sie seien Metaphern, die man auch auf das tägliche Leben anwenden könne. Wir mussten nur zuhören und leise sein, mehr verlangte er nicht.

Die letzten beiden Stunden waren die einfachsten: Die Mathematikprofessorin schrieb die Aufgabe für eine Klassenarbeit an die Tafel. Sobald sie fertig war, verließ sie die Klasse, alle halbe Stunden kam sie herein und fragte: „Alles in Ordnung?" Die Kameraden in der ersten Reihe hatten die Aufgabe nach einer Stunde gelöst und gaben die Lösung an die hinter ihnen Sitzenden weiter; wir erhielten sie in den letzten zwanzig Minuten, wir hatten gerade noch genug Zeit, sie schönzuschreiben, abzugeben und hinauszugehen.

Antonio wartete vor der Schule auf uns, es fiel ein leichter Schneeregen, gemeinsam mit dem Wind begleitete er uns bis zum Bahnhof, wo wir den Halb-zwei-Uhr-Zug nahmen – den, der in unserem Dorf nicht einmal langsamer fuhr. Also stiegen wir im Dorf davor aus und nahmen das Angebot des ambulanten Obstverkäufers an, der mit dem Lastwagen in unser Dorf fuhr. Wir setzten uns auf die Ladefläche, denn vorne in der Fahrerkabine saßen schon drei, die vor uns gekommen waren. Als wir in unserem Viertel ausstiegen, hatten wir volle Taschen, ich hatte mir Bananen und Birnen geschnappt und musste aufpassen, dass sie nicht aus der Tasche fielen.

Bevor mir Mama Pasta mit falschem Sugo hinstellen konnte, schälte ich mir eine Banane und sagte zu ihr, das reiche mir als Mittagessen. „Ist gut", sagte sie, „dann hebe ich es dir für das Abendessen auf", und betrachtete das Obst, das ich auf dem Tisch auflegte. Sie wollte noch etwas sagen, doch ich kam ihr zuvor: „Ich muss aufs Klo", sagte ich und verschwand, schnappte mir die Tüte mit den „Tex"-Heften unter dem Bett und schloss mich auf der Toilette ein.

Ich las eine Zeit lang, dann kletterte ich durch das Klofenster, traf Antonio und Filippo auf der Piazza, wo schon ein Haufen Jungs aus dem Viertel darauf warteten, dass das Kino im Pfarrsaal aufsperrte. Heute spielte man *Django fordert Sartana heraus* und *The Chinese Boxer*. Entweder in die Bar oder ins Kino, draußen konnte man bei diesem Regen und der Kälte nicht bleiben. Alle mussten sich entscheiden.

Ein Teil lief über die Piazza und ging zu Rocco; die, die hierblieben, standen in einer langen Schlange entlang der Mauer des Pfarrsaals, wir stellten uns unter den Dachvorsprung. Die, die Zigaretten hatten, zündeten sich eine an und reichten sie weiter. Die Kippen wanderten hin und her, unser Atem stank und wir mussten husten. Ein paar hatten das Warten schon satt und traten aus der Reihe, liefen zur Bar, doch auch aus der Bar kamen einige, die es sich anders überlegt hatten.

Das Kommen und Gehen entwickelte sich zu einer Art Tanz, und wir begannen uns Scherzworte zuzuwerfen. Als der Priester vor uns auftauchte, ohne dass wir es bemerkten, flogen die Kippen glimmend durch die Luft und gingen im Regen aus. Don Carmine hatte wohl nicht genau gesehen, wer geraucht hatte und wer nicht, also stellte er sich an die Tür und verteilte nach Belieben Schläge auf den Nacken derer, die hineingingen.

Alle sahen sich den Western bis zum Ende an, ein paar Jungs gingen gleich danach hinaus, andere gingen grüppchenweise während des zweiten Films. Am Ende des Kung-Fu-Films waren wir nur noch zu zehnt. Don Carmine sah ärgerlich drein, „geht, geht halt", stieß er verdrossen hervor, inzwischen versuchte er nicht einmal mehr, sich mit uns über den Film zu unterhalten. „Geht ruhig zu Rocco", schrie er uns nach, „er weiß ja mehr über Filme als alle anderen, keine Ahnung, warum der liebe Gott ihn zurückgeschickt hat."

Rocco trat an die Tür seiner Bar. „Herr Hilfspfarrer", sagte er zu ihm, „kommen Sie was trinken." Don Carmine ging ins Freie, lüpfte den Hut, hob das Gesicht und ließ zu, dass es vom Regen nass wurde. Im Dorf nannte man ihn Hilfspfarrer, das war eine Art Schimpfwort, er war als Vertretung des offiziellen Pfarrers gekommen, niemand wusste, warum dieser nie zur Verfügung stand, selbst wenn er nicht krank war, und Don Carmine war geblieben, obwohl er nur eine Vertretung war.

Don Carmine setzte den Hut wieder auf, drohte Rocco mit einer Geste und verschwand im Pfarrhaus. Als wir die Bar betraten, herrschte Stille, die anderen verdrückten sich, als wir eintraten. Rocco ging mit ausgebreiteten Armen hinter dem Tresen auf und ab. „Da sind die Schäfchen Gottes, sie haben die gesegnete Hostie aus den Händen Don Carmines erhalten. Sehr brav", sagte er, und in der Bar brandeten Lachen und Applaus auf. Rocco brachte sie mit erhobenem Arm zum Schweigen. „Am Sonntag zieht ihr euch als Messdiener an und geht zur Messe." Sie machten sich noch eine Zeit lang über uns lustig, dann gingen alle hinaus und liefen zum Essen nach Hause. Wir nahmen es nicht krumm, wenn wir verspottet wurden, denn alle kamen der Reihe nach dran.

Wie versprochen hatte Mama mir die Pasta aufgehoben, die ich zu Mittag nicht hatte essen wollen, sie und meine Schwestern hatten Suppennudeln mit Öl gegessen. Mitten auf dem Tisch stand ein Plastikkörbchen mit dem Obst, das ich gebracht hatte; sie sah es und dann mich an – entweder aß ich oder sie bat mich um eine Erklärung.

Ich hatte nicht die Kraft, mir eine Ausrede einfallen zu lassen, ich aß und immer, wenn ich innehielt, bemerkte ich, dass ihr vorwurfsvoller Blick auf mir ruhte. Ich fand mich damit ab; ich schnappte mir eine Birne und aß sie draußen, um den Geschmack des Tomatenkonzentrats runterzuschlucken. Es regnete noch immer, niemand war da, ich knabberte an der Birne und wartete unter einem Balkon. Ich war fertig, aber weder Filippos noch Antonios Haustür ging auf. Ich beschloss, in der Bar auf sie zu warten und ging Richtung Piazza; schon von Weitem war Musik zu hören, als ich hineinging, war die Lautstärke auf Maximum gestellt.

Am Tresen stand Gianni Leggio von der Familie Pedazzi – sie verdankten den Namen ihren großen Füßen –, er hatte den Arm um Roccos Schultern gelegt. Sie tanzten, sie waren allein in der Bar. Sobald Rocco mich sah, löste er sich aus der Umarmung. „Da ist ja Nicola", schrie er, „komm her!" Er packte mich am Arm und schubste mich zu Gianni, dann nahm er eine Hand Giannis und legte sie mir auf die Schulter und die andere schob er in meine Hand, dann trat er hinter Gianni und bewegte sich mit ihm im Rhythmus der Musik. „Dreh dich, dreh dich", forderte er ihn auf. Aber Gianni hatte nicht nur große Füße, er war ein Holzklotz, groß, plump und steif wie ein Stein. In einem Monat würde auch er zum Arbeiten ins Ausland fahren, jeden Tag bat er Rocco um einen Ratschlag.

Allmählich trudelten die Jungs ein, sie traten beiseite und schauten ernsthaft zu. Gianni durfte man nicht auslachen, einerseits wegen seiner großen Hände und andererseits, weil Rocco es nicht erlaubte. Nur Giannis Hirn war klein, es war genauso langsam und unbeholfen wie seine Bewegungen.

Um mir weitere Frotzeleien zu ersparen, ließ Rocco der Reihe nach die an meine Stelle treten, die am schlimmsten feixten. Dann betraten andere spontan die Tanzfläche und schließlich hatten sich viele Paare zusammengefunden, die zu Roccos Anweisungen tanzten. Wir tanzten bis zur Erschöpfung, bis es Zeit war, schlafen zu gehen.

Am Montag nach dem Abendessen tat ich, als würde ich aufs Klo gehen, stattdessen betrat ich Mamas Schlafzimmer, schob den Stuhl zum Schrank, holte die Tasche runter und steckte sie hinter die Tüte mit den „Tex"-Heften unter meinem Bett. Am Vormittag darauf trug ich sie aufs Klo, und bevor ich wieder hinausging, öffnete ich das Fenster und warf die Tasche hinaus. Dann verließ ich das Klo, verabschiedete mich von Mama und wollte die Tasche holen. Ich lief um das Haus und mir stockte der Atem.

Die Tasche war weg.

Im Gras unter dem Klofenster war nur noch ihr Abdruck zu sehen, zum Beweis, dass ich sie dorthin geworfen und nicht alles geträumt hatte. Das Gras bewahrte jedoch auch die Erinnerung an den Dieb, seine Spuren waren ganz deutlich zu sehen; ich schöpfte wieder Atem und lief ihm nach. Die Spuren führten an der Rückseite des Wohnblocks entlang, dann trat der Beton des Gehsteigs an die Stelle von Gras und Erde. Verzweifelt hielt ich inne, es gab keine Spuren mehr, denen ich hätte folgen können. Von der anderen Seite betrat ich wieder den Platz unseres Wohnblocks. Filippo und Antonio standen vor meinem Haus, atemlos gesellte ich mich zu ihnen.

„Arschlöcher", beschimpfte ich sie, während sie kicherten. Filippo hatte die Tasche umgehängt. „Antonio hat alle deine Manöver beobachtet", sagte er, er konnte kaum sprechen vor Lachen.

„Sicher, du mit deinem Spatzenhirn kannst ja höchstens feststellen, ob der Hahn oder die Henne das Ei legt", erwiderte ich und streckte die Hand aus, um die Tasche zu nehmen. „Nein", sagte er, mittlerweile wieder ernst, „jetzt bin ich dran. Antonio hat sie ins Dorf gebracht, du hast sie geholt und versteckt. Jetzt muss ich meinen Teil erledigen", sagte er beinahe flehend, er wollte bei dieser Geschichte nicht der einzige Untätige sein. Ich begriff, ausnahmsweise stellte ich nicht auf stur. Ich ließ die Hände sinken. „Steck sie wenigstens unter die Jacke, damit sie nicht nass wird", riet ich ihm. Er gehorchte und ich und Antonio nahmen ihn in die Mitte.

Im Zug schauten wir uns nicht einmal nach einem Platz um; wir blieben auf dem Gang stehen und wischten die angelaufenen Scheiben mit einem Zipfel der Jacke ab, um hinauszusehen. Das Ionische Meer trug Schaumkronen auf dickflüssigem braunem Wasser, der

Stamm der Agaven, die im letzten Frühling geblüht hatten und in Erwartung ihres Schicksals sinnlose Stängel ausgebildet hatten, lugte aus dem Sand. Wenn jemand hinter uns vorbeiging, versetzte es uns einen elektrischen Schlag, unsere Angst verschwand mit ihm, doch wenn wieder einer vorbeiging, kehrte sie zurück.

Es war der langsamste Zug, den ich in meinem Leben genommen hatte, und als wir endlich ankamen, fielen mir keine Gebete mehr ein, die ich auswendig hätte aufsagen können.

Kaum standen wir vor der Bar, sagte ich zu Antonio, er solle verschwinden, doch er weigerte sich. Und ich bestand nicht darauf, womit ich zum zweiten Mal in weniger als einer Stunde meinen Spitznamen Lügen strafte. Er hatte ja recht, letzten Dienstag hatten sie ihn mit der Umhängetasche weggehen sehen, also würden sie nach ihm fragen.

Sie waren schon da und warteten auf uns, wir sahen sie durch die Glastür, sie lehnten am Tresen und unterhielten sich mit dem Barmann. In der Bar war niemand außer ihnen, die Als-ob-Schüler würden erst ein wenig später, nach Unterrichtsbeginn, eintrudeln. Als Filippo die Tür öffnete, drehten sich beide um, auf ihrem Gesicht erschien ein Lächeln, sie kamen uns entgegen, um uns zu begrüßen, umarmten und küssten uns, als wären wir uralte Freunde. Dasselbe machten sie mit Antonio, obwohl sie noch nie mit ihm gesprochen hatten. Feierlich führten sie uns zum Tresen, warteten, bis wir ein Frühstück bestellt hatten, und forderten uns auf, uns an einen Tisch zu setzen.

Bevor er Platz nahm, zog Filippo seine Jacke aus, nahm die Tasche ab und stellte sie zu Füßen des Typs mit dem Feuermal über der Augenbraue ab; dieser lächelte halbherzig und redete weiter.

Wir unterhielten uns fast eine halbe Stunde lang, als ob wir etwas zu besprechen hätten. Schließlich unterbrach uns Antonio und sagte, er sei schon spät dran, er müsse zur Arbeit. Er bedankte sich bei unseren Gastgebern für das Frühstück, verabredete sich mit uns für später und ging. Der, neben dem die Tasche stand, schnappte sie sich, stand auf, entschuldigte sich und sagte, er müsse auf die Toilette. Es dauerte eine Weile, bis er zurückkam. Wahrscheinlich zählt er nach, dachte ich, wir hatten zwar nichts angerührt, aber vielleicht stimmte trotzdem was nicht. Vielleicht hatten sie das Geld nicht gezählt, bevor sie es uns gegeben hatten, oder vielleicht hatte sich jemand bedient, ohne dass wir es bemerkt hatten.

Doch meine Sorgen waren umsonst, denn er kam freudestrahlend vom Klo zurück, mit der schlaffen Tasche in der Hand, er hatte sie geleert. Er setzte sich zufrieden hin, der andere fragte, ob wir noch etwas essen oder trinken wollten. Inzwischen kam auch Isidoro. „Gevatter, ich habe mir schon Sorgen gemacht, ich habe Euch seit Tagen nicht gesehen", sagte er, mit gerötetem Gesicht und viel zu ernstem Gesichtsausdruck für einen, der immer gut gelaunt war. „Alles in Ordnung, Gevatter Isidoro", antwortete Filippo, „warte am Tresen auf uns, wir müssen mit unseren Freunden hier noch ein paar Worte wechseln."

Isidoro sah ihn perplex an, vielleicht dachte er, Filippo würde ihn wie immer frotzeln, dann warf er einen Blick auf die beiden neben uns. „Entschuldigt", sagte er, „ich warte auf euch", und ging zum Tresen, ließ uns dabei jedoch nicht aus den Augen.

„Wir sollten auch gehen", sagte der, der gerade vom Klo zurückgekommen war. Er klopfte mit den Handflächen auf die Taschen der Jacke, die, wie deutlich zu sehen war, voll waren, dann stellte er die Tasche auf den Tisch. „Die behaltet ihr als Erinnerung", sagte er augenzwinkernd.

„Ja, gehen wir", stimmte der andere zu, „wenn es zu regnen aufhört, kommen die Bullen vielleicht aus der Kaserne und gehen uns auf die Eier." Er lachte, und während der andere bezahlte und sie hinausgingen, fügte er hinzu: „Immer, wenn etwas passiert, erkundigen sich Polizei oder Carabinieri bei uns – wo wart ihr? Mit wem wart ihr zusammen? ... Sie wollen einfach nicht kapieren, dass wir in einer Demokratie leben und sie nicht einfach Menschen verfolgen können, weil die Verräter sie auf eine Idee gebracht haben ..." Der andere kam zurück und gebot ihm Einhalt; jetzt, wo sich seine Zunge gelöst hatte, hätte er gerne mehr geredet.

„Wir sehen uns bald, Gevatter", sagten sie. „Wir sind immer hier und zu allem bereit", antworteten wir. Wir verabschiedeten uns mit einem schmatzenden Kuss und begleiteten sie zur Tür, dann kehrten wir aufrecht und mit erhobenem Kopf an den Tresen zurück.

Filippo drückte die Tasche mit den Händen. „Was hättet Ihr gerne zum Frühstück, Gevatter Isidoro? Heute laden wir Euch ein." Auch wir nahmen ein zweites Frühstück.

Als es Zeit war zu zahlen, steckte Filippo die Hand in die Tasche, kramte darin und holte einen Tausend-Lire-Schein heraus. „Gib mir bitte in Fünfziger-Münzen heraus", sagte er zum Barmann, nahm die Münzen, steckte sie in die Tasche und wir gingen in den Flippersaal, der sich allmählich mit Jungs füllte. Isidoro wollte schon eine Münze in den Flipperautomaten stecken, doch Filippo gebot ihm Einhalt. „Heute geht alles auf uns", sagte er, schob ihn beiseite und steckte fünfzig Lire in den Schlitz. Dann forderte er ihn auf, als Erster zu spielen, und Isidoro legte die Hände auf die Knöpfe, ohne wie sonst zu zögern. Filippo zog den Plunger ganz weit heraus, Isidoro hielt seine Hand kurz fest, sah ihn und dann mich an. „Was seid ihr doch für gute Freunde", sagte er und Filippo ließ los.

Wir ließen ihn spielen und gingen in den Hof hinaus, betraten das Klo und holten das Geld aus der Tasche. Wir zählten die Scheine. Neunundfünfzigtausend, plus die tausend, die Filippo bereits hatte wechseln lassen – das waren sechzigtausend. Wir zählten sie aufs Neue, es waren nach wie vor neunundfünfzig, dabei waren nur fünfzigtausend ausgemacht gewesen.

„Vielleicht haben sie sich geirrt", sagte Filippo. „Nein, wahrscheinlich ist ihnen aufgefallen, dass Antonio auch dazugehört", sagte ich.

Ob sie sich nun geirrt hatten oder nicht, die sechzigtausend Lire gehörten uns; wir teilten sie auf und steckten sie in die Tasche. Dann gingen wir mit stolzgeschwellter Brust wieder in die Bar. Isidoro spielte mit Hingabe. „Ich spiele noch immer mit der ersten Kugel", sagte er so aufgeregt, als ob er unsere Geldscheine in der Tasche hätte. „Hebt sie uns auf, wir sind gleich wieder da", sagte Filippo. Wir gingen hinaus, und es war, als ob es Regen und Kälte gar nicht gäbe.

Wir gingen zu Antonios Friseurladen, klebten das Gesicht an die Auslage, doch er bemerkte uns nicht gleich, denn er kehrte gerade die Haare eines Kunden auf, der soeben aufstand und die Hand ausstreckte, um ihm Trinkgeld zu geben; Antonio hob den Kopf, sah uns, unsere Gesichter sagten ihm alles, in seinem begann dasselbe Feuer zu glühen, er öffnete dem Kunden die Tür und kam nach ihm heraus.

„Sechzig", wir zeigten ihm sechs Finger, „zwanzig, zwanzig und zwanzig", jubelte Filippo, berührte mich und Antonio, und dann legte er sich die Hand auf die Brust. „Schau zu, dass du bald fertig wirst", forderte ich ihn auf, dann hakte ich mich bei Filippo unter und zog ihn weg, Antonio blieb zögernd im Regen stehen und sah uns nach, sein Kittel wurde grau vor Nässe.

Wir liefen ziellos umher, stellten uns unter Balkone und wärmten uns mehrmals mit einem Glas Milch in einer Bar; zwanzigtausend Lire pro Kopf, die ganz allein uns gehörten, mit denen wir tun konnten, was wir wollten – wir kaufen uns Kleidung, wir gehen in ein Restaurant und essen nach Belieben, wir kaufen uns sogar eine gebrauchte Vespa 50!

Wir stellten uns zu einem Kohlenbecken, halb aufgeregt, halb ungläubig. Wir gingen wieder zu Antonio, obwohl es noch zu früh war, aber wir gingen so lange vor dem Laden auf und ab, bis er seinen Chef fragte, ob er früher aufhören könne. Er kam so schnell herausgelaufen, dass er vergaß, den Kamm aus der Hemdtasche zu nehmen. Filippo nahm ihn und frisierte seine Haare, bis sie glatt am Kopf klebten, dann reichte er ihm den Kamm und auch Antonio fuhr sich durchs Haar: Jetzt sahen wir aus wie junge Herren mit Brillantine im Haar, die sich überlegten, wie sie ihr Geld ausgeben sollten.

Antonio hatte die zündende Idee; wenn er herausgefunden hätte, wer sein Vater war, hätte er auch herausgefunden, dass sein Spitzname etwas mit Hirn zu tun haben musste, sicher kam sein Vater von auswärts, denn im Dorf gab es keine Familien, deren Namen etwas mit Hirn zu tun hatten.

„Wir gehen zu den Weibern", sagte Antonio. Die Idee schlug ein wie ein Blitz.

Die Lenden begannen zu glühen und vor Scham wendeten wir den Blick ab.

Meine und Filippos Intelligenz hatte nicht ausgereicht, um an Frauen zu denken, wir sprachen zwar oft davon, doch in unserem Dorf und in den Nachbardörfern war allem Gerede zum Trotz bei den Mädchen nicht mehr drin als ein Kuss oder eine Berührung. Vielleicht wäre es mit einer verheirateten Frau einfacher gewesen, doch dazu waren wir zu jung, reife Frauen wünschten sich Könner, keine Milchbubis.

Für Frauen, die nicht Nein sagten, brauchte man Geld, und jetzt hatten wir genug.

Wir wussten auch, wo die Frauen zu finden waren, und zwar „in der ersten Straße, die vom Viale Cannizzaro abbiegt und bergauf führt", wie Andrea Violi am Abend davor erklärt hatte, er war im letzten Jahr nach Messina zur Musterung gefahren. Wir waren mit ihm in eine dunkle Spelunke gegangen, weit weg von Roccos Bar, er hatte uns schwören müssen, dass er uns nicht verpfeift, und hatte uns einen Zettel mit einer Adresse gegeben und uns sogar die Straße aufgezeichnet. Vom Hafen hierher hatten wir nur zehn Minuten gebraucht, wir hatten niemanden nach dem Weg fragen müssen. „Auf der Klingel steht ‚SIGNORA PISANO'."

„Verdammt." Filippo zeigte mit dem Finger auf den dritten Namen in der rechten Reihe der Namensschilder, als ob er einen Schatz gefunden hätte. Und das Schicksal war uns gnädig, wir mussten nicht einmal klingeln, ein eleganter Herr kam gerade heraus, und Filippo stellte den Fuß in die Tür, damit sie nicht zufiel.

Am Morgen waren wir eine halbe Stunde früher zum Bahnhof gegangen und hatten einen Zug in die entgegengesetzte Richtung genommen, nicht Richtung Schule, sondern nach Reggio. Zum ersten Mal in unserem Leben hatten wir eine Fähre bestiegen und waren über die Meerenge gefahren. Auch in Messina regnete es wie bei uns zu Hause, doch auf den Straßen gab es jede Menge Läden mit Schaufenstern, und auf den Gehsteigen wimmelte es trotz des Schlechtwetters von gut gekleideten, eiligen Menschen.

Die Mädchen waren gekleidet und geschminkt wie die im Fernsehen, und in den Bars gab es Mehlspeisen, die man bei uns noch nie gesehen hatte, echte Cannoli mit Ricotta und Pistazien. Das einzig Störende war der Gestank nach faulem Fisch, der uns vom Hafen bis hierher begleitete.

Wir sahen einander an; ich hatte ein Gefühl wie damals, als wir im Stall von Don Santoro durch das Loch gespäht hatten oder als wir die Tasche mit dem Geld ins Dorf gebracht hatten; ich wartete darauf, dass etwas passierte, dass die Tür zuging, dass eine Sirene heulte und alle schrien, wir sollten abhauen.

Aber nichts passierte. Filippo steckte vielmehr den Arm in den Türschlitz, drückte die Tür auf und ging hinein.

„Die zweite Tür auf dem Treppenabsatz im ersten Stockwerk", hatte Andrea Violi ebenfalls gesagt. Und auch diese Angabe stimmte. Noch bevor wir es uns anders überlegen konnten, klingelte Filippo, wir hörten Schritte, der Spion verdunkelte sich, dann wurde er wieder hell und die Schritte entfernten sich. Filippo klingelte wieder. „Haut ab, hier wird gearbeitet", hörte man jemanden schreien. Dann ging die Tür auf, auf der Schwelle erschien eine alte, fette Frau mit spärlichen, kurz geschnittenen Haaren und in die Seite gestemmten Armen. „Der Kindergarten ist auf der anderen Seite ...", sagte sie, verstummte jedoch, als sie den Geldschein in Antonios Hand sah. „Wartet", sagte sie, und ihr Tonfall war jetzt weniger unfreundlich. Sie schloss die Tür nicht, sondern lehnte sie nur an und ging mit schlurfenden Schritten davon. Man hörte ein unverständliches Stimmengewirr und nach einer Weile öffnete die Frau wieder die Tür. „Kommen Sie herein", forderte sie uns freundlich auf. Dann bedeutete sie uns mit einer Geste, ihr über den Gang zu folgen. Sie führte uns in ein großes Zimmer mit vier Sofas. „Setzen Sie sich, gleich kommen die Signorine." Dicht nebeneinander setzten wir uns auf ein Sofa.

Der Boden war fast zur Gänze von einem runden, gelben Teppich bedeckt, auf dem Vögel mit ausgebreiteten Flügeln zu sehen waren, und an den Wänden hingen Bilder von Frauen mit nackten, kleinen, prallen Brüsten. Meine Füße juckten und mein Kopf dröhnte, als hätte ich Fieber, in der Luft lag ein schwerer Geruch wie von Frauenschweiß. Ich hatte nicht viel Zeit, darüber nachzudenken, denn gleich darauf kamen die Frauen: Auch sie waren zu dritt, und wie wir setzten sie sich eng aneinandergedrängt auf ein Sofa. Es waren wirklich Signorine, ganz anders, als ich sie mir vorgestellt hatte. Sie trugen keine Strümpfe mit Stumpfbändern. Sie waren jung, normal gekleidet, nur die Bluse war etwas weiter offen als üblich.

In diesem Augenblick hätte ich am liebsten bloß mit ihnen geredet, um zu erfahren, was ihnen durch den Kopf ging und ob sie von denselben Dingen träumten wie wir. Am besten gefiel mir, dass sie nicht wirklich aussahen wie Huren, wenn man mit ihnen spazieren gegangen wäre, hätte es niemand bemerkt. Man hätte mit ihnen angeben können.

Eine von ihnen hatte glatte, kurze rote Haare und weiße Haut, mit ihr wäre ich gern spazieren gegangen. Wie durch ein Wunder sah sie ausgerechnet mich an, lächelte mich an und kam zu mir. „Wie heißt du?" „Nicolì … Nicola." Sie nahm meine Hand und ich ließ mich führen. Wir verließen das Zimmer und gingen nach links, an zwei Türen vorbei, die zum Gang führten, und bei der dritten blieben wir stehen, mit der freien Hand drückte sie sie auf: Das Licht drinnen war gelblich und es roch nach Jasmin. Mitten im Zimmer stand ein niedriges breites Bett mit einer roten Decke darauf. Ich wusste nicht, was ich tun sollte, sie schloss die Tür und führte mich an der Hand ins Bad. Sie kniete sich hin, öffnete meinen Gürtel, zog mir Hose und die Unterhose hinunter. Sie küsste mich an der bewussten Stelle, es war, als ob ihre Lippen mir das Leben aussaugten. Sie führte mich zum Waschbecken, drehte den Wasserhahn auf, und nach einer Weile stieg Dampf auf. Sie machte die Seife nass und seifte mein Ding ein. Weicher Schaum hüllte meinen Pimmel ein, der zu pulsieren begann. Zitternd und zuckend spritzte ich ab.

Ich musste mich an sie lehnen, um nicht hinzufallen. Als ich mich beruhigt hatte, genierte ich mich zu Tode. Ich war fertig geworden, noch bevor es richtig losging, trotzdem war es schön gewesen. Aber sie war freundlich, sie fuhr fort, mich zu waschen und mein Pimmel blieb hart, sie trocknete ihn mit einem Handtuch, nahm mich an der Hand und führte mich zum Bett.

„Zieh dich ganz aus", befahl sie. Ich gehorchte. Sie zog sich schneller aus als ich, hob die Decke und schlüpfte darunter. Ich glühte, als hätte ich tatsächlich Fieber, aber es war kein böses Fieber, ohne Kopfweh und ohne Husten. Die Laken waren frisch, sie dufteten wie sie, ich hatte keine Zeit, mich zuzudecken, denn sie zog sie weg, sie setzte sich auf mich drauf und küsste mein Gesicht, meinen Hals, meine Brust; dann stieg sie ab und küsste mich wieder an der bewussten Stelle, nahm ihn zur Gänze in den Mund und ich versuchte das Stöhnen zu unterdrücken. Aber diesmal hielt ich den Küssen stand, ich wartete, bis sie sich wieder auf mich setzte und ich in sie eindrang. Ich sah ihr zu, wie sie sich auf und ab bewegte, hörte sie stöhnen und kam in ihr, während ich ihre kleinen, harten Brüste drückte. Sie bewegte sich langsamer, hielt inne, stieg vorsichtig ab, legte sich neben mich und streichelte meine Brust.

Ich schloss die Augen. Ich konnte keinen Gedanken fassen, eine Zeit lang hörte ich den Regen ans Fenster prasseln, dann den schleppenden Schritt der Alten auf dem Gang, eine Tür ging auf und wieder zu, dann noch eine und noch eine. „Zieh dich in aller Ruhe an", flüsterte sie mir ins Ohr, ich gehorchte auch diesmal. Sie stand auf, lief ums Bett herum und zog meinen Reißverschluss zu, schloss meinen Gürtel und knöpfte mein Hemd zu. Sie wartete, bis ich Pullover und Jacke angezogen hatte, dann führte sie mich an der Hand zurück ins Wohnzimmer.

Die anderen beiden Mädchen auf der Schwelle traten beiseite, um uns durchzulassen. Antonio und Filippo saßen auf einem Sofa, mit der Alten in der Mitte. „Warum hat der Kleine so lang gebraucht?", fragte sie, sobald sie uns sah, und dann: „Wie oft?" Das Mädchen öffnete und schloss die Hand und streckte dabei den Zeigefinger aus. Die anderen beiden hatten Zeige- und Mittelfinger ausgestreckt. „Fünftausend, fünftausend und zweitausendfünf", sagte die Alte, berührte dabei Filippo und Antonio und zeigte zum Schluss auf mich.

Filippo zahlte für uns drei, die Alte steckte sich die Geldscheine in den Ausschnitt, beim Aufstehen stützte sie sich auf die Knie meiner Freunde, schlurfend ging sie davon. „Ihr habt euch erfrischt, wenn ihr wieder Kräfte und Kleingeld habt, kommt ihr wieder", sagte sie zu uns. Ohne stehen zu bleiben, zog sie meine Hand von der des Mädchens weg, dann drehte sie mir den Arm auf den Rücken und zwang mich zu gehen. „Geht heim zu Mama", sagte sie, während sie uns über den Gang schob, und kaum standen wir draußen auf dem Treppenabsatz, schlug sie ohne viel Umschweife die Tür zu. Auf dem Treppenabsatz darunter blieb ich stehen. „Ich habe vergessen, sie nach ihrem Namen zu fragen", rief ich aus. „Ich kenne ihn", sagte Filippo und zog mich am Ärmel. „Sag ihn mir." „Ja, gleich", sagte er und zog mich weiter.

Kaum waren wir draußen, hielt ich ihn fest: „Sag ihn mir." „Sie heißt genauso wie die, mit der ich zusammen war. Hure heißt sie", sagte er und begann zu lachen, „und auch die von Antonio heißt so: Hure." Auch Antonio lachte, auch ich musste lachen, ich wollte ja nicht mit meinem besten Freund streiten. Ein Herr bat um Entschuldigung und ging zwischen uns durch, blickte sich um und trat durch das Tor, durch das wir gerade herausgekommen waren. „Trinken wir was", schlug ich vor, ich würde sie sowieso nicht wiedersehen.

Wir betraten die erstbeste Bar auf dem Corso. „Drei Flaschen Bier", bestellte Filippo; der Barmann sah ihn an, doch sobald er einen Tausend-Lire-Schein hervorgeholt hatte, ging er zum Kühlschrank und holte das Bier. „Damit brauchen wir keine Dokumente", sagte Filippo. „Auf Don Nino Zacco", sagte ich und stieß mit ihnen an, sobald wir die Flaschen in der Hand hatten.

Filippo schaute sich besorgt um. „Bist du verrückt geworden? Wir haben ihn ohnehin schon beleidigt, weil wir unser erstes Bier in der Öffentlichkeit nicht mit ihm getrunken haben. Und jetzt trinkst du auf ihn, wenn uns jemand hört …"

„Die Banditen aus dem Dorf haben gewiss auch Ohren in Messina", erwiderte ich.

„Bist du besoffen, bevor du was getrunken hast?", fuhr er fort, „weißt du denn nicht, dass die Mafiosi überall ihre Männer haben?"

„Du und deine Mafiosi, außerhalb des Dorfes sind die doch niemand …"

„Sie sind niemand? Wir sind niemand!"

„Hört auf", unterbrach uns Antonio, „wir sind in Messina, wir haben die Taschen voller Geld, was schert uns das Dorf? Trinken wir auf uns", und er zwang uns, wieder anzustoßen; dabei war ich gar nicht sauer auf Don Nino oder die Mafiosi, es war nur ein Scherz gewesen. Hin und wieder war ich allerdings schon sauer auf sie, etwa wenn ich darüber nachdachte, dass Antonio ihren Regeln zufolge kein Mafioso werden konnte – als ob es seine Schuld gewesen wäre, dass seine Mutter von seinem Vater geschwängert und dann sitzen lassen worden war. Meiner Meinung nach waren das dumme Regeln, nicht zuletzt, weil einige Mafiosi nicht allzu hell waren, Rocco machte sich über sie lustig. Außerdem war die Bewunderung Filippos für Nino Zacco übertrieben. Fast hätte ich gesagt: „Wer ist schon Nino Zacco", doch dann hielt ich mich zurück, denn heute wollten wir uns vergnügen und ich mochte Filippo genauso gern wie Antonio.

Ich trank mein Bier in großen Schlucken, von der Liebe bekam man offenbar Durst, ich dachte an ihre zuerst zärtlichen und dann heißen, groben Küsse, verdammt, wie dumm war ich gewesen, dass ich sie nicht nach ihrem Namen gefragt hatte, aber jetzt konnte ich nicht wieder hinaufgehen, die Alte hätte mich beschimpft und davongejagt. Wenn ich an sie dachte, konnte ich ihrem Gesicht keinen Namen geben, oder ich musste einen erfinden, ich konnte meine erste Frau ja nicht Hure nennen.

Nach dem Bier entspannte ich mich und das Fieber flaute ab. Als wir die Bar verließen, spürten wir wieder die Kälte. Wir sahen einander wortlos an, es gab keinen Grund, noch länger in Messina zu bleiben und den Geruch nach faulem Fisch einzuatmen. „Nehmen wir die Fähre, dann sind wir zur selben Zeit wie immer im Dorf", sagte Antonio.

Wir waren sogar früher im Dorf als üblich; wir stiegen aus dem Eilzug aus und warteten im Nachbardorf auf jenen, mit dem wir jeden Tag von der Schule zurückfuhren. Unterhalb des Mäuerchens hinter den Zypressen der Allee hockten wir uns hin, schauten zu, wie die heimkehrenden Schüler vorbeigingen und reihten uns ein – niemand achtete auf uns.

Wieder gab es Pasta mit falschem Sugo, doch ich war hungrig, und meine Arme und Beine waren schwach, ich hatte keine Kraft zu protestieren. „Nichino, auch heute isst du die Pasta ohne zu zögern!", sagte Mama.

„Nicola, Mama. Du musst mich Nicola nennen, ich bin alt genug, manche im Dorf haben in diesem Alter schon eine Familie gegründet."

„Sicher, sicher, Nicolino, ärgere dich nicht, morgen suche ich um deine Rente an", sagte sie scherzend und trat auf mich zu.

Sie schnupperte und blickte sich um. „Was ist das für ein Parfüm?" Sie schnupperte an meinen Haaren, dem Gesicht. Ich stieß sie weg, doch zu spät. Ihr Blick ging mir durch und durch, umsonst hob ich meinen zur Decke. „Ich habe genug von diesem widerlichen Zeug", sagte ich und schob den Teller weg, als wäre ich wütend. Ich stand auf und sperrte mich im Klo ein. Meine Schwestern nutzten die Gelegenheit, um sich über mich lustig zu machen, stellten sich vor die Tür und erfanden einen kleinen Schlager: „Nicolino ist groß geworden, Nicolino hat Hunger, Nicolino duftet wie ein Mädchen, hurra, hurra, er ist verliebt."

Ich hatte nicht den Mut, ihnen zu antworten. Ich zog mich aus, setzte mich in die Wanne, machte die Seife nass und seifte mich überall ein.

Doch dann wurde ich den Schaum nicht los, mit kaltem Wasser ließ sich das klebrige Zeug nicht abwaschen, ich bemühte mich, bis meine Zähne klapperten. Ich trocknete mich so gut wie möglich ab, doch die Kälte war mir in die Knochen gekrochen. Sie war jetzt in mir. Ich zog mich an, meine Schwestern draußen waren nicht zu hören. Ich ging hinaus und legte mich aufs Bett, zog den Vorhang vor, deckte mich nach wie vor zitternd zu. Sie wusste es. Sie wusste aber auch, dass mir kalt war, es dauerte nicht lang, bis sie kam, sie schob den Vorhang zur Seite, sie sank aufs Bett: „Ich weiß, du bist kein Kind mehr, aber selbst, wenn du mal eigene

Kinder hast, wenn deine Haare weiß sind oder ausfallen, wirst du immer Nichino für mich sein, ein Stück meines Herzens. Ich habe dir Malzkaffee gemacht, ich stelle dir die Tasse auf den Stuhl." Sie stand auf und zog den Vorhang hinter sich zu.

Ich hätte sie gern aufgehalten, ich wollte, dass sie am Bett sitzen blieb, bis die Kälte von mir wich. Dann hätte ich ihr jedoch gestehen müssen, dass ich jetzt wusste, dass Frauen nicht nur mütterliche Küsse und Zärtlichkeiten zu vergeben hatten, sondern auch seufzen und zucken konnten und über die Macht der Liebe geboten, die das Herz der Männer verwirrte. Wenn man das einmal erlebt hatte, wurde man zwar nicht auf einmal erwachsen, doch man überquerte einen Fluss auf einer einstürzenden Brücke und konnte nicht mehr zurück.

Ich riss mich zusammen und rief sie nicht zurück, ich drehte mich lautlos um, nahm die Tasse, stellte sie mir auf die Brust; in meinem Inneren erhob sich ein Wind, der mir wie der Libeccio vorkam, der in den Erzählungen der Alten das alte Dorf in den Bergen wärmte. Die Wärme ging mir durch und durch, breitete sich in alle Richtungen aus. Ich machte ein paar Schlucke und das Zittern verging.

Nur das Herz blieb kalt, und das Gesicht des Mädchens von diesem Vormittag wurde zu einer Erinnerung, die sich nicht mehr aufwärmen ließ.

II.

Zephyr

Er weht auf hinterhältige Weise und wiederholt die antike Täuschung aus dem Orient, die Troja zerstörte und versuchte, Priamus' letzten Samen einzuholen. Er rüttelt am Heidekraut, an den Kapern und den Reben einer uralten Mutter, zieht sie aufs offene Meer hinaus und spült sie wieder ans Ufer und dann lädt er sie auf das Schiff, das in eine neue Welt fährt, deren Ufer man nie sieht.

Am Vormittag nahmen wir wie immer den Zug. Antonio ging wieder zur Arbeit, ich und Filippo wieder zur Schule, wie jede Woche bis Samstag. Am Sonntag begleiteten wir Antonio zum Friseur, dann trieben ich und Filippo uns herum, und wenn Antonio fertig war, fuhren wir nicht sofort nach Hause, sondern gingen wie immer in die Bar, aßen ein Brötchen und spielten den ganzen Nachmittag lang Flipper; erst am Abend kehrten wir ins Dorf zurück. Meine Mutter stand wartend an der Tür, sah mich besorgt an, schimpfte aber nicht mit mir; auf dem Tisch stand ein Gericht, das mein Mittagessen hätte sein sollen, ich legte einen Fünftausend-Lire-Schein hin und ging ins Bad, nach zehn Minuten kam ich wieder heraus. Mama saß am Tisch.

„Ich habe in einem Ballsaal neben der Schule, wo oft Hochzeiten stattfinden, als Kellner gearbeitet", behauptete ich kühn, stellte mich hinter sie und legte ihr die Hand auf die Schultern, „es war gar nicht anstrengend, ich hatte sogar Spaß dabei, eine Menge Jungs haben bedient, ich habe Pasta, Fleisch und sogar Torte gegessen. Wenn nächsten Sonntag etwas davon übrig bleibt, nehme ich euch was mit." Sie sagte nichts. Ich strich ihr übers Haar und ging hinaus.

Von den sechzigtausend Lire, die wir mit der Aufbewahrung der Tasche verdient hatten, hatten wir fünfzehntausend ausgegeben, den Rest hatten wir auf drei gleiche Teile aufgeteilt; ich und Antonio hatten es nicht übers Herz gebracht, das Geld zu behalten; Filippo hingegen hatte keine Skrupel, sein Vater arbeitete ja beim *Consorzio di bonifica*, der Körperschaft für die Sumpftrockenlegung, und erhielt jeden Monat ein Gehalt. Antonio konnte seiner Mutter ganz offiziell Geld geben, er arbeitete ja in einem Friseurladen, und ich hatte die Geschichte mit dem Kellnern erfunden, tatsächlich arbeiteten ein paar Jungs aus dem Viertel samstags und sonntags bei Hochzeitsfeiern. Ich hatte Mama fünftausend Lire gegeben, so viel, wie man dort verdiente, nächste Woche würde ich ihr wieder fünftausend geben.

Ich verzog mich in Roccos Bar und blieb bis spätnachts dort; als ich nach Hause kam, lagen Mama und meine Schwestern schon im Bett und schliefen. Am Tag darauf, Montag, stieg Antonio mit uns in den Zug, obwohl er nicht arbeiten musste, wir fuhren zum Gymnasium, um die Mädchen zu beäugen, dann gingen wir in die Bar. Isidoro erwartete uns schon am Tresen, wir bezahlten das Frühstück und er schaute traurig drein – um ihm eine Freude zu machen, ließen wir zu, dass er Münzen in den Flipper steckte.

Filippo schaffte es nicht lange, unsere Reise nach Messina geheim zu halten, und mitten am Vormittag saß er noch immer da und erzählte, wie es gewesen war und wie es nicht gewesen war, niemand flipperte. Er unterbrach den Bericht nur, als unsere beiden Freunde kamen, uns begrüßten und uns feierlich einluden, mit ihnen im Hof etwas zu trinken, daraufhin entschuldigte sich Filippo mit bedauerndem Blick bei unseren zahlreichen Zuhörern – wir hätten zu tun.

Seit einigen Tagen regnete es nicht mehr, der Regen hatte sich in den Norden verzogen wie die Emigranten. Wir setzten uns an den Tisch und riefen Isidoro zu, er solle uns fünf Kaffee bestellen, er stellte das Tablett höchstpersönlich auf den Tisch. „Ruft mich, wenn ihr noch etwas braucht, ich gehe derweil flippern", sagte er ernsthaft und ging. Die Freunde erzählten, was in ihrem Dorf los war, und wir erzählten von unserem. Mimmo sprach am meisten, der andere – der mit dem Feuermal über der Augenbraue – bestätigte seine Worte, fügte Kommentare hinzu, machte Witze. Bei uns hielt Filippo die Bank, er war sehr gut darin, viel zu reden, ohne etwas zu sagen, ich und Antonio nickten, lächelten, fügten ein paar Worte hinzu.

Während wir plauderten und rauchten, steckte Mimmo Filippo etwas zu, und dieser gab es mir: Es war ein Zettel, auf dem stand *Scheck, hunderttausend Lire*, den Rest las ich nicht einmal, ich reichte ihn Antonio weiter. Filippo redete zwar, doch wie immer war es die Aufgabe Antonios zu verstehen, worum es ging. Mimmo quatschte weiter, und als Antonio ihm den Zettel zurückgab, steckte er ihn sofort in die Tasche. „Also", sagte er abschließend, senkte die Stimme und rollte die Augen, „dieser Scheck ist wie ein Hunderttausend-Lire-Schein. Mann muss ihn jedoch einlösen, erst dann wird er zu Bargeld. Wenn ihr ihn für uns einlöst, gebt ihr uns die Hälfte zurück und die Hälfte dürft ihr behalten."

„Macht ihr uns dieses Geschenk nur, weil wir Freunde sind?", fragte Antonio. Nicodemo nickte lächelnd. Doch Mimmo machte ein ernstes Gesicht. „Gevatter Antonio, wir haben diese Schecks nicht geschenkt bekommen, und wenn euch die Bullen damit erwischen, könnt auch ihr nicht behaupten, man hätte sie euch geschenkt oder ihr hättet sie auf der Straße gefunden. Wir haben sie uns nicht auf freundliche Art und Weise beschafft. Solange ihr aber keinen Bullen begegnet, ist es leicht verdientes Geld."

„Und warum löst ihr ihn nicht ein und behaltet das ganze Geld?"

„Weil wir nicht nur einen Scheck haben und es nicht viele Banken gibt, wo man sie einlösen kann, und man immer wieder eine neue suchen muss, Gevatter Antonio."

Antonio rieb sich die Nase, strich sich über das Gesicht. „Könnt ihr uns diesen Scheck zwei Tage lang überlassen? Am Donnerstag, wenn wir uns wiedersehen, geben wir euch eine Antwort." „Wie ihr wollt, Gevatter Antonio." Mimmo lächelte aufs Neue.

„Dann trinken wir noch was", sagte Filippo und gab Isidoro, der uns immer wieder einen Blick zuwarf, einen Wink. Kaum bemerkte er die Geste, hörte er zu flippern auf und kam gelaufen.

„Isidoro, könntet Ihr bitte fünf Bier bestellen …"

„Sechs, wenn ihr Euch zu uns setzt", korrigierte ihn Antonio. Ich stand auf. „Ich helfe Euch", sagte ich zu Isidoro, wir gingen und kehrten gleich darauf zurück, er mit einem Tablett voller Bierflaschen, ich mit den Gläsern.

Wir stießen auf unser neues Geschäft an und fingen auf Banditenart wieder zu schwafeln an. Die beiden tranken langsam ihr Bier aus und standen auf, küssten und umarmten uns und gingen; Filippo behielt den Scheck, er steckte ihn ein, damit Isidoro ihn nicht sah.

Kaum waren die beiden außer Sichtweite, ließ Antonio ihn sich geben und zeigte ihn ausgerechnet Isidoro: „Isidoro", sagte er, endlich gab er das lächerliche „Ihr" auf und duzte ihn: „Was für ein Typ ist dein Vater, sprecht ihr miteinander?" Isidoro zuckte mit den Achseln. „Was würde er sagen, wenn er wüsste, dass du nicht zur Schule gehst?" Isidoro schüttelte den Kopf. „Im letzten Jahr, als ich in die Oberstufe gekommen bin, hat er mir die Leviten gelesen. Er hat zu mir gesagt: Ich will, dass du durchkommst, egal wie. Aber wenn du ohne Abschlusszeugnis nach Hause kommst, breche ich dir die Knochen und dann musst du mir erzählen, was du während des Jahres getrieben hast."

Ich und Filippo lachten, diesmal nickte Antonio: „Wenn dein Vater einen Dieb in seinem Laden entdeckte, was würde er dann machen?"

„Er würde ihm mit dem Metermaß die Beine brechen."

„Würde er nicht die Carabinieri rufen?"

„Er sagt immer: ‚Uniformen haben in einem Laden nichts zu suchen'", antwortete Isidoro, und Antonio nickte wieder zufrieden, dann drückte er ihm den Scheck in die Hand und schloss sie zu einer Faust. „Du zeigst deinem Vater den Scheck und sagst, deine Freunde hätten dich gefragt, ob sie damit in seinem Laden ein Stück Stoff kaufen könnten." Isidoro öffnete die Hand, faltete vorsichtig den Scheck, holte die Geldbörse heraus, steckte ihn hinein und schob sie wieder in die Hosentasche.

Am Tag darauf wartete er mit traurigem Gesicht vor der Bar auf uns, nicht wie sonst am Tresen. Antonio gab ihm einen Schlag auf die Schulter. „Trinken wir am Tisch einen Cappuccino", sagte er ruhig zu ihm, mir und Filippo wurde bei seinem langen Gesicht jedoch flau im Magen. Isidoro folgte uns, als würde er zum Schafott schreiten, wir nahmen das Tablett mit unseren Tassen, und noch bevor wir uns setzten, begann er zu reden. „Das Problem ist, dass da ein Stempel ist, ohne Stempel wäre er okay, aber so nehmen sie ihn nicht auf der Post oder auf der Bank", murmelte er. „Setz dich", befahl ihm Antonio wie immer ruhig, „trinken wir zuerst mal einen Cappuccino und dann versuchst du dich an alle Worte zu erinnern, die dein Vater gesagt hat." Isidoro nickte, setzte sich und saugte langsam die Milch unter dem Schaum auf, hin und wieder setzte er die Tasse ab und murmelte etwas Unverständliches.

Schließlich lächelte er, strahlte, trank den restlichen Kaffee, atmete tief ein: „Wenn ein Unbekannter mich im Laden hin und her schickte, damit ich ihm alles Mögliche zeige, und mir dann, wenn es ans Zahlen geht, diesen Scheck überreichte, würde ich zu ihm sagen, er solle verschwinden und nie wieder in meinen Laden kommen. Wäre es jedoch ein Freund, würde ich zu ihm sagen, dass Schecks nur dann gut sind, wenn sie einen einzigen Stempel tragen, nämlich den des Ausstellers; wenn jedoch auch der Stempel des Einlösers drauf ist, ist er nichts mehr wert." Er atmete noch einmal tief ein. „Wenn du einen guten Scheck auf der Bank oder der Post einlösen möchtest, lächelt der Kassier dich an; wenn man mit einem bereits eingelösten kommt, sagt man dir, du sollst einen Augenblick warten und gleich darauf kommt der Maresciallo."

Er verstummte und schaute Antonio ängstlich an. Antonio lächelte ihn an: „Danke, Isidoro, du hast uns sehr geholfen." „Sicher?", fragte er verdutzt und Antonios Ausdruck wurde ernst. „Du hast uns einen großen Gefallen erwiesen", bekräftigte er, und Isidoro war endlich beruhigt, lachte und gab Filippo, der am nächsten zu ihm saß, einen Schlag auf die Schulter.

Ich hatte nichts verstanden, und an Filippos Blick erkannte ich, dass es ihm auch nicht besser ging. Dennoch war ich ruhig, Antonio wusste bestimmt, was zu tun war, und da ich das Gefühl hatte, er sei sich seiner Sache sicher, fragte ich nicht nach, sonst hätte er vielleicht etwas gesagt, was die Sache noch komplizierter machte, anstatt sie zu klären.

Und er verlor auch keine Zeit mit Antworten. Am Donnerstagvormittag, als wir uns mit Mimmo und Nicodemo an einen Tisch setzten, erfuhren wir direkt aus seinem Munde, was er dachte. Wie beim letzten Mal sprachen wir über alles und nichts, rauchten ein paar Zigaretten und dann machte Antonio dem Geschwafel ein Ende. Er legte den Scheck auf den Tisch. „Wenn alle eure Geschenke so sind, bedanken wir uns. Wenn ihr jedoch andere Schecks mit nur dem Stempel des Ausstellers drauf habt, nehmen wir sie gerne an."

Antonios Tonfall war unfreundlich, Mimmo und Nicodemo schauten verwundert drein. Antonio beobachtete sie, dann nahm er wieder den Scheck in die Hand. „Seht ihr das da?", sagte er und zeigte auf einen Stempel, „das ist der Stempel mit dem Ausstellungsdatum, der diesen Zettel in hunderttausend Lire verwandelt." Er zeigte einen zweiten Stempel: „Aber da ist noch ein anderer Stempel, der diesen Stempel zu einer Eintrittskarte ins Gefängnis macht, denn er bedeutet, dass schon wer anderer zur Post gegangen ist und kassiert hat." Er nahm das Feuerzeug, zündete den Scheck an und mit dem brennenden Scheck zündete er sich eine Zigarette an. „Ein ahnungsloser Kaufmann würde ihn vielleicht wechseln. Doch wenn er dann auf die Bank oder die Post ginge, um ihn einzulösen, kämen die Bullen und würden ihn fragen, wer ihn ihm gegeben hat. Und wenn man so dumm wäre und direkt auf die Post ginge, um ihn einzulösen, säße man binnen einer halben Stunde im Knast, denn gewiss gibt der Postbeamte den Scheck nicht dem Besitzer zurück …"

Nun war alles klar, endlich hatte auch ich verstanden, wann der Scheck Geld war und wann er nur Probleme machte. Und dem Gesichtsausdruck unserer beiden Freunde nach zu schließen, kapierten auch sie erst jetzt, wie die Sache funktionierte – ein Stempel, ja, zwei Stempel, nein.

Mimmo schwor, dass er nichts davon gewusst hatte, in Zukunft jedoch darauf achten würde. Er zog ein Dutzend neuer Schecks heraus: Drei waren gut und sieben waren nichts wert, er reichte sie uns, damit jeder von uns zumindest einen anzünden konnte. Bezüglich der drei guten wurden wir uns schnell einig, jeder war hunderttausend wert – wir würden sie einlösen und die Hälfte behalten, der Rest gehörte ihnen.

Wir tranken darauf, stießen mit den Bierflaschen an, verabschiedeten uns und gingen.

Am Tag darauf saßen wir wieder einmal in einem Zug, der nicht zur Schule, sondern in die entgegengesetzte Richtung fuhr. Wir überquerten jedoch nicht die Meerenge, sondern stiegen in Reggio aus, gingen den weiten Weg über den Corso Garibaldi, wobei wir in jede Auslage schauten, und als jeder von uns wusste, was er kaufen wollte, kehrten wir um. Jeder von uns steckte einen Scheck ein, Filippo beschloss, wo wir den ersten Stopp machen würden, denn wir hatten ausgezählt und er war als Erster dran. Er entschied sich für ein Schuhgeschäft. Darin waren zwei Verkäufer, ein Mann bediente gerade einen Kunden und ein Mädchen ordnete Schachteln ein. Kaum hatte sie uns gesehen, kam sie zu uns. „Kann ich was für euch tun?" Filippo zeigte ihr gleich ein Paar schwarze Lederschuhe in der Auslage: „Die da in Größe einundvierzigeinhalb." Das Mädchen ging ins Hinterzimmer und kam mit einem rechten Schuh zurück, den sie aus der Schachtel genommen hatte. Er erklärte ihr, es sei ein Geschenk, und errötete leicht. Dann fasste er sich wieder und bat sie, ein Geschenkpaket zu machen. „Sie passen sicher", sagte er und instinktiv kam ich ihm zu Hilfe, ich bat sie, dasselbe Paar in derselben Größe auch in Braun einzupacken. Um nicht dumm dazustehen, bestellte auch Antonio ein Paar, allerdings ein anderes und eine Nummer kleiner. „Lauter Geschenkspackungen?", fragte sie lächelnd.

Sie holte die Schachteln und bat uns zur Kasse, stellte die Rechnungen aus, und wir wurden langsam nervös. Ich blickte mich um, um Filippo nicht ins Gesicht sehen zu müssen. Am liebsten hätte ich draußen gewartet, doch nun war es zu spät. „Soll ich alles auf eine Rechnung schreiben?", hörte ich sie sagen. „Ja, wir rechnen dann unter uns ab", antwortete Filippo und seine ruhige Stimme tröstete mich. „Ist gut", sagte die Verkäuferin, „macht sieben plus sieben ist vierzehn plus acht …" „Bekommen wir Rabatt?", fragte Filippo dreist. „Ich bin nur eine Angestellte", antwortete sie bedauernd.

Du Dummkopf, fluchte ich insgeheim, nimm das Wechselgeld und hauen wir ab, was kümmert dich der Preis? Ich zwang mich, ihn anzusehen, er hatte sogar einen Mitleid heischenden Blick aufgesetzt.

„Demetrio, kommst du bitte mal her?" Der Mann entschuldigte sich bei der Kundin und kam zur Kasse. „Die Jungs fragen, ob ich ihnen Rabatt geben kann." Der Mann blickte uns an, nahm den Scheck in die Hand, zog eine kleine Schnute. Mir wurde schwarz vor den Augen. „Entschuldigen Sie!" Die Kundin, die er bediente, forderte seine Aufmerksamkeit. Er seufzte, dann lächelte er: „Gib ihnen zwanzig." Er gab der Verkäuferin den Scheck zurück, sie legte ihn auf die Kasse und nahm eine Füllfeder: einen silbernen Füller, dickbauchig in der Mitte und schmal an den Enden, wie ein Miniaturwal. Sie zog damit einen Kreis in der Luft und drückte ihn

Filippo in die Hand. Er packte ihn fest um die Mitte. „Sie müssen ihn aufschrauben." Erst jetzt fiel mir auf, dass die Verkäuferin eine musikalische Stimme hatte, wie die Frauen, die im Kirchenchor sangen. Ich stellte mir vor, wie sie mit einem blauen Spitzentuch auf dem Kopf sang, inmitten der Nonnen und der alten Betschwestern, die am Sonntag unter dem bewegten Blick Don Carmines Lobgesänge auf den Erlöser anstimmten.

Alles lief glatt, doch ohne Antonio, der uns alles Schritt für Schritt erklärt hatte, hätten wir es nie geschafft. Filippo drückte die Feder sicher auf und unterschrieb mit einem erfundenen Namen, Rocco Pelle. Rocco stand für Rocco aus der Bar und Pelle war Isidoros Nachname – so konnten wir uns nicht irren.

Die Verkäuferin zählte uns achtzigtausend Lire Restgeld auf die Kasse, Filippo steckte sie ein und wir zogen zufrieden davon, bogen auf die erstbeste Querstraße ein, zählten das Geld nach, warfen die Schachteln weg und zogen die Schuhe an.

Beim zweiten Laden waren wir schon gelassener, beim Hinausgehen trugen wir drei neue Jeans. Beim letzten Kauf waren wir schon kühn, diesmal war ich dran: Ich suchte einen grauen Pullover aus, den ich über meinem Hemd anzog, ich sagte zu den anderen, sie sollten sich ebenfalls einen aussuchen, und dann unterschrieb ich mit Rocco Pelle.

Bargeld. Es war wirklich ein einfacher Verdienst gewesen. Wir schwebten über den Corso, als hätten wir Flügel gekauft und nicht Kleider; wir spiegelten uns lächelnd in den Auslagen, die uns das Abbild dreier junger Herren zurückgaben; atemlos und mit vollen Taschen gelangten wir zum Bahnhof. Ein Zug stand da, bereit zur Abfahrt, als wartete er auf uns. Wir waren so euphorisch, dass wir uns gar nicht setzten, während der ganzen Fahrt gingen wir auf und ab, beäugten die Mädchen und ließen uns bewundern. Bevor wir ins Dorf kamen, zogen Antonio und ich uns um und verstauten unsere Einkäufe in Tüten; Filippo würde sie mit nach Hause nehmen und sie uns morgen wiedergeben, bei ihm zu Hause gab es jede Menge Männer und seine Mutter war es leid geworden, wegen jeder Kleinigkeit eine Erklärung zu verlangen.

Am nächsten Vormittag wieder im Zug, Antonio und ich kamen frisch eingekleidet aus der Toilette. Die Tüte mit unseren alten Kleidern ließen wir in der Bar, dann gingen wir zum Gymnasium, um die Mädchen zu hofieren, in dieser Aufmachung schenkten sie uns mehr Beachtung. Als die Schülerinnen hinter dem Tor verschwanden, gingen wir in die Bar, wo wir wie ausgemacht Mimmo und Nicodemo treffen würden. Sie waren noch nicht da, kamen jedoch nach einer Viertelstunde; sie konnten es fast nicht glauben, dass wir es geschafft hatten, doch dann streckte Antonio Mimmo die Hand hin, als ob er ihn begrüßen wollte, gab ihm jedoch wie ausgemacht das Bündel Geldscheine – hundertfünfzigtausend Lire.

Wir tranken zur Feier ein Bier, die beiden hatten es jedoch eilig, weil sie etwas vorbereiteten, nächste Woche würde es gute Neuigkeiten geben – „oder ihr lest in der Zeitung von uns". Mimmo machte abergläubisch das Zeichen für Hörner.

Wir gingen gemeinsam hinaus, kaum waren sie verschwunden, umarmten wir einander. Am liebsten hätte ich mitten auf der Piazza zu tanzen begonnen. Wir verspürten ein Gefühl der Macht, wir fühlten uns bedeutend: Wir hatten fünfzigtausend Lire ausgegeben, um die Schecks einzulösen, hunderttausend waren uns geblieben, und wir besaßen auch noch einen Teil der sechzigtausend, die wir als Lohn für die Tasche mit den Pistolen und dem Geld erhalten hatten. Die Beute befand sich im Augenblick zur Gänze in den Taschen Antonios, wir mussten jedoch ein Versteck finden, nicht zuletzt, weil Mimmo und Nicodemo bald für Nachschub sorgen würden.

„Wir sind Mafiosi", kreischte Filippo. „Obwohl wir keine schief aufgesetzte Kappe tragen", echote Antonio, und ich fügte hinzu: „Wir können noch mehr Geld nach Hause bringen."

Antonio war heute nicht in den Friseurladen gegangen, er sagte, er würde überhaupt nicht mehr hingehen, doch er und ich brauchten eine Ausrede – sonst würden unsere Mütter das Geld nicht annehmen und uns Schwierigkeiten machen; also beschlossen wir, tatsächlich einen Sprung in den Hochzeitssaal zu machen, um herauszufinden, wie die Sache funktionierte. Wir rauchten eine Zigarette, warteten, bis der Enthusiasmus verebbte, und zogen ohne große Begeisterung los. Wir waren schnell dort; der Saal befand sich genau eine Straße oberhalb der Landwirtschaftsschule; beim ersten Mal gingen wir schnurstracks daran vorbei, wir hatten nicht den Mut hineinzugehen; wir drehten eine Runde und setzten uns schweigend auf eine kleine Piazza am Stadtausgang. Dann stand ich auf, ich brauchte eine gute Ausrede für Mama, zu Hause wurde Geld nämlich dringend gebraucht. Ohne mich umzudrehen, ging ich zum Restaurant. Filippo und Antonio kamen mir am Eingang nach; es war fast elf, drinnen wimmelte es von Menschen, man hörte eine mahnende Stimme: „Ich will nicht, dass wir uns blamieren, um eins kommen die Hochzeitsgäste."

Ungefähr zwanzig Jungs setzten sich ruckhaft in Bewegung, sie legten Tischtücher auf die Tische. Wir beobachteten sie eine Zeit lang; sie legten Bestecke auf die Tische, stellten Gläser, Weinflaschen und Brotkörbe auf.

Neuerdings heiratete man im Restaurant, die Mode hatte sich rasant verbreitet. Zwar fand die Hälfte der Hochzeitsfeiern noch immer zu Hause in den Dörfern statt, doch niemand besaß ein so großes Haus, dass er viele Hochzeitsgäste hätte einladen können, also war man dazu übergegangen, die Hochzeiten auf den Sommer zu verschieben, wenn man Tische auf Gehsteige und auf die Plätze im Wohnviertel stellen konnte. Doch seit einiger Zeit übertrugen die Leute die Verantwortung gern einem Restaurant. Wer es sich leisten konnte, heiratete sogar in der kalten Jahreszeit, zwischen Dezember und Februar.

Das Menü war überall dasselbe, traditionelles *rifriscu*: als Vorspeise Käse und Wurst aus dem Dorf; dann Pasta *degli ziti* mit Sauce aus weißem Zicklein- und rotem Ziegenfleisch. Die Verwandten der Braut mussten den Brautabend finanzieren: Innereien und gebratenes Ziegenfleisch. Die Familie des Bräutigams hingegen musste am Abend der Hochzeit das Essen bezahlen: Nachdem die Braut in die neue Familie eingeführt worden war und alle sich bereits die Bäuche vollgeschlagen hatten, reichte zum Abschluss ein kleiner Imbiss mit etwas Pasta in klarer Ziegenbrühe und ein paar Gläser starken Weins.

„Seid ihr nur zum Schauen da? Beeilt euch, in der Küche sind bereits die Teller mit Schinken und Wurst angerichtet", befahl uns einer, der den Kellnern Anordnungen gab; vielleicht der Besitzer, vielleicht aber auch nur der Oberkellner. Ich und Antonio blickten einander an und dann schauten wir beide zu Filippo, der schüttelte ängstlich den Kopf, machte ein paar Schritte nach hinten, drehte um, „Wir sehen uns, Freunde."

„Aber ja doch, versuchen wir es", sagte ich und ging hinein.

Dichter, fettiger Dunst erfüllte die Küche, stieg von den Töpfen auf, in denen Sauce und Ziegenfleisch gekocht und das Wasser für die Pasta erhitzt wurde. Man hörte das Brutzeln der roten Zwiebeln, roch den Geruch der Berge, den die Ziegen mitgebracht hatten, den der hausgemachten Wurst. Die Luft war geschwängert vom Duft der Gewürze: Lorbeer, Zimt, Petersilie und Peperoncino. Mich kitzelte es am Gaumen und mir wurde schwindlig, ich sah mich nach einem Olivenkrug um, an dem ich mich anhalten konnte.

„Käse", befahl uns der, der in der Küche das Sagen hatte. Hinter einem Tisch stand ein Junge, der mit einem Schöpflöffel Glasdosen füllte, von einem Haufen nahm er ein Stück Käse. Wir nahmen jeder zwei Stück und legten sie auf den Tisch. Sobald wir mit dem Käse fertig waren, machten wir mit den Wursttellern weiter, als die Gäste kamen, war alles bereit. Man wartete eine Viertelstunde auf das Brautpaar, das sich verspätete, weil es noch ein Foto am Strand hatte machen lassen, dann setzten sie sich, alle hoben das Glas und deuteten einen Kuss an, und das war der Startschuss für die Fresserei: Gläser klirrten und Gabeln und Messer schabten auf den Tellern. In der Küche reichte man einander die Pasta, und drei Köche gleichzeitig warfen sie in das kochende Wasser. Schon nach den ersten Bissen wurden neue Getränke verlangt. Die Teller mit der Vorspeise waren bereits leer und wir trugen sie weg.

Es war, als ob Gäste bei Hochzeitsfeiern seit Tagen nichts gegessen hätten und als ob sie das Geld, das sie in Kuverts steckten, gnadenlos abzählten. Nach dem ersten Teller Pasta verlangten fast alle noch einen zweiten, und zwar mit Sauce; manche wollten

Spaghetti anstelle der *ziti*, die Köche wussten das und hatten sie bereits vorbereitet.

Als das Fleisch aufgetragen wurde, gab es erste Wortwechsel mit den Kellnern, denn alle wollten die besten Stücke – Koteletts und Bruststücke –, als ob Ziegen nicht auch Schenkel und Schultern hätten. Obwohl ich das erste Mal servierte, war ich schon bei vielen Hochzeiten dabei gewesen und kannte ein wenig die Regeln; die Hauptregel war: Anhand der Fleischstücke erkannte man, wie bedeutend jemand war. Abgesehen davon, dass die Kellner ihre Verwandten und Freunde zu begünstigen versuchten, landete das beste Fleisch im Magen der Banditen und der Signuri: Arzt, Bürgermeister, Mafioso waren besonders gierig.

Die höchste Verehrung genoss ein Mafiaboss: Hätte es nur ein Kotelett oder ein Bruststück gegeben, wäre das Brautpaar leer ausgegangen. Und seitdem die Mode der Hochzeiten im Restaurant aufgekommen war, sorgten die Banditen für neue Aufträge: Die Signuri erwiesen zwar allen, die sie einluden, die Ehre, ihre eigenen Hochzeitsfeiern fanden jedoch mindestens hundert Kilometer außerhalb des Dorfes statt, damit die eingeladenen Dorfbewohner nicht hinfahren konnten und sie unter sich blieben. Die Banditen hingegen veranstalteten sie so nah wie möglich beim Dorf, denn es sollten mehr Leute kommen, als Stühle vorhanden waren, ihre Reputation maß sich an der Anzahl der Gäste und auch an der Höhe des in den Kuverts gesammelten Betrags.

Don Nino Zacco aus unserem Dorf hatte zwar seine eigenen Kinder noch nicht verheiratet, doch bei der Hochzeit seines unehelichen Sohns vor einem halben Jahr, den er in seiner Jugend gezeugt hatte, waren fünfhundert Gäste geladen, es hieß, als man die Kuverts öffnete, habe man mehr als dreizehn Millionen Lire gezählt.

Diejenigen, die weder Signuri noch Banditen waren, besaßen nur selten die Mittel oder genossen nicht den Respekt, um einen Saal in einem Restaurant mieten zu können, sie veranstalteten die Feiern bei sich im Viertel.

Das heute war zweifellos eine Mafiahochzeit; an vielen Tischen verstand man nicht, was gesprochen wurde, denn die Männer mit den schief sitzenden Mützen sprachen immer in Umschweifen. An den Akzenten erkannte ich, dass die Gäste aus allen möglichen Dörfern am Ionischen Meer stammten, einige sprachen den Akzent der Ebene von Gioia Tauro und aus Reggio – überall prosteten sie einander zu.

Don Nino Zacco saß am oberen Ende eines Tisches, gemeinsam mit Banditen aus unserem Dorf. Ich und Antonio versuchten uns fernzuhalten, wir bedienten auf der anderen Seite des Saales, aber alle liefen herum, um einander zu begrüßen, das Fett des Ziegenfleisches glänzte auf den geküssten Wangen der Banditen. Ein Dorfbewohner erkannte Antonio und rief ihn, er ging zu dem Tisch, wo die anderen saßen, und blieb dort eine Weile stehen, dann ging er in die Küche zurück. Ich kam ihm entgegen, als er mit einem Tablett voller Koteletts in der Hand herauskam. „Sie haben mich erwischt", sagte er mit gezwungenem Lächeln.

Ich bediente noch eine Weile auf der anderen Seite und sah, dass Antonio fast immer an Zaccos Tisch war. Ich ging hin. „Ach, du bist auch da, Gevatter", rief einer aus. „Nur Filippo ist nicht gekommen, uns zu bedienen", stellte ein anderer fest, und zwar Filippos dicker Onkel, den wir auf dem Viehmarkt in Gesellschaft Don Ninos angetroffen hatten und der uns Essen spendiert hatte. „Zu wem gehörst du?", fragte eine Stimme, und Filippos Onkel antwortete: „Schwer zu sagen, mir fällt kein gemeinsamer Verwandter ein. Er wohnt im selben Viertel wie mein Schwager Nunziato, sein Vater ist in Deutschland, ich glaube, er heißt Saverio …" „Ach, dann gehört er zu den Nduruti?", sagte einer wissend. „Sein Onkel Sebastiano, der nach Kanada gegangen ist, ist eine tüchtige Person." „Auch Gevatter Vincenzo Ndurutu, ein Cousin seines Vaters, ist kein schlechter Mensch."

Mit ein paar Sätzen hatten sie meine Familie für unbedeutend erklärt, nur ein paar meiner Verwandten waren Mafiosi, hatten allerdings keinen Einfluss.

„Bring uns gefälligst ein paar Bruststücke, wir Dorfbewohner werden hier vernachlässigt … Siehst du nicht, dass der Teller Don Ninos so gut wie leer ist?", befahl Filippos Onkel, und Don Nino

Zacco lächelte halbherzig zustimmend. Auch ich war am Tisch der Mafiosi aus dem Dorf gefangen. Es war, als ob ich und Antonio ihnen gehörten.

Die Gläser wurden in Windeseile geleert und bei jeder neuen Runde gab es gepfefferte Bemerkungen. Doch sie galten nicht so sehr Antonio oder mir, sondern seiner Mutter. „Ach, das ist der Sohn des Schmetterlings? Das wusste ich nicht. Eine anständige Frau, Eure Mutter", sagte einer in gespielt ernsthaftem Tonfall, und die anderen hielten sich die Hand vor den Mund, um nicht zu lachen. Wie gelähmt hielt Antonio mit dem Teller auf halber Höhe inne, ich ging zu ihm hin, nahm ihn ihm aus der Hand und stellte ihn auf den Tisch. Dann sagte ich, er solle wieder auf die andere Seite gehen, mit denen hier würde ich schon fertig.

Keiner machte mehr eine Bemerkung über Antonios Mutter, die bösartigen Kommentare beschränkten sich darauf, wie gut ich bediente oder nicht, wie viel Trinkgeld sie mir gäben. Doch bald hatten sie es satt, wechselten das Thema, sprachen von Personen und Vorfällen in der Umgebung. Damit wollten sie sagen, dass sie sich in der Welt auskannten und nicht nur im Dorf. Der Reihe nach widmeten sie Don Nino einen Leckerbissen, er aß, ohne sich um die anderen zu kümmern, lächelte hin und wieder in die Runde, sagte: ja, natürlich, nun ja, das stimmt; oder er warf einem Tischgenossen einen giftigen Blick zu, der sich seiner Meinung nach zu sehr breitmachte, und stutzte ihn zurecht.

Aber Don Nino wollte Spaß haben, er öffnete die Börse, kramte darin mit dem Finger, als fände er nicht, was er suchte. Er hielt inne, zog einen Hunderttausend-Lire-Schein heraus, presste die Lippen zusammen und streckte den Arm aus: „Wer kann mir wechseln, ich muss was ins Kuvert stecken", fragte er. Am Tisch wurde es so kalt wie in den Bergen.

In die Kuverts für das Brautpaar steckte man für gewöhnlich fünftausend Lire, das war die Mindestsumme, die gerade noch als würdiges Geschenk galt. Wer weniger hineinsteckte, konnte sicher sein, dass er von den engen Verwandten beim Öffnen der Kuverts ausgerichtet wurde, die üble Nachrede verbreitete sich dann im ganzen Dorf. Mehr als zehntausend Lire spendeten nur enge Verwandte oder – wenn man nicht zur Familie gehörte – illustre Mafiosi.

Hunderttausend Lire waren für die meisten Dorfbewohner ein Monatslohn – sofern man überhaupt eine Arbeit hatte. Das wusste Don Nino und das wussten alle, die am Tisch saßen. Don Nino wusste auch, dass nur wenige Tischgenossen so einen Betrag besaßen, und die hatten ihn gewiss nicht eingesteckt. Das wollte jedoch keiner zugeben: Sie holten die Börse heraus, kramten darin, steckten die Hände in die Taschen. Einer hatte den Mut zu sagen, „Ich habe nur zwei Fünfziger", aber das war ein Bluff, mit ängstlichem Gesicht steckte er zwei Finger in die Börse. Don Nino grinste, wurde jedoch nicht wütend. „Nein, ich brauche Zehner, ich und der Bräutigam haben ja nicht an derselben Zitze getrunken." Alle lachten, Don Nino sprach auf dieselbe Art und Weise wie Don Santoro Motta, in Witzen, und dieser Witz würde in allen Bars des Dorfes die Runde machen.

Nun hatten wir ein Chance, uns ein für alle Mal für die Kränkungen des Tages zu rächen. Obwohl Antonio in einiger Entfernung stand, sah er mich immer wieder an, um Bestätigung zu finden. Ich machte ihm ein Zeichen und er kam sofort, und während er einen Teller vor Don Nino hinstellte, sagte ich: „Schau, Antonio, Don Nino muss einen Hunderter-Schein wechseln, aber auch ich habe nur einen ganzen." Alle am Tisch brachen in Gelächter aus.

Don Nino hingegen lachte nicht, sondern hob lächelnd den Kopf, um mir ins Gesicht zu blicken. Er gab zu verstehen, dass er verstanden hatte, dass er mitspielte. „Gevatter Antonio, könnt Ihr bitte wechseln?", fragte er freundlich und reichte mir den Geldschein, damit ich ihn weitergab. Antonio steckte die Hand in die linke Tasche, zog sie langsam wieder heraus und ließ dabei ein Bündel Geldscheine sehen, steckte es aber sofort wieder ein: den Rest der sechzigtausend Lire, die wir für die Aufbewahrung der Tasche erhalten hatten, in Fünfer-, Tausender-, und Fünfhunderter-Scheinen. Dann steckte er die Hand in die andere Tasche und zog sie zusammen mit der Beute heraus, die wir beim Einlösen der Schecks gemacht hatten.

„Sind euch Zehner-Scheine recht?" Er zählte die Scheine elegant hin, hielt ein Bündel zwischen Daumen und Zeigefinger und steckte die Hand in die Tasche, als wolle er das Geld wieder einstecken. In Wirklichkeit war die Tasche jetzt jedoch leer – zuerst waren nur Zehntausender-Scheine darin gewesen, die Hunderttausend, die wir aus Reggio mitgebracht hatten –, jetzt war da nur noch der Duft des Geldes.

Antonio schob mich weg, stellte sich neben Don Nino und zählte ihm das Geld auf den Tisch. Der Bandit sah ihn feixend an und Antonio hörte augenblicklich auf. Es war eine Beleidigung zu zählen, der andere vertraute ihm, und außerdem, wer hätte den Mumm gehabt, ihn zu betrügen?

Don Nino nahm einen Geldschein aus dem Bündel und steckte ihn in die Börse; den Zehntausender-Schein hingegen steckte er in die Jackentasche. Am Tisch herrschte plötzlich ein Schweigen, als hätte einer beim Kartenspiel alle Punkte gemacht. Don Nino spielte das Ass aus. „Zur rechten Zeit erkennen einander der Mensch und das Öl", sagte er und verdoppelte den Einsatz. „Gevatter Nicola, beim Viehmarkt habe ich Euch versprochen, etwas mit Euch zu trinken, das holen wir jetzt nach, auch wenn Euer Freund nicht da ist." Er befahl mir, den Wein stehen zu lassen und ein paar Flaschen Bier aus der Küche zu holen, und ich ging zweimal in die Küche und stellte so viele Flaschen auf den Tisch, dass es für alle reichte. Nachdem wir mit den Flaschen angestoßen hatten, tranken wir sie in ein paar Zügen aus.

Don Nino hatte den ersten Schritt gemacht, er hatte uns ein Geschenk angeboten. Nun standen wir in seiner Schuld.

Wir bedienten wieder die Dorfbewohner, aber keiner wagte mehr, einen blöden Witz zu machen. Am Abend brachten wir nicht nur unseren Lohn, sondern wie versprochen auch etwas Fleisch und Hochzeitstorte mit nach Hause. Zum Glück war Filippo gleich bei seiner Rückkehr zu meiner Mutter gegangen und hatte gesagt, ich würde mich verspäten, weil ich arbeitete, und so machte sie mir keine Vorwürfe, sie sagte nur, ich dürfe die Schule nicht schwänzen und nur am Sonntag arbeiten, aber ich beruhigte sie und sagte, dass ich erst nach der Schule arbeiten gegangen wäre. „Ich habe mich nicht einmal umgezogen", log ich weiter, um meine Kleider zu rechtfertigen, „der Besitzer des Saals hat uns neu eingekleidet, weil wir gut aussehen müssen."

Ich hatte tatsächlich gearbeitet, und die fünftausend Lire, die ich Mama gab, waren der Lohn meiner Mühe, nicht das schmutzige Geld der Schecks, und auch das Fleisch und die Torte stammten aus einer sauberen Quelle. Ich war zufrieden und aß gemeinsam mit meiner Familie; ausnahmsweise verzichteten meine Schwestern darauf, mich zu hänseln, dann ging ich todmüde zu Bett, ich konnte die Augen nicht mehr offen halten, doch davor sagte ich noch zu Mama, sie solle mich wecken, morgen war Sonntag und es gab noch eine Hochzeit. Doch am Vormittag tat sie, als habe sie ausnahmsweise verschlafen. Ich ließ mich jedoch nicht täuschen, stand auf, machte mich fertig und stellte Kaffee auf; als ich in ihr Schlafzimmer ging, stellte sie sich noch immer schlafend; ich stellte die Tasse auf das Nachtkästchen, gab ihr einen Kuss auf die Stirn und ging hinaus. Antonio wartete vor der Tür, wir gingen über die Piazza, Roccos Bar war wie immer am Morgen geschlossen, wahrscheinlich hatte er mit den Jungs durchgemacht.

Wir frühstückten im Restaurant und begannen zu arbeiten: Gemeinsam mit den Köchen schnitten wir Fleisch, Zwiebeln, Tomaten … Ich fand sogar Gefallen an diesem fröhlichen Arbeiten, doch als die Essenszeit näher kam, wurden alle hektisch – in der Küche langweilte man sich nicht, beim gemeinsamen Scherzen, bei den Witzen und Erzählungen, die ein jeder von sich gab, vergaß man die Mühe. Ein jeder durfte essen und trinken, was er wollte, man durfte jedoch nichts mitnehmen, außer der Besitzer schenkte es einem; man fühlte sich wohl und die Zeit verging wie im Fluge; im Saal wurde gedeckt, dann kamen die Gäste. Wir hatten nicht einmal bemerkt, dass es schon Abend war.

Wir kehrten mit Geld in der Tasche und einer Tüte Essen nach Hause zurück. Antonio sah zufrieden drein, auch ich fühlte mich unbeschwert.

Im Zug hatte ich mir überlegt: Wenn ich zwei Tage in der Woche im Restaurant arbeitete, verdiente ich vierzigtausend im Monat. Das reichte zum Leben, selbst wenn mein Vater kein Geld mehr aus Deutschland schickte. Und wir konnten unsere Geschäfte mit Mimmo und Nicodemo aufgeben. Der Besitzer des Saals hatte uns schon ins Herz geschlossen, heute hatte er zu uns gesagt, er sei mit unserer Arbeit zufrieden. Er hatte jedoch auch gesagt, es gäbe nicht immer Arbeit, viele bewarben sich darum, nächsten Samstag gab es eine Taufe, und am Sonntag blieb das Lokal geschlossen. Bei der Tauffeier waren hundert Gäste geladen, und er hätte uns gerne vorgezogen, aber es gab auch noch andere tüchtige Jungs, die das Geld brauchten. Es täte ihm leid, aber am Samstag konnte er nur einen von uns beiden anstellen – wir sollten entscheiden, wen.

Sicher, wenn wir uns angestrengt hätten und in den Dörfern herumgefragt hätten, hätten wir auch noch andere Restaurants gefunden, wo wir arbeiten hätten können; zwei Arbeitstage in der Woche hätten wir uns bestimmt organisieren können. Wir hatten es uns sogar vorgenommen, doch wir schoben es immer wieder auf.

Wir gaben klein bei, ohne zu kämpfen, es war einfacher.

Als am Montagvormittag unsere beiden Freunde zu uns in die Bar kamen, schlugen sie uns ein neues Geschäft vor und wir lehnten nicht ab: Sie überreichten uns Schecks im Wert von fünfhunderttausend Lire, in Schecks zu jeweils fünfzig.

Wir fuhren wieder nach Reggio, lösten die Schecks allmählich und vorsichtig ein, ohne Eile. Am Freitag waren wir fertig und ich ging am Samstag ins Restaurant, während Antonio und Filippo herumliefen und auf mich warteten. Am Sonntag gingen ich und Antonio zum Zug, wir sagten, wir gingen arbeiten, und Filippo begleitete uns, doch wir verbrachten den Tag in der Bar.

Wie angekündigt ging Antonio nicht mehr in den Friseurladen. Ich und Filippo wandten in der Schule dieselbe Strategie an wie Isidoro: Wir gingen drei Tage pro Woche hin, saßen still in den Bänken und störten nicht. Wenn wir so weitermachten wie im letzten Jahr, würden sie uns bestimmt durchkommen lassen.

Mimmo und Nicodemo kamen immer, wenn es Schecks zum Einlösen gab, durchschnittlich einmal alle zwei Wochen – nach drei, vier Tagen brachten wir ihnen ihren Anteil.

Am Morgen gaben wir vor, in die Schule zu gehen, und den Nachmittag verbrachten wir im Kino im Pfarrsaal. Am Abend blieben wir bis spät in Roccos Bar. Samstags und sonntags bedienten wir bei den Hochzeitsfeiern, sofern es welche gab, jedes Wochenende brachten wir zehntausend Lire nach Hause. Mein Vater hatte nichts mehr geschickt; in dem Taschentuch in seinem Anzug war nur mehr das Geld, das ich nach Hause brachte; ich hatte Briefe von ihm gesucht, um herauszufinden, was vor sich ging, doch ich fand keine; mir war aufgefallen, dass die Großmutter beim üblichen Besuch am Dienstagabend nicht mehr fragte, ob Papa geschrieben hatte, und in Mamas Gesicht war ein leidender Ausdruck, es waren jedoch nicht die üblichen Sorgen um die Familie. Ich traute mich nicht zu fragen. Und ich hätte auch gar nicht die richtigen Worte gefunden, um sie zu fragen. Und was überhaupt?

In zwei Monaten hatten wir ein anständiges Bündel zusammengetragen, und wenn wir hin und wieder tausend Lire ausgaben, glaubten alle, dass wir sie verdient, dass wir bei den Hochzeitsfeiern viele Dorfbewohner bedient hatten. Wir hatten uns sogar eine gebrauchte Vespa gekauft – „das war ein Schnäppchen", schworen wir und nannten nur die Hälfte des tatsächlichen Preises. Mimmo und Nicodemo hatten uns noch mehr in ihre Betrügereien mit hineingezogen, wir hatten auch herausgefunden, wo sich die Geldquelle befand, doch nun sollten wir es mit eigenen Augen sehen: Sie erzählten uns schon seit geraumer Zeit, dass sie einen Überfall in einem Nachbardorf planten und dafür unsere Hilfe bräuchten; wir hatten gehofft, dass es nicht so weit kommen und die Sache sich auf das Einlösen von Schecks beschränken würde, doch in der ersten Aprilwoche, der Woche vor Ostern, sagten sie zu uns, nun sei es so weit – sie hatten einen Lokalaugenschein gemacht und wir sollten uns überlegen, wo man ein gestohlenes Auto verstecken könnte.

Auf dem Land außerhalb des Dorfes, am Rand des Flussdammes, gab es eine Plantage mit Zitruspflanzen, die Besitzer stammten aus Reggio und kamen schon seit Jahren nicht mehr her – das Gelände war verwahrlost, es gab zwar einen Zaun, aber das Tor war mit einer verrosteten Kette verschlossen; wir hatten sie aufgebrochen und das Schloss ausgewechselt. Auf dem Gelände befanden sich ein herrschaftliches Gebäude und eine kleine Hütte, die – als die Landwirtschaft noch in Betrieb war – als Unterstand für die landwirtschaftlichen Geräte gedient hatte; unsere Freunde hatten uns eine graue Giulia gebracht, beziehungsweise Mimmo und Nicodemo waren mit ihrem sauberen Auto gekommen, Luigi, ein Freund, der bei dem Überfall als Chauffeur fungieren würde, hatte die Giulia gebracht.

Nun war der fixierte Freitag da. Wir hatten das Tor zur Zitrusplantage geöffnet und sie waren pünktlich gekommen, sie fuhren mit ihrem Auto hinein und holten die Giulia, in der drei Pistolen und drei Sturmhauben lagen. Zehn Minuten vor ihnen fuhr ich mit der Vespa los, falls es auf der Strecke irgendein Hindernis geben sollte, würde ich zurückkommen und sie warnen: Von der Plantage bis zum Postamt des Nachbardorfes waren es drei Kilometer, ich begegnete unterwegs allerdings keinem einzigen Bullen. Ungefähr dreißig Meter vor dem Postamt blieb ich stehen, stellte die Vespa auf den Ständer und zündete mir eine Zigarette an. Als ich sie fertig geraucht hatte, kam auch schon die Giulia und parkte auf dem Gehsteig vor dem Eingang, Mimmo und Nicodemo stiegen aus, schon mit der Sturmhaube auf dem Kopf, und Luigi blieb im Auto sitzen.

Ich wartete, bis sie hineingelaufen waren, warf den Zigarettenstummel weg und fuhr los. Ich fuhr die Strecke zurück, die auch sie bald fahren würden, es gab noch immer keine Hindernisse. Sobald Filippo und Antonio mich kommen hörten, öffneten sie das Tor. Sie ließen es offen und nach ein paar Minuten kam die Giulia und zwängte sich schnell zwischen die Orangenbäume. Wir schlossen das Tor: Geschafft, unser erster Überfall war in wenigen Minuten ohne Zwischenfälle über die Bühne gegangen.

Jeder der drei erzählte eine eigene Geschichte: In Mimmos und Nicodomeos Erzählung sah ich die Gesichter der Angestellten und der Menschen an den Schaltern vor mir, die erhobenen Hände, die geschlossenen Augen. Ich hörte die knappen Befehle: „Halt still, füll die Tüte", die flehentlichen Bitten, nicht zu schießen, und die leisen Gebete derer, die glaubten, die Sache würde schlecht ausgehen und sie würden ihre Familie nicht wiedersehen. Es tat mir leid, dass ich nicht ins Postgebäude hineingegangen war, ich wäre über den Tresen gesprungen, in das Büro des Direktors eingedrungen, hätte dem Telefon einen Fußtritt gegeben und ihn aufgefordert, den Safe zu öffnen. Und wenn ich an der Tür einem Bullen begegnet wäre, hätte ich ihm in den Kopf geschossen, wie es angeblich auch unsere Freunde getan hätten. Sie erzählten, dass das einmal tatsächlich fast passiert wäre, doch die Carabinieri waren in einiger Entfernung von der Bank stehen geblieben, aus der sie gerade kamen; sie hatten ihnen Zeit gelassen, ins Auto zu steigen und abzuhauen, sodass sie nicht schießen mussten – in echt war es nämlich nicht wie im Kino, die Carabinieri hatten Frauen und Kinder.

Sie mussten uns den Überfall in allen Einzelheiten beschreiben, vor allem die Geldübergabe, es verging mindestens eine Stunde, bis die Aufregung sich ein wenig gelegt hatte und wir sie aufs Neue entfachten, indem wir die Beute in Augenschein nahmen.

Mimmo leerte den Inhalt der Tüte auf das Dach der Giulia, fasste die Banknoten zu Bündeln zusammen und reichte sie uns; danach machte er dasselbe mit den Schecks. Jeder legte die Scheine irgendwohin, murmelte insgeheim die Zahlen und bemühte sich, sie auswendig zu lernen.

Ich setzte mich auf den Vordersitz und legte die Geldscheine hintereinander auf das Armaturenbrett; ich machte Stapel mit Tausender-, Fünfhunderter-, Zehner-, Fünfziger-, Hunderter-Scheinen. Ich verrechnete mich, weil ich den anderen beim Zählen zuhörte, und fing wieder von vorne an; mein Anteil betrug schließlich eine Million und zweihundertfünfzigtausend Lire in bar und zwei Millionen und dreihunderttausend Lire in Schecks – eine Million und siebenhunderttausend mit nur einem Stempel und sechshundert mit zwei.

Antonio erkundigte sich nach den Beträgen und zählte sie im Kopf zusammen, mit geschlossenen Augen teilte er uns das Resultat mit: fünf Millionen und fünfhunderttausend Lire in bar und sechs Millionen und hunderttausend in guten Schecks, fünf Millionen und vierhunderttausend in bereits eingelösten Schecks.

Wir teilten durch vier; die drei bekamen je einen Teil, während wir zu dritt nur einen Teil bekamen, immerhin hatten wir nur Hilfestellung geleistet und wenig Risiko auf uns genommen. Antonio übernahm auch die Aufgabe, das Geld aufzuteilen, ich hätte bei seinen Worten am liebsten gejubelt: Wir erhielten eine Million und zweihundertfünfzigtausend in bar, die drei überließen uns auch die restlichen fünfzigtausend. Dann bekamen wir auch noch eineinhalb Millionen in guten Schecks, auch jetzt überließen sie uns die restlichen hunderttausend.

Antonio übereichte unseren Freunden das Bargeld, das ihnen zustand: Wir würden jedoch auch ihre guten Schecks behalten und sie zu den üblichen Bedingungen einlösen – die Hälfte, inklusive der Einkäufe, gehörte uns. Die faulen Schecks mit dem doppelten Stempel würden wir verstecken und später entscheiden, wie wir sie loswurden.

Als wir das alles erledigt hatten, beschlossen wir einstimmig, dass es angebracht war zu feiern – wir hatten nichts zu befürchten, unser Versteck war fünfhundert Meter von der Asphaltstraße entfernt, die man nur über einen engen und verwahrlosten, kaum befahrenen Feldweg erreichte; hier hörte man nicht einmal den Lärm der Autos, die schnell über den Teerboden flitzten und dabei ein Pfeifen wie von Wind verursachten.

Wir bestanden darauf, die drei einzuladen; wir waren in unserem Dorf, da gab es keine Diskussion. Filippo stieg auf die Vespa, ich machte das Tor ein Stück weit auf, Antonio gab ihm den Rat, nicht alles in einem Laden zu kaufen, damit wir nicht auffielen.

Nach einer halben Stunde hörten wir wieder den Motor der Vespa, Filippo kam mit gespreizten Beinen, er transportierte eine Kiste Bier auf der Fußstütze und darauf lag eine Papiertüte. „Hast du den ganzen Laden aufgekauft?", fragte ich und er reichte mir die Tüte, stellte die Kiste auf den Boden, stellte die Vespa auf dem Gras ab, zog einen Flaschenöffner aus der Tasche, öffnete die Flaschen und reichte sie weiter. Antonio nahm den Einkauf in Augenschein. „Du hast doch alles im selben Laden besorgt", sagte er. Filippo hielt mitten in der Geste, mit einem Brötchen in der Hand, inne. „Im Vorbeifahren habe ich gesehen, dass bei meinem Onkel Antonello eine Betonmischmaschine steht, also habe ich zum Ladenbesitzer gesagt, ich kaufe Essen und Trinken für die Arbeiter, die gerade den Estrich verlegen", erklärte er. Antonio schüttelte wenig überzeugt den Kopf, Filippo drückte ihm ein Brötchen in die Hand. „Entspann dich, es ist alles in Ordnung", sagte er. Wir alle griffen zu und begannen zu essen und zu trinken. Wir waren zu sechst, bewaffnet, in einem Versteck, von dem aus man in Richtung Fluss davonlaufen konnte; nach ein paar Bissen und ein paar Schlucken Bier entspannte sich auch Antonio.

Wenn das das Verbrecherleben war, wollte ich mein ganzes Leben lang Verbrecher sein – auf Schule, Arbeit oder Papulas Revolution konnte ich gern verzichten.

Wenn man mich in diesem Augenblick gefragt hätte, was die wichtigen Dinge seien, hätte ich gesagt, mit Geld könne man sich von allem loskaufen, mit Geld könne man alles kaufen: Kleider, Essen, Frauen, Respekt, sogar Don Zacco hatte uns Respekt gezollt, dabei war er neben Don Santoro Motta der größte Mafioso im Dorf, er war so reich wie die Signuri, die sich oben auf den Hügeln Häuser bauten, weit weg von dem feuchten, schwülen Klima, das in unseren aus den Sümpfen gestampften Wohnblocks herrschte, wo kein Lüftchen wehte.

Wenn man mich gefragt hätte, wer ich gern sein wollte, hätte ich mich für Don Nino entschieden, er war so sehr Mafioso, dass er nur den Arbeitern seiner Firma Befehle erteilte, die die Häuser für die Überschwemmungsopfer und die Wohlhabenden baute: Er war so arm zur Welt gekommen wie wir, doch aufgrund seiner Mafiaverbindungen war er sowohl bei uns als auch bei den Signuri ein Don geworden.

Wir hatten die Brötchen aufgegessen, und jetzt lieferte uns die Küche sogar Obst; wir brauchten nur den Arm auszustrecken und die Orangen von den tief hängenden Ästen zu pflücken, die alten Orangen hingen neben Blüten, aus denen im nächsten Winter aufs Neue Orangen werden würden; und da waren auch Frühlingsmandarinen, auch die Blutorangen, die bis zum Juli halten würden, waren fast schon reif. Alle diese Köstlichkeiten faulten auf den Bäumen oder am Boden, im Viertel konnte sich allerdings niemand Obst leisten, weil man das Geld für Pasta ausgab. Als Kind war ich hin und wieder zum Obstverkäufer gegangen, um mir um fünfzig Lire Haselnüsse zu kaufen, damit ich mit meinen Freunden Himmel und Hölle spielen konnte.

Das ganze Land rund um das Dorf, der ganze Küstenstrich war eine Art riesiger Garten, doch die Früchte gehörten nicht den Kalabresen, sondern den Signuri, und die Dorfbewohner mussten sich um ein paar Lire abrackern, um sie aufzulesen, dann wurden sie wie unsere Emigranten auf Lastwagen geladen, weit weg gebracht und sättigten fremde Bäuche.

In jeder Plantage bezahlte der Signore einen Banditen, damit er nicht geplündert wurde; die aufgelassenen Gärten – wie der, in dem wir uns gerade befanden – waren verwahrlost, weil die Besitzer nicht mit dem Bewacher übereingekommen waren, sie waren nicht mehr gepflegt worden; es waren gebrandmarkte Orte, die ungepflegten Bäume verwandelten sich in Skelette, weil der Wind durch die Äste fuhr und die Früchte welk wurden und die Orangenspalten hart wie Korkverschlüsse. Die Gärten rund um das Dorf hatten alle einen Wächter, jeder Mafioso hatte einen Wächter, dem er die Hälfte des Lohns für das Bewachen gab. Und immer war es Don Nino Zacco, der sich das meiste Geld in die Tasche steckte.

Aber nun waren wir hier die Herrscher, auch wenn es niemand wusste, zumindest heute und zumindest so lange, als wir zu sechst waren und Pistolen besaßen. Wir aßen Orangen und Mandarinen, zuerst im Ganzen und dann einzelne Spalten, den Rest warfen wir weg. Die Orangen waren überreif und der Zucker in ihrem Inneren hatte sich gelöst, deshalb musste ich die Süße vertreiben, indem ich die Stängel der Sauerampfer lutschte, die unter den Bäumen wuchsen, der Boden war gelb von ihren glockenförmigen Blüten.

Die Sonne schien so kräftig auf die Blätter wie im Sommer, und die Wärme löste die Feuchtigkeit auf, die der Winter zu Füßen der Orangenbäume hinterlassen hatte, es schien, als hätten die Eidechsen mehr Bier getrunken als wir, sie flitzten hin und her, als ob wir gar nicht da wären, und fingen die ersten Fliegen des Jahres, die noch zu langsam waren, um zu fliehen.

Wir aßen und plauderten, je mehr Zeit verging, desto besser, dann konnten unsere Freunde ungehindert ins Dorf zurückkehren. Je länger wir beisammen waren, desto größer wurde unsere Vertrautheit, doch wir konnten von keinen Abenteuern erzählen. Lupas *nzudda* und Berlingeris Fuchsschwanz waren Kinderkram, Erinnerungen an eine Zeit, von der ich hoffte, sie sei längst vergangen, sonst wäre ich vor Scham errötet. Vielleicht hätten wir die Geschichte mit dem Stier des hl. Sebastian erzählen können, ja, das wäre etwas Außerordentliches gewesen, doch sie war zu eng mit uns, mit dem Dorf verbunden, selbst wenn wir Freunde waren, konnten wir sie nicht erzählen – Fremden erzählte man nicht die Angelegenheiten des Dorfes, Fremde wurden im Dorf behandelt wie Gäste, die zum Essen blieben – das wurde einem zu Hause beigebracht. Das überfallene Postamt befand sich in einem anderen Dorf, und auch der aufgelassene Garten gehörte nicht zu unserem Dorf.

In den Jahren, die sie uns voraushatten, hatten sie alle möglichen Bravourstücke vollführt, und davon wollten sie uns nun erzählen. Ich begriff sofort, wie es angefangen hatte: genauso wie bei uns. Ein Älterer hatte sie gebeten, Waffen zu verstecken, Botengänge zu erledigen, einen Lokalaugenschein vorzunehmen. Sie hatten es gemacht, gut zugesehen, und dann hatten sie eines Tages selbst einen Juwelierladen überfallen. So passierte es für gewöhnlich, und für gewöhnlich entstanden solche Freundschaften zwischen Fremden: Es war nämlich nichts Schönes, jemandem das Stehlen beizubringen. Es war eine Sache für Mafiosi, nicht für anständige Leute. Ein Dorfbewohner hätte einem jüngeren Dorfbewohner niemals das Stehlen beigebracht, er hätte die Schuld nicht auf sich genommen. In unserem Dorf gab es zwar junge Mafiosi, doch sie versuchten, die anderen im Viertel nicht mit ihrem Mafia-Gehabe anzustecken.

Mimmo und Nicodemo waren zwar Banditen, aber jetzt, wo wir befreundet waren, gaben sie zu, dass sie keine Mafiosi waren; sie sagten, sie respektierten die schief aufgesetzten Mützen und wurden respektiert, aber wenn man den Schwur ablegte, war es, als würde man einer Familie angehören, man musste ihr Rechenschaft ablegen und ihr einen Anteil abliefern. In unserem Dorf gab es Don Nino, in ihrem war es Don Vincenzo, jedes Dorf am Ionischen Meer und in der Ebene hatte einen Don, und in Reggio gab es so viele, wie es Viertel gab.

„Die Banditen dürfen kein Wort von dem erfahren, was wir tun", warnte uns Mimmo, ganz ernst, „sie dürfen nicht einmal Verdacht schöpfen; ihr seht ja, die Dons haben ihre Aufpasser und es reicht eine Kleinigkeit, damit sie uns auf die Schliche kommen, und immer, wenn etwas passiert, klopfen sie bei uns an, ziehen uns zur Rechenschaft und lassen uns nicht mehr aus den Augen. Und wenn ihr ihnen zu sehr auf die Nerven geht, hagelt es entweder Blei oder ihr landet im Knast."

Ich und Antonio sahen einander an; ich biss mir auf die Unterlippe, mir war eingefallen, dass wir Don Nino hunderttausend Lire gewechselt hatten.

„Mimmo, wir passen schon auf", unterbrach ihn Filippo, „stell dir vor, Nico und Antonio lassen sich sogar herab, bei Hochzeitsfeiern zu bedienen, damit niemand Verdacht schöpft, wenn sie ein paar Lire in der Bar ausgeben."

„Meint ihr, wir haben nicht gesehen, dass ihr in Ordnung seid? Verdammt noch mal, bei allem Respekt, sonst hätten wir euch doch nicht vertraut", sagte Nicodemo und lachte lauthals, und alle, auch wir, stimmten in das Lachen ein. Wir fühlten uns so nah, dass wir sie baten, uns zu zeigen, wie die Pistolen funktionierten, ohne uns dabei zu genieren. Nicodemo war geschickter als Mimmo und Luigi; der Reihe nach zerlegte er alle drei Pistolen und legte sie auf das Dach der Giulia, wo zuerst das Geld gelegen hatte. Dann baute er sie wieder zusammen und erklärte uns jeden Schritt. Er drückte sie uns in die Hand und wir gaben ohne Munition ein paar Schüsse ab.

Dann schickte Luigi Filippo los, er solle eine Runde machen und schauen, ob die Luft rein war, und als er zurückkam und uns beruhigte, sagte er, er solle sich ans Steuer der Giulia setzen. Er ließ ihn nach vor und zurück fahren, allerdings langsam und nur geradeaus. Dann holte Mimmo ihre Autos aus der Hütte und Filippo fuhr die Giulia hinein. Er war der beste Fahrer von uns, Rocco hatte ihm mit seinem MIKO ein paar Übungsstunden auf der Piazza vor der Bar gegeben.

Ich sagte mir, ich würde mich ein Leben lang an diesen Tag erinnern, mit Bedauern stellte ich fest, dass der blaue Himmel aufgrund eines eiligen Sonnenuntergangs immer heller und dann rosa wurde. Für unsere Freunde wurde es Zeit zu gehen, sie mussten vor der Dunkelheit losfahren, die Dunkelheit war bei uns der Spießgeselle derer, die etwas zu verbergen hatten. Sie mussten durch das Dorf fahren, in dem sie den Raubüberfall begangen hatten, solange es hell war – wie um zu sagen, sie fürchteten nicht, gesehen zu werden.

Wir versteckten die Pistolen in einem Loch in der Mauer des Herrschaftshauses, schlossen das Tor der Hütte, in der die Giulia stand; Antonio sagte, es sei besser, wenn sie uns auch ihr Geld überließen; morgen würden wir es ihnen in die Bar bringen. Wir umarmten einander und sie gingen. Wir warteten noch gute zehn Minuten, holten die Vespa raus, machten das Tor zu und verschlossen die Kette mit dem Schloss. Filippo setzte sich ans Steuer und wir nahmen Antonio in die Mitte, ich hielt mich an Filippos Schultern fest und so kehrten wir ins Viertel zurück; beladen mit Geld, das wir unter dem Sattel des Motorrollers liegen ließen – später, wenn Antonios Mutter und seine Schwester schliefen, würde er es auf den Grund der Truhe legen, wo die Mutter die Aussteuer der Mädchen verwahrte, unser nunmehriges Versteck.

Inzwischen hatte man im Viertel die winterlichen Kohlenbecken weggeräumt und die Gewohnheit des abendlichen Plauderstündchens wieder aufgenommen – das Gespräch heute drehte sich ums Fernsehen: Im Viertel besaß allerdings nur Donna Palmina einen Fernseher, und ihre Wohnung war so klein wie die aller anderen auch und konnte nicht alle gleichzeitig beherbergen. Darum stellte man, kaum war die kalte Tramontana verschwunden, das Gerät auf zwei übereinandergestapelte Truhen nach draußen.

Heute Abend lief *Danza macabra*; die Frauen, die wussten, worum es in dem Film ging, erzählten den anderen den Inhalt. Ich ahnte, es war ein rührseliges Drama, das Lieblingsgenre unserer Frauen. Die Erklärungen erweckten Interesse, und die Frauen schrien im Chor: „Donna Palmina, kommt heraus."

Donna Palmina, dünn wie ein Marder, kam heraus, wie immer, wenn sie kochte oder nähte, trug sie einen grünen Morgenmantel mit violetten Blumen, auf der Nasenspitze trug sie eine Brille mit dicken Gläsern. „Was ist?", fragte sie gespielt besorgt, dabei wusste sie sehr gut, was man von ihr wollte.

„Nichts Ernstes, Palma", sagte Gnura Cata, die Päpstin, und trat zur Tür, „ich glaube, die faulen Weiber wollen heute ins Kino gehen, meine Erzählungen reichen ihnen nicht mehr."

„Na dann", seufzte Donna Palmina und täuschte Erleichterung vor, „wenn es nur darum geht, dann kommt herauf und holt ihn euch, fühlt euch ganz zu Hause, ich habe Kräuter im Ofen, wenn ich sie verbrennen lasse, bringt Giannino mich wirklich um." „Ja, sonst erschießt er dich", schrien wir und lachten. Alle, die zu Hause waren, kamen heraus, um sich am Spiel zu beteiligen. Die beiden aus sechzehn Wohnungen bestehenden Häuserblocks waren im Grunde ein einziges großes Haus: Meine Familie wohnte auf der Seite des Hufeisens im Erdgeschoss; darüber lag die über die Außentreppe erreichbare Wohnung der Verducci, die eigentlich zu acht waren, doch zwei Söhne arbeiteten in Frankreich; neben ihnen wohnten die Cundari, die ebenfalls zu acht waren, doch der Vater und zwei Söhne arbeiteten in der Fabrik in Turin; unter ihnen wohnten die Parrelli, die elf minus vier waren; neben ihnen die Tirolo, die zu fünft waren, doch die beiden erwachsenen Söhne waren emigriert, die drei Mädchen wohnten noch zu Hause, doch eine, Gisella, war drauf und dran zu heiraten und wegzuziehen. Dann kamen sechs Gagliardi, drei Männer waren emigriert, und über ihnen wohnten die Martoni, die zu dritt waren, mit einer unverheirateten Tochter und sieben emigrierten Brüdern.

Sie alle wohnten auf meiner Seite, und außerdem auch noch Donna Palmina und Giannino, deren Wohnung sich über jener der Tirolo befand: Sie waren nur zu zweit, sie hatten lange warten müssen, bis ihre Herzen sich vereinen durften, doch dann waren ihre Körper so trocken gewesen wie Dörrbirnen, wie Gnura Cata sagte, und sie konnten keine Kinder mehr bekommen. Das lag an Gianninos Beruf, er war der einzige Lebende im Dorf, der Uniform trug, angeblich waren es auch in der Vergangenheit nicht viele gewesen, es gab ein Sprichwort – alle fünfzig Jahre schicken einem die Signuri entweder einen Bullen oder einen Banditen oder ein Erdbeben, um Schaden anzurichten.

Giannino war Carabiniere gewesen und in der ganzen Locride bekannt für seine Peitschenhiebe. Erst nach vierzig Jahren hatte er seinen Abschied nehmen und ins Dorf zurückkehren dürfen, doch da war Palmina schon verdorrt.

Keiner mochte die Bullen, weder im Dorf noch außerhalb, niemand in der Locride und im Aspromonte hatte Könige gekrönt und Präsidenten gewählt, und die Stimme des Volkes erzählte rund um die Kohlenbecken, die Federbuschen vertraten Gesetze, die unsere Bäuche nicht füllten, und unterstützten eine Regierung, die – egal, ob edel oder gemein – bei uns das Gesicht und den Säbel der sarazenischen Piraten trug.

Doch niemand im Wohnviertel hatte Giannino je mit einer Peitsche in der Hand gesehen. Gianninos raue Hände hatten unsere Köpfe immer gestreichelt, und wenn sie zur Faust geschlossen waren, verbarg sich darin ein Bonbon oder eine Münze. Und wenn eine Mutter in Not war, hatten Palminas Hände immer Tausender-Scheine verteilt.

Giannino schloss sich schon lange im Haus ein, am Morgen, noch in der Dunkelheit kam er eine halbe Stunde heraus und schöpfte Luft; und auch eine halbe Stunde am Abend. Sommers und winters, insgesamt eine Stunde am Tag. Und drei-, viermal im Jahr ließ er sich von den Männern überreden, herunterzukommen und, von einem Jungen gestützt, ein paar Schritte auf der Piazza auf und ab zu gehen.

Alle Mafiosi des Dorfes spuckten aus, wenn sie seinen Namen hörten. Im Viertel gab es zum Glück keine Mafiosi, auch nicht unter denen, mit denen wir verwandt oder verschwägert waren, und für uns waren Giannino und Palmina so wertvoll wie alle anderen auch. Die Kinder zeigten ihnen ihre Zuneigung oder spielten ihnen Streiche wie allen anderen auch, und abwechselnd stiegen sie zu ihnen in die Wohnung hinauf, um zu fragen, ob sie was brauchten, oder einfach, um einen Kaffee zu trinken. Und wenn ein junger Mann nicht zum Militär gehen wollte, sich ein paar Tage lang verstecken und überredet werden musste, sich den Carabinieri zu stellen, fand er bei ihnen Zuflucht, denn nicht einmal der Maresciallo hätte sich getraut, ihre Wohnung zu stürmen.

Weil Giannino die Wohnung nicht mehr verließ, hatte sich sein Hirn ein wenig zurückgebildet, und hin und wieder redete er Unsinn – dann wurde er ungeduldig und sagte zu Donna Palmina: „Erschießen hätte ich dich sollen, nicht heiraten, du hast mir die Karriere ruiniert. Vielleicht wäre ich Maresciallo geworden." Doch bald darauf hatte er alles wieder vergessen und ging am Morgen und am Abend ruhig hinaus, um Luft zu schöpfen.

Den Gagliardi gegenüber wohnten die Carbone – Vater, Mutter, zwei Frauen und drei Männer –, sie waren nicht emigriert, denn sie waren Hirten oben im Aspromonte, und darüber wohnten die Maraviglia, von denen vier emigriert waren, alle nach Frankreich. Dann war da noch die Gnura Cata, darunter wohnte die Witwe des Gemeindedieners, der ihr einen einzigen Sohn, Luciano, hinterlassen hatte, um ihr Gesellschaft zu leisten.

Die Furchi waren zu acht und einer war weg, und darunter wohnten die Dominici, von denen alle sieben hier waren, weil auch sie Hirten oben in den Bergen waren. Und mir gegenüber wohnte Antonio mit seiner Familie, er und seine Familie mussten den Lärm ertragen, den Filippos Brüder darüber machten, sie waren alle um jeweils ein Jahr jünger, die vier älteren arbeiteten als Maurer in Mailand.

Ich hörte noch eine Weile zu, ich war mir sicher, bei *Danza macabra* würde es kein Happy End geben, doch die Frauen ließen sich nicht entmutigen und waren wild entschlossen, sich den Film anzusehen: Sie verabredeten sich für später und gingen schnell nach Hause, um ihren Kindern Essen zu machen.

Mama zuckte kaum mit den Achseln, als ich zu ihr sagte, ich hätte keinen Hunger und ginge auf die Piazza. Filippo und Antonio hatten dieselbe Idee gehabt, sie kamen mir nach, während ich Filippos Vater nach Hause kommen sah, wie üblich singend: Wenn er mit seiner Arbeit im *Consorzio di bonifica* fertig war, drehte er eine Runde in den Bars, trank ein paar Bier und kam zum Abendessen nach Hause, flirrend wie die glühend heiße Luft am Strand im Sommer. Er sang, pfiff und torkelte über die Straße.

„Biertrinker bekommen Söhne", antwortete er, wenn man ihm in diesem Zustand irgendeine Frage stellte, also an allen Abenden nach der Arbeit und am ganzen Sonntag.

„Hat die heiße Jahreszeit schon begonnen, Nunziato?", fragte ich ihn und sprang zur Seite, damit ich nicht mit ihm zusammenstieß. „Biertrinker bekommen Söhne", rief er und gleich darauf gab er Antonio und seinem Sohn dieselbe Antwort, die ihn allerdings bloß gegrüßt hatten. Um diese Uhrzeit fand er gerade mal den Heimweg, er fand ihn aus Gewohnheit; Filippo, seine Frau und seine anderen Kinder hätte er in diesem Zustand jedoch nicht erkannt. Im Morgengrauen wurde er dann wieder normal: Der schüchterne und liebevolle Mann, der er im Grunde war, ging auf die Baustelle und schuftete wie ein Maultier. Bevor er das Haus verließ, gab er seiner Frau einen Kuss, sie sah ihm von der Schwelle aus nach und sagte: „Einer geht und ein anderer kommt nach Hause." Das hatte sie so oft gesagt, bis es zu dem Namen geworden war, mit dem wir ihn riefen.

In der Bar waren außer Rocco nur die da, die er als die „Von-Sonnenuntergang-bis-Sonnenaufgang"-Jungs bezeichnete, sie wachten am Nachmittag auf und gingen kurz vor Sonnenaufgang ins Bett; nach ein paar Tassen Kaffee versuchten sie sich jetzt Appetit für das Abendessen, die einzige Mahlzeit des Tages, anzutrinken.

Sie gingen paarweise davon, nach dem Abendessen würden sie wiederkommen und die Nacht damit verbringen, endlos „Schere-Stein-Papier" zu spielen.

Sie ließen uns allein, Rocco deckte den Tisch mit allem, was er für gewöhnlich aß: Nüssen, Oliven, eingelegte Artischocken und Kartoffeln – lauter Sachen, die die, die es sich leisten konnten, zum Aperitif aßen.

Seine Mutter kam, brachte ihm wie jeden Abend warmes Essen, sah ihn an, hob den Blick zur Decke, als wolle sie den Himmel betrachten, stellte wortlos den Teller auf den Tisch; die beiden sprachen nicht miteinander, niemand kannte den Grund. Rocco war ihr jüngster Sohn, alle anderen, insgesamt sieben, Jungen und Mädchen, waren verheiratet. Sie war verwitwet und weil sie fürchtete, ihre Tage in Einsamkeit beenden zu müssen, hatte sie so lange gebetet, bis ihr jüngster Sohn wieder bei ihr einzogen war. „Aber er spricht nicht mit mir", sagte sie zu allen im Wohnviertel, niemand von der Straße hätte das weitererzählt, doch dann entschlüpfte es ihr auch in der Kirche, jetzt wusste es das ganze Dorf.

„Ich weiß nicht, was er mir vorwirft", sagte die Alte zerknirscht, „er sieht mich an, schüttelt den Kopf und spricht nicht mit mir … Warum ist er zurückgekommen, wenn nicht meinetwegen?"

„Sprich mit mir, RoccAntoni", flehte sie ihn manchmal in unserer Gegenwart an. Nur sie nannte ihn RoccAntoni, fast die Hälfte der Männer im Dorf hießen im zweiten Namen Antonio, denn früher waren fast alle Kinder bei der Geburt oder kurz darauf gestorben und nur der hl. Antonio hatte sie retten können. Die andere Hälfte hieß im ersten oder zweiten Namen Leo, das war der Heilige, der uns am nächsten war, denn er stammte aus Africo, und wer hätte besser Partei für seine Freunde aus dem Dorf ergreifen können? Er verteidigte sie mit der Schaufel in der Hand, so sangen die Frauen bei dem ihm gewidmeten Fest. Deshalb hieß ich Nicola Leo und meine Freunde waren Filippo Leo und Antonio Leo. Der zweite oder dritte Vorname der Frauen erinnerte immer an die Muttergottes, aus Verehrung für die Jungfrau von den Bergen, die Schutzheilige aller Bewohner des Aspromonte.

Das Essen, das Roccos Mutter auf den Tisch stellte, fand immer einen hungrigen Abnehmer, auch an diesem Abend spießten wir nach einer Weile die kleinen Stücke des Geschnetzelten auf, während wir plauderten; ich, Antonio und Filippo aßen. Plötzlich hatten wir Riesenhunger und aßen auch die Vorspeisen, von denen sich Rocco für gewöhnlich ernährte. Und als er aufstand, um sich ein Bier aufzumachen, bestellten wir drei für uns.

„Peperoncino, der nicht brennt. Bier?" Rocco war plötzlich zu einem wilden Tier geworden. „Wir bezahlen", sagte Filippo und holte ein paar Geldscheine heraus. Da wurde Rocco noch wütender. „Wann habe ich euch die Erlaubnis gegeben, bei mir Bier zu trinken? Worauf habt ihr euch eingelassen? Geld in der Tasche, neue Kleider … Wird man reich, wenn man bei Hochzeitsfeiern bedient? Oder seid ihr ebenfalls zu Banditen geworden, nur weil ihr den Banditen Ziegenfleisch serviert?"

Wir hielten den Blick gesenkt, ich machte mich ganz klein, er wusste viel zu viel über uns, ich konnte mich nicht mit einem Witz revanchieren. Ich war mucksmäuschenstill, auch die anderen wagten nicht einmal zu atmen.

„Und wo wart ihr heute? Niemand hat euch im Zug gesehen, weder auf der Hin- noch auf der Rückfahrt." Schweigen. „Glaubt ihr, ihr seid unsichtbar? In diesem Ort kann man nicht machen, was man will. Hier gibt es viele Idioten, aber die Eier von manchen Idioten sind größer als euer Kopf. Gebt euch nicht mit den Banditen mit der schief aufgesetzten Mütze ab. Die lächerlichen kleinen könnt ihr vergessen, doch die neuen denken im großen Stil, sie blicken in die Zukunft und wissen sofort, wer ihnen im Weg ist. Passt auf: Wer nicht sehen sollte, sieht aber alles, es kommen Zeiten einer rücksichtslosen Mafia, die alle, die sich für schlau halten, unter die Erde bringen werden, sie werden so tiefe Löcher graben, dass man die Opfer nicht mal mit Jagdhunden finden wird. Heute ist im Nachbardorf was passiert …"

Rocco senkte die Stimme und hielt inne – ein paar der „Von-Sonnenuntergang-bis-Sonnenaufgang"-Jungs waren in die Bar gekommen. „Brannte der Löffel in euren Händen oder stand nur

Suppe mit Gabel auf eurem Tisch?", sagte er vorwurfsvoll. Damit wechselte er das Thema und schlug wieder einen fröhlichen Tonfall an. Mit eingezogenem Schwanz schlichen wir zur Tür. „Wollt ihr die Orangenlimonade nicht trinken, die ihr bestellt habt?", rief uns Rocco nach. „Ich gebe sie euch, auch wenn ihr keine Lira in der Tasche habt. Ich schreibe sie an, hier gibt es ohnehin nur arme Schlucker", sagte er lachend. „Wollt ihr einen Gratiskaffee, ihr Hungerleider?", sagte er zu den anderen, während wir mit eingezogenem Schwanz auf die Piazza hinausschlichen.

Er hatte uns gesagt, was er hatte sagen wollen, und bei seinen Worten hatte das Blut in unseren Adern angefangen, langsamer zu fließen, seit dem Vormittag brauste es ja in unseren Venen und beim Gehen sprühten Funken.

Wir gingen langsam auf und ab; die Jungs aus dem Wohnviertel rundherum kamen grüppchenweise, strömten in die Bars, setzten sich auf die Bänke, die Gehsteige. Ich achtete nicht darauf, worüber im Augenblick geredet wurde, Rocco hatte mich und auch meine Freunde aufgerüttelt: Aus Zuneigung hatte er uns im Auge behalten und etwas herausgefunden; was jedoch hatten die herausgefunden, die uns ohne Zuneigung im Auge behielten, und was hatten wir verbergen können?

Auch wir beobachteten, was um uns herum war, wir versuchten hinter die Fassade zu schauen und zu erraten, was die anderen taten, selbst die, mit denen wir keine Beziehung hatten, die wir nur grüßten und aus. Alle wussten viel über die Menschen rundherum oder stellten es sich zumindest vor: Aufgrund von Verwandtschaft, unerlaubten Geschäften, Komplizenschaft, Freundschaft, Hass stand jeder im Dorf in Beziehung zu einem anderen. Jedes Viertel und auch jede Familie, jedes Leben war ein eigenes Universum. Und das alles auf engstem Raum – wie Wasser im Waschbecken lief alles in die Mitte, um durch dasselbe Loch abzufließen. Und das, was wir taten, vermischte sich mit dem, was die anderen machten, und landete auf derselben Müllhalde. Wer etwas wissen wollte, wer etwas in Erfahrung bringen musste, stellte sich vor dem Loch auf und wartete.

Als wir die Piazza zum x-ten Mal überquert hatten, blieb Filippo plötzlich stehen, breitete die Arme aus, um uns aufzuhalten, warf einen Blick auf die Straße, die herunterführte, schloss die Augen, legte eine Hand ans Ohr. Dann betrachtete er aufs Neue die Straße. Etwas flitzte von einem Viertel zum anderen. „Diese Idioten", fluchte er, begann zu laufen, und ich und Antonio folgten ihm.

Wir erwischten sie, als sie gerade aus dem Viertel hinausfahren wollten, Filippo pflanzte sich vor ihnen auf und zwang sie zu bremsen, er blockierte das Rad der Vespa mit seinen Beinen und mit den Händen packte er die Lenkstange. „Hurensöhne!", schrie er, aber sie waren flink, sprangen von der Vespa ab, ich teilte einen Fußtritt aus, erwischte aber gerade mal den Hintern von Luigi, der am Steuer saß, und Antonio packte Domenicos Haare, der hinten saß, konnte sie jedoch nicht halten. Nur Luciano blieb auf der Vespa sitzen. Filippo ließ die Lenkstange aus und packte ihn an einem Ohr, zog ihn hoch. „Wir wollten ja nur eine Runde drehen", kreischte Luciano, und seine Freunde, die schon weit weg waren, blieben stehen, drehten sich um und kamen langsam zurück. „Lass ihn aus", sagte Luigi. „Dann komm du an seiner Stelle", sagte Filippo zu ihm und wandte sich zu mir. „Halt ihn", und ich packte Luciano am Leibchen, während Filippo den Schlüssel an sich nahm und damit das Schloss des Sattels aufsperrte, er bückte sich und hob den Sattel gerade mal einen Spaltbreit hoch, um hineinzuspähen. Er richtete sich wieder auf, schloss den Spalt, lächelte erleichtert, und auch ich seufzte und entspannte mich, Luciano rannte zu seinen Freunden, und gemeinsam liefen sie davon, um Antonios Verfolgung zu entgehen, der allerdings gar nicht vorgehabt hatte, ihnen nachzulaufen.

Wir mussten ihn nicht fragen, wie er die Lenkstange aufgesperrt hatte, im Schloss steckte ein Schlüssel, mit dem man für gewöhnlich Fleischkonserven öffnete: Luigi war Filippos Bruder, Luciano war der verwaiste Sohn des Gemeindedieners, und Domenico war der älteste Sohn der Dominici, einer der beiden Hirtenfamilien aus unserem Viertel.

Sie waren acht beziehungsweise neun Jahre alt und spielten immer Streiche: Sicher hatten sie uns bespitzelt, hatten uns auf die Piazza gehen sehen und sich der Vespa bemächtigt, sie hatten damit gerechnet, dass wir erst später zurückkamen.

Keine Ahnung, wie oft sie uns diesen Streich schon gespielt hatten, ohne dass wir es bemerkt hatten.

Allerdings waren sie sich ihrer Sache allzu sicher gewesen und deshalb waren sie aufgeflogen. „Idioten", entschlüpfte es mir, „Idioten", wiederholte Antonio. „Stellt euch vor, die Carabinieri mit dem Geländewagen hätten euch erwischt!", schrie Filippo ihnen nach und packte das Lenkrad der Vespa, wendete sie und wir rollten mit ausgeschaltetem Motor ins Viertel zurück; die Frauen saßen auf den Stühlen und sahen fern, die kleineren Kinder schliefen im Arm ihrer Mütter, ihrer Schwestern oder wer auch immer einen Platz zwischen den Beinen hatte; die größeren Kinder saßen am Boden und die Männer standen auf den Balkonen und vor den Türen, und wenn sie einen Kommentar abgaben, wurden sie von den Flüchen der Zuschauerinnen zum Schweigen gebracht, sie wollten sich nicht stören lassen.

Gnura Cata und Donna Palmina, die sich aus Gianninos Gefängnis befreit und extra heruntergekommen war, wischten sich mit einem Taschentuch über die Augen. Filippo hatte die Vespa aufgebockt, wir setzten uns auf den Sattel und auf das Trittbrett: Wir betrachteten Luigi, Luciano und Domenico, die ängstlich auf der anderen Seite saßen, zwischen uns befand sich der Schutzwall der Frauen. Wir blieben im Viertel, um unser Geld zu bewachen, nahmen in Kauf, uns die Prophezeiungen bezüglich des Endes des Filmes anzuhören, alle wussten, dass er schlecht ausging.

Beim Abspann übertönte das Schnäuzen das Weinen und Schluchzen. Das Publikum war zweigeteilt: Die eine Partei erklärte den Ehemann für schuldig und die andere die Ehefrau, und beide fluchten aus vollem Halse, aber nur ganz kurz, dann liefen die Frauen davon, mit Stühlen und halb schlafenden Kindern im Schlepptau; die Dummköpfe, die sich nicht schnell genug davongemacht hatten, mussten aufräumen.

Auf dem Platz blieben nur Gnura Cata und Donna Palmina zurück, man hätte einen Kran gebraucht, um sie zu bewegen, ihnen blieb wie immer jede Mühe erspart. Dann waren nur noch wir da und auf der anderen Seite saßen die drei Rotzlöffel, nach wie vor in Alarmbereitschaft. „Ich bin müde", beklagte sich Gnura Cata mit einem Blick auf uns, und Donna Palmina versuchte von ihrem Stuhl aufzustehen, hievte sich ein paar Millimeter in die Höhe und plumpste gleich wieder zurück.

Ich lief hin, half ihr aufzustehen und hörte ihre Knochen knirschen, einen Augenblick lang fürchtete ich, sie würde zerbrechen wie die Schale der Seeigel, deren Fleisch wir im Sommer aßen, sie schwankte ein wenig, hielt sich jedoch aufrecht. Ich sah Antonio an, der mit ausgebreiteten Armen von der Vespa aufstand. Filippo schüttelte den Kopf, er würde sich nicht von dem Geld wegrühren, also wandte ich mich an die Rotzlöffel. „Los, hebt die Kabel auf", sagte ich und klatschte in die Hände, zum Zeichen, dass ich bereit war, Frieden zu schließen, und sie sprangen gleichzeitig vom Boden auf, die einen hielten die Kabel und die anderen wickelten sie auf, ruckartig wie Marionetten.

Antonio half mir und begleitete Gnura Cata, ich stützte Donna Palmina bis zur Treppe und führte sie hinauf in ihre Wohnung. Luigi trug den Stuhl der Päpstin hinter Antonio, und Luciano und Domenico folgten mir mit der Antenne und dem Kabel, legten sie auf den Treppenabsatz und gingen wieder nach unten.

Ich setzte Donna Palmina an der Tür ab und trat auf den Balkon. „Lasst das", schrie Filippo den drei Freunden zu, die gerade versuchten, den Fernseher hochzuheben, ich sauste die Treppe runter und schaffte es gerade noch gemeinsam mit Antonio, ihn ihnen zu entreißen, bevor der Abend tatsächlich tragisch endete. Kaum waren sie die Last losgeworden, packten sie den Tisch, auf dem der Fernseher gestanden hatte; sie sahen einander an und ich und Antonio erhielten gleichzeitig einen Arschtritt von Luigi und Domenico, die davonstoben und in ihren jeweiligen Wohnungen verschwanden – Luciano war der Langsamste, er war der Einzige, der sich von Filippo erwischen ließ, dieser war flink von der Vespa heruntergesprungen, hatte ihn gepackt und mit Fußtritten bis zu seiner Wohnung verfolgt und dabei gerufen: „Für dich und für deine Freunde, die Idioten!"

Er ließ ihn auf der Schwelle stehen und kam zu uns zurück, in dem Glauben, genügend Hiebe verteilt zu haben, doch diesmal kam Luciano schnell von hinten gelaufen und verpasste ihm einen Fußtritt, der so heftig war, dass man einen Knall hörte, und so überraschend, dass wir ihn gar nicht hatten warnen können, und die beiden anderen Idioten traten vor die Tür, lachten und beschimpften uns.

„Wir werden sie uns in der Wohnung vornehmen", drohte Antonio und tat, als ob er es ernst meinte, doch Donna Palmina war auf den Balkon getreten und machte die Rachepläne zunichte. „Schlaft ihr schon?", rief sie vorwurfsvoll mit ihrer Stimme eines Distelfinks.

Wir trugen den Fernseher hinauf, diesmal folgte uns Filippo und gab uns überflüssige Anweisungen, wir hatten den Fernseher schon zehnmal ins Haus getragen.

Giannino schlief im Sitzen auf dem roten Samtsofa, wir sprachen leise und versuchten keinen Lärm zu machen, Filippo schob uns das Rollgestell hin, auf das wir den Fernseher stellen sollten, wir luden ihn vorsichtig ab. Wir senkten den Kopf, damit uns Donna Palmina auf die Stirn küssen konnte, und als wir schon beinahe draußen waren, wachte Giannino auf. „Erschießen hätte ich dich sollen", und im Chor wiederholten wir: „... und nicht heiraten. Du hast mir die Karriere ruiniert. Ich hätte Maresciallo werden können."

Das Viertel war menschenleer, trotzdem warteten wir noch ein wenig, bevor wir zurückkehrten, wir rauchten eine Zigarette, versteckten sie nach jedem Zug hinter dem Rücken, denn obwohl es inzwischen alle wussten, durften wir in der Öffentlichkeit und vor allem nicht vor unserer Wohnung rauchen, sonst hätten uns unsere Mütter eine Ohrfeige gegeben und am Ohr ins Haus gezogen.

Einige Fenster waren schon offen, obwohl es noch nicht einmal Juni war, und sobald dahinter jemandes Schnarchen ertönte, der selig schlief und sich nicht um unser aller Sorgen kümmerte, holten wir unter dem Sattel das Kuvert mit dem Geld hervor und Antonio versteckte es unter seinem T-Shirt.

In unserer Wohnung schnarchte niemand, aber meine Mutter und meine Schwestern atmeten schwer im Schlaf. Ich zog mich lautlos aus und schlüpfte unter die Laken. Bald floss mein Blut wieder schnell durch die Adern und mein Hirn gaukelte mir alle Szenen vor, die ich erlebt hatte, seitdem ich am Morgen aufgestanden war. Die Erinnerung versüßte die Ereignisse, lockerte die Anspannung des Tages und lieferte mir ein bisschen Wärme. Sie reichte, um meinen Körper an diesem lauen Abend zu wärmen. Die Augen fielen mir zu und ich fand Zuflucht im Schlaf. Am Morgen darauf verscheuchte ihn der Duft des Kaffees und Mamas sanfte Stimme, die mich aufforderte aufzustehen.

In der Bar warteten wir fast eine Stunde auf Mimmo und Nicodemo; dann leisteten wir ihnen beim Frühstück Gesellschaft, doch wir hatten es eilig: Heute war Samstag und wir mussten wieder bei einer Hochzeit bedienen. Antonio gab ihnen das Geld, das er bei sich hatte; wir vereinbarten, uns nach Ostern wieder zu treffen, denn in der nächsten Woche war schulfrei und wir würden in die andere Richtung fahren, um die Schecks in Reggio einzulösen. Wir wünschten einander schöne Feiertage und zogen los, zum ersten Mal fasste Filippo sich ein Herz und begleitete uns nicht nur, sondern kam mit uns ins Restaurant und ließ einen Tisch von Banditen aus dem Dorf über sich ergehen, mit Don Nino am oberen Ende und seinem Stiefsohn Peppino neben sich.

Der Lauf der Dinge stimmte uns euphorisch, wir arbeiteten zufrieden, und ich spürte ein angenehmes Kribbeln im Körper, die Müdigkeit machte sich nicht bemerkbar, auch heute nicht, wo die Banditen derartigen Hunger und Durst hatten, dass nicht einmal ein Ballen Heu und ein Fass Wein sie hätte stillen können – der Frühling, sagten sie, doch irgendetwas war in ihrer geheimen Welt vorgefallen. Sie beglückwünschten immer wieder den Banditen, der am oberen Ende des übernächsten Tisches saß, an ihrem Dialekt erkannte man, dass der eine aus Reggio und der andere aus der Ebene stammte.

Nachdem das Brautpaar gegangen war, blieben ungefähr dreißig Gäste im Saal, die mit dem Brautpaar nicht einmal verwandt waren; höflich baten sie den Besitzer, weiterzumachen und mit dem Essen von vorne beginnen zu dürfen. Es war allerdings keine Bitte, sondern ein Befehl, wenn auch in honigsüßen Worten.

Ungefähr ein Dutzend der hungrigen Gäste stammte aus unserem Dorf, Don Nino war gegangen, aber sein Stiefsohn Peppino war noch da, heute hatten ihn einige mit Don angesprochen, mit ihm gab es nun vier Dons im Dorf, auch der Priester war ein Don – der echte, nicht der Stellvertreter Don Carmine, der zählte nicht, und die anderen, die aufgrund ihrer Verwandtschaft Don genannt wurden oder denen aufgrund ihres Alters oder weil sie einen berühmten Vorfahren hatten, Respekt gezollt wurde, zählten auch nicht, und nicht einmal die Dons der Gnuri zählten, denn bei denen ging es nur um Geld.

Der Besitzer rief uns zu sich, bat uns, ihm zu helfen. „Ihr könnt mit diesen Leuten ja umgehen." Das sagte er voller Verachtung, er sprach wie ein geprügelter Hund. „Ich verdiene mein Geld mit ihnen, sonst müsste auch ich den Koffer packen", sagte er mit gesenktem Kopf.

Wir hatten nicht den Mut, ihn sitzen zu lassen. Wir ließen sie über uns ergehen, wir teilten sie auf – jeder von uns übernahm zehn. Wir hörten uns ihre unverständlichen Trinksprüche an, lauschten ihren geheimnisvollen, weit ausschweifenden Reden, beobachteten sie, wie sie einander ernsthaft zur Seite zogen, um überaus wichtige Fragen zu klären. Wenn man sie so mit ihren fettigen Gesichtern sah, mit dem nach Ziegenfleisch und Wein stinkenden Atem, waren sie lächerlich und sogar ein wenig mitleiderregend. Doch in den Dörfern standen sie immer im Mittelpunkt des Geschehens, mischten sich in jede Diskussion ein, versuchten jeden Streit zu schlichten, den sie möglicherweise selbst ausgelöst oder zu dem sie beigetragen hatten. Wenn die Schule sich leerte, standen sie davor, wenn es eine Versammlung gab, standen sie auf der Piazza vor der Gemeinde, beim Wochenmarkt wanderten sie zwischen den Ständen auf und ab, bei den Prozessionen der drei Patronatsfeste gingen sie ganz vorne, sie fuhren die Lkws, die die Frauen zum Arbeiten zu den Signuri brachten, zu Silvester schossen sie mit Pistolen und Gewehren in die Luft und patrouillierten häufiger im Dorf als die Carabinieri. Sie waren nie allein unterwegs, und wenn sie hin und wieder Roccos Bar betraten, hob er die Hände. „Nur mit der Ruhe, Jungs", schrie er dann, „das Gesetz hört uns zu." Sie waren zahlreich und wussten alles über alle, manche hatten Angst vor ihnen und die anderen sahen keinen Grund, sich mit ihnen anzulegen.

Rocco war der Einzige, der seine Verachtung nicht verbarg, doch er kleidete sie in witzige Worte und die Banditen lachten ebenfalls, und dann erzählten sie herum, er sei ein armer Irrer oder, schlimmer noch, ein Drogensüchtiger, doch niemand im Dorf wusste, was das bedeutete, denn keiner hatte je Bekanntschaft mit Rauschgift gemacht.

Niemand, der nicht ihr Brot aß, hätte sagen können, wer ihre Brüder und wer ihre Gevattern waren, die Banditen lebten in ihrer eigenen Welt und das Viertel hatte nichts damit zu tun – in unserem, der Aurora, gab es keine *gestutzten Schwänze* – wie sich die Banditen selbst nannten.

An diesem Abend feierten sie endlos lang, der Chef des Restaurants sah, wie wir zerknirscht in die Küche liefen und wieder herauskamen, allein die Euphorie aufgrund unserer erfolgreichen Geschäfte half uns, auf den Beinen und gut gelaunt zu bleiben und keinen Streit zu beginnen. Die Tischgenossen verwandelten sich in einen Haufen besoffener Affen, immer wieder stand einer auf, um zu gehen, verabschiedete sich von allen, doch dann lud ihn jemand auf ein letztes Glas ein und er setzte sich wieder hin: Das war ein Spiel, mit dem Ziel, einander zu zermürben, ein Wettbewerb, wer auch beim Trinken seinen Mann stand. Und dann ging der Wettkampf beim Verseschmieden weiter; Reden und spöttische Gegenreden folgten aufeinander und mussten mit einem Vers enden: „Mein Freund, wo ich herkomme, wird gesungen, denn zu Hause habe ich maßlosen Reichtum", sagte einer, „wer so viel singt, hat viel Leid, seine Taschen und Truhen sind meistens leer", antwortete der Nächste mit einem Seitenhieb.

Zum Glück besaß der Besitzer ein Telefon, er erlaubte uns, das öffentliche Telefon in unserem Dorf anzurufen; so verständigte jemand unsere Mütter, dass wir später kommen würden. In der Aurora hatte niemand, nicht einmal Donna Palmina, ein Telefon. Der Besitzer hatte nicht nur einen leichten Tischwein, den er bei den Hochzeiten servierte, sondern auch einen Wein vom Fass für spezielle Gelegenheiten; auch dieser schmeckte wie ein leichter Tischwein, versetzte einem jedoch unversehens einen Schlag in die Kniekehle, sodass man in die Knie ging wie vor dem lieben Gott.

Nachdem die Banditen eine halbe Stunde lang Wein vom Fass gesoffen hatten, lagen sie auf dem Boden, wir mussten ihnen unter die Schultern greifen, sie hinausschleppen und ins Auto setzen – sie fuhren zwar mindestens viermal in der Woche von Hochzeiten und anderen Besäufnissen nach Hause, doch niemals fuhr einer gegen einen Masten. Wahrscheinlich stimmte, was ein Bandit einmal bei einer Hochzeit gesagt hatte: „Zum Glück haben wir dressierte Autos."

Wir kamen erst nach Mitternacht in die Aurora zurück, und trotz der Benachrichtigung warteten unsere Mütter vor der Tür auf uns, und wie immer, wenn jemand im Viertel eine Sorge hatte, standen alle Frauen des Viertels auf den Treppenabsätzen und teilten sie. Doch an diesem Abend gab es einen Lohn, aufgrund des geteilten Leids durften auch alle die Freude teilen, der Restaurantbesitzer Alfredo kannte nämlich die Gewohnheiten im Viertel. Wir hatten den doppelten Lohn, den er uns für unsere Mühe hatte zahlen wollen, zurückgewiesen, stattdessen hatte er den Lieferwagen mit allem Möglichen beladen: Brot, Fleisch, Käse, reifen Früchten und verschiedenen Getränken.

Wir halfen ihm, die Kisten auf den Treppenabsatz vor meiner Wohnung zu schleppen, sie war die erste in der Straße. Er fuhr davon, bedankte sich noch mal bei uns und lobte bei den Frauen unsere Arbeitsmoral; kaum war das Leid vergessen, holten die Bewohnerinnen des Viertels trotz der vorgerückten Stunde Töpfe und Körbe aus der Küche und teilten die Beute auf, wobei die Mütter der Helden das Recht und die Freude in Anspruch nahmen, anzuordnen, wer was bekam.

Ich ging ins Bett, bald würde es Tag werden und ich würde von vorne beginnen. Ich träumte davon, dass sich dieses Wunder Tag für Tag wiederholte, und dass wir nicht nur Essen, sondern auch das Geld verteilen konnten, das Antonio in der Truhe unter den Laken, der Aussteuer für seine Schwestern, versteckt hatte. Der Traum begleitete mich während der ganzen, zu kurzen Nacht; er ging jäh zu Ende, als Mama mir mit ihrer duftenden Hand über die Augen strich und mich wach rüttelte. Trotz der Milch und des Kaffees und des kalten Wassers, mit dem ich mir das Gesicht wusch, hatte ich auf dem Weg zum Bahnhof weiche Knie, ich rieb mir unablässig die Augen, bis wir wie üblich in der Bar einen Cappuccino tranken. Endgültig verschwand die Schläfrigkeit mit der ersten Zigarette, ich sog den Rauch ein, er drängte meine Kehle hinunter.

Als wir das Restaurant betraten, waren wir wieder in Form, die Müdigkeit von gestern war vergessen, und selbst Alfredos Lächeln war frisch, sein Respekt vermischte sich mit Zufriedenheit: Er hatte unsere Familien gesehen. Nun wusste er, das Geld, das wir bei ihm verdienten, ging nicht für lasterhafte Vergnügen drauf.

Wir bewegten uns leichtfüßig: Wie heilige drei Könige, die Pasta mit Ziegenfleischragout und Ziegenfleisch als Vor- und Hauptspeise brachten wie Gaben aus dem Morgenland; mit Koteletts und Brustspitzen stellten wir die Banditen zufrieden. Unsere Tische wurden von denen an den Nebentischen beneidet, mehr als einer versuchte uns zu rekrutieren, bat die Gevattern, die wir bedienten, um einen Gefallen, man machte Witze darüber, wer bevorzugt wurde und wer nicht, und schließlich wurde nicht nur das Essen und Trinken, sondern auch die Bedienung zu einem Wettkampf; bei den Banditen artete immer alles zum Wettkampf aus, die Arroganz war grenzenlos.

Am Abend brachten wir wieder je fünftausend Lire nach Hause, mit den fünftausend vom Vortag waren das zehntausend, doch nun hatten wir zu viel Geld in der Tasche, und der Vorwand, als

Kellner zu arbeiten, reichte nicht mehr, um es in die Truhen zu legen, in der die Frauen der Aurora ihre Ersparnisse aufbewahrten. Wir brauchten eine andere Ausrede, Antonio hatte auch schon eine parat: „Alfredo hat uns eine Arbeit für die Karwoche besorgt, nur am Sonntag müssen wir nicht arbeiten. Einer seiner Freunde hat ein Luxusrestaurant in Reggio, und zu den Feiertagen hat er so viel Arbeit, dass er Leute braucht."

So gingen wir Montagmorgen aus dem Haus und nahmen einen Zug in Richtung Reggio. Als wir das Viertel verließen, folgte uns der glänzende Blick unserer Mütter, ihre Ratschläge und ihre Dankesworte, sie trugen schwer an der Last, dass die Not sie zwang, uns arbeiten zu lassen. Dabei hätten wir ein schlechtes Gewissen haben sollen, weil wir immer mehr Lügen erzählten.

Aber diesmal hatten wir auf der Reise Schecks im Wert von einer Million Lire dabei, und das war die beste Kur gegen jegliches Schuldgefühl.

Antonio hatte alles geplant: Jeder von uns würde ein Drittel des Geldes kassieren und ein jeder von uns würde in einen anderen Laden gehen, um keinen Argwohn zu erregen. Ich würde in Kleidergeschäfte gehen, Filippo in Schuhgeschäfte, und Antonio in Läden mit Geschenkartikeln, so würden wir einander nicht über den Weg laufen.

Mittlerweile waren wir Profis, um eins waren wir fertig und trafen uns im Stadtpark, ein jeder mit ein paar Kuverts in der Hand. Dann gingen wir in eine Trattoria und aßen in aller Ruhe. Danach konnten wir noch einen Spaziergang machen und erreichten gemütlich den Zug um halb vier.

Antonio bläute uns ein, was wir zu Hause sagen sollten. „Der Chef ist großzügig und die Kunden sind stinkreich, wir bekommen mehr Trinkgeld als Lohn."

Jeder von uns brachte fast zehntausend Lire nach Hause und außerdem viele Geschenke, die auf den großen Märkten Reggios nur ein paar Lire kosteten.

Die Aurora war weniger als hundert Kilometer von Reggio entfernt, doch der Zeitunterschied betrug ein Jahrhundert: Die meisten Frauen waren noch nie dort gewesen, und die, die dort gewesen waren, kannten höchstens die Strecke vom Bahnhof zum Krankenhaus. Wir konnten über die Stadt erzählen, was wir wollten.

Alles hätte zumindest eine Zeit lang noch so weitergehen können, doch der hl. Sebastian hatte beschlossen, mich dafür büßen zu lassen, dass wir das Schauspiel in Don Santoro Mottas Stall beobachtet hatten. Die versteckten Briefe, das leidende Gesicht meiner Mutter. Am Dienstag offenbarte sich, was ich bereits ahnte, jedoch nicht ausgesprochen werden durfte: Zum ersten Mal, seitdem mein Vater ausgewandert war, kamen meine Großeltern am Abend nicht auf Besuch, und als meine Schwestern nach dem Grund fragten, lief Mama in die Küche und kam lange nicht heraus. Ich stellte keine Fragen, am Mittwoch und auch an den Tagen danach fuhr ich nach Reggio, brachte Geld und Geschenke nach Hause.

Nicht einmal meine Mutter stellte Fragen, sie versteckte sich immer irgendwo und ich traute mich nicht zu fragen.

Nicht einmal am Ostersonntag ließen die Großeltern sich blicken. Mittlerweile war klar, dass mein Vater nicht nach Hause kommen würde. Zwei Dorfbewohner, die in derselben Firma arbeiteten wie er, waren schon seit einer Woche da. Wenn einer der drei nach Hause kam, stattete er für gewöhnlich der Familie der beiden anderen einen Besuch ab, brachte Nachrichten, Geld und ein paar kleine Geschenke. Diesmal waren sie nicht zu uns gekommen. Keine Nachrichten, kein Geld, keine Geschenke.

Einer der beiden war unhöflich und wortkarg, der andere soff und redete im Suff mehr als die alten Weiber aus den Baracken, nicht wie die Gnure aus der Aurora, die nie Zeit zum Tratschen hatten; einer wohnte im Wohnblock unterhalb des meinigen, und als er wieder nach Deutschland zurückfuhr, ließ er viele böswillige Gerüchte zurück, die immer mehr und gemeiner wurden.

Im Wohnviertel gab es ein Gesetz: Wenn Not am Mann war, verteidigte jeder sein Fleisch und Blut. Und die Viertel verteidigten ihre Bewohner.

Niemand sagte es uns direkt ins Gesicht, die Aurora beschützte uns und die Gerüchte wurden gefiltert, verdünnt, abgewehrt. Erst nach einer Woche erfuhren wir die Wahrheit.

Die offizielle Wahrheit erblühte aus Großmutters Mund wie ein Fliegenpilz, plötzlich wurde sie gesprächig und brüllte, damit auch der Großvater was verstand, und so erfuhren alle, dass meine Mutter ihren Mann nicht hatte halten können, deshalb kümmerte sich jetzt eine deutsche Dame um ihn. Mein Vater hatte eine neue Familie gegründet. Punkt.

Er war allerdings nicht der Erste, es gab ungefähr ein Dutzend Familien im Dorf, denen dasselbe Unglück widerfahren war – verlassene Familien.

Sobald die Tragödie ans Tageslicht gekommen war, durfte man nicht mehr darüber nachdenken, man musste sie verdrängen. Es begann ein Countdown, dessen Ziel darin bestand, zu vergessen und ohne das fehlende Stück zu überleben – wie wenn jemand umgebracht wurde: Entweder verzweifelte man oder man arrangierte sich.

Meine Mutter wollte vergessen, ich hatte meinen Vater schon fast zur Gänze vergessen, meine Schwestern hatten ihn nicht einmal kennengelernt: Er war im Labyrinth der *Baustelle* verloren gegangen, wie man bei uns die deutschen Fabriken bezeichnete. Für mich war er schon beim ersten Mal verschwunden, ich sah ihn immer im Augenblick der Abreise vor mir, das war die intensivste Erinnerung an ihn: „Ich werde dir schreiben", hatte er zu meiner Mutter gesagt, sie hatte sich an den Rand des Bettes gesetzt und wir, die Kinder der kindlichen Braut, hatten uns an sie gedrängt wie eine Schar Feen. Papa hatte die letzten Kleidungsstücke in den nach Petroleum stinkenden Plastikkoffer gelegt und den Reißverschluss heftig zugezogen. „Ich werde dir schreiben", hatte er wiederholt und war mit gesenktem Kopf gegangen. Sie löste den schwarzen Haarkranz, die langen Haare waren ihr über die Schultern und die Brust gefallen, und aus ihren Augen war ein Schwall Tränen gebrochen. So hatte ich mit sechs Jahren die Erfahrung der Abreise und der Trennung gemacht, ich hatte die spezielle Unruhe derer kennengelernt, die einen Emigranten in der Familie hatten.

„Ich werde dir schreiben", hatte mein Vater mit seinen schwarzen Marokkaner-Löckchen gesagt, als er wegging. Es war Oktober, und bis Dezember hatte ich lesen gelernt: Ich klaute den Brief, der zu Weihnachten kam, und las ihn unter dem Mispelbaum hinter dem Wohnblock. Ich erfuhr, was Ferne, Heimweh, Einsamkeit – der Zustand eines Emigranten – ist, und ich spürte, dass wir von nun an ohne ihn auskommen mussten. Wir hofften umsonst auf seine Rückkehr, die Hoffnung verlängerte nur die Schmerzen der Trennung. Damit wir die Erinnerung an ihn endgültig verdrängen und ihn auf den Friedhof bringen konnten, wo wir zu Allerseelen seiner gedachten, hatte er uns endgültig verlassen müssen.

Es war eine unendlich lange Trauerwoche: Am Abend ging ich so gut wie nicht aus und schwänzte die Schule. Antonio und Filippo fuhren allein hin und ihre Trauer schien genauso groß zu sein wie die meine. Dann eines Morgens weckte Mama mich mit Milchkaffee, ich wusch mich, zog mich an und stieg wieder mit meinen Freunden in den Zug, wir betraten die Bar und flipperten mit Isidoro. Filippo und ich gingen wieder drei Tage in die Schule und drei Tage nicht, und Antonio begleitete uns, ging in die Bar und holte uns nach Schulschluss ab. Nicodemo und Mimmo tauchten wieder auf und baten uns, ihnen auch die Schecks zu bringen, auf denen sich der Stempel der Auszahlung und nicht nur der Ausstellung befand, und zwei Tage, nachdem wir sie ihnen ausgehändigt hatten, wartete Isidoro in der Bar mit finsterem Blick und der Zeitung in der Hand auf uns. Ich spürte, wie meine Lippen zu zittern begannen, und um das Zittern zu beenden, biss ich darauf – so fest, dass ein paar Blutstropfen meine Zunge netzten, die so trocken war wie die Beinchen der Zikaden: Auf einem Foto im Chronikteil der Zeitung waren unsere beiden Freunde zu sehen. Antonio fasste sich als Erster, er las schweigend und dann berichtete er uns. Sie waren in eine Falle gegangen, der Hehler war in Wirklichkeit ein Maresciallo gewesen und jetzt wurden sie wegen Postraubs angeklagt – der Zeitung zufolge wurden ihnen auch noch andere Raubüberfälle zur Last gelegt, man suchte auch ihre Komplizen. Ich biss mir wieder auf die Lippen, diesmal blutete ich stärker.

Das Unglück rüttelte mich auf, ich schwankte zwischen Mitleid mit unseren Freunden und der Angst aufzufliegen. Zwei Wochen lang nahmen wir nicht mehr den Zug, standen aber trotzdem früh auf und liefen bis in den Nachmittag hinein quer übers Land. Dann wurde es Mai, wir feierten wieder das Patronatsfest, Leo verwandelte sich in einen Menschen und Soldaten für Africo. Diesmal musste Pech sich in Brot verwandeln, und auch dieses Wunder geschah. Das war ein gutes Omen und Filippo erkundigte sich, ob es was Neues gab, und kam mit beruhigenden Neuigkeiten zurück – niemand außer Alfredo vom Restaurant hatte nach uns gefragt. Isidoro hatte nach wie vor Zeitung gelesen, er sagte, die Sache sei ein einziges Mal noch erwähnt worden und dann nicht mehr.

Also fuhren wir am Morgen wieder ins Nachbardorf – ich und Filippo drückten drei Wochen lang durchgehend die Schulbank und alle drei bedienten wir samstags und sonntags im Restaurant. Mimmo und Nicodemo taten uns leid, aber wir wussten nicht, wie wir ihnen hätten helfen können, und wir kannten auch keinen ihrer Verwandten, wir konnten niemanden fragen, wie es ihnen ging.

Meine Mutter sperrte sich inzwischen nicht mehr im Schlafzimmer ein, langsam wurde sie wieder die Alte, sie war nur etwas dünner geworden und die Haut im Gesicht war nahezu weiß. Sie trat sogar auf den Treppenabsatz und plauderte mit den Nachbarinnen, eines Abends ließ sie sich sogar von den Bewohnerinnen des Viertels breitschlagen und trug ihren Stuhl zum Fernsehen hinaus. Jetzt, wo es beständig warm war, trug Donna Palmina den Fernseher jeden Abend auf den Platz. Offenbar war die Trauer auch für meine Mutter vorbei, und im Juni stand sie mitten in der Nacht, kurz nachdem sie zu Bett gegangen war, auf und ging hinaus; draußen hörte ich den Motor des Lkws, der die Frauen zur Arbeit in die Gärten der Signuri brachte; der Lastwagen fuhr ab und sie kam nicht zurück. Erst am Vormittag kam sie wieder zurück, nach

Jasmin duftend, als ob sich im Haus eine frisch gegossene Pflanze befände. Am Nachmittag ging sie wieder weg und kam erst bei Sonnenuntergang zurück.

Im Juni war Schulschluss und die Jungs aus dem Dorf stiegen nicht mehr in den Zug. Für die Männer aus dem Viertel begann die Strandsaison: Scharenweise liefen sie in kurzen Hosen über die Straßen, manche mit nacktem Oberkörper und wiederum andere mit den ältesten T-Shirts, die sie besaßen, und einem Handtuch auf den Schultern; wie Wasser in einem Trichter sammelten sie sich vor der Brücke und überquerten den Fluss, der im Süden die Häuser vom offenen Land trennte. Sie hinterließen lange Schlangenspuren in den Feldern und stiegen den Hügel zum Capo Zefirio hinauf.

Wir drei brachen am Nachmittag zum ersten Schwimmen auf. Als ich das Kap erblickte, lief ich voraus, erklomm den Gipfel, blieb stehen, der Wind trieb mich von hinten an und das Madonnenblau des Ionischen Meeres war wie ein Schlag ins Gesicht. Ich schloss die Augen. Ich atmete heftig, beugte mich über den Rand des Abgrunds zu meinen Füßen und sah, wie die Gischt gegen die Felsen schlug. „Huhh", entschlüpfte es mir gemeinsam mit dem Atem, denn jemand schubste mich von hinten und gleichzeitig schlang sich ein Arm um meine Brust. „Wolltest du uns reinlegen?" Ich drehte mich um und sah Filippos sommersprossiges Gesicht vor mir. „Runter, runter", schrie Antonio, der keuchend gelaufen kam. Wir stürzten die fast vertikale Wand des Kaps hinunter, mit den Händen hielten wir uns an Kapernbüschen und Myrten fest. Wir erreichten den länglichen Felsvorsprung, der einem Trittbrett ähnelte und den wir nur mit Mühe erklimmen konnten. Das Meer schäumte in einer Entfernung von zwanzig Metern. Zuerst sprang Filippo und dann Antonio, ich breitete die Arme aus, legte die Hände zusammen. Mit den Beinmuskeln schob ich das Becken in die Höhe und sprang, im Fliegen stand die Zeit still, schien unendlich. Als ich auf dem Wasser aufprallte, peitschte es meine Haut, ich spürte, wie die Muskeln sich anspannten, und der Meeresboden kam mir entgegen, dann wurde die Bewegung plötzlich langsamer, kam zum Stillstand. Mit der Brust streifte ich über die Algen, ich schwamm empor, sah die Beine meiner Freunde und tauchte in ihrer Mitte auf. Gemeinsam atmeten wir tief ein, dann tauchten wir wieder in die durchsichtige, schützende Welt hinunter.

Blind fanden wir den Eingang zu der antiken römischen Thunfischfanganlage und tauchten hinein, einer nach dem anderen schwammen wir durch den engen Kanal, der die Thunfische zur Schlachtbank führte, und tauchten in einer großen quadratischen Felswanne mit lauwarmem Wasser auf – wir entspannten die Muskeln und ließen uns auf der Oberfläche treiben. Als die Haut aufgeweicht war, kletterten wir hinaus und legten uns am Schildkrötenstrand wie zum Trocknen aufgelegte Laken in die Sonne: fünfhundert Meter weißer Sand, in der Bucht des Vorgebirges Capo Zefirio – des Kaps, das hoch oben am Himmel wachte und seine Faust in den Bauch des Ionischen Meeres rammte.

Plötzlich kam Wind auf, der Zephyr kam vom Kap herunter, rüttelte an Myrten und Kapernsträuchern, wirbelte Sand auf, hob uns fast in die Höhe, trieb uns zum Meer hin. Die Wellen wurden ganz flach, das Wasser samten und wir tauchten mühelos ein. Wir schwammen aufs offene Meer hinaus. Der Zephyr verschwand, wie er gekommen war, die Wellen bäumten sich wie von einer unterdrückten Kraft geschoben auf, hoben uns hoch, trugen uns zum Strand. Aufs Neue streckten wir uns auf dem Sand aus.

Die Sonne wanderte schnell Richtung Aspromonte, sie verzehrte die Stunden. Der Zephyr kehrte zurück und wir nahmen das Spiel mit den Wellen wieder auf. Rein und raus. Die Müdigkeit war wie Honig, süß und lau. Ich schlief bei einem der schönsten Märchen Gnura Catas ein, umgeben von schönen Mädchen wie jenen der Signora Pisano – doch das währte nur kurz, etwas rüttelte an mir, ein stechender Schmerz im Nacken, ich spürte, wie meine Haut von Dutzenden winzigen Klingen aufgeschnitten wurde, und erhob mich, um ihnen zu entkommen: Ein blendendes, hypnotisches Licht, ich folgte ihm und fand mich im Wasser wieder, schlug die Augen auf und griff mir an den Kopf. Nichts. Es war ein Traum gewesen. Ein dummer Traum. Der Mond, Vollmond, stand hoch am Himmel, taghell beleuchtete er das Meer und den Strand. Meine beiden Freunde lagen lang ausgestreckt neben mir, sie schliefen mit seligem Ausdruck, gingen in den Märchen der Gnura Cata auf.

Ich legte mich quer auf sie drauf, und der Zephyr hob wieder an, diesmal heftig. Rund um uns wirbelte der Sand auf und es wimmelte von merkwürdigen Tieren. „Die Schildkröten!", schrien wir im Chor: Hunderte kleine Schildkröten waren auf dem Strand aufgetaucht und krochen in Richtung Wasser. Wir folgten ihnen gemeinsam mit dem Wind und landeten alle im Meer. Schon nach ein paar Kraulschlägen war ich erschöpft. Ich hielt inne, doch der Zephyr, die Schildkröten und meine Freunde bewegten sich aufs offene Meer hinaus. Ich kehrte an den Strand zurück und wartete. Wolken kamen und bedeckten den Mond. Der Wind verebbte. Alles schwieg. Die Kälte ging mir durch und durch und ich stand zitternd auf.

„Filippo! Antonio!", schrie ich laut.

„Was brüllst du so, wir sind ja da!"

Der Mond kam wieder hinter den Wolken hervor. Ich sah sie: Offenbar waren sie lautlos zurückgekehrt, sie schwammen im lauwarmen Wasser des Thunfischbeckens.

Ich überredete sie herauszukommen, ich sprach vom Essen, meine Worte wurden von den vielen Jungs wiederholt, die noch da waren, die dem Meer und der Dunkelheit trotzten und sich auf den Mond verließen: Alle hatten Hunger, und wir stellten uns hintereinander an, um der Reihe nach die Klippen und das Kap hinaufzuklettern und dann den Hügel hinunterzulaufen, wir verteilten uns in den Süßkleefeldern und schlossen uns aufs Neue zusammen, um die Brücke zu überqueren und ins Dorf zu schwärmen wie Schafe außerhalb des Geheges.

Am nächsten Tag begann das Ganze von Neuem, das war der langsame Rhythmus des Sommers.

Alles wäre so geblieben wie im letzten Jahr oder wie vor zwei Jahren, wenn meine Mutter nicht beschlossen hätte, arbeiten zu gehen. Ich war weder alt genug, noch hatte ich die Kraft, sie daran zu hindern. Ich hätte nicht einmal gewusst, welche Worte ich hätte verwenden sollen, allein Papulas Redekunst hätte sie vielleicht von ihrem Entschluss abbringen können, der schlicht und einfach lautete: Ihr habt keinen Vater, ich bin Vater und Mutter für euch; selbst wenn ich ihr einen Haufen Geld gebracht hätte, hätte sie es nicht angenommen. Die zehntausend Lire, die ich ihr Woche für Woche brachte, nahm sie nur an, um mir für mein Opfer zu danken, doch ich wusste, wie sie dachte, sie war überzeugt davon, dass sie die Familie ernähren und meinen Schwestern eine Aussteuer beschaffen musste.

Noch in der Dunkelheit brach sie auf, ich spähte ihr von der Tür aus nach, ich sah Sartanas Grinsen, der den Frauen zusah, wie sie auf die Ladefläche des Lkws stiegen, jede hatte einen Stuhl bei sich, auf den sie sich setzen konnte. Der Lkw startete mit einem Dröhnen und stieß eine stinkende Rauchwolke aus, die man noch eine Weile roch; er würde in einer der vielen Plantagen stehen bleiben, in denen sich unzählige Jasminsträucher befanden – grüne, von Tausenden weißen Blüten bedeckte Reptilien, die Frauen kauten die Blüten wie Brot und steckten das Weiche in an die Hüfte gebundene Leinensäckchen. Acht, neun Stunden Arbeit nachts mit gebeugtem Rücken, und nur wenige Lire pro Kilo gepflückter Blüten, außerdem mussten sie sich tausendmal beim Wächter der Plantage und dem Lkw-Fahrer, zwei Banditen, bedanken; die beiden entschieden, wer essen sollte und wer nicht. Und wenn sich die zarten Blüten im Licht der aufgehenden Sonne wieder schlossen, kamen die Frauen nach Hause, um sich auszuruhen, und am Nachmittag pflückten sie Kräuter.

Sartanas Macht lag zur Gänze in seinem arroganten Grinsen, wenn er es erlaubte, durfte man auf seinen Lkw steigen, und wenn er eine Schnute zog, blieb man zu Hause. Sartana war ein Spitzname, den er selbst ausgesucht hatte; er stammte aus einem Western. Der wahre Spitzname seiner Familie lautete Sputazza – wie die Speicheltröpfchen, die spritzen, wenn jemand spricht, dessen Worte nur Schall und Rauch sind.

Ich sah zu, wie Mama wegging, ich schlief wieder ein und wachte erst auf, als ich das Geschnatter meiner Schwestern hörte, die jetzt an ihrer Stelle die Hausfrauen waren. Ich machte mich in aller Ruhe fertig, ging hinaus, wir trafen uns mitten auf der Piazza, dann gingen wir zum Schildkrötenstrand und streckten uns in der Sonne aus. Hier war das Dorf nur eine ferne Erinnerung, das Dorf hinter dem Vorgebirge streckte sich wie wir in der Sonne aus und versuchte die Tränen des Winters zu trocknen, die sich unter dem Schwemmland gesammelt hatten, auf dem es stand. Niemand besuchte diesen Strand, er war unsere Zuflucht, zwei- bis dreihundert Jungs aus dem Dorf, von Kindern bis zu heiratsfähigen Burschen.

Beim Anblick des Ionischen Meeres schüttelten die Alten den Kopf wie angesichts der Zaubertricks der Zigeuner beim Fest des hl. Sebastian, dann drehten sie dem Meer den Rücken zu und blickten bewundernd in Richtung Aspromonte; sie gingen nicht ans Meer, denn sie waren Bergbewohner, die ein grausames Schicksal ans Meer verschlagen hatte. Sie hassten das Meer nicht, aber die Erinnerung an eine uralte Angst war noch lebendig, „thallassì, thallassì", in den letzten Jahrhunderten war die Gefahr vom Meer gekommen und in den letzten Jahrzehnten hatte es die Söhne des Aspromonte fortgerissen und ihre Gebeine in der Neuen Welt ausgespuckt. Niemand erinnerte sich mehr daran, dass das Ionische Meer unsere Urahnen hier angespült hatte: „Die Väter der Väter sind zu den verborgensten Bergen des Aspromonte aufgebrochen", hieß es in den Geschichten, die am Kohlenbecken erzählt wurden, „sie verschanzten sich hoch oben wie die Ziegen, um den Wölfen zu entkommen, um frei und beweglich zu sein. Eine Überschwemmung und eine ferne Macht haben sie in einem Gehege am Meer eingeschlossen, nun sind sie nur noch Arbeitskraft zum Exportieren."

Die Alten, die gerade noch genug Kraft besaßen, um zehn Quadratmeter Garten zu bestellen und etwas Gemüse zu ernten, damit sie etwas mehr zu essen hatten, als ihre Rente erlaubte, standen in der Früh auf, gingen bis zur Staatsstraße hinunter und stellten sich auf der Brücke über den Fluss an: Von dort aus sahen sie die Häuser, in denen sie zur Welt gekommen waren. Sie betrachteten die mächtigen Umrisse des Monte Scapparone und der riesigen

Eiche in Dorgada wie ein überdimensionales Foto, das Dorf befand sich genau zwischen dem Gipfel und der Eiche, sie tätschelten den Anblick wie das Baby eines jungen Brautpaares.

Ein uraltes Hirtengeschlecht, das sich nicht damit abgefunden hatte, Fischernetze im Ionischen Meer auszuwerfen: Sie wischten sich die Tränen weg, spuckten in den Fluss, der sie ans Meer geschwemmt hatte, verabschiedeten sich vom Foto, indem sie es küssten wie das Porträt der Eltern auf dem Nachttisch.

Ich ignorierte das Dorf und ließ den Blick zum äußersten Rand des Vorgebirges schweifen; am Vorsprung, von dem aus man zwanzig Meter in die Tiefe sprang, hielt ich inne: Der Sprung war mittlerweile zum Vorzeichen der Abreise geworden. Wer es schaffte, aus dieser Höhe ins Meer zu springen, schaffte es auch, die Welt zu erobern.

Nach dem Sprung öffnete sich ein Tor, durch das die Jungs glücklich traten. Die Kleinsten träumten von dem Sommer, in dem sie springen würden, und von der Abreise. Ich und meine Freunde waren im Jahr davor gesprungen, jedoch noch immer da.

Und da waren auch schon Antonio und Filippo, brüllend tauchten sie auf, winkten, damit ich ihnen nachkam: Sie schwammen ans Ufer, schwammen eine Zeit lang am Strand entlang, dann kletterten sie auf die Thunfischfanganlage und sprangen wieder hinein. Von hier aus sah das Meer aus wie ein Schachbrett, Felsen und Wasser wechselten einander in Form von gelb-blauen Vierecken ab: tiefes Wasser unter dem Vorgebirge, dahinter lag die Ebene mit den Kapernsträuchern. Das Thunfischbecken befand sich mitten in der Bucht, die Römer hatten es in den Fels gehauen, um die Fische zu sammeln, die die Schiffe vor sich hertrieben wie Schafe. Dahinter lag das tiefe Meer.

Das letzte Quadrat vor dem Schildkrötenstrand war kobaltblaues Wasser, schon beim zweiten Schritt reichte es einem bis zum Kinn, doch gleich darauf stieß man wieder gegen einen Felssockel. Um aufs offene Meer hinauszuschwimmen, musste man sich der Strömung anvertrauen, einer Art diagonalem Fluss zwischen den gelben und blauen Vierecken.

„Komm", rief Antonio. Ich stand auf, lief fluchend über den heißen Sand, der mir beinahe die Fußsohlen versengte, sprang in das Thunfischbecken, seufzte. Ich streckte mich aus und ließ mich vom Wasser schaukeln. Ich schloss die Augen, beinahe wäre ich eingeschlafen, doch jemand am Strand schrie. Widerwillig gab ich meine Position auf, mehrere Jungs brüllten und winkten. Erst als ich genauer hinsah, begriff ich: Da lag ein schwarzer, aufgedunsener Körper. Wir betrachteten ihn eine Weile, dann lief der Erste davon, Angst erfasste uns alle und wir stoben hinterher.

Am Tag darauf waren nur wir am Strand. Die Jungs hielten sich fern, waren ans andere Ende des Dorfes gelaufen und planschten gemeinsam mit Forellen und Kaulquappen in den Tümpeln des Flusses. Die Leiche war nicht mehr da, wahrscheinlich war sie ins offene Meer hinausgetrieben. Doch nach ein paar Stunden tauchte sie wieder auf, die Wellen spülten sie an den Strand, sie lag mit dem Gesicht nach oben da: Das Antlitz ähnelte dem derer, die auf den sizilianischen Fischkuttern arbeiteten und hier die Netze auswarfen und die uns Schimpfworte zuriefen, wenn wir ihnen zu nahe kamen. Ich schlug vor, die Sache zu melden. „Wem, den Carabinieri?", fragte Antonio. „Mich bringst du nicht in die Kaserne", schrie Filippo, „da bekommen wir nur Schwierigkeiten." Wir ließen die Leiche liegen und liefen ins Viertel. Am nächsten Tag fanden wir sie fast an derselben Stelle.

Die Leiche rollte ein paar Tage hin und her. Eines Morgens lag sie im Thunfischbecken, nicht mehr so dunkel wie davor. Wir setzten uns schweigend in den Sand, mein Kopf fühlte sich leer an, ich verspürte einen Druck auf der Brust. Ich wusste nicht, was tun, es war unerhört, dass eine derart schwere Schuld ausgerechnet uns heimgesucht hatte. Der Tag verging auf grausame Weise, ich und Filippo blickten einander an, wir klammerten uns an unsere einzige Hoffnung. Antonio. Er stand auf, ging ins Wasser, sprang ins Becken, blieb eine Zeit lang neben der Leiche stehen, drehte sich um. „Er ist ohnehin schon tot", sagte er weise. Wortlos gingen wir hin. Wir betrachteten sie ebenfalls. Antonio kletterte hinaus und kam sofort wieder zurück, legte ein Handtuch unter die Leiche und wir schleppten sie raus. Wir gruben ein Loch und beerdigten sie im weißen Sand. Dann legten wir einen porösen gelben Stein auf das Grab und steckten den Stiel einer Agave hinein, die in einiger Entfernung einsam dastand. Das Grab wurde unsere „schwarze Ecke".

Es dauerte ein paar Tage, bis wir die Schuld in den hintersten Winkel unseres Herzens verbannt und die anderen keine Angst mehr hatten – gerade rechtzeitig, bevor die Tümpel des Flusses in der Hitze austrockneten. Der Schildkrötenstrand bevölkerte sich wieder und unser Sommer nahm Fahrt auf, wir ließen uns vom Zephyr kühlen und vom Ionischen Meer schaukeln. Von Montag bis Freitag waren wir am Strand und die Abende verbrachten wir entweder in Roccos Bar oder draußen auf der Piazza. Samstags und sonntags bedienten wir in Alfredos Restaurant die Banditen.

Jede Nacht, an allen sieben Tagen, beobachtete ich von der Tür aus, wie Sartana meine Mutter grinsend zu der kleinen Leiter begleitete, auf der sie auf die Ladefläche des Lkws kletterte. Nach dem Fund der Leiche passierte erst Mitte Juli wieder etwas, das die bleierne Eintönigkeit der Tage unterbrach: Als ich, Antonio und Filippo vom Strand zurückkamen, fanden wir einen Brief Papulas vor und am Tag darauf stellten wir unterhalb des Vorgebirges fest, dass viele von uns einen Brief erhalten hatten. *Am 1. August komme ich mit dem Zug ins Dorf,* hatte er geschrieben, er bat uns, ihm beim Tragen des Gepäcks zu helfen, denn er käme mit der ganzen Familie, er betonte, dass er bei uns im Dorf aussteigen würde, nicht im Dorf davor. Alle wussten, dass der Zug bei uns nicht stehen blieb, die Jungs hatten kein Problem damit, vom fahrenden Zug abzuspringen, doch für die Erwachsenen war das ein Problem.

In den Tagen darauf passierte nichts Besonderes, deshalb war Papulas Ankunft das einzige bedeutsame Ereignis und nahezu das einzige Gesprächsthema: Tag für Tag stellten wir fest, dass noch mehr Personen einen Brief wie wir erhalten hatten, das erschien uns seltsam, unsere Neugier wurde unermesslich, wir konnten sein Kommen kaum erwarten.

Der Zug am 1. August kam erst um zwölf Uhr an, doch die Jungs verzichteten trotzdem auf den Strand, um elf Uhr waren mehr im Dorf als üblicherweise am Schildkrötenstrand, und wie dort bildeten wir eine lange Schlange, jeder mit seinen Freunden. Die wenigen, die eine Uhr hatten, waren unser Bezugspunkt. Doch als der Zug einfuhr, war es egal, wie spät es war, das erste Pfeifen hörten wir, als er das Nachbardorf verließ, und das nächste, als er einen Bahnübergang passierte. Beim dritten, eigentlich dem letzten, als er über die Eisenbrücke über den Fluss fuhr, schwiegen Zikaden und Frösche. Stattdessen kam noch ein vierter, unendlich langer Pfiff, er klang wie das Heulen eines Neugeborenen, das nichts zu essen bekam, begleitet von einem metallischen Knirschen.

Der Zug tauchte in der Ferne auf, wurde beim Näherkommen immer langsamer, dann begann er zu keuchen, als müsse er einen steilen Hang hinaufklettern und am Gipfel den letzten Schnaufer machen. Die Lokomotive stieß große schwarze Rauchwolken aus, fuhr mit Ach und Krach an der Schlange der Wartenden vorbei, blieb stehen und fuhr ein paar Meter rückwärts. Schweigen machte sich breit. Das Pfeifen und das Knirschen hatten aufgehört. Das Schweigen hielt so lange an, dass sogar die Zikaden es wagten, ihren Gesang wieder aufzunehmen. Der Zephyr drückte die Hitze unter den Waggons hervor und blies sie den Menschen ins Gesicht, zum Staub der Bremsen gesellte sich Dieselgestank und dann auch noch der Gestank der Toiletten und die abgestandene Luft aus den Abteilen: Wir glaubten zu ersticken. Mithilfe eines kollektiven Hustens säuberten wir unsere Kehlen und spuckten das Gift aus, das uns der Zephyr in den Mund gespült hatte.

Die Tür der Lokomotive wurde zugeworfen und dann noch eine, ein Zucken ging durch den ganzen Zug. Der Lokomotivführer, der Kontrolleur und der Maschinist stiegen der Reihe nach aus: Sie marschierten mit geblähter Brust wie ein kleines Heer, ihr Gesichtsausdruck unter den Mützen war überrascht, entgeistert. Ungläubig betrachteten sie abwechselnd die Wartenden und die Passagiere. „Was ist los?", fragte ein Alter, der sich aus dem Fenster beugte, sein sonnengegerbtes Gesicht war schwärzer als das des Ertrunkenen.

Der Zauber des Schweigens wurde gebrochen und ein Stimmengewirr ertönte – ein Sakrileg wie Tratschen in der Kirche.

Der Zugführer nahm seine Mütze ab, lockerte die Krawatte und brüllte mehr als alle anderen: Er wolle wissen, aufgrund welcher Katastrophe sich jemand berechtigt gefühlt habe, die Notbremse zu ziehen, und alle blickten sich um, denn gewiss war etwas Ungeheuerliches geschehen.

Die Fenster des Zuges waren alle heruntergekurbelt und die Türen waren offen, er sah aus wie der Bauer PeppAntonio, der mit runtergelassener Hose, aufgerissenen Augen und verschränkten Armen seinem Staunen darüber Ausdruck gab, dass er auf dem Weg zu seinem Schafstall in einer Nische eine Muttergottes gesehen hatte, die Blut weinte. Ja, auch der Zug, der in die Gegenrichtung fuhr, staunte über diesen Stopp. Noch nie war er stehen geblieben und hatte unser Dorf betrachtet, das da hinten im Sumpf lag, umgeben von Bergen, die wie dicke Mäntel den Wind abhielten.

Der einzige Zug, der anhielt, war der Pellaio, doch der schaute nicht überrascht drein, sondern grinste vielmehr bösartig und machte sich über die Tränen derer lustig, die auf dem Bahnsteig zurückblieben, und dann schaute er geradeaus, lud Menschenleben auf und fuhr weiter zum nächsten Raubzug, wie die Sklavenhändler eines untergegangenen Reichs.

Schließlich tauchte ein paar Fenster weiter hinten Papulas Gesicht auf: so heiter und unschuldig wie der Himmel im April, mit klaren blauen Augen und so entspannt, als käme er aus dem Nachbardorf und nicht aus Deutschland, das für uns so weit weg war wie der Mond.

Er schaute sich um. „Nun, Jungs, da er nun mal stehen geblieben ist, können wir auch aussteigen", und schon reichte er denen, die am nächsten bei ihm standen, einen Koffer, und das war wie ein Deichbruch. Überall wurden Gepäckstücke aus dem Zug geworfen. Die oben warfen und die unten fingen sie auf und stellten sie auf den Bahnsteig.

„Halt, halt, das ist kein offizieller Bahnhof. Und außerdem müssen wir herausfinden, was passiert ist", schrie der Zugführer, doch er hatte die Krawatte zur Gänze abgenommen und seine Jacke hing über dem Arm, so besaß er überhaupt keine Autorität. Auch sein Heer hatte die Linien überschritten, der Maschinist hockte auf einem Stein und der Kontrolleur hatte sich die Mütze über die Augen gezogen und konnte nichts sehen.

Die Dorfbewohner saßen alle im Zug, keiner war im Nachbardorf ausgestiegen, wahrscheinlich war ihnen nicht nur das Glück zu Hilfe gekommen. Und jetzt kamen ihre Verwandten angekeucht, die sich ein Auto ausgeborgt hatten, um sie abzuholen.

Der Zugführer schaute verzweifelt seine Männer an, schüttelte den Kopf, warf einen Blick auf einen Stein und räumte als Letzter das Feld, inzwischen war er sich sicher, dass der Stopp von keiner Katastrophe ausgelöst worden war, er musste eine erfinden, damit er etwas in sein Formular schreiben konnte oder zumindest angeben, dass eine Schafherde über die Gleise gelaufen war. Ich war mir sicher, wer die Notbremse gezogen hatte, genauso wie die Dorfbewohner. Die Passagiere stiegen aus, es waren wirklich viele Dorfbewohner darunter, Tag für Tag würde es nun am Bahnhof im Nachbardorf und in allen Bahnhöfen entlang der Küste einen solchen Andrang geben. Norditalien sperrte zu und ging einen Monat auf Urlaub, man schickte uns die Kalabresen, damit sie sich bei uns erholten, und im September würden sie aufgepäppelt wieder hinauffahren und bei jeder Abreise andere mitreißen, bis der *Montagna Lucente*, die den Alten zufolge uns alle geboren hatte, die Eierstöcke eintrockneten und sie unfruchtbar wurde oder uns Gift in den Honig mischte, damit wir starben, bevor wir aufrecht gehen konnten.

Letzten Endes wussten wir nicht, wem die Koffer gehörten, die wir trugen, wir mussten auf der Piazza stehen bleiben, damit sie zu ihrem rechtmäßigen Besitzer zurückfanden; es war, als wären die Passagiere hier aus dem Zug ausgestiegen; hier fand die wahre Begrüßung statt, am illegalen Bahnhof war sie ja nur flüchtig gewesen. Man tauschte Neuigkeiten aus. Die Alten und die Frauen aus den Wohnblocks kamen. Die Zurückgekehrten gesellten sich zu ihren Verwandten und wurden in einer kleinen Prozession nach Hause geleitet. Die, die auf der Piazza keine Familienmitglieder vorfanden, gingen mit gemischten Gefühlen nach Hause: Einerseits freuten sie sich für die anderen, andererseits waren sie betrübt.

Ich war nicht allzu traurig, ich hatte nur auf Papula gewartet und er war gekommen. Die Prozession, die ihn nach Hause geleitete, war wie ein Hochzeitszug. Die Papulas waren insgesamt sechzehn, Kinder und Erwachsene, und die, die sie abgeholt hatten, waren noch zahlreicher; wenn alle gekommen wären, die Papulas Brief erhalten hatten, dann hätten wir direkt in Alfredos Restaurant gehen können.

Die sich allmählich zerstreuenden Gruppen erzählten einander, warum der Zug stehen geblieben war, in jeder Version hörte man Papulas Namen. Seine Rückkehr war zweifellos revolutionär. Obwohl müde von der Reise, war er redegewandt wie immer, auf dem Heimweg erzählte er uns, dass wir ein Recht auf einen Bahnhof hätten: Ohne Bahnhof gab es unser Dorf gar nicht, es war, als ob es noch immer oben in den Bergen läge, eingebettet und geschützt, gewärmt vom Wind und vom Libeccio.

Zwei Monate am Meer waren zu viel, immer weniger Jungs gingen an den vom Zephyr gestreichelten Strand. An den ersten Tagen nach Papulas Rückkehr gingen wir drei nur noch am Vormittag an den Strand und am Nachmittag besuchten wir ihn zu Hause: Wir und ein paar andere hatten Zugang zu seinem sogenannten Geheimzimmer, einem turmähnlichen Zubau, auf dem er eine rotschwarze Fahne gehisst hatte, darin befand sich eine bunte Welt aus Bildern, Büchern, Platten – vielleicht war das die Grundlage seiner Gedanken. Wir kletterten auf einer Eisenleiter hinauf, die er gleich darauf einzog, und als wir wieder hinunterstiegen, war mir so schwindlig, als ob ich hundert Runden auf dem Karussell gedreht hätte. Am 6. August fand das dritte Patronatsfest des Jahres statt, der arme Schutzheilige bemühte sich nach wie vor, Wunder zu wirken und es regnen zu lassen, aber hier unten gab es keine Felder mehr, die hätten bewässert werden müssen; unsere Länder und Weiden befanden sich oben in den Bergen und beklagten, dass sie Bränden, Dornenbüschen und den spitzen Schnauzen der Wildschweine ausgeliefert waren: Hier unten gehörten alle Güter den Fremden.

Die Gläubigen beteten zum Heiland, damit er sich nicht beleidigt und überflüssig fühlte, doch der Regen, den er uns nach dem 15. August unweigerlich schickte, diente mittlerweile nur noch dazu, den Staub zu vertreiben oder, wenn er länger dauerte, die Schnecken aus der Erde hervorzulocken, die im Sommer schön fett geworden waren – das war der beste Teil des Wunders.

Nach dem Fest im August beendeten wir die Strandsaison. Abgesehen von der Revolution hatte Papula einen neuen Backofen ins Dorf gebracht, er war ein paar Tage nach der Ankunft seiner Familie, Stück für Stück, auf einem Lkw angekommen. Er und seine Brüder glichen kleinen Indianern, sie waren allgegenwärtig und fleißig wie Schneewittchens Zwerge. Den Backofen stellten sie allein auf. Das Haus war sehr groß, es bestand aus einem Erdgeschoss und zwei Stockwerken darüber, wie vorgesehen würde die Bäckerei das ganze Erdgeschoss einnehmen.

Papula befehligte die Arbeiten und die anderen führten sie aus, und zahlreiche Jungs aus dem Viertel halfen mit. Wir waren sowohl am Vormittag als auch am Nachmittag eine Zeit lang bei Papula und am Abend trafen wir uns auf dem Kirchplatz, inzwischen ging niemand mehr auf die anderen Plätze, fast alle Jungs aus dem Dorf waren bei uns, vor Roccos Bar, so geeint waren wir ansonsten nur beim Fest des hl. Sebastian.

Papula konnte noch besser als Gnura Cata und alle anderen aus dem Dorf Märchen von Feen und Hexen, den Bergen und dem Meer erzählen, doch abgesehen davon kannte er das Leben. Er wusste, wie Jugendliche in unserem Alter woanders lebten, und außerdem gefiel ihm unsere Musik, die wir lautstark im MIKO oder in der Bar spielten. Der Einzige, der es mit ihm aufnehmen konnte, war Rocco, doch schließlich kapitulierte auch er; er sagte, er sei nicht in ein Dorf von Gehirnamöben zurückgekehrt, um sich anzustrengen.

Wenn die Zeit in diesem Augenblick stehen geblieben wäre und wir nicht erwachsen geworden wären, hätten wir uns in unserer winzig kleinen Welt sehr wohlgefühlt. Doch die Zeit und die Bedürfnisse waren keine Käuze und bissen nicht bei Papulas schönen Worten an; Tag für Tag musste Essen auf den Tisch, und zum Kochen brauchte man Gas aus einer Flasche, die Tag für Tag teurer wurde. Alle Frauen machten es wie meine Mutter, die vor dem Morgengrauen aufstand und schuftete, damit unsere Familie eine Zukunft hatte. Papula kannte sich bei diesen Dingen jedoch aus und hatte nicht nur schöne Worte in unser Dorf gebracht.

Als die Bäckerei eröffnet wurde, kostete das Brot nur ein Drittel von dem, was es in der anderen Bäckerei des Dorfes und in den Läden kostete, die es von auswärts einführten. Davor hatten die Menschen in den Wohnblocks und den Baracken nur Brot aus schlechtem Mehl gegessen, Weizenbrot konnten sich nur die wenigen Signuri im Dorf und die wichtigen Banditen leisten. Die Mädchen kamen mit dem noch warmen Hartweizenbrot aus der Bäckerei und fühlten sich auf dem Weg in die Wohnviertel und in die Baracken weniger arm.

Papula befehligte ein Heer von fast zwanzig Personen, Männer, Frauen, Alte und Junge. Sie konnten nahezu alles. Im Bedarfsfall waren sie Maurer, Elektriker, Mechaniker, Anstreicher, Ingenieure, Maler und Musiker. Wenn man zu ihnen nach Hause ging, fand man sich auf dem Jahrmarkt des hl. Sebastian wieder, in einer Welt der Magie und der Farben, für die Müden gab es immer einen Sessel und für die Hungrigen ein Stück Brot.

Frieden, Brot und Wasser. Den drei Wundern – bei den Festen des hl. Sebastian, des hl. Leo und des Heilands – fügten die Frauen aus den Baracken noch eines hinzu: Papula. Und sie schrieben es der wunderbaren Kraft aller drei Heiligen zusammen zu.

Rund um die Bäckerei schwärmten mehr Leute herum als um die Gemeinde, die Arbeiterkammer und das Arbeitsamt zusammen, mehr als um die Gnuri, Don Nino, Don Santoro und dem rechtmäßigen Pfarrer.

Papula wurde der Bezugspunkt von uns Jungs, denn seine Worte führten uns aus den feuchten Wohnblocks hinaus in eine ferne Welt und ließen uns daran teilhaben, aber vor allem vermittelten sie uns ein Wissen, das sich von dem alten Wissen des Aspromonte, unserer Herkunft, unterschied: „Die Ureinwohner haben Gutes und Schlechtes gemacht", sagte er tadelnd, „aber auch andere Völker haben Gutes und Schlechtes gemacht. Um ohne Herren und Knechte zusammenleben zu können, muss man ein Bewusstsein dafür haben."

Ja, die Revolution, von der Papula sprach, war nicht nur Schall und Rauch. Der Nebel verzog sich und darunter tauchte die feuchte Erde auf; er und seine Familie verstanden in Windeseile, was das Dorf ausmachte: Sie gaben Antworten, so viele Antworten, wie sie noch niemand im Viertel gegeben hatte. Wenn jemand in den Jahren der Emigration ein paar Lire gespart hatte und sein Haus vergrößern wollte, damit jedes Kind ein Bett hatte, lieferte Papula ein Maurerteam, das die Arbeit um weniger als die Hälfte des Betrages erledigte, den Don Ninos Firma verlangte. Schon wurden er und seine Brüder hierhin und dorthin geholt, und wenn sie nicht genug waren, riefen sie arbeitswillige Jungs herbei. Für jeden Wunsch, den sie nicht erfüllen konnten, gab es einen Freund außerhalb des Dorfes, zu dem sie die Leute schicken konnten, oder einen Freund von außerhalb, der schnell kam, wenn man ihn rief. Und Papula wusste immer den richtigen Rat. Und er hatte Ideen, viele Ideen, bei denen es uns augenblicklich besser ging.

Die erste Idee bestand darin, dass es das Dorf überhaupt erst einmal geben musste, denn bis jetzt gäbe es das Dorf gar nicht. „Das Dorf muss geboren werden", verkündete er an einem Nachmittag Anfang September, nachdem uns der Heiland einen Wolkenbruch beschert hatte, der einen ganzen Tag und eine Nacht und noch einen Tag und eine Nacht gedauert hatte; der Regen war zwischen den Pflastersteinen am Gehsteig und auf den Straßen in die Erde eingedrungen, hatte den Sumpf gespeist, auf dem das Dorf stand, dieser war über die Ufer getreten und das Wasser war die Mauern der Häuser hochgeklettert, die augenblicklich schwarz wurden; die Feuchtigkeit hatte sich in einen kranken Hauch verwandelt, der in die Nasen drang, den Brustkorb blähte und als Husten wieder herauskam. Und im Morgengrauen kamen alle, die gerade erst gehen gelernt hatten oder gerade noch gehen konnten, jeder mit einem Kübel, einem Korb oder einer Tüte in der Hand und einem

Schirm in der anderen, denn es nieselte noch immer, der Regen stank inzwischen nach dem sauren Schlamm, den er freigesetzt hatte. Wir gingen über die Brücke, als wollten wir zum Strand, traten auf den inzwischen trockenen Klee, die Disteln, die die Köpfe hängen ließen, auf Enzian und Gestrüpp. Und jagten Schnecken.

Mit unserer Beute aus wimmernden und schäumenden Schnecken, die in alle Richtungen zu flüchten versucht hatte, kehrten wir zurück. Nachdem wir die Fluchtversuche eingedämmt hatten, versuchten wir den mit Gras vermischten Schlamm von den Schuhen zu wischen, traten in die Tümpel, die sich in den vielen kleinen Vertiefungen des Bodens gebildet hatten, dann wuschen wir uns der Reihe nach die Hände in den vier Brunnen auf der Piazza, in der Hoffnung, der zähe Schneckenschleim kapituliere vor dem Wasser.

Papula stellte seinen Kübel auf den Boden, schloss den Schirm und ließ zu, dass uns der Heilige den ursprünglich ersehnten Regen auf den Kopf goss. Er streckte den Arm aus und öffnete die Hand, jemand schubste uns und alle sahen ihn an, während seine Schnecken ungehindert davonkrochen: „Das Dorf muss geboren werden."

Ein Windstoß brachte einen noch heftigeren Regenguss. Dann noch einen und noch einen. Die meisten gingen nach Hause. Die Jungs flüchteten unter die Dachvorsprünge. Papula stand in der Mitte. Rocco kam ihm mit dem Schirm zu Hilfe, er kam wieder zu sich, hob seinen Schirm auf und fing der Reihe nach die flüchtenden Schnecken ein, beschimpfte und liebkoste sie abwechselnd. Mit seinem Kübel und mit Rocco im Gefolge kam er zu Filippo, Antonio und mir, wir standen unter dem Balkon, der die Tür zur Bar vor dem Regen schützte. Rocco ging hinein und Papula stellte sich zwischen uns. Wir schauten in den Regen hinaus, der wie vor zwei Tagen wieder zu einem Wolkenbruch geworden war. Rocco kam von hinten, sein Atem roch nach Kaffee. Er schob uns beiseite, verschaffte sich Platz und zündete sich eine Zigarette an. Er stieß eine große Rauchwolke aus und fragte: „Und wie wird ein Dorf geboren, Papula?" Auf seinem Gesicht lag ein Ausdruck, den wir als Kinder in der Aurora gehabt hatten, als wir den Erzählungen der Gnura Cata lauschten: Staunen.

Am Tag darauf verschwand Papula. Wir suchten ihn zu Hause, seine Brüder sagten, er sei in seinem Geheimzimmer, wolle aber niemanden sehen. Er kam erst spät auf die Piazza und ging zu einer Uhrzeit in die Bar, als alle außer den „Von-Sonnenuntergang-bis-Sonnenaufgang"-Jungs zu Bett gingen. Er legte ein großes Paket auf den Tresen. „Verstau das", sagte er zu Rocco, ließ es dort liegen, verabredete sich mit uns für den nächsten Vormittag und ging. Wir traten neugierig näher, Rocco öffnete das Paket: Vorsichtig, als wäre es eine Bombe. Er hob das Ding und entfernte das Packpapier auf nur einer Seite, spähte hinein, nahm das ganze Papier ab und hielt etwas in den Händen, was vielleicht ein Gemälde war. Er nahm es und hielt es gegen die Wand, stemmte die Ellbogen dagegen und sein Blick kreiste belustigt, bis er bei einem Detail hängen blieb und lächelte: Es war wirklich ein Gemälde.

Rocco schlug einen Nagel in die Wand, bereute es aber sofort, stieg vom Stuhl runter, steckte sich einen Hammer in die hintere Hosentasche, nahm das Bild und suchte einen anderen Platz und dann noch einen anderen. Beim fünften Versuch war er zufrieden und kehrte zu seinem angestammten Platz hinter dem Tresen zurück. Er räumte die Flaschen aus zwei Regalen, entfernte die Bretter und hängte das Bild auf. Er setzte sich auf den Tresen und betrachtete es lang, und kaum wagte jemand zu atmen, hob er die Hand und gebot ihm zu schweigen. Schließlich verjagte er uns, schubste uns bis zur Tür und zog den Rollladen hinter uns herunter.

Am nächsten Morgen tauchten wir zahlreich bei der Verabredung mit Papula auf, wir stellten uns um einen Kaffee an und betrachteten das Gemälde hinter Rocco. Papula hatte eine merkwürdige, unbestimmte menschliche Figur gemalt, die gerade zwei grüne Fensterläden öffnete und in die Ferne schaute; die fünf Schwalben über ihrem Kopf sahen aus wie Wäschestücke, die man in Erwartung des sich abzeichnenden Schönwetters zum Trocknen aufgehängt hatte. Unter das Brett hatte Rocco einen weißen Zettel mit der Aufschrift *Das Omen* geklebt. Kaum kam Papula herein, liefen wir auseinander, er ging zwischen uns durch, betrachtete lange sein Bild, stemmte die Hände in die Hüften, drehte sich um und diesmal war er es, der staunte. Er ging hinaus und wir hinterdrein, auch Rocco entfernte sich vom Tresen. Papula ging schnell und wir folgten ihm wie von Hunden gezogene Schlitten. Er ging aus dem Dorf hinaus, überquerte die Kreuzung und ging weiter über die Staatsstraße. Der Heilige des Regens erinnerte sich daran, dass das seine Jahreszeit war, und schenkte uns einen feinen, lauwarmen Nieselregen, der uns zwanzig Minuten lang bis ins Nachbardorf und zum dortigen Bahnhof begleitete. Papula stieg in den erstbesten Zug ein, der in die Richtung fuhr, aus der wir gekommen waren. Wir füllten die Abteile. Nach einer Weile trat Papula ans Fenster, das Gerücht verbreitete sich von Waggon zu Waggon und wir alle traten auch ans Fenster.

Auf der Eisenbrücke über den Fluss übertönte die Sirene der Notbremse das Keuchen des Dieselmotors der Lokomotive. Die Räder kreischten auf den Gleisen, der Zug verlangsamte und kam mühsam zum Stehen, und wir alle sahen, wie unser Dorf geboren wurde. An zwei Holzpfählen war ein langes schwarzes viereckiges Plakat befestigt, und darauf stand in weißen Buchstaben: AFRICO NUOVO.

An der Küste des Ionischen Meeres war unser Dorf neu geboren worden. Die Revolution trat aus der Sphäre des Märchens und wurde Realität.

An den Tagen darauf blieb jeder Zug mit kreischenden Bremsen und Alarmsirene beim Schild stehen. Die Jungs aus den Wohnblocks hatten sich organisiert und stiegen im Dorf davor oder im Dorf danach in den Zug ein und zogen in Africo die Notbremse.

Die Italienische Staatsbahn versuchte Abhilfe zu schaffen und stellte den Kontrolleuren Polizisten zur Seite, doch nun blieb der Zug nicht aufgrund der Notbremse stehen, sondern weil auf den Gleisen alle möglichen Hindernisse lagen: Schafherden waren aus den Ställen ausgebrochen, Kühe, Prozessionen, bei denen jedoch kein Heiliger getragen wurde und auch keine Frauen mit Kopftuch zu sehen waren.

Nachdem wir einen Monat lang diesen Tanz aufgeführt hatten, gab die Staatsbahn klein bei, errichtete einen provisorischen Bahnhof, eine Wellblechbaracke, die aussah wie eine an einem halben Tag errichtete Garage, und setzte einen Eisenbahnbeamten hinein, der in einem kleinen Gerät die Fahrkarten von Africo druckte, und auf zwei Eisenmasten wurde ein funkelnagelneues Schild montiert.

Bei Schulbeginn im Oktober mussten die Schüler nicht länger dem Zug nachlaufen und auch nicht mehr abspringen, während er langsamer fuhr. Sie stiegen in aller Ruhe ein, saßen beim Anfahren auf einem Sitz und spürten unter dem Hintern die Vibrationen.

Papula war ein noch viel größeres Schlitzohr als alle Gnuri und Dons zusammen – niemand, nicht einmal ein Heiliger, hatte je ein Dorf erfunden; doch wie alle Armen, die schnell zu Geld gekommen waren, wurden die Bewohner der Baracken und der Wohnblocks unersättlich.

In Scharen liefen wir zu den Behörden und forderten, dass das Dorf noch mehr ausgebaut wurde. Die Männer, die Frauen schlossen sich uns an. Obwohl ich und Filippo in die nächste Klasse aufgestiegen waren – keine Ahnung, welcher Heilige sich für uns ins Zeug gelegt hatte –, gingen wir nicht mehr in die Landwirtschaftsschule, sondern trafen uns auf der Piazza; unser Held wurde von immer mehr Menschen umringt und seine Worte waren ein Labsal für alle. Wir bekamen Schilder an der Kreuzung, am Dorfausgang, unter- und oberhalb des Dorfes. Wir alle fühlten uns als Bewohner von Africo, wir waren bereit, das alte Dorf oben in den Bergen zu begraben und ernsthaft ein neues gemeinsames Haus zu errichten. Die Bedürfnisse waren größer als die Scham, traten aus den Herzen und den Häusern, und selbst die, die nicht so redegewandt waren, forderten ihre Rechte ein.

Am lautesten forderten die Frauen ihre Rechte ein, und am lautesten von allen waren die Frauen aus den Baracken, die den ganzen Tag in den Gärten der Signuri schufteten. Kaum waren wir zu einer Gemeinschaft zusammengewachsen, mussten wir erfahren, dass Einzelinteressen, auch wenn sie noch so gerechtfertigt waren, nicht einten, sondern trennten. Auch die Gnuri und die Banditen hatten Gefallen am Bahnhof und an den Schildern gefunden, doch bei der Forderung, die Armen sollten weniger schuften, verzogen sie sich von der Piazza. Die, die genug Brot hatten, verschwanden bei Tageslicht und tauchten erst in der Dunkelheit wieder auf, sie betraten unauffällig die feuchten Wohnungen der Aufständischen und säten Zweifel.

Papula hörte sich die Worte der Frauen an, die auf den Feldern schufteten, und verwandelte sie in wohlklingende Forderungen: „Mehr Brot und weniger Arbeit", verkündete er und brachte uns bei, wie man Spruchbänder aus Laken machte – auf sein Geheiß schrieben wir darauf: WENIGER ARBEITSSTUNDEN, ZWEI FREIE TAGE PRO WOCHE, REGULÄRER LOHN UND RE-GULÄRE VERTRÄGE.

Zu dieser Jahreszeit bestand die Arbeit auf den Feldern haupt-sächlich im Pflücken von Jasminblüten; sie dauerte bis Oktober. Die Jasminpflückerinnen befestigten Papulas Spruchbänder an den Mauern und weigerten sich, auf die Lkws der Banditen zu steigen. Die Gnuri und die Dons machten sich darüber lustig, sie sagten, das würde nicht lang dauern, und schickten Leute in die Wohnungen, um die Frauen davon zu überzeugen, dass Streiks im Norden, aber nicht bei uns üblich waren. Bei uns stritt man und dann versöhnte man sich. Doch die Frauen gaben nicht nach, stiegen auf die Lkws, die Papula von irgendwoher hatte kommen lassen, bildeten eine kleine Kolonne und fuhren an der Küste von Dorf zu Dorf und forderten die Leute zum Streik auf. Papulas Reden überschwemmten die Locride; sie tönten aus dem Laut-sprecher, den Rocco auf dem Dach seines MIKO montiert hatte; doch hin und wieder schaltete er Papulas Stimme aus und übertrug seine Musik, die damals viele noch nicht verstanden; dann war Papula gezwungen, den Kanal zu wechseln; er stieg auf einen Lkw, der für gewöhnlich Chlorbleiche verkaufte, und spielte im Viertel die Musik der Pooh. Er sah gut aus, mit den langen, im Wind wehenden Haaren und seinem Schnurrbart eines mexikanischen Revolutionärs, den er in seiner geheimen Kammer immer wieder porträtierte. Seine blauen Augen waren ein Magnet, genauso wie seine Reden. Ich, Antonio und Filippo saßen im 128er und leisteten Rocco Gesellschaft.

Vielleicht leisteten die Frauen aufgrund der Plackerei und weniger wegen Papulas Worten Widerstand. Die Frauen aus den Dörfern schlossen sich zu einer Art Schwesternschaft des Schweißes zusammen. Doch die Jasminernte war so gut wie zu Ende, die schönsten Blüten in den Säcken der Frauen hatten sich bereits zu Geld in den Taschen der Gnuri verwandelt, auf den Büschen blieben Verzierungen zurück, nur mehr Schatten der weißen, duftenden Blüten, die ihnen vorausgegangen waren.

Dank der Ernte hatten Gnuri und Banditen bereits volle Bäuche und duldeten, dass die Arbeiterinnen sich austobten – sie dachten, sobald ihre Kinder ein Mittag- und ein Abendessen verlangten, würden sie schon wieder um Arbeit betteln. Doch der Küstenstrich am Ionischen Meer, der aufgrund der Raubzüge, die die Flüsse im Unterholz des Aspromonte begehen, sehr fruchtbar ist, brachte nach den Blüten Früchte hervor, und im Herbst bei den Banketten der Reichen waren Clementinen eine begehrte Trophäe. In den Plantagen hingen bereits orange Knospen an den Bäumen, sie lugten zwischen den Blättern hervor wie die Arbeiterinnen in einem Ameisenhügel nach einem sommerlichen Wolkenbruch. Im Morgengrauen fuhren die Lkws im Viertel und vor den Baracken vor, die Banditen stiegen mit breitem und gespielt unschuldigem Grinsen aus, doch sie fanden nur alte Frauen mit schlaffen Wangen vor, die bei jeder Wolke „Winter" schrien und in Erwartung der Kälte ihre Kohlenbecken schwenkten, um die schwache Kälte zu besiegen, die sich ohnehin im Lauf des Tages verflüchtigte.

Die Lkws fuhren leer wieder ab; im Laufe der Woche verschwand das Lächeln aus den Gesichtern der Banditen und die Gnuri zuckten nicht mehr mit den Achseln, sondern gingen mit gebeugtem Rücken. Die Besuche in den Häusern der Arbeiterinnen wurden häufiger, blieben jedoch ergebnislos. Wie wir schwänzten viele Jungs die Schule, sie liefen Papula nach, wir sprachen seine Worte nach und sammelten bei denen, die etwas hatten, für die, die nichts mehr hatten. Roccos Bar wurde zu einem Lager, in dem sich Pasta und Saucendosen stapelten, die sich die Streikenden abholten.

Filippo, Antonio und ich überlegten uns, wie wir Schenkungen machen konnten: Wir nahmen Zehntausender-Scheine und dann Fünfzigtausender-Scheine aus der Truhe mit der Aussteuer und kauften darum Fleisch, Wurst, Käse. Brot lieferte Papulas Bäckerei: Für die, die Geld hatten, war es teurer, die Arbeiterinnen bekamen es gratis.

Von seinen Brüdern ließ Papula mitten auf der Piazza eine Stange aufstellen, an der er eine rote Fahne befestigte, und viele taten es ihm nach und hissten auf den Balkons und Dächern Fahnen. Rote Fahnen, und rot-schwarz waren die Farben der Revolution, die ein Fest war, sie wärmte die Häuser wie ein Kohlenbecken, spülte Menschen in die Wohnungen und verlieh jedem Mund dieselbe Bedeutung, egal ob es der eines Mannes, einer Frau oder eines Kindes war. Und wenn die Revolution ein Maulbeerbaum war, wie Don Santoro Motta sagte, dann waren seine Beeren süß und färbten unsere Lippen.

Von Capo Zefirio aus glich Africo einem Segelschiff, das nahezu über die Wellen flog, um seine Bewohner dem Sumpf zu entreißen und die rote Hoffnung seiner Segel bis hinter die dunkle Erde der Hügel zu bringen: WIR GEBEN NICHT NACH schrieben wir auf unsere Plakate, schwenkten sie in der ganzen Locride und schrien: „Die Banditen ernten die Clementinen." Und die Banditen versuchten es tatsächlich, aber es war viel schwieriger, den Rücken über den zu füllenden Kisten zu beugen als vor den Gnuri und den Politikern zu buckeln. Nach einer Weile rosteten die Bandscheiben ein, die Knochen knirschten und der Ischiasnerv schmerzte: Spitzbuben und frischgebackene Mafiosi begaben sich aus Gewohnheit in die dunkelsten Winkel der Gärten, die Kisten füllten sich zur Hälfte und kitzelten die Ladeflächen der Lastwagen, die sie in den Norden brachten. Die Besitzer schlugen einen Waffenstillstand vor und gingen mit den Dons in die Viertel, doch die Frauen weigerten sich, einzeln zu verhandeln. Sie wollten auf der Piazza sprechen, das Wort erheben, sodass es alle hören konnten.

Und die Piazza füllte sich wie bei einem Fest, unsere Frauen kamen auf dem Rücken des Schiffes, in ihren besten Kleidern, glücklich und reuevoll wie die kleinen Seelen des Heiligen. Die Männer traten zur Seite und Don Santoro Motta, der – vielleicht, weil ohnehin alle auf unserer Seite waren – nicht zur Geburt des Dorfes gekommen war, kam hingegen jetzt mit einem seiner Söhne, der einen Stuhl trug. Die Menge teilte sich, ließ ihn in die Mitte der Piazza gehen, die Banditen lüpften den Hut und die Gnuri begrüßten ihn, indem sie den Blick senkten. Nur Don Nino blieb ihm gegenüber stehen und sie blickten einander an. Don Santoro hob den Arm und machte eine kreisende Bewegung in Richtung der Frauen. Er war auf unserer Seite. Sein Sohn stellte den Stuhl hinter ihn, kaum stützte er sich darauf, gingen die Männer von unserer Seite zu ihm hin. Sie stellten sich nebeneinander auf und bildeten einen Halbkreis, der von der rechten Seite des Alten bis zu Don Nino auf seiner linken reichte. Zacco hob den Arm und die Seinen traten zur Seite, auch sie bildeten einen Halbkreis, der bis zur Linken von Don Santoro reichte. *A Rota*, der Kreis. Ich hatte oft davon sprechen hören, jedoch noch nie einen im Dorf gesehen. Alle hatten das Recht, daran teilzuhaben, und jede Gruppe wählte einen, der sie repräsentierte. Wer eine Frage stellen wollte oder aufgerufen wurde zu antworten, trat in den Kreis und sprach frei. Das war die heiligste Institution des Aspromonte, innerhalb der *Rota* waren alle gleich.

Der Priester und sein Stellvertreter kamen, Don Carmine kam zu uns und sein Stellvertreter ging zu den anderen. Diesmal schwieg Papula und aufgrund eines Wunders waren die Arbeiterinnen, die – ein revolutionärer Umstand – in den Kreis traten, auf einmal so redegewandt wie er. Meine Mutter öffnete die schönen Lippen, riss die Augen auf, die im Licht der Kette aus grünen Steinen funkelten, die ihr der Fuchsschwanz an Berlingeris Karussell eingebracht hatte. Sie brachte die Gnuri zum Schweigen und verspottete die umständlichen Sätze Nino Zaccos, der gekommen war, um ihnen unter die Arme zu greifen. Voller Mitleid dachte ich an meinen Vater und stellte mir seine dicke deutsche Frau mit den blond gefärbten Haaren vor. Meine Mutter griff an, antwortete, verteidigte sich und griff aufs Neue an. Die Besitzer gaben nach und die Banditen steckten ein. Sie siegte im Namen aller und erhielt, was möglich war: zwei freie Tage pro Woche, einen achtstündigen Arbeitstag und geschlossene Lkws anstelle der offenen Ladeflächen mit den wackeligen Stühlen.

Den Gnuri oblag nur noch die reguläre Anstellung der Arbeiterinnen, doch das würde man später erledigen, und der Lohn würde doppelt so hoch sein wie bisher. Meine Mutter hatte gewonnen, für sich, für die anderen, für Papula. Sie hatte vor allem für mich gewonnen. Sie war meine Revolution, sie würde mein Geld nicht mehr brauchen, um meinen Schwestern eine Aussteuer zu verschaffen, und sie würde sich nicht länger bei den Großeltern einschmeicheln müssen, damit sie meinen Vater überredeten, ihr Geld zu schicken. Der Topf auf dem Feuer, die Kohlen für das Becken in der Abstellkammer: Sie würde sie mit ihrem Geld verdienen.

Papula war mittlerweile eine mit Volldampf fahrende Lokomotive, nicht einmal die Notbremse konnte ihn zum Stehen bringen. Nach dem Triumph ließ er uns ein paar Wochen verschnaufen und Anfang Dezember – wir freuten uns schon auf das Feuer bei den Novenen, auf den säuerlichen Geschmack der *zippule* mit Sardinen und der *frittole* aus Schweinefleisch – kam er eines Abends auf die Piazza und sagte, von nun an müssten die Männer nicht mehr emigrieren. „Und wie soll das gehen?", fragte einer. „Baust du eine Fabrik im Dorf?"

„Nicht im Dorf, in den Bergen", antwortete er selbstsicher, „und ihr dürft euch alle den Kopf darüber zerbrechen, was für eine Fabrik wir errichten sollen, die beste Idee werden wir verwirklichen."

Niemand sagte ein Wort, niemand wunderte sich: Alle begannen darüber nachzudenken, was für eine Fabrik wir bauen sollten, denn er würde es bestimmt machen.

Er ließ sich kaum noch blicken, Tag für Tag nahm er am Morgen den Zug nach Reggio und am Abend kam er zurück, auf die Piazza kam er nur für ein paar Stunden – er sprach wenig, als ob seine Eloquenz versiegt wäre, er murmelte bloß vor sich hin. Wir fanden heraus, dass er sich in der Stadt bezüglich der Fabrik informiert hatte; schon nach vier Tagen hatte er sich die nächste

Revolution einfallen lassen, und dann rief er uns alle in Roccos Bar, allerdings kamen so viele, dass wir uns auf der Piazza draußen aufstellen mussten. Wir dachten in Gruppen nach, denn man konnte nicht verlangen, dass jeder Einzelne von uns eine Idee hatte. Die Idee unserer Gruppe stammte von Antonio. „Kolophonium", sagte er, und die meisten verdrehten die Augen, was auch ich gemacht hätte, wenn ich die Idee zum ersten Mal gehört hätte. „Das griechische Harz", fügte er nach einer Weile lachend hinzu. „Aaah", sagten die anderen, „damit hat unser Dorfheiliger Leo ein Wunder vollbracht, er hat das Pech der Bergkiefern in Brot verwandelt. Von da an haben die Bewohner des Aspromonte die Bäume ausgesaugt und sich damit die Zukunft ausgeborgt. Und dieses Brot taugt auch für unsere Zeit." Er erklärte uns, diese Idee würde vom Reichtum unserer Erde profitieren, ohne sie zu beschädigen, im Gegensatz zu den schlechten Industrieprojekten unserer Politiker, die ohnehin nur Schall und Rauch waren, was auch besser war, denn sonst würde der Rauch aus den Schornsteinen das Meer und die Berge einräuchern.

„Ginster", unterbrach ihn die Stimme Umbertos von den Sarzizzari, er war der Sprecher einer anderen Gruppe, konnte jedoch seinen Gedanken nicht zu Ende führen. „Ja, wir stellen uns an Webrahmen wie die Gnure", unterbrach ihn Rocco, alle lachten und er wurde rot. Jemand sprach von einem Sägewerk, andere von Seide, Wein. Alle warteten jedoch gespannt auf Papulas Idee, die zum Schluss kam. „Birnen", sagte er und niemand wagte zu atmen, „wir nehmen uns den Berg und pflanzen Obstbäume in den Tälern des Aspromonte." „Mit Pickel und Schaufel?", versuchte Rocco ihn zu necken, erhielt jedoch keine Antwort. Papula versicherte ihm, dass die Zeit des Harkens und der schwieligen Hände vorbei sei und er sie auch nicht wieder einführen würde, er hatte etwas ganz anderes im Sinn, weniger Schwielen und weniger Schweiß, und er hatte viele Freunde außerhalb des Dorfes, deren Job darin bestand, Fabriken zu planen. Er hingegen hatte die Zukunft im Auge.

Wir verstanden, diesmal würde es noch schwieriger sein, Ergebnisse zu erzielen, denn er hatte vor, sich gegen alle zu stellen:

gegen Arbeitgeber, Banditen, Priester, Politiker und Carabinieri. Sie repräsentierten den Staat, sagte er. „Und wer sind wir?", fragte einer der Jungs. „Hast du schon jemals das Ei eines Hahns gesehen?", erwiderte er. Wir machten enttäuschte Gesichter, denn das war ein Spruch aus unserer Kindheit, wenn wir zum Ausdruck bringen wollten, dass es etwas nicht gab. Er schüttelte den Kopf, er kannte unsere Gedanken. „Wir sind Kinder, und Kinder haben eine große Gabe, sie träumen. Beziehungsweise haben sie zwei Gaben, denn sie glauben auch an Märchen. Der Traum und die Märchen sind die einzigen Dinge, mit denen man dem Staat eins auswischen kann."

Mir rauchte wieder der Kopf, wie damals beim Fest, als ich ihn zum ersten Mal auf der Bühne hatte sprechen hören. Aber es war nicht wichtig, ihn zu verstehen, es reichte, ihm zuzuhören; im Grunde interessierte es mich nicht, ein Bewusstsein zu haben, wie Papula oft sagte, ich hatte herausgefunden, dass die Aktion das Aufregendste war, dass mir dabei das Herz wie wild klopfte und das Hirn schmolz, die Aktion war sogar noch aufregender als die süße Rothaarige, die mich in Messina bei Signora Pisano in die Liebe eingeführt hatte. Ja, die Aktion war das Großartigste, mehr noch als der Stier des hl. Bastiano und Don Santoro Mottas.

„Wir haben eine große Fabrik, die noch größer ist als viele Fabriken in Norditalien oder in Deutschland: den Aspromonte", verkündete er, und seine Stimme dröhnte, obwohl er kein Mikrofon hatte.

Wir setzten einen erstaunten Ausdruck auf, mittlerweile wussten wir, dass er das mochte, denn er erzählte von den Dingen, anstatt sie zu erklären, er verwandelte sie in Erzählungen wie die Alten aus dem Viertel, mit dem Unterschied, dass die Märchen von Gnura Cata, der Päpstin, dazu dienten, die langen Winterabende totzuschlagen und uns das nahezubringen, was bereits geschehen war. Die Märchen Papulas hingegen entwarfen die Zukunft, bauten eine Welt für uns, in die wir auch unsere Vergangenheit einbringen konnten, und zwar nur die, die ihm zufolge die beste war.

Für Papula war der Aspromonte der beste Teil unserer Vergangenheit, denn trotz der Tyrannen und der Herren, deren Name sich im Lauf der Jahrhunderte geändert hatte, trotz der Krankheiten und der Katastrophen, des Schweißes und des Hungers, hatte er uns als Einziger beschützt. Wir waren hier, weil er uns geschützt hatte wie eine Glucke – beziehungsweise weil sie uns beschützt hatte, denn Papula zufolge war der Aspromonte weiblich, eine große Mutter, die das Volk der Berge zur Welt gebracht und mit dem warmen Hauch des Libeccio, ihres Gatten, gewärmt hatte, dem Wind, der den Hauch der Wüste und deren Lebenssaft mit sich brachte, der den Tieren des Berges Milch gegeben hatte, damit sie uns sättigten. Trotz der vielen Feinde war Africo noch immer da und schrie hinaus, dass es noch immer da war.

Und wenn der Aspromonte uns viele Tausende Jahre genährt hatte, dann würde er uns auch noch weitere tausend Jahre nähren können.

„Der Aspromonte wird unsere Fabrik sein." Papulas Stimme dröhnte auf der Piazza, sein Antlitz veränderte sich, die Haut seines Gesichts wurde faltig, weiß, und in seinen Augen entzündete sich eine uralte Welt, sie zeigten mir ein Gebirge, das ich nie kennengelernt, nur ein paarmal gesehen hatte, das fast alle nur einmal im Jahr sahen: bei der Pilgerreise zum aufgelassenen Dorf im Mai, zu Ehren des hl. Leo, der Pech in Brot verwandelt hatte, Arbeit in Nahrung.

Dieses Jahr war ich jedoch nicht hinaufgefahren, immerhin musste man dafür siebzig Kilometer im Auto zurücklegen. Davor war ich jedoch öfter im Aspromonte gewesen: Die undurchdringlichen Steineichenwälder, die Ebenen, auf denen nach Harz duftende Kiefern standen, und die mächtigen Arme der Eichen, die den Himmel verdeckten und bei deren Anblick man zu ersticken glaubte, hatten mir immer Angst gemacht. Ich hatte mich stets davor gefürchtet, dass Hexen und Oger hervorsprangen und mich in eine tiefe Höhle zerrten. Die einzige Erzählung über die Berge, die ich kannte, war die schmerzvolle der Hirten, die in meinem Viertel wohnten. Bei ihrer Rückkehr aus den Ställen stanken sie nach der Scheiße und der Ausdünstung der Ziegen. Und ich kannte die Erzählungen der Alten, der Gnura Cata, die hinter jedem Baum einen Dämon ansiedelte – Erzählungen, in denen Frauen mit schönen

Haaren und prächtigen Körpern im Flussbett von hinten zu sehen waren, und wenn sie sich umdrehten, offenbarten sie schreckliche Fratzen und Reißzähne in aufgerissenen Mäulern.

Papula erzählte von einem anderen Aspromonte. Er hatte mächtige, stolze Krieger hervorgebracht, die Wolfsfelle trugen, jeden Feind abschreckten und das Volk der Berge beschützten. Unbesiegbare Soldaten eines Geschlechts, dessen Abkömmlinge wir waren. Bei seiner Erzählung schwoll meine Brust vor Stolz, ich fühlte, dass ich zu etwas Großem gehörte, das nie zu Ende gehen würde, das nicht in feuchten Häusern eingeschlossen werden durfte, Häusern aus giftigem Sand, die auf einem stinkenden Sumpf standen. Papula kannte eine andere Geschichte über uns, in der Helden und nicht nur Besiegte vorkamen. Menschen, die sich nicht in schmutzigen Hütten aus Laub und Schlamm verkrochen und darauf warteten, dass eine Überschwemmung sie mitriss. Männer, die das Schwert zogen und das Schicksal herausforderten, es veränderten. In diesem Augenblick fühlte ich mich als Krieger und hätte ebenfalls gern ein Schwert gezogen; wenn wir eine Fabrik bauen wollten, würden wir es bestimmt tun!

Antonio hatte recht, wenn er sagte, Papula sei großartig: Wenn er wollte, konnte auch er sprechen, doch er sprach immer in Rätseln. Eines Tages erklärte er mir, worin die Kraft Papulas bestand, und diesmal verstand auch ich ein wenig, obwohl mein Hirn rauchte bei dem Versuch, seine geheimnisvollen Worte zu verstehen. Antonio sagte: „Im Mund Papulas wird das Wort zur Herrin und führt dich in verschiedene Dimensionen, dann lässt es dich allein, damit du selbst der Herr wirst und das Spiel nach deinen Regeln spielst und die Last entdeckst, die jeder mit sich herumträgt, bis du verstehst, wo der Feind ist: manchmal in dir, manchmal außerhalb von dir und schließlich neben dir, denn im Grunde ist alles ein Kommen und Gehen, und das Wort entzündet das Stroh, das wir alle in uns haben, ein Feuer, das nur in uns brennt." Er wiederholte die Worte nicht, doch ich prägte sie mir trotzdem ein.

Papula erzählte eine ganz andere Geschichte von den Bergen, und Antonio fügte eine eigene Geschichte vom Meer hinzu, die uns so noch niemand erzählt hatte. Er behauptete, er habe sie von den Fischern aus dem Nachbardorf gehört, doch selbst wenn sie erfunden war, war sie wunderschön: „Das Ionische Meer hat uns nicht nur Piraten gebracht. Es hat unsere Erde mit jungem Blut getränkt, auf ihm sind Menschen mit ihren Träumen von weit her gekommen. Auch wir sind Kinder eines Traumes von einem Anderswo, der es mit dem Betrug des Zephyrs aufgenommen hat. Dieser Traum ist auf den Wogen des Meeres nach Kalabrien gekommen, um ein Stück vom Paradies zu kosten, das die Götter vom Himmel herabgelassen haben, mitten in die antike Welt, um jenen eine neue Heimat zu geben, die keine hatten oder eine bessere wollten. Die große Mutter, die uns Kalabresen geboren hat, ist vom Samen aller Mittelmeerküsten befruchtet worden, den der Wind gesammelt und hierher geweht hat.

Das Ionische Meer hat nur deshalb die Gefahr gebracht, um unser Bewusstsein auf die Probe zu stellen, um uns ins Gedächtnis zu rufen, dass man Gaben zuerst teilen muss, um sie später nicht verteidigen zu müssen. Sein Wasser ist nicht nur eine Erfrischung im Sommer, sondern auch eine Straße der Hoffnung, und immer wenn sich auf dieser Straße Hürden befinden, werden wir und nicht die, die kommen, eingesperrt. Wir können dem Meer weder den Rücken zukehren noch es schließen, wir würden einer Ader das Blut nehmen und ausgeblutet sterben …" Auch das Ionische Meer, erklärte uns Papula, war wie der Aspromonte eine Fabrik. Denn das Paradies, das die Götter uns geschenkt hatten, war unsere wertvollste Fabrik. Die Vergangenheit konnte unsere Zukunft sein. Wir besaßen Schönheit und konnten sie an die vermieten, die Fabriken besaßen. Unser Land war ein riesiger Zirkus, in dem man keine Schlote errichten musste, man musste nur Eintrittskarten an die verkaufen, die wunderbare Vorstellungen sehen wollten.

So begann die Revolution aufs Neue, und wir fühlten uns teils als Akrobaten und teils als Krieger und hängten Spruchbänder auf, auf denen wir vom Staat Arbeit verlangten. Wir forderten, dass unser Land, die Berge und das Meer eine Fabrik sein sollten. Wir forderten eine Schule, Straßen, Krankenhäuser, die brachliegenden Felder und jene, die sich im Besitz des Staates befanden. Wir wollten eine bessere Heimat, denn wir waren Kinder und wollten träumen. Und die, die träumen wollten, schlossen sich uns an, und die, die Brot hatten, versperrten uns den Weg.

Im Augenblick war der Wald die einzige Fabrik und sie war nur für wenige bestimmt. Man durfte sie nur betreten, wenn man ein Parteibuch der Christdemokraten hatte oder ein Mitglied der Arbeiterkammer war, und auf Papulas Geheiß schrieben wir auf die Spruchbänder, dass wir alle Zutritt haben wollten.

Unser Dorf teilte sich in jene, die dank eines Parteibuches oder eines Freundes Arbeit hatten, und jene, die weder Parteibücher noch Freunde besaßen. Alle Dörfer teilten sich in jene, die um Gefallen baten, und jene, die Rechte forderten, und der schlaue Staat hetzte die einen gegen die anderen auf, damit wir die Sache untereinander ausmachten, und er eilte jenen zu Hilfe, die um Gefallen baten, und nicht jenen, die Rechte forderten. Wir liefen so schnell, um unsere Wut hinauszuschreien, dass wir gar nicht merkten, dass wir gegen uns selbst Krieg führten, dass die Argumente der Söhne sich gegen den Opportunismus und die Gewohnheiten der Väter stellten. Und Papula war immer an vorderster Front und änderte die Richtung, ging den Fallen aus dem Weg und zeigte uns, wo der wahre Feind lauerte: „Wir wollen nicht jenen das Brot wegnehmen, die eines haben, wir wollen mehr Brot. Wir kämpfen nicht gegen unsere Brüder, wir kämpfen gegen die Herrschenden, die Politiker, die Priester und Banditen. Gegen die, die behaupten, der Staat zu sein, und es nicht sind."

Wir marschierten auf die Gemeindeämter, auf die Ämter der Provinz und der Region. Tag für Tag gab es auf einer Piazza der Locride eine Demonstration und auf jeder Piazza hingen unsere Spruchbänder. Doch schließlich sperrte der Staat der Reihe nach die Versammlungsplätze in den Dörfern, und die einzige Piazza, die Widerstand leistete, war die, auf der Papula verkündet hatte, dass wir unsere eigene Fabrik errichten würden. Die anderen hatten sich mit Brotkrumen, oft auch nur mit Versprechungen zufriedengegeben.

Wir waren Söhne des Libeccio und der Wind konnte nur in Freiheit wehen. Ein paar Posten bei der Forstverwaltung, ein paar Posten im öffentlichen Dienst reichten uns nicht, doch sie weichten unsere Reihen auf und stärkten die anderen, die sich innerhalb des Dorfes einsperrten. Wir brüllten auf engstem Raum: „Raus mit den Pfaffen, den Herrschenden, den Politikern und den Banditen, weg mit dem Staat von unserer Piazza." Wir, die Eier des Hahns.

Je mehr sie uns einsperrten, desto mehr versuchten wir auszubrechen: Wir blockierten die Straße, wir legten Hindernisse auf die Gleise, wir sperrten die Banditen in einen Winkel und der Staat kam ihnen zu Hilfe.

Und da standen wir, wir errichteten eine Barrikade auf den Gleisen vor dem Bahnhof und eine auf der Kreuzung der Staatsstraße. An die dreihundert Jungs standen hundert Carabinieri und Polizisten gegenüber. Bis jetzt hatte es nur Scharmützel gegeben, die Polizei hatte Tränengas geworfen und wir waren zurück ins Dorf gelaufen und hatten uns ein paar Stunden lang die Augen gerieben, dann waren wir zurückgekehrt und hatten wieder Blockaden errichtet. So ging es schon seit Tagen, hin und her.

Im Dorf gab es keine Geschichte, die Piazza war unsere Festung geworden und Rocco hatte an der Tür der Bar ein Schild aufgehängt: BANDITEN IST DER EINTRITT VERBOTEN. Auf dem Tresen lag ein Holzprügel, die Banditen kamen zwar nicht in die Bar, schickten jedoch die, die welche werden wollten: Egal, was für eine Frage sie stellten, Rocco nahm den Prügel und legte ihn sich auf die Schulter.

Doch es gab nur wenige Banditen und sie waren weniger motiviert als wir, sie hatten versucht, uns aufzuhalten, zuerst mit Reden, dann mit Stöcken. Wir nahmen Worte in den Mund, die wir inzwischen auch ohne Papula beherrschten; dann hatten sie die Fäuste geballt, doch unsere waren jünger und kräftiger; sie hatten uns mit den Stöcken verprügelt und wir hatten mit Pflastersteinen geantwortet; und als sie uns den Lauf der am Gürtel befestigten Pistolen gezeigt hatten, erinnerte sich jeder von uns daran, dass er ein Schießeisen zu Hause hatte, wenn auch ein altes, das kaum noch funktionierte. Mein Vater hatte seine Magussa unter dem Mispelstrauch hinter dem Viertel vergraben, im Sumpf war sie gerostet; Antonio hatte keinen Vater und somit auch keine Pistole, und der Vater Filippos war immer betrunken, er erinnerte sich nicht mehr, wo er seine versteckt hatte, also gingen wir in die aufgelassene Plantage, wo wir uns nach dem Überfall mit Nicodemo und Mimmo versteckt hatten, und holten die Pistolen aus dem Loch in der Mauer des Anwesens, sie waren tatsächlich noch da.

„Kein Blutvergießen!", hatte Papula geschrien.

„Kein Blutvergießen!", hatte Don Nino Zacco wiederholt.

Don Santoro Motta war wieder auf die Piazza gekommen, gemeinsam mit seinem Sohn, der ihm einen Stuhl brachte, und setzte sich mitten unter uns hin.

Die Frauen waren aus dem Viertel gekommen, und auch sie hatten die Stühle mitgenommen, wie beim Patronatsfest.

Wir bereiteten uns auf ein neues Katz-und-Maus-Spiel mit den Carabinieri vor, mittlerweile konnten beide Seiten die Schachzüge der Gegenseite genau voraussagen, vor dem Mittag- und Abendessen provozierten wir kleine Scharmützel, dann gingen wir essen oder ließen uns verprügeln, bevor wir zum Tratschen auf die Piazza gingen. Anders als erwartet, nahmen wir an den Novenen in Erwartung des Weihnachtsfests teil, aßen *frittole*, *micciunate*, *petrali* und *zippule* mit Sardinen, die uns die Frauen aus den Wohnblocks auf Tabletts brachten.

Die Revolution hatte uns nicht die ersehnte Arbeit beschert, aber sie hatte das Fest noch festlicher gemacht als gewöhnlich, und das Fest schien dauerhafter als die Revolution. In diesem Tempo hätten wir den Protest bis zum nächsten Weihnachtsfest weiterführen können, alle Schweine des Dorfes und auch das ganze Brot aus Papulas Bäckerei essen und das ganze Bier aus Roccos Bar trinken können. Und so hätten wir auch das ganze in der Truhe versteckte Geld ausgeben können; um die Revolution zu finanzieren, erfanden wir Kollekten von Freunden aus den Nachbardörfern, in Wirklichkeit holten wir jeden zweiten, dritten Tag einen Hunderttausender-Schein aus dem Versteck und verwendeten ihn dazu, Trinkgelage zu finanzieren. Angesichts dessen lachte ich den Bullen, die uns an der Kreuzung gegenüberstanden, ins Gesicht. Doch das Lachen verging mir, als ich zählte, wie viele Einsatzwagen der Polizei der Reihe nach angefahren kamen und hinter der Sperre aus Uniformträgern parkten. Ich zählte auch die Männer, die ausstiegen, um das Peloton zu verstärken. Mehr als hundert. Wahrscheinlich lösen sie die Müden ab, sagte ich mir. Doch eine weitere halbe Stunde verging und keiner ging. Gut, sagte ich mir wieder, wir sind nach wie vor dreihundert und sie sind zweihundert. Doch gleich darauf kamen noch mehr Einsatzwagen, diesmal der Carabinieri. Noch einmal hundert Männer. Gut, dann sind wir eben gleich stark, dachte ich und fand mich mit dem Gedanken ab, dass wir Mann gegen Mann, aber immerhin auf unserem Terrain kämpfen würden.

Doch alle halbe Stunde gab es einen neuen Schicksalsschlag, zehn Einsatzwagen und hundert Polizisten. Es hörte erst auf, als sie sechshundert waren. Nun stand es zwei gegen einen.

Alle hatten gezählt und die Zahl geisterte durch die Straßen der Stadt, wurde von einem eiskalten Regen, der die silbernen, in aller Eile von den Bergen heruntergestiegenen Wolken auflösen würde, vor die Türen der Wohnblocks und Baracken gespuckt. Die Frauen packten die Kinder warm ein, zogen Schals aus alter Wolle, die wie sie aus weniger kalten Ecken des Aspromonte stammte, über ihre aufgesteckten Zöpfe, wärmten mit ihren Händen die der kleinen Kinder und kamen als Verstärkung zu uns auf die Piazza. Im Namen der Muttergottes schubsten sie uns weg, bahnten sich mit den Armen einen Weg, ohne ihre Kinder auszulassen, und stellten sich vor uns hin.

Die Uniformträger entspannten sich, die freundlichen und entschiedenen Gesichter des Feindes brachten sie in Verlegenheit. Polizisten und Carabinieri wichen ein paar Schritte zurück und der Regen konnte sich zwischen ihnen und uns frei entfalten.

So standen wir stundenlang und starrten einander schweigend an.

Die Hitze der Revolution verzehrte langsam die Kohle, die in meinem Herzen brannte, die Kälte schrumpfte die Kleider, so wie in den Hirtenhütten das Feuer der Eichenkohle die Bohnensauce in den Töpfen eindickte.

Die Kälte kroch in meinen Körper, löste die Schädelknochen ab und mein Hirn flog in die Höhe. Es trieb eine Zeit lang in der eiskalten Luft und fiel dann plötzlich wieder herunter, sodass ich zur Seite treten musste, um es aufzufangen, sonst wäre es auf den Boden geplatscht.

Meine Augen suchten den Blick des Feindes; ich wollte einen Hass finden, der so stark war, dass er mein Blut wieder in Wallung brachte. Doch sie betrachteten zerstreut den Himmel, die Straße, das Feld unterhalb der Staatsstraße, ich versuchte zu erraten, woran sie dachten: an ihre Kinder, Frauen, Mütter … Gibt es jemanden, der euch gernhat, seid ihr jemals Kinder gewesen, fragte ich sie stumm. Und Polizisten und Carabinieri zuckten ängstlich zusammen, zogen sich schnell zurück, ließen den Asphalt unter ihren Füßen zurück: In diesem Augenblick glich er dem Meeresboden, wenn die Algen vom Rückstoß des Meeres überrascht werden, der Zephyr sich über die Flaute ärgert und das Wasser aufs offene Meer hinaustreibt und das Ionische Meer den Schlag einsteckt, am Horizont den Atem anhält und dann wütend wie ein Stier zum Angriff übergeht und die salzige Gischt auf den Sand spült.

Genauso stürmte der Staat uns entgegen, er kam nicht, um uns zu umarmen und Frieden zu schließen. Die Bullen trampelten Frauen und Kinder nieder, drangen in unsere Mitte ein und teilten die Jugend entzwei. Wie der Bug eines riesigen, unaufhaltsamen Schiffes, der krachend in unsere Mitte fuhr.

Zum ersten Mal spürte ich den Geschmack der Panik in meinem Mund, ich schluckte Blut, Knochen knirschten. Mit der Hand hielt ich mir den Mund zu, um nicht „Mama" zu schreien. Der Gedanke an sie entzündete aufs Neue meine Wut, half mir aufzustehen; wir waren ein Heer von niedergemähten Kegeln; wer konnte, half den anderen beim Aufstehen, und wer aufstehen konnte, ergriff die Flucht.

Zum Glück sah ich meine Mutter, sie war schneller als ich und lief über das Feld unterhalb der Straße, mit meinen Schwestern im

Schlepptau. Auch ich versuchte davonzulaufen. Alle liefen davon, und jeder wurde von einem Paar Stiefel und einem Knüppel verfolgt. Ich steckte ein paar Schläge ein, doch ich war jung und lief zu schnell, sie holten mich nicht ein. Ich lief blindlings vor mich hin und blieb erst auf der Piazza stehen, und auch hier liefen alle weg, verteilten sich in den Straßen, suchten offene Türen. Die, die vor den Türen warteten, wurden eingekreist, verprügelt. Jeder von uns steckte Prügel ein, bis ein jeder eine Zuflucht gefunden hatte und die prügelnden Polizisten ausgesperrt waren. Die Knüppel machten ein Geräusch wie Trommeln, Polizisten und Carabinieri brüllten Schimpfworte, Provokationen und der ohrenbetäubende Lärm drang durch die feuchten Wände. Ich fand Zuflucht in dem Wohnblock neben dem meinen, in einer Wohnung im ersten Stockwerk. Im Haus war es finster, man hörte das heisere Atmen der vielen, die Zuflucht suchten. Ich wusste nicht, wer neben mir war, ein Mann, eine Frau, ein Greis oder ein Kind; ich suchte nur ein wenig Wärme, ich wollte, dass die Angst verging.

Es dauerte eine Weile, bis sich die Bullen ausgetobt hatten, sie hörten auf, gegen Türen zu schlagen, die Stiefel verschwanden von den Treppenabsätzen. Nur noch die provokanten Schimpfworte waren zu hören, die sie auf dem Platz mitten im Viertel brüllten. „Schweine", hörte man, und dann eine Stimme der Unsrigen: „Nehmt das." Etwas fiel krachend zu Boden, und dann weitere Schimpfworte der Unsrigen und wieder ein Krachen. Jemand stand auf, öffnete die Tür, trat auf den Treppenabsatz hinaus und brüllte.

Auch ich hievte mich hoch. Ohne nachzudenken trat ich auf den Treppenabsatz hinaus. Unten stand eine Gruppe von Carabinieri mit den Schilden über den Köpfen und auf den Balkonen standen brüllende Menschen und bewarfen sie mit Stühlen und Töpfen. Die, die Zuflucht gesucht hatten, kamen heraus, jeder hielt etwas in der Hand. Ich ging wieder hinein und packte das Erstbeste, eine Flasche Wein. Ich trat auf den Balkon hinaus und warf sie hinunter. Innerhalb weniger Minuten wurde alles Mögliche hinuntergeworfen. Wir verjagten die Carabinieri aus dem Viertel. Wir machten uns Mut und liefen hinunter; und als sie versuchten, wieder ins Viertel einzudringen, hatten wir ausreichend Kräfte gesammelt, um sie zurückzuschlagen. Wir teilten aus und steckten ein, sie wichen nicht und wir wichen auch nicht. Wir räumten erst das Feld, als sie Verstärkung erhielten, aber dann kauerten wir uns auf die Balkone und bewarfen sie mit allem Möglichen. Wir liefen hinunter und hinauf. Hinunter und hinauf, und sie raus und rein. Beim x-ten Angriff drehten sie uns den Rücken zu und liefen davon. Sie liefen aus dem Viertel hinaus, die Bullen bildeten ein Rinnsal und dann einen schnell strömenden Fluss von Helmen.

Auch wir liefen brüllend aus dem Viertel, und unser Blut geriet im Rücken des fliehenden Feindes immer mehr in Wallung. Aber sie hatten viel weniger Schläge eingesteckt als wir und liefen schnell, und als unsere Fußtritte und unsere Stöcke sie nicht mehr trafen, schrien wir ihnen Schimpfworte nach und verspotteten sie. Wir waren ein Hochwasser führender Fluss, der plötzlich aufs offene Land hinausströmte und verebbte. Wir erreichten die Kreuzung, und da standen der Reihe nach ihre Einsatzfahrzeuge, die Männer stiegen ein, und um sie zu decken, beschoss uns ein Kommando mit Tränengas: Wir zerstreuten uns, verloren die Kraft unseres Zusammenhalts und zogen die Pullover über Augen und Nase. Als der Rauch sich verzogen hatte, war die Staatsstraße leer, der Feind war verschwunden, der Staat besiegt.

Papula stand an der Spitze von uns allen, schweigend mitten auf der Staatsstraße. Er schüttelte den Kopf. Wir in seiner Nähe hörten auf zu brüllen. Die Stille griff schnell auf die weiter hinten über. Papula schüttelte noch immer den Kopf. „Das ist unmöglich", sagte er, und auch ich sagte es mir, immerhin hatten sie uns verprügelt, zu Hause eingeschlossen. „Das ist unmöglich", und rund um mich schüttelten alle den Kopf und sagten, das sei sehr merkwürdig. Es war ein kollektiver Gedanke, so kompakt, dass man ihn hören konnte wie ein plötzliches Pfeifen. Der Wind hob wieder an, eine Bö, zwei, drei Böen, und dann wehte er beständig und warm, immer wärmer. Der Windhauch wurde zu einem Heulen, fegte den Regen, die Kälte weg; die Luft wurde glühend heiß, verbrannte die Haut wie im Sommer am Schildkrötenstrand.

Das war der Bruschiu, der Unglückswind, wie der Libeccio kam er aus Libyen, doch brachte er nicht Leben, sondern einen Pesthauch aus der Wüste. Für alle, die das Land bestellten und Tiere hielten, war er das schlimmste Unglück. Das war nicht normal, dachte ich, der Bruschiu kam für gewöhnlich gleich nach dem Winter und zerstörte im Keim die Hoffnung auf die schöne Jahreszeit. Nein, das war nicht die richtige Jahreszeit, der Winter lag ja noch vor uns.

Und tatsächlich wurde der Schrei immer lauter, die Böen wurden Windstöße und trugen das Pfeifen fort. Aber ganz hinten in unseren Reihen erhob sich ein neuer zugleich menschlicher und unmenschlicher Schrei, er brachte die Kälte zurück, die sich schnell bis zu Papula forstsetzte, dem letzten Mann unserer Revolution.

Und wir alle drehten uns um und schauten, lauschten dem herzzerreißenden Schrei aus dem Dorf.

Ja, es war nicht normal, dass der Staat einfach so verschwunden war; Priester, Signuri, Dons, Banditen und Bullen liefen nicht einfach vor Kindern davon, außer sie alle hätten die Revolution gemacht. Wenn sie gingen, ließen sie immer etwas Unangenehmes zurück, wie den klebrigen Schleim der Schnecken. Das würde sicher das schlimmste Weihnachten werden, das ich je erlebt hatte, das schlimmste Weihnachten aller Zeiten.

III.

Bruschiu

*Er trocknet den Atem des Libeccio und vertreibt den erfrischenden
Zephyr, ertränkt die Agaven im Sand, vergoldet die Kapern und
lässt den Klee gelb werden, den Flüssen schenkt er silberne Steine
und kümmert sich nicht um das Ächzen der Hirten. Er entehrt die
große Mutter, legt ihr Galle in den Schoß und macht ihren Busen
zu leeren und nutzlosen Zitzen.*

Die Schmerzensmutter war aus ihrer angestammten Nische heruntergestiegen, aus der dritten im Kirchenschiff rechts, gleich neben der des Heilands, sie hatte ihren Sohn auf den rosa Marmorboden gelegt, war zwischen den Bänken durchgegangen, war über den Läufer aus Rohseide mit gelben, orangen und blauen Kreisen und Dreiecken geschritten, den die Frauen aus der Kirche im alten Dorf mitgenommen hatten, war auf den Kirchplatz hinausgetreten und die Treppe hinuntergegangen, hatte mit den nackten Füßen den vom eiskalten Regen benetzten Boden berührt, war schnell über die Piazza gelaufen, mit gesenktem Kopf und eng anliegendem Mantel, hatte Roccos Bar betreten, hatte die schreckliche Grimasse auf dem Gesicht des Mannes auf Papulas Gemälde – *Das Omen* – betrachtet, hatte sich neben eine andere Schmerzensmutter hingekniet und die eigenen blauen Tränen mit einem Rinnsal blutroter Tränen vermischt. So fanden wir Rocco vor, wir traten nur grüppchenweise ein, um die Trauer nicht zu stören. Er lag zusammengekauert im Schoß seiner Mutter, die mit ausgestreckten Beinen am Boden saß und ein altgriechisches Klagelied sang, das jede Mutter kannte, und er war so klein, dass er fast nicht zu sehen war, mit angezogenen Beinen und seitlich hinunterhängendem Kopf.

Sie hatten ihn mit dem Prügel erschlagen, den er auf dem Tresen liegen hatte, um den Banditen Angst zu machen, und ihm den Zettel, auf dem stand, für Banditen sei der Eintritt verboten, in den Mund gestopft. Wie angekündigt, war er gegangen, ohne dass ihn jemand gesehen hatte, nachdem er die Sünde abgebüßt hatte, wegen der er in das Dorf zurückgekommen war, ins Dorf, dessen wahrer Name Verderbnis war. Doch diesmal war er nicht in seinen MIKO gesprungen und reifenquietschend und mit lauter Musik davongefahren. Er hatte klein beigegeben und sein Hirn und Blut waren einem grinsenden Kain ins Gesicht gespritzt, der einer kleinen Macht zuliebe seinen Bruder geopfert hatte, einer Macht, die ihm ein ungerechter Gott verliehen hatte, ein Gott, der die Götter entmachtet, um Herr und nicht Vater unseres Landes zu sein. Und deshalb lachten Zeus und sein Gefolge jetzt herzhaft auf dem Gipfel des Montalto, weil wir ihn den Heiligen zuliebe verraten hatten und nicht einmal unser Schutzheiliger Leo sein wundertätiges Schwert gezogen hatte.

Während Rocco im Schoß seiner Mutter seine letzten Blutstropfen vergoss, als wären es die Schlussakkorde seines Lieblingsschlagers, verfluchten alle, die die Bar betraten, der Reihe nach den hl. Sebastian, den hl. Leo und den Heiland. Und nur aus Respekt vor der Frau beschimpften sie nicht die Schmerzensmutter, dachten jedoch, dass Khora rechtzeitig herbeigeeilt wäre, nämlich zum Helfen und nicht zum Heulen.

Carabinieri und Polizisten waren nicht aus Angst vor den Töpfen geflohen, mit denen wir sie beworfen hatten, sie waren davongelaufen, weil der Vorfall sie zu Tode erschreckt hatte. Diese Sünde wollten sie nicht auf sich nehmen, sie hatten das Feld geräumt, das sich vor ihren Augen in einen Friedhof verwandelt hatte, wie um zu sagen: „Wir haben nichts damit zu tun, das sind eure Angelegenheiten."

Aus den Erzählungen der Alten wussten wir, dass unser Dorf in der Vergangenheit zwar oft den Aufstand geprobt hatte, die Dorfbewohner im Extremfall jedoch immer zusammengehalten hatten. Als 1807 die Franzosen kamen, hatte niemand das Dorf verraten, der Feind war damals niemand Geringerer als Napoleon. Niemand war am 20. Januar 1945 davongelaufen, als der König verduftete und man ahnte, dass nun ein Präsident an die Macht kommen würde. Von den Frauen angeführt, hatten die Einwohner von Africo die Carabinieri, die den Großteil der Essensvorräte beanspruchten, aus dem Dorf verjagt.

Die Gewissheit, dass wir immer zusammenhielten, war das Feuer, das unsere an Unheil so reiche Geschichte wärmte. Und jetzt gingen die Weihnachtsnovenen mit Trauer zu Ende, in einem weißen Fichtensarg trugen wir Rocco auf den Friedhof, das Holz stammte von einem Baum vom Montalto. Aber wir waren kein Dorf mehr, keine Gruppe von Menschen, die seit Jahrtausenden gegen einen Dämon kämpfte: Wir waren nur noch ein kleiner Teil, ein Teil des Viertels und der Baracken. Das Dorf bestand mittlerweile aus drei Dörfern: eines, das kämpfte, eines, das uns aus Angst oder aus Hunger dabei unterstützte, und eines, das zum Feind geworden war.

Die Signuri hatten nie zum Dorf gehört, der Staat hatte nie zum Dorf gehört, die Priester hatten immer auf der Seite der Signuri und des Staates gestanden und wir hatten die Heiligen behalten, die uns so oft zu Hilfe geeilt waren. Die Banditen hatten immer dem Feind gedient, hatten immer das Blut der Dorfbewohner vergossen, jedoch nie das ganze Dorf massakriert. Aus Furcht vor dem Tod des Dorfes und dessen Interessen hatten sie nach Messerstechereien und Rededuellen immer kapituliert. Wir hatten uns zwar gegenseitig umgebracht, wegen einer Nichtigkeit abgestochen, aber nach dem Saufgelage oder der Schande oder dem Missbrauch wurden die Messer immer nur spontan und nie aus kalter Rache gezückt, und immer nur im Zweikampf, nie um ein Blutbad anzurichten, so lautete die Regel des Wolfes.

Papulas Eloquenz stieg in einen Zug ein und verschwand, als würde sie Atem schöpfen wollen. Aus Antonios Mund kamen Worte, die so groß waren wie sein Kopf. Papula sprach trotz der Verzweiflung von Hoffnung, er schüttelte die Tragödie und machte ein Märchen daraus. Antonio melkte Ziegen, die Wolfsmilch fraßen, und trank Gift an ihren Zitzen. Er zog das Fazit der Geschichte und als er die Würfel warf, lagen die Zahlen der Rechnung auf dem Tisch. Seine Sprache eignete sich gut, er wurde der Rhapsode der Trauer und schwärzte die Welt mit seiner Wut eines verlassenen Kindes. In Zeiten des Todes verlieh er unserer Seele eine Stimme, schaffte den Traum ab und lieferte uns dem Albtraum aus, und bei allen Festen tranken wir mit geschlossenen Augen dessen Gift.

Roccos Mutter hatte die Schmerzensmutter aus der Bar vertrieben, sie weigerte sich, die Leiche ihres Sohnes in die Kirche zu bringen. Als der Staat ihr die Leiche zurückgab, trugen sie sie von ihrem Haus direkt auf den Friedhof, ohne Gebete und ohne Vergebung der Sünden. Nach dem Begräbnis gedachten wir seiner und hielten acht Trauertage ein, wie es die Tradition verlangte. Während der kurzen Tage und der langen, kalten Nächte leistete uns Antonios Stimme Gesellschaft: „Kein Bandit hat sich jemals zu so etwas verstiegen, kein Don hat jemals so etwas gewagt. Don Santoro war 45 aufseiten des Dorfes und gegen die Carabinieri, er hat die Gier der Gnuri immer im Zaum gehalten, obwohl er ihnen diente. Don Nino Zacco ist allerdings in eine Schlucht hinuntergesprungen, und es gibt kein Seil, das lang genug wäre, um ihn wieder heraufzuholen. Er und die Seinen werden wahrscheinlich eine Ewigkeit lang auf der anderen Seite stehen. Er hat das Wasser aus dem Sumpf unter dem Dorf aufsteigen lassen, und es haben sich derart viele kleine Rinnsale gebildet, dass die Erde nie wieder fest werden wird. Er hat eine endgültige Sünde begangen." Antonio redete und wir kauten die bitteren Brocken des Gefühls, das uns seit Roccos Tod beherrschte – es war nicht Hass, nicht Wut, Angst oder Trauer, es war Hybris.

Wir waren verloren, zerstreut in einer riesigen Ebene, wie der Alte aus der Pedavoli, der allein in einer Holzbaracke wohnte: Einmal hatte sein Sohn ihn überredet, zu ihm nach Cremona zu ziehen, doch er war davongelaufen und in den erstbesten Zug gestiegen, der in den Süden fuhr. Er hatte drei Tage gebraucht, um nach Hause zu finden, und jetzt verbrachte er die Tage auf der Piazza und wenn ihm jemand eine Frage zu Norditalien stellte, gab er immer dieselbe Antwort: „Was für ein Leben ist das, wenn man nicht die Fäuste eines Berges im Gesicht hat und keinen Berg, auf den man sich retten kann? Ohne das Rauschen eines mächtigen Gebirgsbaches? Wie kann man in einer randlosen Ebene leben?"

Wir hatten unsere einzige Gewissheit verloren, nämlich dass wir zu einem Ort gehörten. Wir waren wie der Flugdrache, der einem Kind davongeflogen war. Das war jedoch das Ende seiner und unserer Existenz – die in der Freude dessen bestand, der ihn an der Schnur hielt und durch seine Augen den unendlich weiten Himmel und die Schönheit der Erde sehen konnte. Das Kind, das uns an der Hand hielt, war tot, wir trieben ziellos dahin und warteten darauf, dass unsere Flügel zerrissen. Und wir abstürzten.

Das Dorf absolvierte die Feste, es trieb dahin, von dem Einzigen angetrieben, das nicht angehalten werden konnte: der Zeit.

Wir gingen in Roccos Haus ein und aus, wir liefen auf der Piazza herum, in der Hoffnung, der Schmerz würde den Griff lockern. Wir waren nicht einmal mehr ein Schatten der dreihundert, die dem Staat die Stirn geboten hatten, die das Dorf erschaffen hatten, die die Plackerei der Arbeiterinnen gelindert und fast einen Sieg errungen hätten, wenn der Staat uns nicht seine sechshundert Soldaten geschickt hätte. Wir wussten nicht einmal, wer gewonnen oder welchen Triumph er errungen hatte.

Keiner im Dorf feierte Weihnachten und zu Silvester hörte man keinen einzigen Böller; Siege und Niederlagen hatten sich ins Herz der Menschen zurückgezogen.

Eine Woche vor dem Fest des hl. Sebastian waren wir ausgehöhlt wie wurmstichiges Holz, um Jahrhunderte gealtert. Auf dem Gehsteig neben der Bar parkte noch immer Roccos 128er; bei seinem Anblick musste man lachen, denn man dachte, das alles sei bloß ein Traum gewesen und Rocco würde gleich herauskommen, einsteigen, reifenquietschend davonfahren und eine Runde durchs Dorf drehen. Doch wir mussten nur ein paarmal auf und ab gehen und den MIKO verstohlen anblicken, schon glich er der Karkasse eines schon lange toten Tieres, wie die Rinderskelette, die der Fluss bei Hochwasser anspülte und die das Meer am Strand liegen ließ, wo sie in der Salzluft, der Einsamkeit und im Sonnenlicht langsam zerfielen.

Antonio verstummte schließlich, hörte auf zu unken und schloss sich dem nach wie vor schweigenden Papula an. Der Inszenierung der Banditen kam das zugute und sie erwachte in der Dunkelheit zu neuem Leben, verwandelte ihr Geschwafel in Staub, und wie Staub legte sie sich auf das Dorf, die Seelen, die Herzen, erstickte alles in einer Nicht-Erinnerung, vernebelte oder entstellte die Vergangenheit.

Die Worte der 'ndrangheta liefen an den Mauern der Wohnblocks und den Holzwänden der Baracken entlang und säten Zweifel. Die Banditen setzten jeden einzelnen Mann in Bewegung und schworen, dass sie nichts mit Rocco zu tun hatten, die Revolution ginge ihnen zwar auf die Nerven und sie hätten sie bekämpft, weil sie nur dazu gedient habe, Polizei und Carabinieri ins Dorf zu holen, die ihre Geschäfte ruinierten: Sie glaubten nur an eines, und zwar an die „Mama" unterhalb von Montalto. Der Staat sei sowohl in unseren als auch in ihren Augen Scheiße, sie würden vielmehr selbst dafür sorgen, dass die, die Rocco den Schädel eingeschlagen hatten, zur Rechenschaft gezogen wurden, allerdings zur rechten Zeit.

Die Banditen erklärten, sie seien Opfer derselben Ungerechtigkeit und desselben Hungers, die auch uns hervorgebracht hatten. Aber im Gegensatz zu uns könnten sie auf einen jahrhundertelangen Kampf und Widerstand zurückblicken, und die Macht bekämpfte man nicht mit Streiks, sondern mit Männern und Gewehren, und solange es diese nicht im Überfluss gab, musste man den Staat und die Signuri besänftigen und bescheißen – Falschheit und Geduld, das war ihr Motto.

Angeblich sind Zweifel wie die Hörner des Betrogenen – alle wissen vom Betrug, doch der Betrogene sagt, solange es keinen Beweis gäbe, hoffe er noch immer auf die Reinheit der Liebe und liebe die, die ihn schamlos betrüge. Die Mühe zeitigte erste Früchte: Sie ebnete den Weg für die *Paceri*, ebenfalls eine heilige Institution des Aspromonte. Das Dorf hatte immer *Paceri* – Friedensstifter – hervorgebracht, für gewöhnlich stammten sie aus Familien, die in der Vergangenheit immer harmonisch mit allen zusammengelebt hatten. Die *Paceri* waren eine Art eigene Rasse, ein Geschlecht von Weisen, das Zugang zu den von Trauer beschwerten Herzen und den verschlossenen Seelen fand. Sie traten auf den Plan, sobald es eine Morddrohung gab, aber auch, wenn bereits Blut geflossen war, und schlichteten mit ihren Worten und ihrer Geduld den Streit.

Sie öffneten die besten Honigtöpfe und achteten darauf, dass jeder einen Tropfen bekam; angeführt vom Köhler Mastro Carlo machten sie zu sechst eine Runde durch das Viertel, zuerst statteten sie der Mutter des armen Rocco einen Besuch ab. Sie riefen allen die Verwandtschafts- und Patenbeziehungen ins Gedächtnis, sogar im Falle des schlimmsten Gauners fanden sie eine edle Geste, sie fügten die Fäden der Zeit aneinander und durchpflügten die

Epochen wie das ruhige Wasser eines Tümpels. Vor allem bei den Frauen mussten sie ihre ganzen Künste aufbieten, bei jedem Besuch hörten sie sich die Beschimpfungen an, die für andere bestimmt waren, und trugen sie auf ihren Schultern wie den Heiligen bei der Prozession. Wie Maurer nahmen sie sich ein kaputtes Haus vor und fügten Mörtel in die Spalten ein, danach stand es frisch verputzt da. Auch meine Mutter fühlte sich geehrt, dass sie zu ihr nach Hause kamen, auch sie verspritzte etwas Gift. Mastro Carlo und die Seinen behielten auf ihrem Weg ein strahlendes Lächeln bei und wenn das Werk vollendet war, waren ihre Gesichter um Jahre gealtert.

Niemand glaubte den Lügen der Banditen, doch man wollte daran glauben: Und die, die mehr als die anderen daran glauben wollten, ebneten ihnen den Weg – auch in unseren Reihen tauchten ein paar auf, die schworen, sie hätten gesehen, wie am Abend des Angriffs auch aus den Häusern der Banditen Töpfe geflogen kamen; jemand sagte sogar, es sei das Verdienst von ein paar Banditen gewesen, dass die Sache nicht schlecht ausgegangen war, sie hätten nämlich die flüchtenden Aufständischen ins Haus gezogen, damit sie nicht von den Carabinieri verprügelt wurden.

Don Santoro Motta war der Einzige, der in dieser Situation wichtige Worte hätte sprechen können und auf den man auch gehört hätte, doch seine Söhne, die zur Totenwache und zum Begräbnis gekommen waren, sagten, er sei krank und müsse zusehen, bald gesund zu werden, denn ohne ihn könne der Heilige kein Wunder wirken.

Wie aufgrund einer heimlichen Übereinkunft gaben Papula und Antonio keine Meinung ab, sie zuckten höchstens mal mit den Achseln, und so mussten ich und Filippo die Wahrheit allein herausfinden: „Wir haben uns darauf versteift, dass sie es waren, weil sie uns so unsympathisch sind, aber niemand hat einen Banditen mit einem Holzprügel in der Hand gesehen", sagte Filippo.

„Die Bullen hätten sich wohl nicht die Mühe gemacht, ihm den Zettel in den Mund zu stecken, der an der Tür befestigt war", erwiderte ich.

„Und wer behauptet, dass es nicht eine Inszenierung ist? Ein Betrug der Gesetzeshüter oder vielleicht hat jemand die Situation ausgenutzt, um eine alte Rechnung zu begleichen? Wir wussten alle, dass er das Dorf nicht aushielt, er war ja nur hier, um eine Sünde abzubüßen. Vielleicht ist er vor einer Vendetta geflohen", sagte Filippo.

Ich diskutierte nicht länger, das Argumentieren war nicht meine Stärke. Außerdem stellte ich fest, dass meine Sturheit abnahm, und das gefiel mir, denn ich wollte nicht meinem Vater und den Seinen ähneln, nicht einmal den im Namen – Nduruti – verewigten Charakter haben. Und außerdem hatte wirklich niemand gesehen, wer Rocco umgebracht hatte.

Bevor ich klein beigab, sagte ich jedoch: „Ja, bald wird man sagen, es sei seine eigene Mutter gewesen, immerhin hat er nicht mit ihr gesprochen", doch gleich darauf musste ich an den Schmerz der Alten denken und bereute es. Schließlich streckte ausgerechnet sie die Hand zur Versöhnung aus: Am ersten Tag des Fests des hl. Sebastian kam sie zur Messe, um sich mit der Schmerzensmutter und vor allem mit dem offiziellen Priester auszusöhnen, der lieber Gnuri und Banditen besuchte als die armen Leute. Das war ein rettender Windhauch, auf einmal erwachte das Leben aufs Neue, wir befreiten uns von dem, was im Grunde Schnee von gestern war. Nachts wurden an den üblichen Stellen die Stände aufgestellt: der Kastanienröster, dessen Gesicht schwärzer als die gebratenen Kastanien war, *u gliciiaru*, der Zuckerwatte in zwölf verschiedenen Farben spann, und der *zippularo*, der goldene Sauce, wie er sie nannte, schmolz, um *zeppole* darin zu backen, die blonder waren als deutsche Frauen.

Kinder und Jungs gingen nicht zur Schule und schossen die Böller ab, die von Weihnachten übrig geblieben waren. Schon sprach man von den außergewöhnlichen Apparaten, die die Zigeuner zum Fest bringen würden, und flüsternd erzählte man, dass außergewöhnlich schöne Frauen kommen würden, Frauen aus Rumänien oder vielleicht auch aus Bulgarien, und die Glücklichen, die sie bereits gesehen hatten, verkauften ihre besten Kälber, um sich ihre

Berührungen leisten zu können. Märchen! Wir wussten nicht einmal, wo Rumänien oder Bulgarien lag oder ob es sie überhaupt gab, das Märchen mit den Frauen wurde bei jedem Fest erzählt, und wir taten, als würden wir es glauben, weil es so schön war.

Die Lupa hatte sich herausgeputzt und sah aus wie einer der alten Esel, den die Zigeuner beim Jahrmarkt verkauften: Ohrringe, Ketten und Armbänder, bunte Bänder in den Haaren, und dieses Jahr hatte sie außerdem funkelnde Goldzähne. Sie thronte auf ihrem Stuhl, der ihren Hintern gar nicht fassen konnte, denn er war viel größer als im Jahr davor.

Zum Zeichen der Sünde, die, wie Antonio sagte, nicht zu sühnen war, blieb das schwarze Loch im Rollladen von Roccos Bar. Doch die ewige Feindschaft, die er vorhergesehen hatte, verhärtete sich, zog die Jacke zu und das Tuch auf ihrem Kopf und ihren Schultern wurde schwer und duckte sich und ging gebückt wie die alten Frauen auf dem Weg zur Frühmesse, die ein Stück vom Himmel erhaschen wollten, weil der Tod sich schon ihren Namen auf die Handfläche geschrieben hatte.

Am Vormittag der Prozession des hl. Sebastian hätte man nicht mehr behaupten können, dass dieses Dorf einen ganzen Monat lang aus drei Dörfern bestanden hatte. Das Wasser des Sumpfs versiegte und floss durch einen unsichtbaren Abfluss ab, der Winter zog sich in die Berge zurück wie flüchtige Verbrecher und Banditen, Revolutionäre und Zuschauer stellten sich Seite an Seite auf die Piazza und warteten darauf, dass der Heilige nach der Messe herauskam und das Schiff bestieg.

Ohne dass Papula oder Antonio es mir erklären mussten, verstand ich, dass die wahre Kraft dieses Dorfes im Vergessen lag und dass die alten Frauen wie Gnura Cata schon die Handlung des x-ten Märchens erfanden, in das sie alles packen konnten, was im letzten Jahr passiert war; und diesen *cuntu* würden sie den Frauen hinterlassen, die jetzt noch kleine harte Brüste und ein paar schwarze Haare auf der Scham hatten, denn bald würden ihre Brüste weich und der Flaum auf der Scham struppig werden und dann würde der Zauber der Märchen das Einzige sein, wofür man sie bewunderte.

Das Vergessen sorgte dafür, dass wir überlebten, es schloss die schlechten Dinge in Erzählungen ein, und die waren wie riesige Bäuche, die Erdbeben, Kriege, Überschwemmungen, Hungersnöte und Enttäuschungen verschluckten; sie gaben uns zu verstehen, dass das Schlimmste vorbei war und dass wir letztendlich gewonnen hatten. Sie würden unserer kleinen Geschichte das Wunder eines auferstandenen Dorfes, den Heroismus der Jasminpflückerinnen hinzufügen. Die Brudermorde und den Verrat würden sie unter den Tisch fallen lassen: „Wir waren immer ein einziges Dorf, geeint gegen alle, die uns angegriffen haben." Und früher oder später würde der Wind Roccos MIKO davonwehen.

Aber an diesem Morgen war mir danach, mir mein eigenes Bild vom Dorf zu machen, ich würde mich nicht täuschen lassen, auf die Gefahr hin, der einzige Bewohner dieses Dorfes zu sein, und ich würde mich auch nicht belügen.

Ich lehnte mich an den heruntergelassenen Rollladen der Bar und betrachtete von ferne das Dorf der anderen, die sich bückten, um das Schiff des Heiligen hochzuheben, die alle Kräfte sammelten, um ihn vom Boden zu lösen. Ich holte nicht tief Luft, ich wollte meine Kräfte nicht mit jenen der anderen vereinen, ich ächzte nicht gemeinsam mit den Trägern und ich seufzte auch nicht, als der Heilige endlich in die Höhe gehoben wurde und das Schiff sich in Bewegung setzte.

Ich sah zu, wie die Prozession loszog, ich quetschte mich zwischen Rollladen und Mauer und zündete mir eine Zigarette an: Ich rauchte eine und dann noch eine und noch eine. Ich sah, wie der Himmel heller wurde, wie die Sonnenstrahlen dicke Klingen wurden, die auf den Boden fielen und sich in die Piazza bohrten; sicher hatte ich zu viele Zigaretten geraucht, denn mir war schwindlig, mein Schädel brummte, ein Tropfen fiel und dann noch einer, und die Tropfen zwangen mich, auf eine unsichtbare Schnur zu beißen.

Ich legte mir eine Hand auf die Stirn und zog sie erschrocken zurück, weil sie so heiß war. Schweißperlen standen auf meiner Stirn, sie verwandelten sich in einen Regen und dann in einen rauschenden Bach, aus dem Inneren der Bar hörte man die Klage, die

die Frauen seit jeher für ihre toten Söhne anstimmten; hier schien wirklich jeder eine Sünde abzubüßen und der, bei dem man sie abbüßen musste, schien ein strenger Schuldeneintreiber zu sein, er vergaß keine einzige und kümmerte sich nicht um die Erzählungen am Kohlenbecken.

Zu dem Zeitpunkt, als sich das Wunder des Lammes wahrscheinlich schon ereignet hatte, steckte mein Kopf in einem Wirbel, ich hörte nicht das Krachen des Feuerwerks und deshalb auch nicht das festliche Läuten der Glocken. Stattdessen hörte ich – wie bei Roccos Tod – das Pfeifen des Bruschiu, auch diesmal passte es nicht zur Jahreszeit. Die Planen auf den Ständen blähten sich auf wie Heißluftballons und die Lupa sprang behände wie ein junges Mädchen von ihrem Thron, anmutig drehte sie sich um sich selbst und ihr Riesenhintern wurde schlank, verschwand unter dem kreisenden Rock; und dann blieb die Lupa ganz plötzlich stehen, hob die Arme, sank auf die Knie und bedeckte ihr Gesicht mit den Händen; das Pfeifen veränderte sich, es war kein Wind mehr, sondern ein markerschütternder Schrei, der mit dem Donner der Straße immer lauter wurde. Das Donnern kam näher und übertönte den Schrei. Auf der Piazza tauchte ein Stier auf, unglaublich groß und so schnell, dass man ihn beinahe nicht sah; er galoppierte auf die Lupa zu, doch die bemerkte ihn nicht, weil sie noch immer die Augen mit den Händen bedeckte. Der Stier senkte im Laufen den Kopf, spießte sie mit den Hörnern auf und schleuderte sie in die Luft, blieb stehen, sah zu, wie sie in der Luft herumwirbelte wie ein Ballon, dem die Luft ausging, wie sie eine Spirale zog und zu Boden fiel. Der Stier rannte auf die Kirche zu und sprach. Er forderte den darin wohnenden Gott heraus, er sagte zu ihm, er solle herauskommen, denn er sei selbst für einen Heiligen wie Sebastian zu mächtig. Dann lief er zur Lupa hin und blies ihr seinen Atem ins Gesicht, der so dicht war, dass man ihn sehen konnte, und während sie aufstand, fiel er wieder in Galopp. Plötzlich wurde es wieder Winter, graue Wolken senkten sich auf die Piazza und verschluckten den Stier. Die Lupa war nur mehr ein Drittel dessen, was sie vor dem Flug gewesen war, das Kleid schlabberte an ihr und sie zog es mit den Händen auseinander, schüttelte den Kopf und warf eine blonde Mähne wie die eines jungen Mädchens zurück; sie hüpfte glücklich zu ihrem Thron, hockte sich darauf und zog die Füße unter ihren nunmehr kleinen, neuen Hintern.

Der Schrei, befreit von der Konkurrenz der Stierhufe, übertönte den Donner und führte eine Menschenmenge an, die über die Piazza lief und sich in der Kirche verschanzte. Mir wurde angst und bang, ich hätte mich auch gern in Sicherheit gebracht, doch die Wolken ringelten sich ein, wurden ausgequetscht und regneten aus; eine Wasserwand verschlang die Piazza und die Stände rundherum samt der Lupa und kam auf mich zu. Sie drückte mich gegen den Rollladen, fünf Schwalben kamen herausgeflogen, genau die, die Papula im *Omen* gemalt hatte, das Wasser wurde dunkel, hielt ein paar Spannen vor mir inne und mittendrin tauchte das Gesicht des Stieres auf. Das Tier sah mich bösartig an und kam langsam auf mich zu. Die Hörner überragten den Kopf, erreichten mich, ich riss die Augen auf und spürte, wie sie sich in meine Leiste bohrten.

„Nein." Vor dem Schwarz des Todes riss ich die Augen auf. „Dachtest du, du würdest dieses Jahr davonkommen?"

Ich drehte mich um und sah die drei glänzenden Kröpfe auf halber Höhe des Halses: Gnura Mela betrachtete triumphierend die Spitze ihrer Spritze, hinter ihr kicherten Papula, Antonio und Filippo, er sagte: „Dein Arsch ist so weiß wie der der alten Weiber." Das brachte ihm die Vorwürfe der Gnura ein, sie sagte, sie habe in ihrem Leben auch durch die Kleider hindurch so viel Sonne abbekommen, dass ihr Hintern erst in vielen Jahren weiß werden würde, und zwar, wenn sie im Paradies in schneeweißer Milch badete.

Ich setzte mich, mir war nicht mehr schwindlig, das Summen und der Tropfen waren verschwunden. „Und der Stier?", fragte ich und alle hörten zu lachen auf. „Was weißt du denn vom Stier?" Mama kam mit Tassen auf einem Tablett aus der Küche – Kaffee, allein beim Geruch wurde mir schlecht. Alle nahmen eine Tasse und sahen mich mit ernster Miene an. „Was weißt du denn vom Stier?", wiederholte Mama. Ich sah wieder das Bild vor mir und hielt mir die Hände vor die Leiste, um die Hörner abzuwehren.

„Ich habe ihn gesehen", sagte ich, „ich habe gesehen, wie er die Lupa umgebracht hat, und dann hat er sich auf mich gestürzt."

Sie blickten einander an. „Ich glaube, er hat kein Fieber, sondern ist verrückt, ich gebe ihm gleich noch eine", sagte die Gnura Mela drohend und hob die Spritze in ihrer Hand. Sie begannen wieder zu lachen, und ich begriff nicht, was es da zu lachen gab, bis meine Mutter mir erklärte: „Bei den vielen Streichen, die ihr der Lupa in all diesen Jahren gespielt habt, hätte sie dich einfach liegen lassen sollen, wo sie dich gefunden hat, doch die gute Frau und ihre Söhne haben dich hergebracht und ins Bett gelegt, und sie hat mich rufen lassen, die Prozession war ja schon zehn Minuten zuvor losgezogen … Wir haben einen Riesenschreck bekommen, ich und das ganze Viertel, wir dachten, du stirbst. Du warst so heiß, als hättest du ein Kohlenbecken im Kopf, ich habe das Fieber mit Eis gesenkt …"

„Das ist die dritte Spritze, die ich dir heute gebe, denn bei der ersten und der zweiten hast du nicht einmal die Augen aufgeschlagen", unterbrach die Gnura und schwenkte wieder die Spritze.

Ich erfuhr, dass ich seit heute Morgen im Bett lag und es schon Abend war; die Lupa war wohlauf und ihr Hintern war so dick wie eh und je, doch es war wirklich etwas Schlimmes passiert und es hatte auch mit dem Stier zu tun: „Don Santoro Motta ist vor seinem Stall zu Boden gesunken, noch bevor die Prozession die Kreuzung erreicht hatte. Er hatte schon lange ein krankes Herz und aufgrund der Aufregung, die ihm bevorstand, ist es geplatzt", sagte Antonio. „Daraufhin ist das Chaos ausgebrochen, der Aufpasser des Stiers war kurz unaufmerksam, der Stier ist ausgebrochen, keine Ahnung, wie, er ahnte, dass man das Fest seinetwegen vorbereitete."

„Er ist direkt zum Bahnhof gerannt und auf den Gleisen davongelaufen, kurz vor dem Nachbardorf haben ihn die Carabinieri mit der Muskete erschossen", fügte Filippo hinzu.

„Vielleicht wollte auch er nach Norditalien, weit weg von diesem Dorf, in dem nur Wilde leben", meinte die Gnura.

„Auf der Piazza war der Stier aber nicht", sagte Mama abschließend.

Ich sah die Szene aufs Neue vor mir, betrachtete meinen aufgeschlitzten Bauch und hörte die Worte, mit denen der Stier Gott herausgefordert hatte.

Einen Monat nach Roccos Tod begleiteten wir wieder einen Fichtensarg aus Holz vom Montalto auf den Friedhof. Der Stier war zwar davongelaufen, doch Don Santoro hatte auch im Tode seine Funktion erfüllt und es dem hl. Bastiano ermöglicht, ein Wunder zu wirken. Das ganze Dorf folgte in einer langen Prozession dem letzten Helfer des Heiligen. So etwas war noch nie vorgekommen, wenn ein Dieb ins Dorf gekommen wäre, hätte er alles mitnehmen können, was sich in den leeren Häusern befand: Niemand bewachte das Dorf, alle hatten es verlassen und gingen langsam über die Staatsstraße zum Friedhof.

Die vielen Leute, die sogar von auswärts gekommen waren, passten nicht einmal in die Kirche; um die Kränze zu transportieren, hatte man Jungs aus dem Viertel engagieren müssen, sie durften sie auch halten.

Bei diesem Begräbnis gab es nicht viele trauernde Gesichter außer jenen der engsten Verwandten, denn der Verstorbene war sehr alt gewesen, viel älter, als Menschen für gewöhnlich wurden. Bei den langen Diskussionen nach dem Vorfall hatten sich die Dorfbewohner schnell darauf geeinigt, dass der Stier tot war, auch wenn ihn der Staat umgebracht hatte, und deshalb musste der hl. Bastiano die Leiden des Dorfes auf sich nehmen, allenfalls musste er sich mit den Carabinieri anlegen.

Der Stier war auf ungewöhnliche Weise zu Tode gekommen, doch das war ein gutes Omen und sorgte für Seelenfrieden – die alten Betschwestern beeilten sich zu sagen, die Wege des Herrn seien nun mal unergründlich –, und außerdem sorgte Don Santoro für Heiterkeit. Er war zwar ein Bandit gewesen, hatte Gott jedoch immer geliebt und deshalb hatte er in seinem Testament verfügt, dass er sich ein Begräbnis in der Kirche wünschte.

Niemand protestierte, die Gutmütigen sagten, er habe zwar für Blutvergießen gesorgt, „aber nur im Notfall", und die scharfen

Zungen flüsterten, er habe mehr als ein Blutbad auf dem Gewissen, aber da der Don eine außergewöhnliche Beziehung zum hl. Bastiano hatte, konnte ihm der offizielle Pfarrer das Begräbnis nicht verweigern. Danach wurde die Sache allerdings etwas komplizierter, denn Don Santoro hatte verfügt, dass er sich auch ein Orchester wünschte, und da er immer, zumindest in seinem Kopf, als freier Mann zu leben versucht hatte, solle es die Hymne der Anarchisten spielen, und der Pfarrer hatte gedroht, wenn das Orchester sie wirklich spielte, würde er das Begräbnis verlassen.

Endlose Diskussionen. Schließlich hatte man sich auf einen Kompromiss zwischen Gott und den Wünschen des Alten geeinigt. Zuerst die Hymne und dann ein Ave Maria.

Doch nach der Messe, auf dem Weg zum Friedhof, begann das Orchester ein Lied zu spielen, das jemand als einen faschistischen Marsch aus dem spanischen Bürgerkrieg erkannte. Vielleicht ein Irrtum oder eine Provokation. Großes Geschrei und Gezänk, die Musiker wurden davongejagt. Da man nicht wusste, wie man den Toten auf seinem letzten Weg musikalisch begleiten sollte, stimmten ein paar eifrige Mitglieder der Arbeiterkammer die Internationale an, worauf einmütiges Flüstern folgte: Kommunist zu sein war in Ordnung, Anarchist war zu viel.

Als Reaktion darauf stimmten der Priester und seine Betschwestern das Ave Maria an. Und so landete Don Santoro in Begleitung von Gott, den Kommunisten und unterdrücktem Lachen auf dem Friedhof. Auf das Begräbnis folgten die üblichen acht Trauertage – alle, die ein Radio oder einen Fernseher besaßen, durften diese nicht anmachen, das war so üblich, so wurde die Trauer zum Ausdruck gebracht, auch wenn sie gar nicht vorhanden war. Die engen Verwandten mussten sich zwei Jahre lang von Fernsehfilmen und Schlagern fernhalten, die entfernten ein Jahr, die weitschichtigen Cousins nur ein halbes Jahr. Und die Kinder, die wenigstens *Carosello* sehen wollten, maulten und sagten, in der Vergangenheit, als niemand Radios und Fernseher hatte, sei das einfacher gewesen, und die Mütter antworteten, die Kleinsten hätten doch Spiele, um die Zeit totzuschlagen, früher hätten sie Flohhüpfen gespielt und jetzt wollten sie fernsehen, obwohl es einen Trauerfall in der Familie gab.

Der Tod im hohen Alter wurde klaglos hingenommen, es kostete nichts, den Hinterbliebenen die Hand zu tätscheln, und alle fühlten sich danach besser, sowohl die, die Beileid aussprachen, als auch die, die es entgegennahmen. Um die Zeit totzuschlagen, schwelgte man in Erinnerungen, allerdings nur in guten, die Sünden fielen wie immer dem Vergessen anheim. Don Santoro war ein feiner Herr gewesen, egal wie man sein Leben betrachtete. Jeder erinnerte sich an eine noble Geste, beschrieb seine überaus enge und herzliche Beziehung zum Verstorbenen, die Söhne schüttelten den Kopf bei den auf sie einprasselnden Anekdoten. Die weiblichen Mitglieder der Familie seufzten und schluchzten hin und wieder auf, denn etwas Schmerz musste man in der Trauerzeit doch an den Tag legen, und alle achteten darauf, wer mit wem sprach, wer wen grüßte, man machte eine Liste der Anwesenden und wenn jemand fehlte, beeilte man sich, den Abwesenden samt Uhrzeit und Dauer der Anwesenheit hinzuzufügen, damit keiner auf schlechte Gedanken kam, und wenn jemand tatsächlich nicht gekommen war, wetteiferte man darin, eine gute Ausrede zu finden, die dem Gerede standhielt.

Wir waren während der ganzen acht Tage anwesend, wir schüttelten so viele Hände, dass wir uns die Haut der Handflächen abrieben. Wenn man uns so sah, hätte man glauben können, dass wir einander sehr gernhatten, vor einem Jahr wäre auch mir bei diesen Szenen das Herz aufgegangen, ich hätte gesagt: „Was für ein wunderschönes Dorf, was für gute Leute, geeint und solidarisch im Schmerz." Ich hätte tief eingeatmet und meine Brust mit Luft und Stolz gebläht, in der Gewissheit, dass dies das beste Dorf auf der ganzen Welt sei. Jede Geste, jedes Wort, jede Erzählung derer, die mir nah gewesen waren, waren im Grund eine Leidensgeschichte, eingebettet in Liebe: der Gevatter, der Cousin, der Onkel, die Gnura … Wir alle waren eine große schöne Familie.

Aber die Revolution hatte mir zwei neue Augen geschenkt, vor einem Jahr wäre ich zu diesen Gedanken gar nicht fähig gewesen. Der selige Don Santoro hatte recht, wenn er sagte, dass die Revolution ein Brombeerstrauch war und dass man in ihm drin sitzen musste, um die Früchte zu sehen. Aber die Revolution war nichts anderes als das Leben, und beide waren ein großer Baum, bei dem man die guten Früchte von den schlechten unterscheiden musste, und das lernte man, indem man die unreifen kostete, bei denen sich wie bei den Vogelbeeren Lippen und Zunge zusammenzogen.

Unter den Händen, die ich drückte, befanden sich gewiss auch die, die Rocco mit dem Prügel den Schädel eingeschlagen hatten, da konnten die Banditen noch so sehr von Unschuld schwafeln. Unter den Wangen, die ich küsste, befanden sich auch die, die sich mit Geifer gefüllt und dann meine Mutter angespuckt hatten – weil sie ihren Mann nicht hatte halten können. Als Erste hatten die beiden Alten, die uns jeden Dienstag besuchten, gegeifert, obwohl ich jeden Dienstag eine stinkende Mütze auf den Haken gehängt und den widerlichen Gestank des ausgespuckten Schleimbatzens im Kohlenbecken eingeatmet hatte, aber jetzt war dieses Blut nicht mehr mein Blut, und der Samen, der mich gezeugt hatte, befruchtete jetzt eine dicke deutsche Frau, sofern sie überhaupt so fruchtbar war wie Mama.

Nach einem Jahr der Revolution und des Lebens war meine Welt kleiner geworden, hatte sich in die Wände der Aurora zurückgezogen, die weniger einem Wohnblock glich als vielmehr den Kasernen der Fremdenlegionäre in der algerischen Wüste, die ich im Kino im Pfarrsaal gesehen hatte.

Papula hatte meine Welt verändert, er hatte meine Welt im Dorf verändert, doch seltsamerweise war er am meisten davon überzeugt, dass unser Dorf das schönste auf der Welt war und dass wir eine große, schöne Familie waren. Er bildete sich sogar ein, dass er die Banditen bekehren würde – wir waren ja von derselben großen Mutter geboren worden, wir lebten seit Jahrtausenden zusammen und hatten dasselbe Blut, wir konnten gar nicht in verschiedene Richtungen gehen, das wäre gegen die Natur gewesen.

Aber mein Blut lief schon in anderen Bahnen, vielleicht hatte ich deshalb gewisse Gedanken. Leider war ich nicht so intelligent und so redegewandt wie Antonio, und wenn ich versuchte, diese

Dinge zu äußern, verklebten sich meine Gedanken auf der Zunge, verwandelten sich in die Reden eines zahnlosen Alten.

Antonio und Papula drückten kräftig die Hände, Filippo lächelte alle an, und ich musste eine Rolle spielen, ich sagte mir, gewiss täuschte ich mich, ich fühlte bloß den Groll von jemandem, der plötzlich Waise geworden war.

Wir ertränkten uns in Vergessen und nach der Trauerzeit begann Papula aufs Neue von der Revolution zu reden und wälzte wieder seine Pläne für eine Fabrik im Aspromonte, die allen zugutekommen sollte.

Tag für Tag stiegen wir wieder in den Zug und klapperten die Dörfer der Locride ab, wir schlichen uns in die Studentenversammlungen, in die Protestversammlungen der Arbeiter, wir tauchten bei jeder Demonstration gegen die Ausbeuter und die staatliche Unterdrückung auf. Wir kamen bis nach Reggio und unsere Gruppe, die aus Africo, wurde mittlerweile am meisten gehört und anerkannt. Papula bewaffnete sein aus Jungs bestehendes Heer und schickte es gegen die lokalen Machthaber los. Seiner Meinung nach war dies das Ungeheuer, das unsere Probleme verursachte.

Diesmal beschlossen wir jedoch, den Kampf vom Dorf fernzuhalten, denn wie Papula sagte, „müssen wir unsere Gemeinschaft einen, eine kollektive Kraft daraus machen". Wir wurden eine wunderbare Kampfmaschine, dreihundert Krieger, geeint bis zum Sieg, ohne Angst vor dem Tod. Papula hatte recht, in unserer Vergangenheit gab es etwas Heroisches, vielleicht stammten wir tatsächlich von unbezähmbaren Kriegern in Wolfsfellen ab. Wir standen immer in der ersten Reihe, wir suchten die Auseinandersetzung und unser Blut rauschte fröhlich im Kampf. Wir machten Druck auf die lahmen Revolutionäre in den anderen Dörfern und stellten uns entschieden gegen die Verbrecher: Politiker, Priester und Gnuri, von Reggio bis Catanzaro.

Doch die Mächtigen waren an der Macht, weil sie rational denken konnten. Sie verstanden, dass man uns nicht erlauben durfte, den Krieg zu exportieren, drehten den Spieß um und brachten den Krieg zu uns nach Hause. Und sie machten das auf die übliche

Weise, sie hetzten uns gegen die Banditen im Dorf auf. Papula gab genaue Anweisungen: Ja nicht zu Hause kämpfen. Ein paar Monate lang widerstanden wir den Verlockungen, lehnten es ab, in ihre Verbände aufgenommen zu werden, lehnten Gespräche mit Freunden und Verwandten ab. Wir ertrugen die Beschimpfungen. Solange wir nur wenige Ohrfeigen bekamen, hielten wir auch die zweite Wange hin.

Nach wie vor stiegen wir in den Zug, um einen gemeinsamen Kampf zu führen, der dann triumphierend in die einzelnen Dörfer einziehen sollte. Und Papula war im großen Stil unterwegs, gemeinsam mit vielen anderen Papulas, die inzwischen überall in den Dörfern am Ionischen Meer aufgetaucht waren. Die Studenten wurden aktiv und jede einzelne Schule wollte sich beteiligen. Bei den Versammlungen gab es viele gescheite Köpfe, sie sahen die Zukunft voraus und zeigten uns, was sie sahen. Die Herrschenden hatten eine Zementfabrik errichtet und die Leitung den Banditen übertragen, und jeder von ihnen hatte sich einen Fluss unter den Nagel gerissen, hatte am Damm eine Schottergrube ausgehoben und leitete den Kies, den der Aspromonte ins Meer spülte, in den Bauch der Betonmischmaschinen, die fleißig waren wie Bienen. Die Zukunft bestand in der Ausbeutung unseres Landes. Eine neue Riege von Bossen im Doppelreiher würde entstehen, die die alten Mafiosi wegfegten und an ihre Stelle traten. Die Studenten marschierten, Tausende junge Menschen marschierten, voller Hoffnung, und sie marschierten über die Straßen von Locri, der größten Stadt in der Region. Sie trugen Spruchbänder mit der Aufschrift DIE MAFIA IST TOD, damals gab es noch viele Richter, die sagten, die Mafia sei nur Schall und Rauch. Und wie bei der Revolte in Africo verteidigte der Staat die Banditen mit Uniformträgern, Knüppeln und Handschellen. Die Mächtigen schlugen hart zu, verscheuchten die Träume.

Die kleinen lokalen Diktatoren begriffen, worum es ging, und versuchten die Revolution im Keim zu ersticken: Sie verlangten noch mehr Stöcke und Knüppel. Trotz Papulas Anweisungen schafften es ein paar von uns nicht länger, die Hände nur schützend vors Gesicht zu halten. Auf die ersten Reaktionen folgten weitere:

Nun ging es Schlag auf Schlag, niemand konnte es aufhalten. Die Revolution wurde zerschlagen, zersprengt, aufgeteilt und jeder kehrte in sein Herkunftsdorf zurück. Wieder Bruder gegen Bruder. Wir schafften es fast nicht mehr bis zum Bahnhof, und Papula kapitulierte. Nachdem er versucht hatte, das Feindesblut zu überzeugen, schlug er heftiger zu als alle anderen, die frei werdende Frustration verleitete ihn, auf Beine und Gesichter zu dreschen, Knochen zu brechen. Doch kaum standen wir kurz vor dem Sieg, fiel der Staat wieder auf den Plätzen ein und schlug hart zu, prügelte immer wieder und ausschließlich auf die Eier des Hahns ein.

Es begann ein Reigen von Siegen und Niederlagen, genau wie am Ende des letzten Jahres, als Papula uns eine Fabrik bauen wollte, damit wir nicht länger emigrieren mussten. Wir änderten den Namen unserer Piazza, wir klebten ein Schild auf die weiße Marmortafel mit dem schwarz geschriebenen Namen eines Helden aus dem Risorgimento: PIAZZA ROSSA. Sie wurde unser Bollwerk, mitten auf der Piazza hatten wir eine Stange mit rot-schwarzer Fahne aufgestellt und darunter den MIKO des seligen Rocco.

Immer mehr Polizisten und Carabinieri kamen. Eine Woche lang hielten wir stand, schließlich kamen so viele, dass wir die Trophäe aufgeben mussten. Wir ergaben uns jedoch nicht. Wohnblock um Wohnblock, Gasse um Gasse führten wir einen Guerillakrieg, manche unterstützten uns und andere verbarrikadierten sich in ihren Wohnungen. Nach zwei Tagen wurden die Bullen so zahlreich wie Fliegen im August, doch obwohl sie ein Blutbad anrichteten, kapitulierten wir nicht. Wir flüchteten uns der Reihe nach in die Wohnungen, in denen man uns Zuflucht gewährte, und spien unsere Sturheit hinaus. Auf die Spruchbänder schrieben wir, dass wir uns nie ergeben würden; je mehr sie uns schlugen, desto härter schlugen wir zurück, je mehr wir einsteckten, desto weniger spürten wir den Schmerz.

Und wie im Jahr davor drehten uns die Bullen kurz vor dem Sieg plötzlich den Rücken zu und liefen weg, stiegen in ihre Einsatzwagen und verschwanden, als ob sie nie hier gewesen wären. Wir waren wie vor den Kopf gestoßen. Wir zählten einander ab, um herauszufinden, wer fehlte. Als Erste sah ich Antonio, Filippo und Papula und atmete erleichtert auf. Nach mehrmaligem Zählen stellten wir fest, dass, wenn auch übel zugerichtet, alle da waren. Und auch aus dem Dorf fehlte niemand, kein Freund und kein Feind, doch wenn einer von ihnen gefehlt hätte, wäre es uns auch egal gewesen.

Weder am Tag darauf noch am übernächsten Tag kehrten die Gesetzeshüter zurück.

Wir fragten uns, was der Grund der Kapitulation sei, und verarzteten die Wunden. Selbst nach einer Woche konnte niemand eine sinnvolle Antwort geben. Unsere Körper heilten und Papula rief uns unbeugsam wieder zur Revolution auf: Wieder stiegen wir in den Zug, versuchten Protestgegner aufzuspüren, wo auch immer sie sich versteckten. Antonio gab Anweisungen fast wie Papula, er beschwor alle, nicht allein zu kämpfen. Wir bildeten Gruppen, suchten aus, wer zu unserer Gruppe gehören sollte, und bildeten Zehnermannschaften – keiner durfte die eigene Mannschaft verlassen, jeder hatte die Aufgabe, seine Gefährten zu beschützen.

Ich dachte, seinem Verhalten nach zu schließen war Antonio der Einzige, der den Rückzug der Gesetzeshüter verstand. Er, ich und Filippo gehörten zur Mannschaft Papulas, wir fuhren jeden Morgen nach Reggio, denn dort wurde am meisten gekämpft. Wir gingen in die Schulen, um Versammlungen abzuhalten, wir frequentierten die Accademia delle Belle Arti und trafen oft die Anarchisten, deren Quartier sich in der Via Marina befand. Unsere Gruppe genoss hohes Ansehen, denn Papula trat nie den Rückzug an und wir standen geschlossen hinter ihm. Unsere Gruppe war jedoch auch im Visier der Ordnungskräfte. Deshalb hielten Filippo und ich uns etwas abseits, wir beobachteten die anderen aus der Ferne, ließen Papula jedoch nie aus den Augen. Wir steckten uns die Pistolen, die uns Nicodemo und Mimmo überlassen hatten, in den Gürtel; soviel wir wussten, waren die beiden noch immer im Gefängnis. Antonio hatte uns geraten, sie zu entsichern und immer wachsam zu sein. Wir befolgten seine Anordnungen wortwörtlich. Wir stellten uns ungefähr zwanzig Meter von unserer

Gruppe entfernt auf und taten so, als wären wir mit unseren eigenen Angelegenheiten beschäftigt.

Die Carabinieri wollten nicht nur unsere Dokumente sehen, sie durchsuchten auch unsere Freunde: Sie kamen in die Versammlungen, tauchten auf der Straße, im Zug auf; sie griffen sich Papula und die in seiner Nähe, schauten in ihre Taschen, zwangen sie, das T-Shirt zu heben. Sie hatten eindeutig einen Plan. „Entweder versuchen sie Papula etwas anzuhängen oder wollen sichergehen, dass Papula nie etwas bei sich hat", sagte Antonio, und er gab Papula sogar den Rat, eine Zeit lang zu Hause im Dorf zu bleiben oder irgendwohin, zu einem seiner Freunde, zu reisen. Dieser wollte nichts davon wissen, „der Augenblick ist günstig, wir haben so viele gute Leute an unserer Seite und wir können nicht klein beigeben".

Antonio gab uns so viele gute Ratschläge, dass ich und Filippo ständig die Hand am Schaft der Pistole hielten, am Morgen warteten wir vor Papulas Wohnung auf ihn und am Abend begleiteten wir ihn nach Hause, ohne dass er es bemerkte. Wir ließen ihn nie allein. Bis wir eines Abends von Reggio zurückfuhren.

Nur noch die zehn von unserer Mannschaft waren da, wegen der Pistolen setzten ich und Filippo uns in ein anderes Abteil. Zwei Haltestellen vor Africo stieg eine Gruppe Carabinieri in den Zug ein, kam in den Waggon, in dem wir saßen, und begann die Reisenden, Abteil um Abteil, zu durchsuchen; ich und Filippo schafften es, beim nächsten Bahnhof auszusteigen, und entgingen so der Kontrolle, die anderen blieben drin. Wir sahen sie durch die Fenster, und dann liefen wir auf die Staatsstraße, in der Hoffnung, dass uns jemand mitnahm.

Erst nach zehn Minuten blieb jemand stehen. Ein ungefähr fünfzigjähriger Mann nahm uns mit, er war so dünn, dass er in der Mitte entzweizubrechen schien, beim Atmen machte er einen Lärm wie ein löchriger Blasebalg, und er rauchte: Im Auto hing so viel stinkender Zigarettenrauch, dass man am liebsten selbst zum Rauchen aufgehört hätte. Er redete und rauchte und schaute dabei nach rechts und nach links, um auf irgendetwas aufzupassen, keine Ahnung, auf was, denn niemand war auf der Straße und er fuhr so langsam, dass der Rauch, den er ausatmete, nicht einmal durch das halb geöffnete Fenster abzog.

„Eigentlich haben wir es ein wenig eilig", sagte ich und versuchte höflich zu klingen, während ich kaum stillsitzen konnte.

Er zuckte mit den Schultern, zog den Kopf ein, drehte sich um und lächelte mich an.

„Wir haben es eilig", sagte Filippo hinten, weniger höflich.

„Ach so", schnaufte der Fahrer, fuhr aber nicht schneller.

„Ich bitte Sie", versuchte ich es noch einmal.

Er ließ mich nicht ausreden und bremste. „Ihr blöden Dörfler, glaubt ihr vielleicht, ich bin ein Taxi?", fragte er und äffte unseren Dialekt nach, dann sah er Filippo und mich an: „Wenn es euch nicht passt, da ist die Straße …" Er wartete nicht auf eine Antwort und legte wieder den Gang ein, genauso langsam wie zuerst. Filippo kam mir zuvor, er legte ihm den Lauf der Pistole an den Hals. Er zuckte zusammen, riss die Augen auf und während er versuchte, den Kopf zu drehen, legte Filippo sie ihm an die Schläfe, sodass er sie aus den Augenwinkeln gut sehen konnte. Die Zigarette fiel ihm aus dem Mund, er stieg auf das Gaspedal und das Auto machte beinahe einen Sprung, keuchte wie die Lunge des Dünnen, doch jetzt fuhr er schnell. Wir erreichten das Dorf und auf der Staatsstraße befahlen wir ihm, nach rechts, Richtung Bahnhof, zu fahren.

Wir sahen sie sofort, sie standen im Kreis unter einer Straßenlaterne, wie Mücken in einer Augustnacht.

Papula lag am Boden, seine Augen waren geschlossen und auf seinem roten Pullover, zwischen Bauch und Brust, war ein dunkler Fleck. Wir stellten uns in den Kreis und schauten schweigend, wie die anderen. Dann drängelte jemand an uns vorbei. Der Dünne kniete sich hin, eine Rauchwolke stieg über seinem Kopf auf, er sah ihr nach, während sie sich ausbreitete und verflüchtigte. „Er lebt."

Auch unser Kreis löste sich auf und bildete sich am Boden neu. Wir hielten den Atem an. Es stimmte, auch ich sah, dass sich Papulas Brust ganz leicht hob und senkte.

„Legt ihn ins Auto", befahl der Dünne. Eine Menge Arme schoben sich unter Papula, wir hoben ihn auf und legten ihn auf den Vordersitz. Antonio, Filippo und ich setzten uns durch und nahmen hinten Platz. Der Dünne sauste davon, zündete sich eine Zigarette an, bog rechts auf die Staatsstraße ein. Papula bewegte mehrmals den Kopf, hustete, der Dünne warf die Kippe aus dem Fenster, fuhr mit Vollgas. Der Motor bebte, auch das Auto bebte, vor dem Krankenhaus machte er eine Vollbremsung. Der Dünne sprang als Erster hinaus, lief hinein und kam gleich darauf mit einem Arzt, einer Bahre und zwei Krankenpflegern zurück. Sie legten Papula darauf und liefen hinein.

Wir folgten ihnen zur Tür, doch sie schlugen sie uns vor der Nase zu. Weitere Ärzte kamen gelaufen. Nach einer halben Stunde wurde die Bahre wieder herausgeschoben und man brachte Papula in den Operationssaal; weitere Gruppen von Jungs aus dem Dorf kamen. Als die Carabinieri eintrafen, war der Wartesaal voll mit den Unsrigen, und auch auf dem Gang der Abteilung, in der man uns aufgetragen hatte zu warten, und vor dem Krankenhaus standen welche. Wir stellten unablässig Fragen, bekamen jedoch keine Antworten.

Wir gingen hinaus, um eine Zigarette zu rauchen, und während wir sie anzündeten, kam der Dünne, gab mir und Filippo einen Schlag auf den Rücken, stieg ins Auto, legte den Rückwärtsgang ein und verschwand; zurück blieb nur der Rauch, der aus dem Fenster drang.

Eine Zeit lang gingen wir immer wieder rein und raus; dann sagte jemand, man brauche Blut, und Hunderte Arme reckten sich und zeigten winterlich weiße Haut, mit aufgerollten Hemdsärmeln stellten wir uns an, doch nur die, die sich schnell ganz vorne hingestellt hatten, durften auch tatsächlich spenden. Wir warteten fünf Stunden, bis ein Arzt aus dem Operationssaal auf den Gang kam: Er sah sehr ernst drein und als er feststellte, wie zahlreich wir waren, schüttelte er lächelnd den Kopf. „Er wird nicht sterben", sagte er, „aber angesichts der Tatsache, dass ihr so viele seid, hätte ich das auch gesagt, wenn er schon tot wäre."

Wir gaben einen Jubelschrei von uns, der gewiss auch draußen zu hören war, denn die Raucher kamen hereingerannt. Jemand tat, als würde er erst jetzt bemerken, dass auch Dutzende Carabinieri seit Stunden dastanden und warteten: „Polizisten, Banditen, Carabinieri … Ihr habt alle denselben Beruf", rief er ihnen zu, und viele fielen in den Chor ein, der ohrenbetäubend laut wurde und die Carabinieri in die Flucht schlug, die Jüngsten von uns liefen ihnen bis zu den Autos nach und wiederholten den Refrain. Sie verschwanden und am Vormittag verbreitete sich die Kunde. Scharen von Vertretern der Studentenkollektive kamen, die entlang der Ionischen Küste entstanden waren und sich zu sogenannten permanenten Versammlungen zusammengeschlossen hatten: Sie übermittelten uns ihre Solidarität und warnten uns, dass das Krankenhaus wahrscheinlich kein sicherer Ort für unseren Freund sei – dort arbeiteten gewiss viele Feinde. Viele von ihnen blieben bei uns, um Papula zu bewachen, und die anderen kehrten zu ihren Versammlungen zurück, nachdem sie Flugblätter an die Wände geklebt hatten, auf denen sie Staat, Honoratioren und Banditen gleichsetzten. Diese hatten Schüsse aus ihren Pistolen abgegeben. Sie wollten nicht, dass wir uns besserten, wir sollten lieber Futter für die Fabriken und Gefängnisse sein, hier gab es keinen Platz für unseren Revolutionsbaum.

Im Gegensatz zu dem, was viele vorausgesagt hatten, kamen sie nicht mit Verstärkung zurück, kein einziger Gesetzesvertreter kam, weder um zu verhören noch um zu kontrollieren und schon gar nicht, um Papula zu beschützen, denn das erledigten ohnehin wir. Jetzt, wo wir wussten, dass er nicht sterben würde, zog sich mein Schuldbewusstsein so weit zurück, dass ich Antonio die Frage „Was ist passiert?" stellen konnte, während wir hinausgingen, um die x-te Zigarette zu rauchen, die jetzt nicht mehr meine große Angst vernebeln musste.

„Zu dritt sind sie auf der Allee unterhalb des Mäuerchens hinter den Zypressen hervorgestürmt, mit Kapuzen und Pistolen. Wir haben gleich begriffen, was sie wollten. Ohne was zu sagen, haben wir uns um Papula geschart, sie haben die Arme ausgestreckt, mit den Pistolen auf ihn gezielt … Ich habe die Augen geschlossen, jemand hat mich weggestoßen … Papula war schon drei Schritte weitergegangen. Unter der Laterne ist er stehen geblieben – ‚nur mich‘, hat er gesagt. Beim ersten Schuss habe ich die Augen geschlossen und sie erst wieder geöffnet, als die Schweine hinter der Mauer verschwunden sind.“

„Ich und Filippo hätten nicht aus dem Zug steigen sollen“, flüsterte ich.

Antonio legte mir die Hand auf die Schulter. „Sie haben alles durchsucht, sie hätten euch gefasst.“

Ich schüttelte den Kopf. „Umso besser, dann hätte es ein Durcheinander gegeben und Papula wäre nicht zu dieser Verabredung gegangen.“

„Dann wäre er zu einer anderen und noch einer anderen gegangen … Ich habe es nicht geschafft, ihn zu überreden, sich fernzuhalten“, sagte Antonio und schüttelte ebenfalls den Kopf.

„Wenn man keinen Krieg will, darf man sich nicht dafür rüsten“, sagte Filippo weise, auch er hatte recht.

Alle hatten ein wenig recht, aber Papula war nicht davongelaufen, er war an vorderster Front gestanden und hatte die Kugeln für alle kassiert. Am meisten recht hatte wahrscheinlich Rocco gehabt: Dieses Dorf war ein Fluch.

Ich betrachtete die Gesichter der Freunde, die ebenfalls rauchten: Sie waren dreizehn, fünfzehn, achtzehn Jahre alt. Ich dachte, im Grunde waren sie Kinder, die bis gestern aufgeregt Märchen am Kohlenbecken gelauscht hatten. Und sofern wir nicht nur unsere Wunden lecken wollten, lautete die einfachste Schlussfolgerung, dass der Krieg etwas für Erwachsene war. Doch das sagte ich nicht, denn was auch immer ich gesagt oder gedacht hätte, es hätte nichts bewirkt: Ich hatte Papula nicht beschützt. Meine Kehle wurde wieder eng, ich schmiss die Zigarette weg, denn nicht einmal der Rauch wollte da hindurch.

Um Buße zu tun, setzte ich mich auf einen Stuhl in der Abteilung, in die sie Papula nach der Operation gebracht hatten, und ging nicht mal mehr zum Rauchen hinaus.

Ich zählte immer wieder seine Brüder, es waren viele, so viele, dass man sich weder an alle Namen erinnern konnte, noch daran, welches Gesicht zu welchem Namen gehörte. In jeder Falte ihrer Gesichter lag so viel Trauer, dass es mich fast umbrachte.

Ich fragte mich, ob es richtig war, den Unsrigen so viel Leid zuzumuten, und jetzt verstand ich auch die Dorfbewohner, die Gleichgültigkeit vortäuschten, die immer ein Gebüsch suchten, unter dem sie sich verstecken konnten.

Ich verstand, warum Menschen den Kopf senkten. Sie waren glücklicher.

Ich blieb den ganzen Tag sitzen und auch noch den nächsten Tag und die nächste Nacht. Am dritten Tag setzte ich mich ins Auto, doch erst, nachdem Filippo auf meinem Stuhl Platz genommen hatte, er hatte zu Hause ein paar Stunden geschlafen. Ich, Filippo und Antonio wechselten einander auf unserem Posten ab: ein Brötchen, ein paar Stunden Schlaf, ein Kaffee und ein paar Zigaretten.

Am fünften Tag war die Eloquenz auf Papulas Lippen zurückgekehrt. Man durfte ihn besuchen, und seine Familienmitglieder betraten jeweils zu zweit sein Zimmer, doch danach musste er sich ausruhen und wir mussten den Besuch auf den nächsten Tag verschieben; und auch dieser Besuch fiel wieder aus, weil seine Angehörigen das größere Recht hatten.

Die Gesetzeshüter waren nach dem ersten Abend verschwunden, im Dorf hörte man kein Wort über das, was geschehen war. Alle, die auf unserer Seite standen, tauchten auf, doch sie gingen bloß einmal auf dem Gang auf und ab und verschwanden wieder. Ein paar Jungs waren nach den ersten Abenden nicht wiedergekommen, doch der Großteil war noch da, und ihren Gesichtern war abzulesen, was sie wollten: Jeder, der eine Pistole oder ein Messer hatte, trug es in der Tasche; es gab nur wenige im Dorf, die nicht irgendwo ein Schießeisen hatten, vielleicht besaßen sie keinen Anzug, doch für alle aus dem Aspromonte war es unehrenhafter, keine Waffe zu tragen, als nackt zu sein, und alle waren einen Tag in den Bergen gewesen, denn wenn ein Unrecht geschehen war, musste man ein Gericht abhalten. Die Bewohner des Aspromonte hatten nie einen weisen König gehabt, der im richtigen Augenblick die Kavallerie schickte, und so hielt jede Familie bei Bedarf ein Gericht ab.

In diesem Augenblick gab es in unseren Herzen Hunderte Urteile, die einander aufs Wort glichen, doch das endgültige Urteil musste der sprechen, dem das größte Unrecht widerfahren war: Papula.

An diesem Morgen, am siebenten Tag, ließ sich keiner seiner Angehörigen blicken. Nun waren die Jungs dran reinzugehen. Wir drei waren die Ersten: Papula war so bleich wie ein Dorfbewohner, der nach zehn Jahren im Bergwerk aus Belgien zurückkam, er war von oben bis unten von einem Laken bedeckt, außer dem Kopf ragten nur die Arme heraus, und in einem steckte eine Infusionsnadel.

„Sie können nicht einmal mehr schießen", sagte er als Erstes. „Sie haben mir gerade mal ein Loch in die Gedärme geschossen. Doch sie haben mir so viele kleine Löcher verpasst, dass ich in ein besseres Krankenhaus gebracht werden muss, um sie flicken zu lassen. Denn hier sind Ärzte, die nähen und dann die Nähte wieder auftrennen." Er riss die Augen auf und schwieg.

Gerade noch hatten wir uns gefreut und schon mussten wir zur Kenntnis nehmen, dass man ihn wegbringen würde. Er ließ zu, dass wir ihn auf die Wange küssten, riss die blauen Augen unter den Augenbrauen auf. „Kein Blutvergießen", mahnte er.

Ich wandte den Blick ab, doch sein Blick ging mir trotzdem durch und durch. „Kein Blutvergießen, Nicola", mahnte er, und sein Gesicht wurde so hart wie das der Samurai im Kino des Pfarrerstellvertreters.

Das war sein letztes Wort, genau wie bei Roccos Tod.

„Wir sind nicht wie sie. Wenn auch wir Blutrache üben, gibt es keinen Unterschied zwischen uns und den Banditen. Ich bin gekommen, um die Herrschenden davonzujagen, nicht ihre Diener. Die Gnuri wollen genau das: dass wir einander umbringen. Sie haben sich das Gesetz und die in Rom unter den Nagel gerissen, und es ist ihnen herzlich egal, wie es uns geht. Wenn wir einander abknallen, schaben die Carabinieri unsere Reste mit dem Löffel von den Wänden ab. Die Gnuri befehlen und die Unsrigen emigrieren oder dienen. Der Feind ist außerhalb des Dorfes, den müssen wir erwischen." Papula keuchte, kam wieder zu Atem, starrte zur Decke. „Ihr und die anderen Jungs seid kostbares Blut, es ist rot geworden, weil unsere Mütter nur Brot und ihre eigenen Nägel gefressen haben. Und ich will nicht noch eine trauernde Mutter wie die Roccos auf dem Gewissen haben."

Worte, Worte, dachte ich, und in meinen Gedärmen bildete sich eine Wut, die mir wie Kotze in den Mund stieg. Säure verbrannte mir den Mund. Die Zeit der schönen Worte ist vorbei, hätte ich am liebsten zu ihm gesagt. Doch er konnte auch die Worte hören, die ich nicht aussprach, sicher befanden sich in Antonios und Filippos Bauch dieselben Worte.

„Nicola, Filippo, Antonio. Ich habe keine Angst. Ich habe euch in einen Krieg hineingezogen. Aber ich würde euch nie in einen Krieg hineinziehen, nur um meinen männlichen Stolz zu nähren. Die Männlichkeit ist ein Märchen und gehört nicht zu meinem Wortschatz. Das einzige Wort, das ich meinem Gewissen zuliebe und für euch ausspreche, ist … Kommt her."

Er hieß uns, die Hände übereinanderzulegen, und drückte sie mit seiner freien. In meinen Fingern kribbelte es und in mir stieg das Kostbarste auf, was ich besaß. Nicht das Wort. Ich spürte sein Herz in meinem Körper, es klopfte neben dem meinen und ließ ein Blut in meinen Adern zirkulieren, das meinen Blick schärfte.

„Wisst ihr, was der schlimmste Fluch des Teufels ist? Die *Maligredi*", sagte er, ohne auf eine Antwort zu warten. „Das ist die Gier des Wolfes, wenn er in ein Gehege eindringt und nicht nur ein Schaf reißt, um seinen Hunger zu stillen, sondern alle umbringt. Wenn die *Maligredi* kommt, spaltet sie die Dörfer, die Familien, lässt die Brüder zu Kain werden und vergiftet das Blut bis in die siebte Generation … Sie ist schlimmer als ein Erdbeben, und kein Maurer kann die Häuser wieder aufbauen, die sie zerstört. Wenn man ein Unrecht erleidet, muss man die Justiz sprechen lassen, denn wenn man sich der Blutrache anheimgibt, wird man zu seinem eigenen Wolf und holt den Fluch nach Hause." Er ließ unsere Hände aus. „Ich werde nicht Africos *Maligredi* sein."

TEIL ZWEI
Auf den Flügeln des Kuckucks

*Unausweichlich nähert sich, obwohl es sich zu entfernen sucht,
das Leben dem Tod.*

Die Kinder des Schattens

Wenn Fleisch und Knochen dünn werden
und der Schatten der Seele durchschimmert,
sucht man Schutz im Schoß der uralten Mutter.

Den ganzen Tag über hatten wir zugesehen, wie die Jungs Papulas Zimmer betraten und mit enttäuschtem, resigniertem, wütendem, verhärtetem oder besänftigtem Blick wieder herauskamen. Jeder nahm die Neuigkeiten auf seine Weise auf: Man würde ihn in ein weit entferntes Krankenhaus bringen, und er würde die Schüsse hinnehmen, um weiteres Blutvergießen zu vermeiden.

Wir waren zu einfach und zu dumm, um die Gedanken eines Großen in all ihren Nuancen zu verstehen. Wir waren farbenblind, wir sahen nur schwarz-weiß. Vielleicht war die Idee der Revolution ein zu großes Meer gewesen, größer als das Ionische, wir konnten nicht darin schwimmen. Nur die wenigsten von uns waren fähig zu denken, wir waren arme Leute und wir überantworteten uns mehr dem Herzen als dem Hirn. Ich hatte unsere Jungs beobachtet, nur die wenigsten hatten verstanden oder hingenommen, dass mehr Kraft vonnöten war, um Schüsse einzustecken, als selbst zu schießen. Als Papula auf der Bahre über den Gang getragen wurde, war sein Heer schon ausgedünnt – doch die Veteranen folgten ihm bis zum Rettungswagen, einer seiner Brüder stieg ein, zwei andere hingegen stiegen in ein Auto, an dessen Steuer ein Cousin saß und das ihnen folgte; niemand wusste, wo sich das Krankenhaus befand, das ihn zusammenflicken würde; kaum war der Rettungswagen verschwunden, dachte ich, es befände sich auf dem Mond, es war auch besser, wenn wir es nicht wussten, so konnten wir es nicht einmal im Schlaf verraten.

Papulas Familie verschwand im hellen Licht des Mittags, wie bei jedem Umzug herrschte geschäftiges Treiben, doch es war, als würde das Dorf in Dunkelheit und Schweigen versinken, nur die Schlaflosen kamen heraus und verabschiedeten sich, die anderen hörten und sahen nichts, um sich nicht eingestehen zu müssen, dass wir eine solche Familie nicht verdient hatten. Wahrscheinlich hatte Rocco recht gehabt, das war ein verfluchter Ort, man büßte seine Sünden ab und dann ging man weg, und kaum war man unterwegs, verwischte man die Spuren, wie Indianer auf der Flucht vor den Bleichgesichtern.

Genau das war Papulas Familie für das Dorf gewesen: ein kleiner Indianerstamm, der wunderbare Bräuche und Erfindungen mitgebracht hatte – jetzt würden sie sie woandershin tragen und hier würde man sich an sie erinnern wie an die neuen Spiele, die die Zigeuner auf den Jahrmarkt brachten, oder wie an die Attraktionen des Zirkus Mammella, der uns einmal im Jahr in Staunen versetzte.

Wo Papulas Indianer, Berlingeris Spiele und Mammellas Akrobaten gewesen waren, wurde nachher aufgeräumt und alle Spuren verschwanden.

Ja, die Papulas waren Fantasiegestalten wie Bitters Sioux: Eines Tages, in einem Sommer, als wir noch sehr klein gewesen waren, war er im Viertel aufgetaucht, mit einem Gesicht voller Sommersprossen, roten Haaren, die entweder von Schweiß oder Meerwasser verklebt waren, und der Pallonaro war ein Dutzend Meter hinter ihm hergehinkt: „Am Kap sind Sioux an Land gegangen", hatten sie gemeinsam geschrien. Wir Kinder hatten uns wortlos einen Blick zugeworfen und schon waren wir atemlos Richtung Hügel gerannt und dann in die Berge, um uns im erstbesten Eichenwald zu verstecken.

Diesmal hatten wir ein paar Monate lang das Brot der Indianer gegessen, das hatte gereicht, damit wir Fleisch ansetzten; sie hatten ihre Mechanikerhände in die Motoren der wenigen Autos des Dorfs gesteckt, ihre Elektrikerhände hatten kaputte Kabel repariert und Licht in dunkle Zimmer gebracht, ihre Maurerhände hatten feuchte Wände trockengelegt und ihre Malerhände hatten sie getüncht, um das Schwarz des Schimmels zu verdecken. Und dank Papulas Traum war ein Ortsschild aufgestellt worden, und die Hintern der Jasminpflückerinnen hatten sich in den Lkws auf weiche Sitze setzen dürfen, und samstags und sonntags durften sie von nun an bei ihren Familien bleiben, und ein paar Väter, wenn auch wenige, waren auf die Fabrik des Aspromonte aufgesprungen – die nach wie vor nur Wald war, aber wenn Papula mehr Zeit gehabt hätte, hätte er mit Birnen dasselbe Wunder vollbracht wie Leo mit Pech –, anstatt mit dem Pellaio nach Deutschland zu fahren, und die Schüler schlugen sich nicht mehr die Knie auf, wenn sie auf fahrende Züge aufsprangen. Unter der Belagerung des Staates war Africo glücklich gewesen, denn die schwarz-roten Fahnen waren in den Himmel gestiegen und hatten die Welt aus den Wolken betrachtet wie antike Götter.

Die Papulas waren zahlreich gewesen und hatten jede Menge Spuren zurückgelassen, wie der Schweif eines Kometen in einer ewigen Nacht von San Lorenzo, in der ein Gestirn erlischt und ein anderes erglüht, im ewigen Spiel.

Antonio sagte, Papulas Spur würde in unserer Seele bleiben, selbst wenn wir alle konkreten Spuren gelöscht hätten, seine Worte hatten selbst den Dümmsten ein wenig Bewusstsein verliehen, doch er wisse nicht, ob das etwas Gutes sei. Und dann mahnte er und erklärte die Sache mit dem Samurai, an die auch ich gedacht hatte, die ich jedoch nicht hätte erklären können: „Papula ist ein Samurai, aber kein Japaner wie die von Don Carmine. Er ist ein Samurai aus dem Aspromonte, und die Samurai aus dem Aspromonte bleiben bis zum Tode ihrer Idee treu und nicht einem Herrn."

Er war wie ein Traktor gewesen, der den Boden umgegraben und dabei auch Steine ausgegraben hatte, vielleicht hatte er das gar nicht vorgehabt, aber er hatte uns eine andere Geschichte gezeigt als die kitschige der *cunti*.

Mein Leben, dachte ich insgeheim, hatte so lange gedauert wie ein Jahrhundert.

Trotzdem gab sich der Hang zum Vergessen nicht geschlagen und versuchte, sich zu behaupten. Der Pellaio unterstützte ihn tatkräftig und ließ in aller Eile einen Haufen Jungs aus dem Viertel einsteigen, die so nervös auf dem Bahnsteig auf und ab gingen, als müssten sie ihre Blase entleeren; der Pellaio leerte die Plätze des Dorfes und säuberte die ganze Locride, wie der Handschuh, der den Opuntien die Stacheln zieht.

Gnuri, Banditen und Priester legten anstelle von Arroganz Falschheit an den Tag, anstatt die Besiegten zu zerfleischen, zeigten sie Mitgefühl, sie gaben etwas, anstatt uns etwas wegzunehmen – zum Beweis, dass die Bruderschaft bessere Früchte hervorbrachte als die von auswärts kommenden Ideen, denn die würden sich wieder in ferne Länder zurückziehen, wir aber wären und blieben Kalabresen, wir wären seit Jahrtausenden dieselben und kannten einander, es wäre doch kein Schaden, wenn immer dieselben anschafften.

Wir machten weiter wie immer. Im Viertel verbreitete sich der Gestank nach falschem Sugo und aus den Häusern in den Hügeln stieg der Duft von frischen Tomaten auf.

Antonio, Filippo und ich stiegen wieder in den Zug, vertrieben uns die Zeit mit Isidoro in der Bar, der drei Tage zur Schule ging und drei Tage flipperte, wir beäugten die schönsten Mädchen am Eingang zum Gymnasium, schauten uns hin und wieder im Kino einen Film an, flanierten durch die Stadt und machten ab und zu einen Abstecher zu Signora Pisano nach Messina, um uns ins Gedächtnis zu rufen, dass wir schon Männer waren.

Nicodemo und Mimmo saßen noch immer im Knast, von den gut fünf Millionen, die wir dank ihnen verdient hatten, besaßen wir noch immer fast zwei, und ihre drei Pistolen trugen wir mittlerweile immer in der Hose. Mehr als einmal nahmen wir uns vor, eine Bank oder ein Postamt zu überfallen, denn mittlerweile wussten wir ja, wie es ging; dann verschoben wir den Überfall auf den Tag, an dem uns das Geld ausging.

Mittlerweile brachte ich meiner Mutter hunderttausend Lire im Monat, ich erzählte von allen möglichen Arbeiten und überredete sie, nicht mehr arbeiten zu gehen. Ich bewog sie, die Mandarinenernte im März und die Bohnenernte im April auszulassen, und als sie im Mai sagte, sie würde wieder auf Sartanas Lastwagen steigen, bat ich sie, es wenigstens erst nach dem Fest zu tun, nachdem der hl. Leo zum x-ten Mal Pech in Brot verwandelt hatte.

Anfang Juni konnte ich sie nicht länger zurückhalten, sie sagte, sie sei nun wieder das Familienoberhaupt und ich der kleine Nichino. Kurz nach Mitternacht stand sie auf und ging lautlos hinaus; ich trat an die Tür und beobachtete den falsch grinsenden Sartana, der ihr in den Lastwagen half und die Tür zuschmiss; sie fuhren los, um Jasminblüten zu pflücken, deren Duft am Küstenstrich schwer in der Luft lag. Ich ging wieder ins Bett und blieb bis zum Morgengrauen wach, dann beschloss ich, dass es an der Zeit war, wieder an den Strand zu gehen. Ich machte mir einen Kaffee, zog mich an, trat auf den Treppenabsatz hinaus, zündete mir eine Zigarette an und wartete auf ein Lebenszeichen von Antonio und Filippo.

Der Reihe nach tauchten sie aus ihren Wohnungen auf, offenbar mit demselben Gedanken wie ich, schon in kurzer Hose und T-Shirt und dem Handtuch auf der Schulter. Wir liefen über die Brücke, zertraten den rötlichen Klee in den Feldern und jeder von uns hinterließ in der Ebene und in den Hügeln eine Spur, die sich im spärlichen, von den Schafen abgeästen Gras auf dem Kap verlor. Wir legten uns nebeneinander an den Rand des Abhangs, der wie der Bug eines Schiffes ins unermessliche Blau des Meeres hinausragte. Wir betrachteten die Kapernbüsche, das gelbe Schachbrett der Klippen, die das Blau des Wassers durchbrachen und quer zum weißen Sand des Schildkrötenstrands verliefen.

Unten setzten Meer und Land ihre ewige Berührung fort, schienen nichts von dem zu wissen, was im letzten Jahr im Dorf passiert war, als ob der Zephyr ihnen nichts vom Aufbegehren der Dorfbewohner erzählt hätte. Wir vollzogen dasselbe Ritual wie immer: Zwischen Kapern und Myrten, die sich auf dem unfruchtbaren Boden behaupteten, liefen wir hinunter, dann folgte ein dreifacher Köpfler von dem Felsen aus, der seit Jahrhunderten von jungen Füßen glattpoliert wurde, ein Blick, der staunend den Zauber des Ionischen Meeres zur Kenntnis nahm, eine kurze Rast in der Thunfischfanganlage und dann ließen wir uns auf dem Sand braten.

Der Stiel der Agave war abgebrochen, nur der gelbe Stein erinnerte noch an unseren schwarzen Engel und leistete dem armen Teufel Gesellschaft, den wir letztes Jahr gefunden hatten. Wir gingen über das Grab, keine Ahnung, was die anderen taten, aber ich erzählte ihm augenblicklich alles, damit er teilhaben und selbst entscheiden konnte, ob er etwas versäumt hatte oder ob es ihm im heißen Sand besser ging, bei der Musik, die das Ionische Meer und das Vorgebirge des Capo Zefirio seit Anbeginn der Zeiten spielten und auch in Zukunft spielen würden; immer dasselbe Musikstück, das in Zukunft nur die Schildkröten hören würden, wenn sie wirklich, wie die Leute sagten, mehr als tausend Jahre alt wurden.

Filippo und Antonio legten sich wie immer auf dieselbe Stelle vor dem Thunfischbecken, und während sie sich auf den Handtüchern ausstreckten, ging ich ans Wasser vor. Zuerst traf ich das Trio infernal, die Jungs, die uns seinerzeit die Vespa mit dem versteckten Geld gestohlen hatten: Luigi, Filippos Bruder, Luciano, die Waise des Gemeindedieners, und Domenico aus der Familie der Ziegenhirten, die im Viertel wohnte. Außerdem waren da noch ein weiteres Trio, ein Kleeblatt und ein Zweiergrüppchen. Alle waren in Gruppen unterwegs und saßen in einer Entfernung von zehn oder zwanzig Metern.

Ich lief über den ganzen Strand, dann kehrte ich zurück. Ich hatte sie gezählt. Nur ein Drittel im Vergleich mit dem Vorjahr: neunundachtzig. Vielleicht war es noch zu früh, dachte ich. Nur ganz wenige waren älter als wir. Allerdings hatten die meisten hier nicht den Mut, das Ionische Meer herauszufordern und sich vom Sprungbrett des Felsens in die Tiefe zu stürzen.

Meine Freunde gingen wieder ins Wasser und dann kam der Zephyr, schnell, aber sanft, er begrüßte sie wie ein Hündchen, das sein Herrchen schon lange nicht gesehen hat. Ich ging zu ihnen hin und überließ mich dem Wind, ließ die Gedanken über den Sand rollen; es gab keinen besseren Ort, um Kopf und Herz zu erfrischen.

Wir liefen raus und rein und zwischendurch schickten wir die Jungs, die gleich neben uns am Strand lagen, ins Dorf, um Essen und Trinken zu holen, wir gingen zum Mittagessen nicht nach Hause. Wir blieben bis spät am Nachmittag und kamen in die Aurora, gerade als die letzten Sonnenstrahlen über den Berg krochen; gerade rechtzeitig, um zu sehen, wie die Frauen aus Sartanas Kleinlaster ausstiegen. Wir wohnten zwei bemerkenswerten Ereignissen bei: Ein Trupp Carabinieri kam auf den Platz, sie sprangen aus ihren Fahrzeugen, als ob sie sich auf einen Einsatz vorbereiteten, und wir alle gingen in die Defensive, doch einer, mit den Abzeichen eines Maresciallo, lächelte uns freundlich an und hob die Hände: „Ich bin nur gekommen, um Giannino zu begrüßen."

Nach Papulas Abreise waren die fünf in der Kaserne stationierten Carabinieri, darunter auch der Kommandant, abgelöst worden, und das war der neue. „Ich heiße Palamita", sagte er und streckte die Hand aus, in der Hoffnung, jemand würde sie drücken. Er fand keine, ließ sie in der Luft kreisen und legte die Arme steif an den Körper. „Wo wohnt er?", fragte er, noch immer lächelnd. Wir starrten auf einen Punkt. Der Maresciallo ließ sich nicht entmutigen. „Los, Burschen, klopft an alle Türen, bis ihr ihn gefunden habt", befahl er seiner Truppe. Sie gehorchten und gingen zu den Türen in unmittelbarer Nähe. „Kommandant", rief eine Stimme von oben und gebot ihnen Einhalt, „Sie haben sich Umstände gemacht, aber machen Sie bitte meinen Nachbarn keine Umstände, das sind nämlich anständige Leute."

Ich hörte auf, den Punkt zu fixieren und schaute zu der Stelle, woher die Stimme kam. Giannino stand aufrecht in seinem himmelblauen Morgenmantel, den er immer im Sommer trug. Auf dem winzigen Kopf trug er die Carabinieri-Mütze, seitlich quoll die Watte hervor, die Donna Palmina eingenäht hatte, damit sie ihm nicht ins Gesicht rutschte.

Der Maresciallo stand stramm und salutierte, die anderen taten es ihm nach. „Macht eine Runde und holt mich in einer halben Stunde wieder ab", sagte er zu ihnen und lief die Treppe hinauf, während sie in den Geländewagen stiegen und davonfuhren. Vor Giannino blieb er stehen, stand wieder stramm, ein Händedruck und sie verschwanden im Haus, die Tür ließen sie offen. Augenblicklich tauchten auf den Treppenabsätzen die Gnure auf, die, die gerade von der Arbeit nach Hause kamen, und auch die, die zu Hause arbeiteten. Im Viertel wurde es still und die Stimmen waren auf dem Platz ganz deutlich zu hören. Giannino schrie beinahe, er sagte, hier wohnten nur anständige Leute, und der Maresciallo tat es ihm gleich, er erklärte, er käme aus einem Bergdorf in der Gegend von Agrigent, das genauso arm wie unseres war, er stamme aus einer Familie von Ziegenhirten und die Uniform trage er, um den Menschen zu helfen, nicht, um ihnen Leid zuzufügen.

Wir verstanden, der neue Maresciallo stattete seinem einzigen Kollegen im Dorf einen Höflichkeitsbesuch ab. Unser Interesse schwand und die Frauen wollten fast schon wieder hineingehen, als in der Aurora noch etwas passierte: Das waren zwei Vorfälle an einem einzigen Tag, vielmehr in einer halben Stunde. Ein Kleinlaster mit dem Schriftzug der Gesellschaft, die die neuen Telefonleitungen entlang der Küste verlegte, kam und parkte auf dem Platz. Ein gut gekleideter Herr, trotz der Hitze im Sakko, und eine Frau stiegen aus, sie trug ein helles Kleid ohne Ärmel, das über dem gut sichtbaren Bauch spannte.

„Ich bin der Landvermesser Bonasira", stellte der Mann sich vor, wie der Maresciallo davor streckte auch er die Hand aus, der Junge ihm gegenüber blickte sich einen Augenblick lang um, sah nichts, was dagegen sprach, und drückte sie. Bonasira drehte eine Runde und drückte allen, die in der Nähe standen, die Hand, und um die Gnure zufriedenzustellen, sagte er dann, die Frau sei seine Gattin und die Gemeinde hätte ihm eine eben frei gewordene Wohnung im Viertel zugeteilt – sie würden nicht lange bleiben, nur so lange, bis die Kabel entlang der Staatsstraße verlegt seien. Im Dorf gäbe es ja keine Hotels, er sei immer beschäftigt und seine Frau wolle Leute um sich haben, deshalb hielte er das für den idealen Ort.

„Wir werden versuchen, Sie nicht zu stören, meine Damen", sagte er, und als die Gnure hörten, dass er sie mit „Damen" ansprach, fanden sie ihn augenblicklich sympathisch, kamen von den Treppenabsätzen und den Balkonen herunter und grüßten zuerst seine Gattin, fragten sie, im wievielten Monat sie war und wann sie niederkommen würde.

Sie würden in das Haus einziehen, in dem die sechs Maraviglia wohnten, in die Wohnung oberhalb der Carbones, die nach Papulas Revolution zu ihren Angehörigen nach Frankreich gezogen waren.

Sie hieß Girolama. „Aber alle nennen mich Mina", sagte sie, und eine Gnura, die eine Zeit lang in den Baracken gewohnt und die dort übliche Redeweise beibehalten hatte, rempelte eine Gevatterin mit dem Ellbogen an: „Bei ihren Riesentitten sollte man sie aber lieber Minna nennen." Mina wurde rot wie ein Teenager. Sie sagte, sie warteten auf die Arbeiter der Firma, die ihren Kleinlaster ausräumen sollten, und derweil würden sie die Wohnung putzen.

Das war der Startschuss für die Gnure, wenn ihnen jemand sympathisch war, waren sie gastfreundlicher als die Armen Schwestern Marias: Sie holten Besen und Putzlappen und nahmen den neuen Nachbarn die ganze Arbeit ab, gingen in die Wohnung, und nach einer Stunde waren alle Spuren der Maraviglia getilgt; die Arbeiter, die daherkamen, schickten die neuen Mieter spazieren und befahlen den Jungs, die Sachen der Herrschaften ins Haus zu bringen. Zwei Stunden nach ihrer Ankunft sah die Wohnung der Bonasira aus, als wohnten sie bereits zehn Jahre darin.

„Willkommen", schrie Giannino vom Balkon aus, als alle auf den Platz drängten, um den Dank der Neuankömmlinge entgegenzunehmen. Maresciallo Palamita war gegangen, ohne dass wir es bemerkt hatten. Für Giannino war das heute ein Festtag, er verließ zum zweiten Mal seine Wohnung und sprach zu den Leuten, auf seinem Kopf saß noch immer die Brigadiere-Mütze, die Watte war weg und sie war ihm tief ins Gesicht gerutscht, keine Ahnung, ob er überhaupt etwas sah.

Die Bonasira fuhren zufrieden davon und verabredeten sich für den nächsten Tag im Viertel, von da an würden sie hier wohnen. Wir alle gingen zum Essen nach Hause und danach liefen die Jungs wie immer auf die Piazza. Mittlerweile kümmerten wir uns nur noch um unsere eigenen Angelegenheiten, wir hatten so gut wie aufgehört, einander von unseren Anliegen zu erzählen, und die, die in den Norden fuhren, verabschiedeten sich nur noch von Freunden und engen Verwandten, nicht mehr von den Jugendlichen des Dorfes.

Wir liefen auf und ab, bis wir müde wurden. Jeder – auch ich – warf hin und wieder einen Blick auf den herabgelassenen Rollladen der Bar und auf den MIKO, der jetzt mit platten Reifen nahezu am Boden stand.

Am Vormittag und am Nachmittag an den Strand und am Abend auf die Piazza, beim Getratsche und den Fernsehfilmen nahm das Leben im Viertel wieder seinen gewohnten Gang auf. Die Leere, die die Emigranten zurückließen, füllte das Dorf mit jenen, die zurückkamen, um sich zu erholen, und wie in jedem Sommer hängte man die Zeit an die Wäscheleine wie die vom Winter nassen Kleider. Die Ereignisse waren dunkle Schläge: Sie fielen in eine wartende Welt, die sich nicht drehte wie der Rest der Erde. Schicksalsschläge oder freudige Ereignisse waren hier in gleicher Weise Launen, wie die Launen der Zigeunerinnen, die am Morgen aufstanden, wann es ihnen passte, und eine Rose aus dem Zimmer warfen oder den Nachttopf ausleerten, ohne sich darum zu kümmern, wer den Inhalt abbekam.

Diesmal war die Zigeunerin mit dem falschen Fuß aufgestanden, kurz vor Sonnenuntergang spie sie einen Schleimbatzen aus, der hoch in die Luft und dann zu Boden, ausgerechnet auf mein Auge, fiel. Ich kam gerade vom Meer zurück, meine Schwestern, die nun die Herrinnen im Haus waren, bereiteten an Mamas Stelle das Abendessen zu. Ich hörte, wie der Kleinlaster stehen blieb und spähte hinaus, ohne hinauszugehen, denn ich hatte das T-Shirt ausgezogen und war nackt. Sartanas Grinsen war noch bösartiger als sonst, es folgte meiner Mutter, die mühevoll und mit gesenktem Kopf ging, hinter ihr war eine Frau ausgestiegen, die sie stützte. Als sie fast bei mir war, sah ich auf ihrem Arm einen blauen Fleck. Ich riss die Tür auf und lief hinaus, aber Sartana saß schon am Steuer und fuhr weg, bevor ich zum Auto gelangte. Ich ging ins Haus zurück – meine Mutter hatte sich im Bad eingeschlossen und die Gnura, die sie gestützt hatte, ging fort mit abgewandtem Blick.

Ich wartete eine Viertelstunde, dann bat ich Teresa zu klopfen. Sie pochte leise an die Tür. „Darf ich das Abendessen machen?" Man hörte ein „Ja". Teresa kochte Pasta und Angela deckte den Tisch. Ich setzte mich auf einen Stuhl. Mama ging vom Bad direkt in ihr Zimmer, sperrte zu, die Pasta wurde aufgetragen, doch sie kam nicht. Teresa klopfte aufs Neue. „Ich bin zu müde, um zu essen", hörte man, nach jedem Wort machte sie eine Pause, wie um Atem zu schöpfen. Ich versuchte, gelassen zu bleiben, ich aß und befahl meinen Schwestern, ebenfalls zu essen, sie zwangen sich zu ein paar Bissen und dann starrten sie mich an, in der Hoffnung, dass ich etwas sagte, doch ich fand keine Worte. Ich leerte den Teller und dann stand ich auf, ging zur Tür und zündete mir eine Zigarette an. Filippo rauchte auf dem Balkon, auch Antonio zündete sich auf dem Treppenabsatz eine Zigarette an. Ich rauchte noch eine und ging hinein. Meine Schwestern waren verschwunden, die Teller standen noch auf dem Tisch. Leise ging ich zum Schlafzimmer zurück. Ich legte das Ohr an die Tür und hörte ersticktes Schluchzen.

Ich ging zu Bett. Schwitzend wälzte ich mich in den Laken und stand mitten in der Nacht auf. Ich machte mir einen Kaffee und trank ihn mit einem Schluck aus, kümmerte mich nicht darum, dass ich mir den Mund verbrannte. Ich spähte hinaus: Das Viertel lag ruhig da, in der Luft lag noch schwerer als sonst der Duft der Jasminblüten, der schlaflos von den Gärten jenseits des Flusses hierher gewandert war. In den Wohnungen, in denen die Frauen sich darauf vorbereiteten, in die Felder zu ziehen, gingen langsam die Lichter an. Ich ging hinein und setzte mich an den Bettrand. Mama stand nicht auf. Man hörte den Kleinlaster vor dem Wohnblock darunter. Ich griff unter die Pritsche, steckte die Hand in die Tüte mit den „Tex-Willer"-Heften, die ich nicht mehr las, die Tüte diente nur noch dazu, die Pistole aufzubewahren. Kaum war der Kleinlaster stehen geblieben, ging ich zur Tür und hinaus, während mir Sartana den Rücken zukehrte und den Frauen die Tür öffnete, und als er sich umdrehte, stand ich schon vor ihm, in einer Entfernung von weniger als einem halben Meter. Ich sog seinen Geruch ein: Erde, Tabak und verschwitztes Hemd. Er grinste so arrogant wie immer, dann sah er die Pistole, ich streckte den Arm aus und zielte damit auf eine Stelle zwischen Brust und Bauch, dorthin, wo sich der dunkle Fleck auf Papulas Pullover befunden hatte. Er grinste nicht mehr. Ich schoss zweimal und er zuckte leicht. In seinen Augen war jetzt ein Meer von Tränen, das allerdings nicht über die Schwelle der Wimpern trat. Sein Hals blähte sich auf, pulsierte wie der Hals der Eidechsen, denen wir als Kinder mit einem Stein den Bauch zerquetscht hatten, worauf die Eingeweide hervorquollen und sie einen langsamen Tod starben.

Sein Kopf fiel zur Seite, ein dunkelrotes Rinnsal lief über seine Schläfe, über die Wange und über den noch immer pulsierenden Hals. Mit einer Hand klammerte Sartana sich an mich und mit der anderen packte er Filippos Pistole, die ihm einen schnellen Tod geschenkt hatte. Er sank auf den Gehsteig. Ein Schrei durchdrang die stillstehende Luft, Antonios Mutter stand mit ausgebreiteten Armen an der Tür und hinderte ihren Sohn daran, zu uns zu kommen, und ich fragte mich, wie er in dieser Position verharren konnte … Warum fiel er nicht?

„Nichino!" Noch ein Schrei, diesmal von meiner Mutter, sie stand unbeweglich an der Tür, streckte nur die Arme aus, die sich wie Kaugummi in meine Richtung bewegten. Sie berührten mein Gesicht, zogen meine Lider hoch.

Ich setzte mich auf dem Bett auf, Sartanas Kleinlaster war vor Stunden abgefahren. Ein Traum, es war nur ein Traum gewesen, und der Mann mit dem Spitznamen „Sputazza" lag nicht auf dem Gehsteig, sondern grinste unsere Frauen an.

Mamas Schlafzimmertür war offen, der Kaffee auf dem Ofen war inzwischen kalt. Ihre Töchter brauchten eine Aussteuer, deshalb war sie nicht da. Ich war nur der kleine Nichino. Ich zog mich an, rauchte an der Tür eine Zigarette und sprang auf die Vespa, noch bevor ich losfuhr, sprang Filippo auf: Die Pistolen befanden sich seit einiger Zeit wieder in der Mauer des Herrenhauses in dem aufgelassenen Garten.

Wir kamen nicht so weit, ich bremste und kam ein paar Zentimeter vor der Schnauze des Geländewagens der Carabinieri zu stehen; er kam uns auf dem Feldweg entgegen, der zu dem Versteck führte. Maresciallo Palamita saß am Steuer, wir starrten einander an, ich starrte auf den Lkw, den sie dabeihatten, auf seiner Ladefläche befand sich die Giulia, die wir für den Raubüberfall benutzt hatten. Ich riss die Vespa herum und fuhr davon, während Palamita den Arm aus dem Fenster streckte und „Jungs!" schrie, und fuhr schneller.

Zurück im Dorf stellten wir die Vespa im Wohnblock neben dem unseren ab und liefen in die Aurora. Mitten auf dem Platz blieben wir stehen, blickten uns um. Antonio tauchte an der Tür auf, er deutete mit den Augen in Richtung Gianninos Balkon.

Donna Palmina hatte Fenster und Fensterläden geschlossen. Giannino saß mitten auf dem Sofa, mit einem Kopfnicken hatte er uns aufgefordert, uns neben ihn zu setzen. Sie hatte das Licht ausgemacht und sich ins Schlafzimmer zurückgezogen.

Die Dunkelheit war absolut und es war so still, dass ich das Summen des Fernsehers hören konnte, der wohl vor mir stand, das Ächzen des Kühlschranks, das Ticken der Pendeluhr, ich spürte sogar den Luftzug, den ein unablässig hin- und herschaukelnder Glasvogel auf einem silbernen Gestell verursachte – ich hatte nie herausgefunden, wie der geheimnisvolle Mechanismus funktionierte. Giannino legte mir die Hand auf den Schenkel, drückte zu und ich flog davon, glitt über den Furnierholzboden und brach durch die Ziegel, erhob mich langsam in die Luft und blieb auf der Höhe von Capo Zefirio stehen. Der blaue Himmel und die Sonne zeigten vom Horizont auf mich.

Ich hatte das Dorf noch nie aus dieser Höhe gesehen, es war unvorstellbar klein, die parallelen Linien der Wohnblocks wirkten ordentlich und sauber; die grauen Dächer und die schwarzen Eternitflecken auf den Baracken wurden fast von den grünen Gärten dahinter verschluckt. Der Kranz der herrschaftlichen Häuser auf den Hügeln, die nichts mit dem Sumpf zu tun haben wollten, wirkte wie gemalt, und die Kirche erhob sich anmutig über den niedrigen Häusern, die Plätze wirkten wie mit dem Zirkel gezeichnete Kreise und die Straßen waren wie schnurgerade, mit dem Lineal gezogene Linien. Wilde Pflaumenbäume, Rhododendren und Zürgelbäume lockerten den Beton auf.

Von hier aus wirkte Africo wie ein Hort des Friedens.

Dann schaute ich genauer hin. In der Aurora wimmelte es von bunten Insekten, die zuerst schwiegen und dann zu summen begannen, sie umkreisten eine am Boden liegende Eidechse und kletterten auf sie drauf.

Giannino kniff mich noch immer in den Oberschenkel und ich landete wieder auf dem Sofa, das nach Vorwürfen stank. Ich träumte im Wachen, ich träumte vom Traum heute Nacht. Schreie durchbrachen die Dunkelheit, drangen ins Haus ein und hinterließen eine rote Spur mit gelben Rändern. Sartanas Frauen waren gekommen, um ihn zu beweinen, sie wollten seinen Leichnam ein letztes Mal umarmen, ein letztes Mal küssen, und stießen unsägliche Flüche in Richtung der Mörder aus. Sein Hals pulsierte wieder vor meinen Augen, und schließlich befreiten sich seine Augen vom Tränenschleier. Wer weiß, wo er jetzt war, fragte ich mich, und ich stellte mir vor, dass er wie ich auf der Suche nach etwas Wärme war, die ihn aus der unendlichen Einsamkeit erlöste, in der er sich nun befand. Ich spürte, dass er sich an einem dunklen, stillen, unerträglich engen Ort befand. Er rief um Hilfe. Das war ein unendlicher Schmerz, ich konnte ihm nur ein quälendes und schuldiges Mitleid anbieten. Ich ließ ihn weinend liegen und hielt mir die Ohren zu, um nicht die schrecklichen Anklagen seiner Frauen zu hören, aber ihre Stimmen waren so mächtig, dass sie mich überall, in jedem Winkel, erreicht hätten. Giannino drückte meinen Oberschenkel und ich wachte im Wachen auf, dankte jedem unserer drei Heiligen, dass er mich daran gehindert hatte, dieses Verbrechen zu begehen. Ich war ihnen auch dafür dankbar, dass sie mir den Maresciallo Palamita geschickt hatten, sodass ich nicht die Pistolen holen und das Verbrechen begehen konnte. Jetzt wollte ich aufstehen, hinausgehen, atmen.

Gianninos Hand wurde zu einer stählernen Kralle. „Stillhalten", seine Stimme hatte den alten Kommandoton wiedergefunden. Ich kapitulierte und flog wieder in Gedanken davon; diesmal stieg ich noch höher hinauf, erreichte das Vorgebirge und stieg weiter, hinunter bis zum Ionischen Meer und hob die Gischt wie mit einer Rasierklinge ab. So schlug ich die Wartezeit tot, sicher würde früher oder später jemand an die Tür klopfen, meinen Namen brüllen und dem ganzen Dorf das Gesicht von einem zeigen, der davon geträumt hatte, ein Mörder zu sein.

Die Uhr fuhr derweil unbarmherzig fort zu ticken, ich zählte ihre Schläge: eins, zwei, drei … Bei tausend streckte ich immer einen Finger aus, hin und wieder verzählte ich mich und fing wieder von vorne an. Der Körper gewann Oberhand über den Geist und ich fiel in einen traumlosen Schlaf, unterbrochen von einem Klopfen an die Tür, das zu sanft war, um eine Gefahr anzukündigen. „Donna Palmina, ich bin's, Luciano … Meine Mutter schickt mich mit einer Tüte Kräuter."

Jemand bewegte sich in der Dunkelheit, stieß gegen die Tür, rannte gegen die Wand, gelangte zur Tür, öffnete sie. Das Licht war wie ein Angriff der Polizei. Ich blinzelte, hielt mir die Hand schützend vor die Augen; Luciano, die Waise des Gemeindedieners, stand mit ausgestreckten Armen in der Tür, mit der Tüte in der Hand und lichtumflutet. Das Viertel hatte ihn auserwählt, um uns mitzuteilen, dass die Gefahr gebannt war. „Komm herein", befahl Palmina, er gehorchte und sie ging derweil auf den Balkon hinaus und blickte sich um. Dann sagte sie: „Vielen Dank, für Gianninos Magen sind Wildkräuter ein Segen", und fügte seufzend hinzu: „Es ist schon fast Abend", dann kam sie herein und ließ die Tür offen stehen.

„Die Bullen haben was gefunden …", sagte Luciano und hielt mit einem Blick auf Giannino inne, doch der lächelte ihn an, seine Hand lockerte den Griff auf Filippos Schenkel, er streckte den Arm aus und holte ein Bonbon aus der Muschel auf dem Glastisch vor sich und gab es ihm, auch Filippo und mir gab er ein Bonbon, dann wickelte er eines für sich aus, das seinem Atem Zitronenduft verleihen würde, und der Atem würde sich im Zimmer verteilen und ihm den Geruch nach Obst verleihen, den ich von Kind an kannte. Luciano fühlte sich ermutigt und begann von Neuem: „Die Carabinieri", sagte er diesmal, „haben ein gestohlenes Auto und Pistolen gefunden." Der Junge wiederholte, was im Dorf gesagt wurde, die Carabinieri hätten schon vor einer Woche ein Versteck entdeckt, sich jedoch auf die Lauer gelegt, um die zu erwischen, die sich näherten. Waffen und Auto hatten offenbar mit einem Raubüberfall zu tun, der im letzten Jahr im Nachbardorf begangen worden war. Niemand spräche mehr von uns …

Ich hörte ihm nicht länger zu, dachte wieder an die Bonbons, in seinem langjährigen Gefängnis hatte Giannino wohl Tausende gegessen, mit Schaudern stellte ich mir vor, dass auch mein Leben so zu Ende gehen würde, im Haus eingeschlossen, Bonbons lutschend und an die Vergangenheit denkend. Aber da das Bonbon das Erste war, was ich mir heute in den Mund steckte, machte es meinen Speichel flüssig und schaffte mir Erleichterung.

Ich wollte rauchen, doch meine und Filippos Zigaretten lagen zu Hause und selbst wenn sie hier gewesen wären, hätte ich nicht rauchen können, wegen Giannino und weil der Rauch dann hinausgedrungen und mich verraten hätte. Donna Palmina drückte dem Jungen eine Münze in die Hand und schickte ihn weg. „Los, Lucianeddu, jetzt kochen wir Abendessen." Sie lehnte die Tür an und Luciano öffnete sie wieder, um ihr zu sagen, dass die Kräuter bereits gewaschen waren, sie lächelte ihn an, machte den Fernseher an und schloss sich in der Küche ein. „Machen wir ein wenig Bewegung", befahl uns Giannino.

Wir halfen ihm aufzustehen, wir mussten ihn stützen, damit er nicht hinfiel. Er zuckte mehrmals mit den Achseln, zog die Arme rhythmisch an und ließ sie wieder fallen. Wir taten es ihm nach. Dann machte er fast unmerklich ein paar Kniebeugen: Um nach einem ganzen Tag auf dem Sofa den Kreislauf anzukurbeln, beteiligten wir uns bei seinen Gymnastikübungen.

Wir gingen durchs Zimmer und horchten uns dabei die TV-Nachrichten an, es war ausschließlich von Andreotti als Ministerpräsident die Rede, vom Amt, das er gerade angetreten hatte. Schließlich übertönte Palminas Stimme die des Nachrichtensprechers und vielleicht hatte Giannino etwas nicht verstanden, denn er steckte sich die Hand in den Mund und tat, als würde er darauf beißen. „Möchtest du deine Kräuter?", fragte sie ihn. Giannino hielt inne. „Kräuter? Bei meinem Magen?", stieß er hervor und schüttelte den Kopf. „Erschießen hätte ich dich sollen, nicht heiraten, du hast mir die Karriere ruiniert. Vielleicht wäre ich Maresciallo geworden", sagte er und lächelte uns an, „los, decken wir den Tisch." Er machte den Fernseher aus, nahm das Tischtuch aus der Vitrine und forderte uns mit einem Wink auf, ihm zu helfen.

Palmina reichte mir der Reihe nach Geschirr und Besteck und ich trug sie zum Tisch: ein Glas, einen Teller, eine Gabel … Giannino schüttelte noch immer den Kopf. „Ich liebe sie doch", seufzte er. Schließlich aßen wir, Kotelett und mit Knoblauch gewürzte, in der Pfanne gebratene Kräuter. Danach gab es eine Scheibe Ziegenkäse und für mich und Filippo eine Orange, die beiden konnten um diese Uhrzeit kein Obst mehr essen. Ich und Filippo räumten ab und trugen alles in die Küche, wir befolgten Donna Palminas Anweisungen und Giannino sah uns dankbar an.

Palmina zog den Vorhang vor. „Vor Mitternacht kommt sie nicht mehr raus", sagte Giannino, ging zur Tür, öffnete sie vorsichtig und trat auf den Balkon, um wie immer am Abend Luft zu schöpfen. Er ließ die Tür offen stehen, wir sahen, wie er sich an die Mauer lehnte. Eine Zeit lang stand er unbeweglich und schweigend da. Er drehte den Kopf nach rechts. „Sarvu, wann kommst du?", fragte er. „Heute Abend nicht mehr", war die Antwort. Er drehte sich zu uns um, gab uns mit einem Wink zu verstehen, dass wir kommen konnten, uns jedoch dicht am Boden halten sollten. Auf allen vieren krochen wir hinaus und setzten uns mit dem Rücken an der Wand auf den Balkon. Sarvu Martoni saß zwar in seiner Wohnung, streckte aber die Hand mit der Zigarette auf den Balkon hinaus, drinnen waren wohl seine Frau und die unverheiratete Tochter, Leute aus dem Dorf. Ihr Verlobter, der aus einem anderen Viertel kam, würde wie gesagt nicht kommen, er war unterwegs.

Giannino vertrat sich die Beine, ging auf dem Balkon ein wenig auf und ab und obwohl er angeblich so weich in der Birne war, bat er leise um ein paar Zigaretten für uns und dann reichte er uns sogar das Feuerzeug.

Endlich rauchte ich.

Nach ein paar Zügen waren wir fertig. Giannino nahm die Kippen und legte sie auf den Boden zu Sarvus Füßen. „Trag sie hinein, doch davor gibst du mir noch zwei", sagte er zu ihm und dann ging er wieder auf und ab.

Er verlängerte seinen Freigang – der heute Abend auch unserer war – von einer halben auf eine ganze Stunde, erlaubte uns, noch eine Zigarette zu rauchen, nahm die Kippen und gab sie seinem Nachbarn, und uns gab er wieder mit einem Wink zu verstehen, dass wir hineingehen sollten. „Gute Nacht", sagte er und winkte allen zu, die uns wahrscheinlich hinter verriegelten Türen und Fenstern beobachteten.

Donna Palmina hatte sich derweil zu schaffen gemacht, sie hatte sogar Laken und Kissen auf das Sofa gelegt und forderte Filippo auf, das Klappbett hinter dem Schrank hervorzuholen. „Das verwenden wir einmal im Jahr, wenn meine Schwester, die Nonne, auf Besuch kommt", sagte sie, während ich den Tisch beiseite schob, damit Filippo es öffnen konnte.

„Einer aufs Sofa und einer aufs Klappbett", unterbrach sie Giannino, und zum Glück ersparte er uns diesmal die tragische Geschichte der Schwester, die ins Kloster gegangen war: Obwohl sie schön gewesen war wie die Sonne, hatte sie nicht geheiratet und den tüchtigen Verlobten verlassen und war stattdessen ins Kloster gegangen; Gott allein kannte den Grund.

Alle im Viertel kannten diese Geschichte. Allerdings ersparte uns Giannino nicht den Anblick des Fotos der Schwester; auf einer Konsole hatte Donna Palmina ein Porträtfoto aufgestellt, und er zeigte es uns wie immer, wenn wir diese Wohnung betraten: Palmina und ihre Schwester vor der Kulisse eines gemalten Waldes, in der Hand hielten sie eine kleine Tasche; beide trugen lange Zöpfe und waren tatsächlich wunderschön, Palmina war sogar noch schöner als ihre Schwester. Filippo sagte es ihr, sie wehrte ab, Giannino biss sich auf die Hand, dann zeigte er auf das Foto und das Gesicht seiner Frau, schüttelte den Kopf: „Geht schlafen, sie war in Schwierigkeiten, alles andere als eine heilige Klosterschwester." Er legte den Kopf zur Seite und riss die Augen auf, um zu beweisen, dass er den Grund ihrer Entscheidung zwar kannte, ihn jedoch nicht verraten konnte, denselben Ausdruck hatten auch die Gnure im Viertel, wenn sie von der Sache sprachen. Sie zogen sich ins Schlafzimmer zurück, wir richteten unser Bett. Filippo ging meinem Blick aus dem Weg; es tat mir leid für ihn, doch ohne ihn hätte ich mich noch verlorener gefühlt. Das Ganze war meine

Schuld, doch es hatte keinen Sinn, darüber zu reden, wie immer hätte ich nicht die richtigen Worte für meine Gedanken gefunden. Ich streckte die Hand aus und berührte ihn an der Schulter; er schenkte mir einen kurzen Blick.

Filippo streckte sich auf dem Klappbett aus, ich betrachtete das Zimmer, die Gegenstände, die Fotos. Diese Wohnung und auch die Wohnung der Gnura Cata sah aus wie alle anderen Wohnungen im Viertel, und auch die Bewohner glichen einander. So fühlte man sich auch in einem fremden Bett zu Hause; alle, die vor einer Gefahr hatten fliehen müssen, hatten auf diesem Sofa oder diesem Klappbett gelegen, hatten es mit ihren Ängsten und Hoffnungen gefüllt. Kaum hatte ich das Licht ausgemacht und mich umgedreht, hörte ich sie und brachte sie mit einem Gesicht in Verbindung, das noch da war oder inzwischen weit weg war, das in dieser Wohnung jedoch sein Herzblut gelassen hatte.

Ich wusste, dass ich nicht würde schlafen können, doch mein Atem beruhigte sich langsam, ich zählte wieder das Ticken der Uhr, ächzte mit dem Kühlschrank, summte mit dem Fernseher und schaukelte mit dem Glasvogel auf der Stange, eingelullt von Gianninos und Palminas Schnarchen und dem schweren Atem Filippos.

Der Morgen begann hektisch, die Zikaden, die im Morgengrauen die nächtlichen Grillen zum Schweigen gebracht hatten, wurden vom unverwechselbaren Dröhnen des Carabinieri-Geländewagens übertönt; er kam ins Viertel gefahren und parkte auf dem Platz. Giannino war schon wach und brachte mir Kaffee ans Bett, zuerst mir und dann Palmina, er hatte seinen blauen Morgenmantel angezogen und die Tür geöffnet. Jetzt schnappte er Luft auf dem Balkon, schlurfte in seinen Plastikschlapfen auf und ab. „Guten Tag, Maresciallo Palamita", antwortete er der Stimme, die ihn von unten grüßte. Filippo wachte augenblicklich auf und schnellte empor wie eine Feder. „Runter", bedeutete ich ihm mit einem Wink, auch ich blieb flach liegen.

Palamita ging von Wohnung zu Wohnung, wir hörten, wie er klopfte, Einlass verlangte und wieder ging. Die Frauen begleiteten ihn hinein und hinaus, sie stellten ihm Fragen, die wir nicht verstanden. Schließlich kam die Stimme des Maresciallo näher, er keuchte auf der Treppe, grüßte noch einmal Giannino. „Es war wohl schwierig, heute Morgen die Wohnungen der Menschen zu betreten", sagte er.

„Und es ist nach wie vor schwierig", antwortete Palamita, „wir kommen ja immer nur wegen unangenehmer Dinge; wenn uns der Staat hingegen auch mit angenehmen Dingen beauftragte … zum Beispiel eine Beihilfe auszuzahlen oder ein Geschenk zu bringen … dann würden uns die Menschen vielleicht nicht verfluchen, sobald sie uns sehen."

„Die Uniform ist Pflicht", erwiderte Giannino feierlich. „Geben wir meiner Frau Zeit, sich anzuziehen, dann gehen wir hinein und trinken einen Kaffee, die Kollegen sollen auch heraufkommen."

Ich ließ mich vom Sofa runterplumpsen, zog Filippo am Bein und gemeinsam robbten wir in die Küche. Das war ein Fehler, denn das quadratische Fenster blickte auf den Balkon, und dahinter war das Gesicht des Maresciallo, es schimmerte durch den Vorhang. Unbeweglich blieben wir liegen, Gesicht an Gesicht.

Der Maresciallo lehnte ab und Giannino lud ihn noch dreimal auf einen Kaffee ein; erst bei der dritten Weigerung im Namen der Pflichten, die ihm die Uniform auferlegte, gab er nach. Der Maresciallo versprach, auf einen Kaffee zu kommen, wenn er mal weniger zu tun hatte. Er salutierte, drehte sich um und ging.

Der Geländewagen fuhr dröhnend aus dem Viertel hinaus, und das Schweigen danach war derart absolut, dass die Zikaden in den Bäumen der Gärten hinter dem Viertel den Mut fanden, wieder zu zirpen. Ich und Filippo keuchten, als wären wir lange gelaufen. So fand uns Giannino, eng umschlungen. „Seid ihr ein Liebespaar?", sagte er spöttisch, „verschwindet von hier, ich mache euch noch einen Kaffee, ich glaube, ihr braucht ihn." Und warf uns ein Päckchen Zigaretten zu. „Die hat euch Sarvu Martoni dagelassen, bevor er zur Arbeit gegangen ist, nach dem Kaffee macht ihr das Fenster auf und raucht eine, Palmina kommt ohnehin erst in einer Stunde aus dem Bad."

Tatsächlich gingen sich ein Kaffee und eine Zigarette aus, und als Donna Palmina kam, hatte der Zephyr, der den Duft der Berge mit sich brachte, bereits alle Spuren getilgt, Giannino hatte den Aschenbecher hinausgetragen und ihn vor die Tür Gnura Tuzzas gestellt, er sagte auch zu ihr, sie solle auf einen Sprung vorbeikommen.

Als die Nachbarin kam, schickte Giannino, der offenbar überhaupt keine weiche Birne hatte, sie hinunter, damit sie sich umhörte, was los war. Kurz vor Mittag kam Gnura Cata, auf Domenico, den Sohn des Hirten, gestützt; sie erkundigte sich nach unserem Befinden und fragte Giannino, welche Version der Geschichte sie bei der Frühmesse verbreiten sollte, die sie stets besuchte – vielleicht war es nützlich, wenn unsere Darstellung der Dinge zur allgemeingültigen Version wurde.

„Die Carabinieri sind ins Viertel gekommen, um einen Sohn der Maraviglia zu suchen, die nach Frankreich emigriert sind, einer hat sich offenbar vor der Einberufung gedrückt. Wenn sich jemand böswillig nach den Jungs erkundigt, haben alle gesehen, dass die Söhne der Gnura Lidia und der Gnura Cuncetta mit dem Koffer davongefahren sind, sie haben sich von allen verabschiedet und sind in den Pellaio gestiegen. Sie arbeiten jetzt im Norden als Maurer."

Gnura Cata schüttelte den Kopf und wiederholte Wort für Wort, streichelte uns über den Kopf, und dann ging sie auf Domenico gestützt davon. „Wenn ihr mal in einem anderen Bett schlafen wollt, meine Tür ist offen", sagte sie zu uns.

Ich wusste, dass das Viertel auf unserer Seite war, wie immer, wenn einer seiner Söhne in der Patsche saß; wenn man das am eigenen Leib erlebte, war es jedoch anders. Das Loch, in dem ich fürchtete, gelandet zu sein, war plötzlich weniger schwarz. Noch vor dem Abend kam Gnura Tuzza und lieferte Giannino einen Bericht ab; er hörte zu und schüttelte ernsthaft den Kopf. Palamita hatte in jeder Wohnung, an deren Tür er geklopft hatte, dieselbe freundliche Frage gestellt: ob man eine graue Vespa besaß. Eine ganz einfache Frage, nichts deutete auf uns hin.

Ich und Filippo schauten hoffnungsvoll Giannino an, aber er enttäuschte uns, er schüttelte noch immer den Kopf. „Sie werden wiederkommen, sie werden immer wieder dieselben Fragen stellen, sie werden weniger höflich sein, vielleicht kommen andere anstelle des netten Palamita."

Das sei nicht das Ende und so dürfe es nicht enden, erklärte uns Giannino. Palamita hatte uns erkannt, er musste sich nicht umhören, er wusste, dass die Vespa uns gehörte. Er wollte ein Durcheinander stiften, was herausfinden. Nur weil er uns in der Plantage gesehen hatte, konnte er uns nicht verhaften. Sie wollten jedoch herausfinden, warum wir in die Plantage gefahren waren, ob zufällig oder ob uns jemand geschickt hatte. Und wir mussten herausfinden, ob uns jemand verpfiffen hatte.

Ich und Filippo schauten einander an, ich dachte an Nicodemo, verwarf den Gedanken jedoch sofort, er hatte uns bestimmt nicht verpfiffen, er war hart im Nehmen. Mimmo mit dem Feuermal vielleicht? Oder Luigi, von ihm hatten wir lange nichts mehr gehört.

Doch an den Tagen darauf kam keine Uniform mehr ins Viertel, mein Schuldgefühl und meine Angst schwanden, doch anstelle der Angst vor dem Gesetz trat nun die vor den Banditen; wenn sie erfuhren, dass wir ohne ihr Wissen was angestellt hatten, würden sie es uns büßen lassen.

Doch egal, wie es lief, ich dachte, dass meine und Filippos Zeit in der Aurora zwischen Gesetz und schief aufgesetzten Mützen ohnehin zu Ende war, doch wir würden nicht den Pellaio um Hilfe bitten, sondern die Schildkröten des Zephyrs und eine dunkle Straße finden, auf der wir verschwinden konnten.

Doch wie es auch im Fall von Rocco und Papula geschehen war, hatte das Leben trotz aller trüben Gedanken viel zu viel Kraft, es setzte sich durch und ging weiter, es zwang uns, bei Einbruch der Dunkelheit das Haus zu verlassen. Abend für Abend aßen wir in einer anderen Wohnung, jede Familie lud uns zu sich nach Hause ein. Wir begannen bei den Martoni und machten eine Runde durch alle Wohnungen, die Bonasira ließen wir aus, sie waren erst seit kurzer Zeit in der Aurora, sie kannten die Gebräuche noch nicht.

Bei Tisch trafen wir endlich Antonio wieder, ich sah meine Schwestern wieder. Filippo konnte seine Mutter umarmen. Ich hingegen musste darauf warten, ins Haus der Dominici eingeladen zu werden, damit ich meine Mutter wiedersah, den ganzen Abend über kämpfte sie mit den Tränen, sie brachte keinen Bissen runter und konnte nicht mit mir sprechen, sah mich nur verstohlen an.

Die Gnura Tuzza zog die Fäden der Intrige, die Giannino sich ausgedacht hatte, um uns zu retten, und Gnura Cata kämmte das Gewebe der Gefühle, damit ein zusammenhängendes Gebilde entstand. Sie registrierte die zarten Gefühlsregungen im Viertel und sorgte dafür, dass sie von den richtigen Ohren gehört wurden. Sie erzählte mir, dass meine Mutter Schuldgefühle hatte, weil sie nicht besser auf mich hatte aufpassen können, weil sie mich nicht ausreichend beschützt hatte – weil Nichino noch so klein war und schon so viel Schlechtes gesehen hatte.

Ich flüsterte Gnura Cata ins Ohr, dass ich wohl ein kleines Opfer bringen musste, um die Liebe der wunderbarsten Frau auf Erden wiederzugewinnen.

Die Gesetzeshüter hatten offenbar auf uns vergessen, vielleicht war der Raubüberfall schon verjährt, am Ionischen Meer wurden täglich jede Menge Raubüberfälle begangen; die Banditen waren zwar sauer, würden aber nicht ins Viertel kommen, um uns zu suchen, denn sie würden nicht heil wieder hinausgehen. Wenn sie uns draußen erwischt hätten, hätten sie uns zwar nicht in den Kopf geschossen, aber ein paar Schüsse auf unsere Füße hätte ein Spitzbube wohl abgegeben.

Immer öfter sprachen wir davon wegzugehen, und Frankreich ersetzte in unseren Gedanken Belgien, dann zogen wir Deutschland und schließlich wieder Italien, Turin oder Mailand in Betracht. Doch eines Tages stand Palamita in aller Frühe auf und tauchte zu der Stunde auf, in der Sartana die Frauen abholte, blieb mit dem Geländewagen exakt an der Stelle stehen, wo dieser immer seinen Kleinlaster parkte. Er klopfte so heftig an eine Wohnungstür, dass es klang, als klopfte er hier bei Giannino. Giannino kam augenblicklich gelaufen, zuckte mit den Achseln und legte den Kopf zur Seite, füllte die Kaffeemaschine, wartete, bis der Kaffee aufgestiegen war und brachte ihn mir, setzte sich neben mich aufs Sofa, wir tranken und betrachteten dabei Filippo, der ahnungslos schlief.

Am Tag darauf klopfte Palamita an die Tür Filippos.

Und am übernächsten Tag kam der Maresciallo in die Aurora und lud meine Mutter und die Mutter Filippos in die Kaserne vor. Unter dem Vorwand, er wolle Giannino begrüßen, trat er durch die offene Tür in die Wohnung. Obwohl es noch früh am Morgen war, waren wir schon eine Zeit lang auf, Giannino hatte Palmina noch in der Dunkelheit eine Tasse Kaffee gebracht, sie war aufgestanden und hatte sich auf das Sofa gesetzt, von dem ich die Laken abgezogen hatte, dann hatte ich Filippo dabei geholfen, das Klappbett zusammenzulegen und es ins Schlafzimmer zu bringen.

Jetzt wartete Palamita auf den Kaffee. Giannino war sich sicher, dass der Maresciallo es nicht wagen würde, ins Schlafzimmer einzudringen. Und tatsächlich ging er nicht ins Schlafzimmer, trank seinen Kaffee, erkundigte sich nach Gianninos Gesundheit und ging, ohne über das Thema zu sprechen, das ihn aufs Neue ins Viertel geführt hatte.

Die Frauen gingen in die Kaserne und kamen außer sich zurück: Sie waren nämlich vom Capitano des Postens aus dem Nachbardorf und einem alten Richter verhört worden, die nicht so freundlich gewesen waren wie Palamita. Zum ersten Mal hatten sie nach mir gefragt und gar nicht so sehr nach Filippo, es waren vage, wenn auch drohende Fragen gewesen – was machten wir, mit wem trafen wir uns, wo waren wir jetzt?

Giannino beruhigte Tuzza, die gekommen war, um Bericht zu erstatten, und riet ihr, den Frauen immer wieder dasselbe zu sagen, nämlich dass wir abgereist waren, um zu arbeiten, und dass sie sich von den Drohungen nicht einschüchtern lassen sollten. Dann setzte der Alte einen nachdenklichen Blick auf und schwieg den ganzen Tag über. Noch vor dem Abend, bevor er wie üblich zum Luftholen hinausging, pflanzte er sich auf dem Balkon auf, anstatt in seinen Plastikschlapfen auf und ab zu gehen. Er stand still und schaute hinunter.

„Massaru Binu, gibt es eine Klage?", rief er plötzlich.

„Klage? Bei Eurer Freundlichkeit, Don Giannino? Nie im Leben", antwortete eine Stimme von unten.

„Und warum riechen wir dann bei uns zu Hause nicht mehr euren stinkenden Käse?", fragte Giannino hartnäckig.

„Ach, wie nachlässig von uns, die Jungfrau von den Bergen möge uns vergeben, wir werden sofort Abhilfe schaffen", lautete die Antwort.

Giannino ging hinein, ohne wie üblich auf dem Balkon auf und ab zu gehen, und ließ sich aufs Sofa fallen. „Mach eine Flasche Wein auf", befahl er Palmina, sie stellte eine Flasche und Gläser auf ein Tablett, und Filippo nahm es ihr schnell aus der Hand. Bereits nach einer Viertelstunde verbreitete sich der Gestank des Ziegenkäses und man hörte die Stimme des Hirten Binu, der bat, eintreten zu dürfen; denselben Gestank roch man auch vor dem Haus der Dominici und er drang auch aus der Wohnung der Carbone, der zweiten Hirtenfamilie in der Aurora. Ein Fluch, der auf allen ihren Habseligkeiten lag: ihrer Pasta, ihren Kleidern, ihren Autos. Alles stank nach Ziege, und es gab kein Parfüm, das den Gestank hätte übertünchen können, außer vielleicht Bergamottöl. Die Hirten waren die Einzigen, die den Gestank nicht wahrnahmen, doch es war kein Schmutz, es war, wie Giannino gesagt hatte, ein Mief; und selbst die, die keine Ziegen mehr hüteten, hatten ihn an sich.

U massaru Binu, wie nur Giannino ihn nannte – für die anderen in der Aurora war er Onkel Binu –, wohnte zwar in einem anderen Viertel, besuchte uns jedoch immer wieder, weil er ein Cousin der Dominici war, er hatte eine Frau, aber keine Kinder, und half den Hirten oben im Aspromonte mit den Ziegen. Der Hirte reichte Donna Palmina ein in Brotpapier eingepacktes Stück Käse und setzte sich auf den Platz, den Giannino ihm zuwies. Er wunderte sich nicht darüber, uns zu sehen, er wusste, dass man ihn nicht wegen des Käses gerufen hatte, denn Giannino mit seinem Spatzenmagen aß nur selten Käse.

Filippo füllte die Gläser und reichte sie weiter, als Erstem reichte er Binu ein Glas. Wir hoben die Gläser, ohne anzustoßen, Giannino nippte nur daran und stellte sein Glas auf den Couchtisch. „Die Meeresluft ist ein Fluch", sagte er und schüttelte den Kopf.

„Mir dürft ihr das nicht sagen, wenn es nach mir ginge, würde ich hinauf in die Berge gehen und dortbleiben, doch wenn der Arzt nicht einmal die Woche kommt und meiner Frau Medizin verschreibt, die sie dreimal am Tag einnimmt, kommt sie nicht über die Runden", stimmte Binu zu und hob den Blick zur Decke.

„Der stinkende Atem des Sumpfes, auf dem wir wohnen, und die Meeresluft machen die Knochen kaputt und die Lungen schlaff", bestärkte ihn Giannino.

„Und das Meer ist das Schlimmste von allem, in den Bergen starben wir vor Hunger, aber wenigstens waren wir gesund. Ich bin kein einziges Mal an den Strand gegangen, verdammt sei der Tag, an dem wir uns von unserem alten Dorf haben wegbringen lassen … Angeblich waren die Häuser nach der Überschwemmung nicht mehr gut genug für uns. Dann hätten sie uns neue bauen sollen, allerdings nach wie vor in den Bergen. Sie hätten uns einen Ort auf den Felsen geben und dort das Dorf neu aufbauen sollen, nicht hier, wo man …"

„Noch dazu viele Kilometer entfernt", unterbrach ihn Giannino.

„Im Dorf hätte es jede Menge trockene Erde und Weideland gegeben, doch der Staat hat uns gezwungen, den Fröschen den Sumpf wegzunehmen, noch dazu auf dem Gebiet einer anderen Gemeinde! Das war eine ganz üble Entscheidung, davor war es besser, obwohl es harte Zeiten waren und wir Gras und Eicheln mit den Tieren geteilt haben. Der Staat hätte es doch in der Hand gehabt, die Häuser neu aufzubauen und das Land gerecht zu teilen, und wenn er sich auch nicht getraute, das Land der Grundbesitzer zu konfiszieren, dann hätte er wenigstens das Land in Staatsbesitz aufteilen können …"

„Davon hat er ja genug", warf Giannino ein.

„Stattdessen? Er schickt uns allein in die Welt hinaus, wie Ziegen ohne Glöckchen – wenn er uns wenigstens eine Straße hinauf in den Aspromonte gebaut hätte, damit wir uns um unseren Besitz kümmern können! Eine Straße an der Küste hat er gebaut, die im

Kreis führt, sodass wir achtzig Kilometer zurücklegen müssen, um hinaufzugelangen. Das haben sich entweder Verrückte einfallen lassen oder Mafiosi, die Jungfrau von den Bergen schütze sie alle", sagte Binu weise.

„Und dann hat man uns hier eingeschlossen wie Vögel im Käfig, die darauf warten, dass man ihnen ein paar Körner zuwirft. Wenn man einen kleinen Garten will, muss man ihn den Steinen im Fluss abringen ..."

„Don Giannino, wisst ihr, wie uns die aus den Nachbardörfern nannten, als wir ankamen?" Ohne auf eine Antwort zu warten, fuhr er fort: „Kuckuck, denn für die von der Küste ist der Kuckuck ein Dummkopf. Und wir haben mitgespielt, trotz des Unglücks waren wir immer noch zum Scherzen aufgelegt, und wenn sie sich über uns lustig machten, taten wir so, als würden wir drauf reinfallen, und gaben ihnen die Antworten, die sie hören wollten, damit sie lachten und glaubten, wir seien Idioten. Erinnert ihr euch an die Geschichte mit dem Bidet, Don Giannino?"

Don Giannino begann schrill zu lachen, er lachte, so wie ihn noch niemand im Viertel lachen gehört hatte. Auch Binu lachte, aber der Blick, mit dem er mich und Filippo anschaute, war ernst: „Um anzugeben, hatte der Staat in den ersten Häusern des Dorfes Bidets installiert, die allerdings nicht ans Wasser angeschlossen waren, man wollte die Bäder bloß fotografieren, die Fotos in der Zeitung veröffentlichen und zeigen, wie gut man uns Überschwemmungsopfer behandelte. Wir waren zwar arm, doch gescheit genug, um zu verstehen, wozu sie gut waren. Den Küstenbewohnern, die uns für blöd hielten, erzählten wir allerdings, wir aus Africo benutzten sie zur Aufbewahrung der in Salzlake eingelegten Oliven, und sie schlugen sich auf die Schenkel vor Lachen, stießen sich mit dem Ellbogen an und sagten, wir seien wirklich so dumm wie der Kuckuck." Er hielt inne, um zu lachen, auch Giannino lachte noch immer und Donna Palmina stimmte in den Chor mit ein.

„Dabei ist der Kuckuck", sagte Binu dann, plötzlich ganz ernst, „das klügste Tier, das es gibt, doch seine Klugheit hat ihn ans Messer geliefert. Vor dem lieben Gott gab es nämlich andere Bewohner im Himmel", er bekreuzigte sich, „und der Kuckuck war ihr Lieblingsvogel, weil er so eine wunderbare Stimme hatte und wunderbare Nester bauen konnte. Aber auch an den Orten, wo eigentlich das Gute herrschen sollte, gedeiht der Neid und wirkt das Böse. Deshalb verfluchte ein minderer Gott den Kuckuck, ersetzte seinen wunderbaren Gesang durch den elenden Kuckucksruf und nahm ihm die Fähigkeit, Nester zu bauen."

„Genauso ist es uns aus Africo ergangen, wir waren die Lieblingskinder des Himmels und haben uns ein Nest mitten im Aspromonte gebaut, das den Neid aller anderen Dörfer erregt hat. Und dann, nach unzähligen Flüchen und Verwünschungen, ist es ein Ort der Qual geworden. Und auf den Flügeln des Kuckucks sind wir davongeflogen und haben ein neues Nest gefunden, in dem wir die Eier ablegen können. Ich hoffe, dieser Froschteich ist nur das Fegefeuer und wir können danach ins Himmelreich zurückkehren."

Binu schwieg eine Weile und dann begann er wieder zu erzählen, er redete und redete, und Giannino hörte ihm zu, doch ich vermochte nicht mehr zu folgen. Filippo schlief mit dem Kinn auf der Brust. Ich stand auf, denn Palmina, die ebenfalls nicht mehr zuhörte, hatte ein duftendes Sugo zubereitet und war dabei, die Pasta ins Wasser zu werfen, also deckte ich den Tisch. Die Erzählungen Binus schwirrten mir im Kopf herum. Ich wusste nicht, wie viel Wahres daran war, doch inzwischen hatte ich verstanden, dass die *cunti*, die alle hier erzählten, wie Glaskugeln waren; wenn man lernte, hineinzuschauen, sah man, was in der Vergangenheit gewesen war, und wenn man richtig gut war, konnte man darin besser als die Zigeunerinnen die Zukunft lesen. Ich hatte jedoch kein Talent für derartige Sachen, sagte ich mir, trank mein Glas Wein mit einem Schluck aus, nahm die Flasche, füllte das von Binu und auch das von Giannino. Donna Palmina machte mir ein Zeichen, das Essen war fertig – ich stellte die Teller auf den Tisch und weckte Filippo.

Giannino aß seine Pasta ohne Sugo in winzig kleinen Bissen und forderte Binu zum Reden auf. Der redete und spießte mit jedem Zahn seiner Gabel Pasta auf und trank mit jedem Schluck ein halbes Glas. Und nach der Pasta gab es rotes Fleisch und dann Ziegenkäse, Binu würde ihn im Bauch nach Hause tragen.

Die zweite Weinflasche war leer und beim letzten Bissen machte Giannino noch einmal auf sich aufmerksam und packte Binu fest am Arm – „Massaru Binu, was haltet ihr von den Gesichtern der beiden Kleinen?"

Binu schaute uns mit seinem Arztblick an. „Krank schauen sie aus", diagnostizierte er, „sie brauchen gesunde Bergluft", schlug er als Therapie vor. Ich und Filippo schauten einander verdattert an, ich war mir nicht sicher, ob ich verstanden hatte.

Kaum hatte Binu sich verabschiedet, nahm mir Giannino die Zweifel, Binu hatte uns nicht nur eine gute Nacht gewünscht, sondern uns auch noch ein geheimnisvolles „morgen Abend schicke ich euch den Jungen" zugeraunt.

„Hier könnt ihr nicht bleiben, im Viertel lebt man seit jeher bei offenen Fenstern und Türen, es würde bald auffallen, dass die Fensterläden immer geschlossen sind. Im Augenblick gibt es keinen offiziellen Haftbefehl, aber wenn euch Palamita erwischt, wird er euch nach allen Regeln der Kunst ausquetschen. Solange man nicht weiß, was gegen einen vorliegt, darf man sich nie in der Kaserne verhören lassen. Wenn ihr euch dort einstellt, müsst ihr genau wissen, was ihr sagt, sonst fügt ihr euch einen riesigen Schaden zu.

Ihr seid im Norden arbeiten, und solange die Carabinieri nicht mit einem Haftbefehl auftauchen, seid ihr zu nichts verpflichtet. Die Banditen müssen sich jedoch nicht an das Gesetz halten, sie werden alles tun, um herauszufinden, wo ihr seid; wenn ihr im Viertel bleibt, werden sie es herausfinden. Für euch geht es jetzt in erster Linie darum, euch vor ihren Absichten zu schützen. Wir haben keine andere Wahl, ihr müsst zu den Dominici in die Berge gehen und euch dort von Massaru Binu bewachen lassen, aber es ist eine gute Wahl."

Drei Stunden Reden und Wein, seit dem Sonnenuntergang ging es nur um eines – die Bitte, uns in die Berge zu bringen. Dafür hätten auch fünf Minuten gereicht.

Inzwischen hatte ich verstanden, doch etwas machte mich noch immer ratlos: Wenn die Banditen die Hauptgefahr waren, wie sollten wir dann Binu vertrauen? Wir alle wussten, dass auch er ein Bandit war. Beziehungsweise nicht mehr war, denn wie alle herumerzählten, hatte er sich schon vor vielen Jahren ordentlich von der Mafia zurückgezogen. In den *cunti* wurde immer wieder erwähnt, dass man sich aus der ehrenwerten Gesellschaft zwar zurückziehen konnte oder dass man rausgeschmissen wurde, dass der Schnitt jedoch nie endgültig war, denn die, die hinausgeschmissen worden waren, konnten wieder aufgenommen werden, und die, die sich ordentlich zurückgezogen hatten, konnten wieder einberufen werden.

Das wollte ich fragen: Wie können wir ihm vertrauen?

Ich sagte nur: „Aber Binu …“, Giannino hatte schon verstanden.

„Schau, Nicola, die Carabinieri und die Mafia ähneln einander in einer Hinsicht: Wenn man einmal beigetreten ist, kann man nie wieder völlig austreten. Hast du Palamita gesehen? Für ihn bin ich noch immer ein Carabiniere, und wenn sie mich brauchen, rufen sie mich. Aber wie bei allen Regeln gibt es auch hier eine Ausnahme, sie hängen davon ab, wie jemand beschaffen ist. Ich bin zwar Carabiniere, aber dem Dorf Africo dennoch zutiefst verbunden, und ich war nie hundertprozentig ein Bulle, deshalb kann ich mich völlig von den Carabinieri lösen. Massaru Binu hatte nie das Herz eines Verräters und im Grunde seiner Seele war er auch nie Mafioso.“

Das war genauso wie bei Papulas Reden oder wenn Antonio beschloss, in Rätseln zu sprechen. Ich sah Filippo an und er zuckte mit den Achseln – egal, ich taugte ohnehin nur dazu, Unheil anzurichten, und jetzt hatte ich keine andere Wahl, als mich in die Hände von jemandem zu begeben, der meinen Fehler korrigieren wollte.

Die Berge! Seit ich mich erinnern konnte, wurde mir davon erzählt, doch ich hätte nie gedacht, dass sie zu meinem Zufluchtsort werden könnten; in den letzten Tagen hatte ich aus vielerlei Gründen schlecht geschlafen, nun war der Aspromonte ein weiterer Grund.

In der Nacht davor hatte ich mich in den verschwitzten Laken gewälzt, ich hatte versucht, in meinen Erinnerungen diejenige Beschreibung des Aspromonte aufzuspüren, die mir am wenigsten Angst machte, und jetzt, wo Giannino an meiner Stelle die Entscheidung getroffen hatte, wäre ich am liebsten gleich aufgebrochen, um die Wiege der Aurora, in der ich aufgewachsen war, gegen einen größeren Schoß, Luft und Ausblick, einzutauschen. Auf einmal fühlte das Viertel sich eng an: Die Mauern, Türen, Fenster erschienen mir als schwacher Schutzwall gegen die Uniformen und die schiefen Mützen der Banditen. Es war mir, als befände ich mich in einer winzigen Welt, die von einem riesigen Kometen verschluckt werden sollte, der sich von einem schwarzen, noch größeren Planeten abgelöst hatte und durch den Raum irrte, um die Gier, die *Maligredi,* in jeden Winkel des Universums zu bringen.

Ich war Nichino, ein *nuddhru;* Palamita war ein riesiges Ungeheuer, sein Schatten war größer als er und trug das Gesicht von Don Nino Zacco, und Sartana war eine riesige Smaragdeidechse mit einer langen, glitschigen Zunge und einem höhnischen Blick.

„Kaffee." Gianninos lebhafte Äuglein blickten mich gutmütig an. „Noch vor einer Minute hast du dich gedreht wie ein Kreisel und jetzt schläfst du?", fragte er mich. „Die Berge", sagte ich zu ihm und er presste die Lippen aufeinander, reichte mir mit einer Hand die Tasse und streichelte mir mit der anderen über die Haare. „Mach dir keine Gedanken, vielleicht gefällt es dir."

Er nahm seine Tasse und schlurfte mit seinen Plastikschlapfen auf den Balkon. Tuzza stand an der Tür und grüßte, nahm Gianninos Anweisungen entgegen und verbreitete sie bei Sonnenaufgang im Viertel.

Mir ging das Viertel jetzt schon ab, mir war, als würde ich zu einer Reise aufbrechen, dabei fuhr ich gar nicht nach Norditalien oder Deutschland. Aber ich verließ zum ersten Mal für längere Zeit das Viertel, und selbst wenn ich mich nur ein paar Schritte entfernte, begab ich mich in eine andere Welt. Wie ein Wurm kroch ich über den Boden und rauchte draußen auf dem Balkon eine Zigarette.

Keine Ahnung, ob sich die Zeit unseren Bedürfnissen angleicht, aber an diesem Tag zerbröselte sie wie Staub, unaufhaltsam, angetrieben von der Aufregung im Haus. Donna Palmina war offensichtlich nicht da, und auch das beflügelte die Nervosität aufgrund der bereits getroffenen Entscheidung – sobald man einmal eine Entscheidung getroffen hat, kann man es nicht mehr erwarten, sie umzusetzen.

Es wurde früh dunkel und Domenico kam in die Wohnung – fünf Minuten, nachdem der Fiat Seicento auf dem Platz geparkt hatte und er und Binu ausgestiegen waren. Mit seinem nach Käse stinkenden Atem flüsterte er Giannino etwas zu und seine schlauen Äuglein betrachteten zuerst mich und dann Filippo. „Binu sagt, er habe darüber nachgedacht: Wir sollten zu Fuß in die Berge aufbrechen, und da der Mond ab heute wieder abnimmt, sollten wir es gleich tun, damit es hell genug ist, um nachts zu gehen."

Wir würden noch heute Nacht aufbrechen.

Der Hirte ging und Giannino gab wieder eine Reihe von Anweisungen. Er trat auf den Balkon hinaus, grüßte den rauchenden Sarvu Martoni und gleich darauf unterhielt er sich mit seiner Botschafterin Tuzza. Ich konnte nicht verstehen, was er sagte, doch als er fertig war, hörte ich sie die Treppe hinuntergehen.

Wir setzten uns, um zu essen, und die Nachbarin kam wieder herauf und ging in ihre Wohnung, doch ich hörte weitere Schritte, Antonio stand vor der Tür. „Gestatten …", wollte er sagen. „Komm herein", fuhr Giannino ihn an, er gehorchte und hinter ihm tauchten der Reihe nach Domenico, Luciano und Luigi auf, auf den Knien und jeder mit einer Tüte in der Hand. Sie legten sie auf den Boden und setzten sich aufs Sofa. Antonio setzte sich zu uns an den Tisch.

Palmina hatte Pasta ohne Sugo gekocht, doch es war nicht genug für alle da, deshalb bereitete sie für die Jungs Brötchen mit Mortadella zu, deckte den Couchtisch für sie und stellte eine Flasche Orangenlimonade darauf.

Wir aßen schnell, wir mussten uns für den Aufbruch vorbereiten. Domenico brachte die letzte Botschaft von Binu. Wir würden gleich nach Mitternacht aufbrechen, wenn das Dorf in tiefem Schlaf lag.

In den Tüten, die die Jungs gebracht hatten, befanden sich drei Paar Schuhe, Antonio war mit dem Zug in die Stadt gefahren, um sie zu kaufen, und da waren auch drei Rucksäcke mit Kleidern und Wechselwäsche. Binu würde mit uns in die Berge hinauf wandern, und bei diesem Gedanken wurde mir die Mühe schon leichter, auch Filippos Gesichtsausdruck hellte sich bei dieser Nachricht auf. Danach zog Antonio einen Fünfzigtausend-Lire-Schein hervor und reichte ihn Giannino. „Der ist übrig geblieben", sagte er. „Behalt ihn, vielleicht brauchst du ihn noch", antwortete Giannino und nahm den Schein nicht an. „Probiert lieber die Schuhe und geht ein wenig in der Wohnung auf und ab, damit die Füße sich daran gewöhnen."

Wir gehorchten und bildeten eine kleine Prozession, die auf dem engen Raum zwischen Tür und Zimmer im Kreis ging; zur Freude der kleinen Jungs auf dem Sofa, die ihre Orangenlimonade tranken und das Lachen unterdrückten, damit man es draußen nicht hörte, stießen wir immer wieder gegeneinander. Meine Füße rutschten in den Schuhen ein wenig hin und her, und Giannino ließ Palmina drei Paar seiner Socken holen. „Für Bergschuhe braucht man sowohl im Sommer als auch im Winter dicke Socken." Wir zogen sie an und nahmen unsere Gewöhnungsübungen wieder auf, die Jungs halfen derweil beim Abräumen. Palmina wusch das Geschirr ab, und dann bereitete sie auf Gianninos Geheiß Brötchen zu, sie kauften immer viele davon, um sie dann im Viertel zu verteilen. Wir hatten es satt, im Kreis zu laufen, krochen auf den Balkon hinaus, setzten uns auf den Boden und rauchten, die kleinen Jungs setzten sich in einer Reihe hinter uns, Sarvu Martoni kam aus der Tür und lehnte sich mit seiner Zigarette auf die Brüstung, Gnura Tuzza trug ihren Stuhl hinaus und ihre unverheiratete Tochter setzte sich auf einen Stuhl in der Wohnung. Auch Giannino pflanzte sich wieder auf dem Balkon auf und sagte laut, Palmina habe sich aufs Sofa gelegt, um sich auszuruhen, blickte sich um und seufzte: „Erschießen hätte ich sie sollen, nicht heiraten, sie hat mir die Karriere ruiniert. Vielleicht wäre ich Maresciallo geworden", feixte er, und ein Lachen aus vielen Mündern jeglichen Alters und Geschlechts antwortete ihm. Das ganze Viertel war draußen, wahrscheinlich wussten alle von unserem Aufbruch.

Die Stimmen liefen kreuz und quer über den Platz, eine kam vom Balkon und eine andere stieg vom Treppenabsatz herauf, und die Kleinsten spielten kreischend Fußball. Mir war, als würde ich in jene Zeit zurückkehren, als die Welt noch nicht Einzug in die Aurora gehalten hatte, als wir uns mit Pasta mit falschem Sugo und den Erzählungen am Kohlenbecken zufriedengegeben hatten und uns nicht um Revolutionen und Banditen scherten. „Ihr müsst wissen …", setzte Gnura Cata, die Päpstin, an, wahrscheinlich kam sie gerade aus der Wohnung, in der sie heute zu Abend gegessen hatte, und wie immer war sie irgendwo stehen geblieben, weil sie den Rückweg nicht in einem Stück schaffte, „… die Seide kam auf den Flügeln eines Kuckucks zu uns, der einer wunderschönen Königin an einem fernen Ort eine Raupe gestohlen hatte. Und die Reise war so lang, dass diese begann, einen Kokon zu spinnen …"

Die Stimmen schwiegen, sogar der Atem wurde leise, um einem *cuntu* zu lauschen, den die Gnura noch nie erzählt hatte und der versprach, wunderschön zu sein.

Ich stieg auf den Rücken des Kuckucks und flog über hohe Berge und riesige Seen. Der Vogel stieß herab und ich sah Menschen, die in Seide, Damast und Leinen gekleidet waren, mit Mützen, spitzen und plumpen Schuhen; ich sah runde, lange Gesichter, vorspringende Kinnladen und hohle Wangen; rosa, weiße, bernsteinfarbene und bronzene Hautfarben und Frauen mit Zöpfen, Rossschwänzen, Haarkränzen, sehr große und winzig kleine, und alle von außerordentlicher Schönheit.

Die Gnura hatte ihre schönste Erzählung ausgerechnet für diesen Abend aufgespart; im Vergleich dazu schienen die Orte, die Papula oder Rocco beschrieben hatten, wie Schwarz-Weiß-Fotos: Tiere mit Hörnern und eingerollten Schwänzen, pilzförmige, tonnen- und spindelförmige Häuser und Flüsse, die so lang wie tausend Ströme waren, gewundener als Aale und blauer als das Ionische Meer. Steineichen, so hoch wie Föhren, und Maulbeerbäume, die mehr Schatten warfen als Eichen. Ein atemberaubender Flug zwischen Wolken, die wie Zuckerwatte zerstoben, ein Auf und Ab, bei dem es einem mehr den Magen aushob als bei den Karussellen und Rädern der Firma Berlingeri.

Der Kuckuck flog über einen Rummelplatz, wo jeder Zauber noch zauberischer war als der vorhergehende, er flog tief über ein verschneites Feld und ließ das Weiß aufspritzen, das dickflüssig wie Schlagsahne wieder zu Boden fiel. Er stürzte plötzlich in die Tiefe und seine Füße stolperten mit unseren Füßen über die Steine im Flussbett; da flog der Kuckuck etwas höher, wurde Mondlicht und verschwand; und wir fluchten, weil uns die Knöchel vom mehrmaligen Umknicken schmerzten.

Als die Gnura Cata aufhörte zu erzählen, hatte es uns den Atem geraubt, und die Freude war an die Stelle einer unstillbaren Trauer getreten, denn wenn es tatsächlich so einen Ort gab, konnte er sich nur im Paradies befinden. In allen Wohnungen der Aurora war das Licht ausgegangen, jemand hatte das Kabel der einzigen Laterne mitten auf dem Platz herausgezogen. Auf der Erde war es finster geworden und am Himmel leuchtete der silberne Mond, fast ein Vollmond, allerdings war da ein dunkles Eck, als hätte ein Kind von einem riesengroßen Keks abgebissen. Lange Minuten vergingen, fast hörte man das Schnarchen das ganzen Dorfes. „Es ist so weit", sagte Giannino. Ich stützte mich auf Antonio, der zu mir getreten war, um mich hochzuziehen. Schnell hängten wir uns die Rucksäcke um, umarmten Giannino und Palmina. Wir machten einen Sprung zu den Martoni – Sarvu, Tuzza und die unverheiratete Tochter. Dann gingen wir die Treppe hinunter und verabschiedeten uns der Reihe nach bei allen Bewohnern der Aurora, kein Einziger war im Bett geblieben.

Wir hatten feuchte Wangen geküsst, und aus jedem Mund war ein ganzes Wort gekommen. Jeder hatte uns etwas mitgegeben und wir hatten jedem etwas von uns zurückgelassen. Ich hatte meine Schwestern geküsst und zugelassen, dass die Liebe meiner Mutter mich benetzte wie der erste Regen im Herbst.

Binu hatte mitten auf dem Platz im Viertel auf uns gewartet, er setzte sich in Bewegung und wir folgten ihm. In einer gespenstischen Stille durchquerten wir das Dorf: an den Wohnblocks und den Häusern der Gnuri oben in den Hügeln vorbei, und dann runter zum Flussbett.

Fast ohne es zu bemerken, waren wir dorthin gelangt, die Märchen der Gnura Cata trugen mich auf dem Arm, nur die spitzen Steine am Boden des Flussbetts konnten sie stören.

Die Steinhalde in der Ferne wirkte wie ein friedlicher und harmloser Hang; doch wir stolperten, während wir versuchten, längere Schritte zu machen, so wie Schiffbrüchige größere Kraulschläge machen, um ein Land zu erreichen, das nah scheint, jedoch unerreichbar ist. Plötzlich löste sich etwas von meinem Körper und glitt über das linke Bein, wurde Schatten, dann glitt etwas über das rechte Bein, und beide Schatten wuchsen aus meinen Füßen hervor und folgten mir. Sie überschnitten sich, liefen in vier verschiedene Richtungen, glitten durchscheinend über die Steine und wie meine Augen ließen sie sich vom Licht täuschen, das nur das Ganze zeigte und nicht die Einzelheiten, in denen sich Löcher und Vorsprünge versteckten.

Als „Schatten" wurden bei uns die bezeichnet, die vor etwas davonliefen, und jetzt verstand ich auch den Grund. Sie warteten auf mondhelle Nächte, um von einem Ort zum anderen zu gelangen, und um sich nicht allein zu fühlen, spalteten sie sich in vier auf. Und während sich meine Augen langsam daran gewöhnten, wurden meine vier Gefährten kompakter, zuerst dunkel und dann schwarz.

„Schwarze Seelen", so nannte man bei uns zu Hause die, die vor etwas davonliefen, aber vor allem die, die vor dem eigenen schlechten Gewissen davonliefen, auf dem eine nicht wiedergutzumachende Sünde lastete, und je weiter sie gingen, desto mehr wurde ihnen bewusst, dass sie einem traurigen Schicksal als Köhler entgegengingen. Je mehr der Köhler Gesicht und Hände mit Kohle schwärzt, desto länger währt seine elende Arbeit und sein unwürdiges Leben, je mehr Eichen er schlägt und je mehr er seinen Bauch füllt, desto schneller wird der Schmerz, den er verursacht und der ihm zugefügt wird, zu seiner einzigen Nahrung.

Binu lief mit den Flügeln eines Adlers über die Felsen, und wir folgten ihm mit den Füßen einer Schildkröte, wir spürten jeden einzelnen Schnitt, den uns die spitzen Steine zufügten; der Weg führte uns nach oben – wir sollten jedoch nicht den Himmel berühren.

Mehr als der Mond hatten uns die Erzählungen in der Aurora eine falsche Wirklichkeit vorgegaukelt, sie hatten uns eine Welt voller guter Dinge versprochen, sie hatten uns nicht auf die Hölle vorbereitet, die gleich ums Eck lauerte.

„Los", feuerte uns der Alte an, „gleich wird sich die Sonne aus den Tiefen des Ionischen Meers erheben."

Nach einem dreistündigen Marsch verließen wir das Flussbett, doch Knöchel, Fersen und Fußsohlen durften sich nur fünfhundert Meter darüber freuen, dass sie den spitzen Steinen entkommen waren. Der Weg wand sich wie eine Wendeltreppe und führte direkt zu den Sternen. Die Schmerzen verlagerten sich nach oben, Waden und Beine verkrampften sich und die Lunge füllte jeden Winkel der Brust aus. Der Körper lehnte sich nach vorne, zuerst schief und dann fast senkrecht zum Boden, die Nüstern sogen eine nach Pilzen duftende Erde ein, die Haut zuckte beim Angriff der Dornen. Meine vier Schatten spielten Verstecken, sprangen von einem Ginster- zu einem Heidekrautbusch, verfingen sich im Stechginster, huschten über den Farn und blieben stehen, um gemeinsam mit mir zu keuchen.

Wir liefen über eine Steinhalde, auf der ein paar Robinien wuchsen, die Furunkeln glichen. Wir schlüpften zwischen dichten Steineichen hindurch, die den Himmel verdunkelten und deren Äste unseren Kopf streichelten, als würden Finger durch unsere Haare fahren. Unter dem Schirm der Eichen spähten wir in die Ferne und entdeckten die schlafende Sonne – nackt unter dem Laken des Meeres –, während wir gingen, einen Fuß nach dem anderen setzten, auf einem zarten, in eine graue Granitplatte gegrabenen Weg.

Der Mond wurde bleich und entzündete scheue Sterne, er wurde ein weißer Schatten vor dem Blau des Himmels; von hier aus konnten wir ohne Angst dem Licht entgegengehen; und schließlich gewährte uns Binu eine kleine Pause. Da war eine Nische im Felsen, eine Höhle; den Spuren an der Wand nach zu schließen, war sie mit Meißel und Pickel in den Felsen gehauen worden, bis eine halbe, auf den Kopf gestellte Tasse entstanden war, der Durchmesser am Boden betrug ungefähr vier bis fünf Meter, darüber wölbte sie sich sieben oder acht Meter in die Höhe. Ein Zinnrohr in der Mitte spuckte einen silbrigen Strahl auf den Stein; das Wasser war so kalt, dass einem fast die Hand gefror. Es ergoss sich in ein viereckiges, einen halben Meter tiefes Becken und floss dann gerade bis zum Abhang, wo es sich im Nichts ergoss. Neben dem Rohr befanden sich zwei genauso lange Steinblöcke, auf denen die erschöpften Wanderer Platz nehmen konnten, und am Rand der Nische explodierte ein Olivenbaum wie ein Feuerwerk, ein drei Meter hoher schmaler Stamm zerstob in einer Unmenge smaragdgrüner Blätter.

Wir tranken ein paar Schluck Wasser und verteilten uns auf die Steinblöcke. Binu steckte die Hände in den Beutel, den er über der Schulter trug, und holte ein Tuch heraus. Er breitete es auf dem Stein aus, legte einen kleinen Brotlaib, einen halben Käselaib und eine Handvoll schwarzer, runzeliger Oliven darauf. Er schnitt Brot und Käse und wir nahmen uns der Reihe nach unseren Teil.

Ich aß und betrachtete dabei die Sonne, die ihr bestes Kleid anlegte und sich rot und goldgelb schimmernd auf einen Tag vorbereitete, der wichtiger war als alle anderen. IGGHIU nannten die Alten sie, ein vom Altgriechischen hergeleitetes Wort, *gliciu igghiu*, süße Sonne, immer, wenn sie das feuchte Morgengrauen besiegte, seufzten sie. Und *igghiu* erhob sich, enthüllte den noch dunklen Samt des Ionischen Meeres, ihre Strahlen fielen auf den Küstenstreifen und liefen über die Erhebungen der Erde, färbten die Abhänge der Berge.

Von hier aus wirkte das Dorf Africo in seiner Mulde wie eine friedvolle Welt, man konnte sich die Dornen im Herzen seiner Bewohner gar nicht vorstellen; zum ersten Mal betrachtete ich es aus so großer Entfernung, zum ersten Mal schlug ich meine Augen fern der Aurora auf, und es war, als würde ich zur Zimmerdecke hinaufsteigen und meinen Körper in den Laken von oben betrachten. Noch nie hatte ich im Morgengrauen Brot und Käse gegessen und noch nie hatte ich die Nacht gebeten, meine Flucht zu bewachen, anstatt zu schlafen.

Ich hatte Ziegenkäse fast genauso gehasst wie falsches Sugo, jetzt schmolz er in meinem Mund wie Lupas *nzudde*. Ich spähte auf Binus Tuch, weil mir noch eine Portion zustand, doch davor kniete ich mich vor die Quelle, legte die Hände aneinander und trank, bis meine Zähne froren. Anstatt mich zu setzen, ging ich zum Rand der Höhle, pflückte ein paar Oliven und warf sie in die Höhe, sah zu, wie sie zu Boden fielen, und verlor mich in der Landschaft rundherum. Es tat mir leid, dass ich den Namen der Pflanzen nicht kannte, die sich an die Felsen klammerten und über die steilen Klippen kletterten, manche hatten runde Blätter und violette Blüten, andere wiederum längliche, eierförmige Blätter und rote Blüten, und wiederum andere hatten skelettförmige, mit Dornen und gelben Blüten verzierte Zweige. Ich erkannte Heidekraut, Ginster, hier gab es keinen Mastixstrauch, der unten im Dorf und in den Hügeln rundherum wuchs; eine einzige Agave kauerte wie ein Falke auf einem Felsvorsprung. Ich wusste nicht, wie der Berg vor mir hieß, und aus der Ferne konnte ich auch nicht feststellen, welche Bäume in dem Wald auf dem Berg zu meiner Rechten wuchsen. Jeder Winkel, den ich von dieser Terrasse aus beobachtete, hatte einen eigenen Namen, ich kannte keinen einzigen, obwohl dieses Land zu Africo gehörte. „Kaffee", stieß ich zwischen den Zähnen hervor, aber ich konnte es kaum glauben und drehte mich vorsichtig um. Binu war ein Teufelskerl, er hatte eine funkelnde Thermosflasche geöffnet, von dort kam der Duft. „Onkel, Ihr seid so freundlich zu uns", sagte Filippo und seine Augen funkelten mehr als die Thermosflasche.

„Etwas Süßes vor dem Bitteren", sagte Binu spöttisch, mit einem Blick auf den Weg, der vor uns lag. Er goss den Kaffee in winzige Aluminiumtassen und reichte sie uns.

Bei dem Gedanken an die Mühe, die vor uns lag, setzte ich mich wieder hin und trank ruhig meinen Kaffee, dann spülte ich die Tasse mit Wasser aus, füllte sie und machte ein paar Schlucke. Filippo bot uns Zigaretten an. Wir rauchten und Binu schnitt vom

Olivenbaum einen kleinen Zweig ab und schnitt ihn zu; auf diese Weise entstand ein Zahnstocher; er steckte ihn in den Mund und ließ ihn von einem Winkel zum anderen wandern; das machte er so lange, bis jeder von uns zwei Zigaretten geraucht hatte; dann stand er auf, steckte das Tuch wieder in die Tasche und trat auf den Pfad hinaus. Plötzlich drehte er sich um und schaute uns etwas mitleidig an: „In eurem Alter gab es hier noch keinen Sitz für meinen Hintern", sagte er und ging, ohne auf uns zu warten. Wir folgten ihm, und obwohl wir uns sehr beeilten, lief er voraus und verschwand hinter der Felswand; wo der Felsen über die Schlucht ragte, tauchte er wieder auf. Schließlich sahen wir ihn nicht mehr – allerdings bewegten wir uns wie auf Schienen.

Als wir ihm nachkamen, saß er an einer Stelle, wo der Pfad die steilen Felsen querte – auf den letzten Metern stieg er fast vertikal an, bildete eine Art Trichter und dahinter lag eine felsige Ebene. Binu nahm die Mütze ab, strich sich mit der Hand über die Glatze, wischte den Schweiß ab und ließ eine schwarze Spur zurück. Er stand auf und ging in einem Tempo über den Weg, das uns erlaubte zu folgen.

Ich kannte die Wüste nur aus Comics, doch ich dachte, dass man dort ungefähr dasselbe Gefühl haben musste wie hier, mit dem Unterschied, dass die Füße nicht im Sand versanken, sondern wie der Hammer eines Schmieds auf den Felsen schlugen, sie bebten in den Schuhen und brachten die Knochen der Beine bis hinauf zur Wirbelsäule zum Klingen. Wir durchquerten eine einsame, stille Welt; eine Landschaft, die von Büschen belebt wurde, ich kannte nur die dornigen Ginster. Die Sonne stand schräg und fiel uns in den Rücken, verfolgte uns unermüdlich. Hin und wieder befanden sich am Boden merkwürdige Steinkreise, paarweise, ein größerer und ein kleinerer. Sie wirkten wie vom Menschen gemacht, doch die Steine waren so schwer, dass man sie mit Muskelkraft gar nicht hätte heben können. Aus irgendeiner Tiefe stieg mir Zigarettenrauch in den Mund, verklebte mir die Zunge und hinterließ einen salzigen Geschmack. Als ob er es wüsste, blieb Binu stehen, blickte sich suchend um, keine Ahnung, was er suchte, lächelte und ging schnell nach links. Er blieb wieder stehen, und als wir ihm folgten, sah ich, dass er neben einem Schatten, einer Agave, stehen geblieben war. Die Pflanze schwankte, die faserigen Wurzeln ragten aus einem Spalt im Fels. Binu kniff die Augen zusammen, folgte dem Spalt und nach ungefähr zwanzig Metern sahen wir eine Mulde. Wir stiegen hinein, darin war eine Wendeltreppe, mit Stufen so breit, dass man zwei Schritte machen musste, um sie zu überwinden und auf die Stufe darunter zu steigen. Nach der ersten Runde kam ein kühler Windstoß aus der Dunkelheit. Binu steckte die Hände in seinen Beutel, holte etwas heraus, das augenblicklich Licht machte: eine Taschenlampe. Am Ende der Treppe lag ein glatter Weg, der steil bergab führte. Er war gute zehn Meter lang und führte zu einem Wasser. Binu ging mit der Taschenlampe voran. Wir blieben am Rand eines Tümpels stehen, den die Taschenlampe nicht zur Gänze beleuchtete, das Wasser war nur so weit zu sehen, wie der Strahl der Taschenlampe reichte, dann verlief es in der Dunkelheit. Die Entfernung von Wasseroberfläche und Decke betrug vier oder fünf Meter. Der Tümpel war wohl nicht sehr tief, denn das Licht durchdrang das Wasser und fiel auf einen bläulichen Boden.

„Sucht euch einen Platz aus", befahl Binu, legte den Beutel ab und kniete sich hin; wir legten die Rucksäcke auf den Boden, beugten uns über den Teich und soffen wie Schafe an der Tränke ein würziges und eisenhaltiges Wasser, das so kalt war, als käme es aus dem Kühlschrank. Ich sog, füllte den Mund und richtete mich auf, um zu schlucken, so machte ich weiter, bis mein Bauch aufgebläht war, er tat mir weh, und gleich darauf die Blase. Auch die anderen stillten ihren Durst, Binu leuchtete mal hierhin, mal dahin, ging weg, drehte sich um und stellte sich, den Rücken zu uns gewandt, breitbeinig an die Wand.

Auch ich ging nach hinten und pisste genussvoll gegen die Felswand. Eine Zeit lang klebten wir dort wie Fledermäuse, ich entleerte mich bis zum letzten Tropfen. Die Höhle war jetzt weniger dunkel, vom Weg drang schwaches Licht herab. Wir schwiegen, damit wir die Stimme der Höhle hören konnten: Wassertropfen, Rauschen, Zischen der Luft. Der Schweiß trocknete auf dem Rücken, mir wurde kalt. Binu ließ das Licht noch immer hin- und herwandern, er spielte damit wie ein Kind. Schließlich verharrte der Lichtstrahl auf dem Bild eines Stiers, der uns bedrohlich von der Decke aus anblickte. Ein Ziegenbock. Ein Widder. Galoppierende Pferdeherden. Silhouetten von Männern und Frauen. Riesige Fische und Eidechsen mit eingerollten Schwänzen. Und dann unbekannte Tiere, skelettartige Bäume. Überall, wo der Strahl der Taschenlampe innehielt, im Gewölbe oder an den Wänden der Höhle, befand sich ein Bild; auf dem Boden lagen Haufen von Knochen, schwarze Kohlestücke und Holz, das noch zu verheizen gewesen wäre.

Die Kälte kroch durch das Fleisch, sie drückte einem die Kiefer zusammen und schnürte den Bauch ab. Der Atem ging kaum die Kehle hinunter. Ich schaute zum schwachen Licht nach oben und rannte die Treppe hoch. Hinaus. Gleich darauf kamen Antonio und Filippo, sie rangen nach Luft. „Was hast du gesehen?" Ich schöpfte Atem, schloss die Augen und drehte mich zur Sonne. Die Kiefer öffneten sich und das Zittern hörte auf.

„Nichts, nichts habe ich gesehen, mir war nur kalt." Ich steckte die Hand in die Tasche und holte die Zigaretten heraus. „Und außerdem wollte ich eine rauchen." Binu folgte ohne Eile, wartete, bis wir fertig waren und dann gingen wir weiter.

Am Ende einer mit Farnen bewachsenen Ebene befanden sich wieder zwei Steinkreise, wir gingen zwischen dem großen und dem kleinen durch, und auf einmal verwandelte sich der Fels in rote, luftige Erde, die aufwirbelte, während wir einen langen steilen Hang hinunterliefen, die großen Zehen stießen gegen die Schuhe und die Waden verkrampften sich. Ganz unten fand sich der Bogen eines U, mit Schwung liefen wir hinunter und den Hang gegenüber hinauf, der genauso steil war wie der, auf dem wir gekommen waren. Das letzte Stück, als uns schon die Zunge aus dem Mund hing, bildete eine Felswand, die wir mit Händen und Füßen überwinden mussten.

Schließlich überquerten wir wieder ruhig atmend eine Ebene mit weicher Erde, zuerst gingen wir über Fichtennadeln, dann über Eichenlaub und schließlich durch außerordentlich grüne und unberührte Farnfelder. Wieder bedauerte ich, dass ich den Namen der Vögel nicht kannte, ganze Schwärme flogen aus mir ebenfalls unbekannten Bäumen auf: graues Gefieder mit blauen Punkten, grüne Vögel mit roten, schwarzen und gelben, braunen und orangen Augen; merkwürdige schwarze Wesen mit weißem Bauch und langen, gemaserten Schwänzen, die flink von Zweig zu Zweig hüpften und miauten wie Katzen. Schrille Schreie, melodiöse Gesänge, rauschende Bäche.

Diese Welt hatten wir verlassen, um uns in Wohnblocks, Kasernen von Legionären, einsperren zu lassen?

Ich betrachtete den Horizont, das Dorf war verschwunden, verdeckt von einem Berg, unter dem das Ionische Meer, das offene Meer, auftauchte. Ein zehnstündiger Marsch und wir hatten einen Planeten erreicht, der sich in einer fernen Galaxie befand, und doch nur zwei Schritte von den Wohnblocks entfernt war. Nun verstand ich, warum die Alten dem Meer den Rücken zuwandten.

Die Gerüche waren so vielfältig und stark, dass ich vorsichtig atmete. „Ja", sagte ich, „das ist alles andere als eine Flucht", Filippo und Antonio schauten mich merkwürdig an. Das war ein Ausflug, dachte ich, der schönste, den ich je unternommen hatte. Dann fiel mir ein, dass der Grund für diesen Ausflug ein Unheil war, und der Zauber wurde zu einem Vogel, der über mir davonflog. Aus einem geheimnisvollen Grund verstand Binu mein Unbehagen – um es zu verjagen, führte er mich unbarmherzig steile Abhänge hinunter, ließ mich durch Bäche waten, wieder Hänge hinaufsteigen, Lichtungen überqueren. Er erzählte keine *cunti* und keine Märchen, und trotzdem erzählte er mir eine wunderbare Geschichte, füllte meine Augen mit Visionen und die Ohren mit leise geflüsterten Geheimnissen. Dann ein übler Streich: Der Himmel trübte und bedeckte sich, die Wolken verhüllten das Blau, versteckten die Landschaft und ließen sogar die Erde grau werden. Binu ging plötzlich gebeugt, wurde alt und sein Gesicht war zerfurcht. Plötzlich war er unfreundlich. „Wir sind bald da", sagte er heiser, „habt ihr Hunger?", fragte er, wartete jedoch nicht auf eine Antwort. Er zog den Beutel von der Schulter und hielt ihn in der Hand. Er führte uns auf eine

Art Terrasse, half uns, zu der zwanzig Meter tiefer gelegenen Ebene hinunterzuklettern, und führte uns zu einer ungefähr fünfzehn Meter hohen Lärche – der Stamm und die Zweige waren völlig dürr, und eine tiefe, spiralförmige Wunde reichte vom Wipfel bis zum unteren Ende des Stammes.

Wir betrachteten den Baum. „Ein Blitz, die Wut des Himmels", erklärte Binu, legte den Beutel auf den Felsen darunter, setzte sich und bedeutete uns mit einem Wink, uns ebenfalls zu setzen. Vor uns war gerade mal so viel Platz, dass wir die Füße darauflegen konnten, darunter gähnte die Leere.

„Los", forderte er uns auf. Ich sah, wie meine Freunde bleich wurden. Man hörte den Wind, ein immer heftigeres Knacken, und ein Schwarm Krähen kreiste vor unseren Augen am Rand eines riesigen Loches. Ein dunkler Brunnen.

„Das ist Khoraco, das Heim Khoras, der Gattin Ades, des Herrn über die Unterwelt, in der sie Königin ist", sagte Binu ernsthaft, mit gutturalem Ton. „Der Aspromonte ist nicht nur das, was ihr auf der Wanderung gesehen habt. Er ist Licht und Dunkelheit zugleich. Freude und Mühsal. Kommt näher", befahl er.

Filippo drückte meine Hand so fest, dass es wehtat, stand auf und blickte in den Abgrund.

„Ach", entschlüpfte es ihm, gemeinsam mit dem Atem. Ich spürte, wie von den Beinen her Kälte in den Magen aufstieg – die Luft blieb mir im Mund stehen.

Ich überwand mich, versuchte, den krächzenden, unheimlichen Krähenchor zu ignorieren. Ich beugte mich hinunter, sah schwindelerregende Felswände, graue Felsen, an denen die grauen Skelette der Bäume klebten: eine trostlose, eiskalte, schreckliche Landschaft.

„In den Geschichten über die Berge ist dieses hier eines der Tore zur Hölle", erzählte Binu und hielt inne, als müsse er nach einer sehr langen Erzählung Atem schöpfen. „Für mich hingegen ist das die schönste Stelle in den Bergen", setzte er fort, „nur wenn man diesen Ort lieben kann, ist man reif für den Aspromonte, ist man in der Lage, grenzenlose Mühe und grenzenlose Einsamkeit zu ertragen." Er kramte in seinem Beutel, zog das Brot hervor, ließ das Messer aufklappen, schnitt Scheiben ab und reichte sie uns. Dasselbe machte er mit dem Käse, ich brachte allerdings keinen Bissen runter, denn mir erschien das wie die Erzählung vom letzten Abendmahl. Filippo und Antonio empfanden wohl dasselbe. Und nicht einmal Binu hatte Hunger, er schnitt ein kleines Stück Brot und ein kleines Stück Käse ab, legte sie auf die Handfläche und warf sie in die Tiefe – der Krähenschwarm hörte zu krächzen auf und stürzte sich in den Brunnen. Das machte er mehrmals, bis er nichts mehr in der Hand hatte; schließlich nahm er die Oliven und warf sie alle auf einmal hinunter. Antonio zerpflückte Brot und Käse, Filippo tat es ihm nach. Ich machte dasselbe und bei jedem Wurf fühlte ich mich leichter und war mir weniger kalt.

Binu wartete, bis wir fertig waren, nahm den Beutel, warf ihn sich über die Schulter und stand auf. Die Wolken hatten sich jetzt in dichten Nebel verwandelt, ich musste Binus Fersen im Auge behalten und mit gesenktem Kopf gehen, nach einer Viertelstunde erreichten wir den Gipfel – vor uns lag eine Ebene und der Nebel hob sich so plötzlich, als würde man eine Jacke ausziehen und wegwerfen. Unter dem erneut blauen Himmel hatten wir freie Sicht. Vor mir lang ein großes Tal, das in der Ferne von einem geradlinigen Gebirge begrenzt wurde. Ich erkannte es sofort: Darauf befand sich der Fichtenwald, durch den wir zum Patronatsfest herauffuhren. Ich konnte das alte Dorf zwar nicht sehen, doch ich ahnte, wo es sich zwischen Efeu und Dornenbüschen befand.

Wir liefen entschlossen bergab, nunmehr wieder leichtfüßig, unter Fichten, die so gerade waren wie das Eisen zum Nudeldrücken; nach fünfhundert Metern wurden die Bäume spärlicher, der Wald ging in eine Lichtung über, und in der Mitte befand sich ein Gehege und etwas abseits ein kleines Steinhaus mit Ziegeln, deren Rosa in ein verblichenes Gelb übergegangen war: die Hütte der Dominici.

Uns erwartete eine Überraschung, das Trio infernal schlief tief und fest: Luciano, Domenico und Luigi schnarchten wie Ferkel, eng aneinandergeschmiegt auf der Ginstermatte, die auf dem Boden aus gestampfter Erde lag. Binu legte den Finger an die Lippen, schaute spitzbübisch drein, kniete sich hin und band die Schuhbänder der Jungs zusammen. Wir folgten ihm hinaus, er ging zu einem in die Erde gerammten Pfahl, an dem die Gerätschaften des Hirten befestigt waren. Mit beiden Händen packte er einen hölzernen Schöpflöffel, trug ihn nach hinten und schlug damit auf die Rückseite eines vom Rauch geschwärzten Topfes. Ein dumpfer Klang verbreitete sich über die Lichtung und hallte unten im Wald wider.

In der Hütte entstand ein großes Durcheinander, die Jungs sprangen auf, fielen hin, fluchten, schließlich kamen die drei, noch immer aneinandergebunden, herausgehüpft. Sobald sie sich vom Schrecken erholt hatten, lachten sie mit uns, lösten die Knoten und erzählten uns, sie seien heute Morgen mit Domenicos Vater, der jetzt die Ziegen hütete, heraufgefahren. Während sie sprachen, legten wir die Rucksäcke ab und folgten Binu. Er blieb vor einem grauen Rohr hinter dem Gehege stehen, daraus floss Wasser in eine von schwarzen Flechten überwucherte Betontränke; er hängte die Mütze und dann auch das Hemd auf eine Stange, blieb im Unterhemd stehen und wusch sich. Ich stellte mich neben ihn und tauchte mit dem ganzen Kopf unter – es war so kalt, dass ich Gänsehaut bekam. Filippo wartete, bis Binu fertig war, und bat um die Erlaubnis, sich mit nacktem Oberkörper zu waschen. Antonio zog als Erstes die Schuhe aus, dann ließ er die Hose runter und setzte sich in die Tränke.

Als wir fertig waren, entdeckten wir auf der Lichtung eine sonnenbeschienene Stelle und ließen uns trocknen. Wir plauderten friedlich, bis das Glockengebimmel die Rückkehr des Hirten ankündigte: Pietro Dominici kam inmitten einer Staubwolke und heftig fluchend, er führte die Ziegen ins Gehege, schloss es und begrüßte uns: Er hinterließ auf unseren Wangen ein wenig Gestank und Laub, die Reste seines mühevollen Tages. Ein Händedruck und ein „Alles in Ordnung?", nicht mehr, wie allen hatten die Dorfbewohner auch ihm einen Spitznamen gegeben: Mutu, der Schweigsame.

Nach der knappen Begrüßung wusch er sich und machte sich aufs Neue an die Arbeit; wortlos holte er zwei Zinkkübel, stellte zwei Holzpflöcke vor die Tür des Geheges, packte einen langen Stock, der zwischen den Latten des Zaunes steckte, und mischte sich unter die Ziegen. Die beiden Hirten setzten sich auf die Holzpflöcke, Binu öffnete das Gatter. „Los", befahl er Domenico, der den Stock in der Luft kreisen ließ, ohne die Tiere zu berühren, „kommt, kommt." Die Ziegen kamen herausgelaufen und auch sie machten sich an die letzte Arbeit des Tages; sie liefen zwischen den Hirten hindurch, die ihnen gelassen zusahen, doch plötzlich schnellte Binu los und packte eine, sein Cousin wartete eine Weile, packte eine andere und schloss das Gatter. Sie nahmen die Tiere zwischen die Beine, sodass die Zitzen über dem Kübel waren, und molken sie. Dann ließen sie sie aus, öffneten die Tür. „Jetzt ist Micuzzu dran", sagte Binu, „los." Die Ziegen kamen gelaufen und sie packten wieder zwei. Wieder wurde das Gatter geschlossen, wieder kamen die Ziegen gelaufen und wurden gepackt, die Hirten wussten genau, welche Tiere Milch hatten. „Zweihundert", sagte Antonio, als die Hirten aufstanden und die Kübel voll schäumender Milch aufhoben. Ja, es waren zweihundert Tiere, auch ich hatte sie gezählt.

Die Hirten trugen die Milch in die Hütte, während Domenico wie ein Kobold auf der Lichtung im Kreis lief, er sammelte die Ziegen ein und trieb sie endgültig ins Gehege, schloss das Gatter und legte den Stock wieder quer über den Zaun.

Die Hirten beugten sich über den Topf, auf den Binu davor geschlagen hatte. Mutu hielt ein mit einem weißen Tuch ausgelegtes Sieb, und Binu leerte Milch hinein, die er mit einem Aluminiumgefäß aus dem Kübel schöpfte. Die Milch, die aus dem Sieb lief, war weißer und schäumender, als sie beim Hineingießen gewesen war. Als sie fertig waren, legten sie ein Tuch über den Topf, Mutu hob ihn an den Henkeln, trug ihn hinaus und hängte ihn an einen Haken an dem Pfahl, an dem auch seine Gerätschaften hingen.

Die Sonne ging schon fast unter und auch Mutu verabschiedete sich und nahm das protestierende Trio mit. Sie hätten gerne hier geschlafen, doch der Hirte achtete nicht einmal auf sie, hob die Hand und bedeutete ihnen mit einem Wink, ihm zu folgen.

Binu schickte mich los, einen Topf Wasser zu holen und eine Schüssel voller Tomaten zu waschen, dann machte er auf dem Steinboden der Feuerstelle zwei Feuer. Darauf stellte er zwei Dreifüße: Auf einen stellte er den Wassertopf und auf den anderen eine Aluminiumpfanne. Er goss Öl hinein, er viertelte die Tomaten, fügte zwei Knoblauchzehen hinzu, zerkleinerte drei grüne Paprikaschoten und streute eine Handvoll Basilikum darüber. „Reicht ein Kilo?", fragte er, sobald das Wasser kochte. Ich und die anderen sahen einander an: Zu Hause musste ein halbes Kilo Pasta für vier Personen reichen. Er wertete das Schweigen als Zustimmung und leerte das ganze Päckchen Penne ins Wasser. Sobald sie weich waren, holte er sie mit einem Schaumlöffel heraus, leerte sie in die Pfanne und dann in eine weiße Emailschüssel, rieb ein großes Stück salzigen Ricotta darüber, schnitt noch eine grüne Paprikaschote auf und fügte weiteres Basilikum und rohen Knoblauch hinzu. Er stellte die Schüssel auf einen Holzpflock, forderte uns auf, uns rundherum zu setzen und reichte uns Gabeln.

Die Penne waren noch etwas hart, die Paprikaschoten brannten wie Feuer und der Ricotta war etwas zu salzig, trotzdem war das die beste Pasta, die ich je gegessen hatte, und der leichte Tischwein, den wir aus dem Loch eines Tonkrugs gossen, war süß wie Honig.

„Ihr habt eine gesegnete Hand, Binu", stammelte Filippo mit vollem Mund, und Antonio, der nie ein großer Esser gewesen war, war mit zwei Gabeln zugange, um so viele Penne wie möglich aufzuspießen. Selbst wenn Binu noch ein Päckchen Pasta ins Wasser geleert hätte, hätten wir aufgegessen.

Als wir fertig waren, legten wir Schöpflöffel und Gabeln in eine Ecke. „Das Geschirr könnt ihr morgen waschen", erlaubte uns Binu; wir stellten die Holzklötze in einem Halbkreis vor die Feuerstelle, und er legte noch etwas Holz auf die beiden Feuer, sie wurden ein einziges. Draußen war es schon dunkel, nur hin und wieder hörte man ein Meckern und das Glöckchen einer schlaflosen Ziege. Drinnen war das tanzende Licht des Feuers und einer großen Fackel. Binu hatte sie hoch oben zwischen zwei Steinen eingeklemmt, sie beleuchtete unsere Gesichter und verbreitete den

Duft von Pech. Wir rauchten und ließen den Weinkrug kreisen, und zwischen dem einen und dem anderen Schluck begann Binu zu erzählen: „Heute seid ihr zu dritt und nur zwei Schatten. Doch in ferner Vergangenheit war die halbe Lichtung voll, fast hundert Flüchtige lebten zwischen Malapassu und Cozzi, das ein paar Kilometer von hier entfernt ist ..."

„Verdammt!", rief Filippo aus.

„Ja, verdammt", erwiderte Binu, „sie hatten Gesichter wie Verbrecher, doch eine glatte Kinderhaut wie ihr. Aber Binu mochten alle gern, denn alle haben begriffen, dass ich eine offene Tür und ein großes Herz habe und dass ich meine Zunge im Zaum halte", sagte er stolz.

„Und alle diese Menschen sind verschwunden?", fragte Antonio.

„Begraben und verschwunden. Außer jenen, die in den Bergen waren, kennt niemand diese Geschichte, und wenn jemand sie erzählt, glaubt man ihm nicht und er wird für verrückt erklärt. Die Geschichte der Flüchtigen in Cozzi ist bloß noch für einen *cuntu* am Feuer gut, ein Märchen, von dem es heißt, es sei nur Gerede. Aber es ist kein Gerede, kein besoffenes Geschwafel, es war eine große Tragödie, ein Verrat, und die Verräter haben sich später dafür geschämt, sie haben es vorgezogen, ihn zu vergessen."

„Erzählt es uns, Binu", forderte Antonio ihn auf.

„Nein, denn wenn ich die Geschichte ordentlich erzählte, würde sie viel zu lange dauern. Ich glaube, ihr habt noch nie eine so lange Wanderung wie heute gemacht, ihr solltet euch hinlegen, denn morgen ist kein Urlaubstag. Ihr geht jetzt schlafen, denn hier gibt es immer jede Menge Arbeit", sagte er drohend und reichte mir den Krug, ich saß ihm am nächsten.

Noch eine Runde, noch eine Zigarette, und der volle Bauch, das Feuer und der Wein riefen uns ins Gedächtnis, wie wir uns heute geplagt hatten, brachten die Euphorie des Bluts zum Schweigen, das dadurch etwas langsamer in den Adern floss.

Allmählich begannen wir zu gähnen.

Plötzlich richtete Binu sich auf dem Holzpflock auf und riss die Augen auf: „Aber weil ihr kleine Kinder seid und heute Abend keine Mama habt, legt ihr euch hin, und anstatt euch die ganze Geschichte zu erzählen, singe ich euch das Lied vor, das ich für die armen Burschen geschrieben habe."

„Ja", antworteten wir begeistert, vor allem, weil wir uns ohne allzu viele Umstände hinlegen durften. Er holte ein paar an der Decke befestigte Säcke und gab uns zwei Decken, die wir auf die Ginstermatte legen, und zwei, mit denen wir uns zudecken sollten, warf etwas Holz ins Feuer und holte aus einem anderen Sack eine Ziehharmonika. Wir zogen die schweren Schuhe aus und kuschelten uns unter die Decken, im Viertel hätten wir an diesem Abend sogar ohne Laken geschlafen, um weniger zu schwitzen, doch hier fror man schon nach Sonnenuntergang.

Binu setzte sich auf den Holzblock, drehte uns den Rücken zu, sein Körper zitterte an der Decke im Licht der Fackel, er zog die Ziehharmonika auf und quetschte sie zusammen und erzeugte mit seinen Fingern eine süße und traurige Musik.

„Wir schlafen unter den Farnen zwischen den Wellen und warten auf das, was nicht kommt.

Schöne Mädchen, die ihr für die Liebe lebt, denkt an unsere verzweifelten Herzen.

Von Grat zu Grat sind wir nach Cozzi gelangt und haben uns den Bullen entgegengestellt.

Wir Banditen waren weniger als hundert, die Carabinieri tausend und mehr.

Beweint uns Tote allesamt, denn die Feuersalven haben uns jeden Ausweg verwehrt.

Küsst an unserer statt unsere Mütter, die Schwestern und die Brüder, denn wir sind verschwunden, versteckt in den ewigen Gefilden.

Wir flohen vor ungerechten Urteilen, angedroht von den Gerichten eines niederträchtigen Königs.

Wir waren das beste Blut dieser Berge, nun sind wir nur mehr dessen Schatten.

Ihr Mädchen voller Liebespein schickt einen Seufzer zum Berg, dass er unsere verzweifelten Herzen erreiche.

Und wenn ihr euren Schatz anseht, dann hebt den Blick zu uns,
denen nie zu lieben gegeben war."

„Kaffee."

Binu hielt sein Versprechen vom Abend zuvor, er weckte uns im Morgengrauen und reichte uns die duftenden Tassen, dann setzte er sich auf den Holzblock und trank seinen Kaffee. Als wir fertig waren, gab er uns die ersten Anweisungen: „Einer klopft draußen die Decken aus und legt sie dann in den Sack, der andere wäscht das Geschirr am Brunnen und der Dritte fängt mit mir die Ziegen ein, um sie zu melken. Los, ich habe zu meinem Cousin gesagt, er soll sich heute Zeit lassen mit dem Herauffahren, aber wenn er kommt, soll alles fertig sein, denn er ist stumm, und wenn alles halbfertig ist, findet er womöglich die Sprache wieder und beschimpft uns." Er lachte.

Ich zog den Kürzeren, ich landete im Gehege, bekam Domenicos Stock in die Hand gedrückt und fand heraus, dass es nicht einfach war, die Ziegen zu überreden, sich von Binu begrapschen zu lassen. Ich schrie, ich pfiff ... doch die Luder liefen im Kreis und wollten nicht herauskommen. „Pass auf, dass sie dich nicht verarschen", feuerte mich Binu an, und ich ließ den Stock immer näher bei ihren Schnauzen kreisen. Ich begriff, dass ich mit leeren Drohungen nichts ausrichtete, die Drohungen mussten ernst gemeint sein und nicht gespielt, sonst würden sie mich verschaukeln. Ich fluchte, drohte mit schrecklichen Dingen, ließ den Stock kreisen und wiederholte die Befehle, die Domenico gebrüllt hatte, bis sie sich endlich am Ausgang anstellten.

Als ich fertig war, war ich staubiger als die Ziegen und stank mehr als sie, doch der Kübel war voll. Wir ließen die Tiere auf der Lichtung frei und gingen hinein, um die Milch in den Topf zu filtern; dann stellten wir ihn aufs Feuer, dort blieb er, bis Binu, der immer wieder den Finger hineinsteckte, überzeugt war, dass sie die richtige Temperatur hatte. Wir stellten den Topf auf einen anderen Dreifuß weit weg vom Feuer, und Binu tropfte eine gelbliche, dickflüssige, klumpige Flüssigkeit aus einem Glasfläschchen auf einen

Löffel. Er goss drei Löffel voll in die Milch, rührte um, ließ den Schöpflöffel drin und legte ein sauberes Tuch darauf. „Macht euch jetzt einen Kaffee und raucht eine Zigarette, ich hole die Ziegen zurück und bin rechtzeitig zum Käsemachen wieder da."

Antonio machte Kaffee, er hatte weniger gearbeitet als wir und nur die Decken eingesammelt.

Nach zwanzig Minuten, als wir noch rauchten, kam Binu zurück, nahm das Tuch vom Topf und hob den Schöpflöffel heraus, dabei brach die Oberfläche der geronnenen Milch. „Gut." Er ging hinaus und kam mit ein paar Binsenkörbchen und einem Holzbrett mit Löchern zurück, das er schräg über den Topf legte; er rührte heftig um, ging wieder und kam mit aufgerollten Hemdsärmeln und nassen Armen zurück. Er rückte den Holzblock an den Topf, setzte sich und tauchte die Hände langsam in die Milch. Mit Käse auf den Handflächen tauchten sie wieder auf, er legte ihn in die Körbchen. Immer wieder tauchte er die Hände ein, bis er das letzte Stück herausgeholt hatte. Im Topf war jetzt nur noch eine gelbliche Flüssigkeit, und darüber tropften die Körbchen ab. Binu machte noch einmal Feuer, die Holzscheite auf dem Haufen in einer Ecke suchte er sorgfältig aus. Er nahm den Stock aus dem Topf und legte ihn auf zwei Holzpflöcke, damit die Körbchen weiterhin abtropfen konnten. „Jetzt machen wir Ricotta." Er sah uns an und begriff, dass wir noch nie dabei zugesehen hatten.

„Das heißt *cciata*", sagte er und zeigte auf den gelblichen Inhalt des Topfes. „Man fügt etwas von der beiseitegestellten Milch hinzu, so entsteht Ricotta. Der Ricotta hat viele Geheimnisse … doch selbst wenn man sie kennt, ist es immer wieder spannend, ihn zu machen. Helft mir", befahl er.

Filippo war der Schnellste. Sie schoben einen Holzpflock durch die Henkel des Topfes und stellten ihn auf den Dreifuß über dem Feuer. Binu ging wieder hinaus und kam mit tropfenden Händen zurück. Er steckte einen Finger in die *cciata* und berührte damit die Zungenspitze. „Kostet", forderte er uns auf. Wir gehorchten. „Sie schmeckt nach Ginster, Borretsch, Heidekraut, Mastixstrauch", sagte er. Ich schloss die Augen und versuchte es mir vorzustellen.

„Ich suche trockenes Holz und entfache das Feuer mit dem Ginster der Köhler, so entsteht eine intensive und dauerhafte Wärme", fuhr er fort. Er öffnete die Augen, während er mit einem kleinen Sieb die oben treibenden Unreinheiten des Käses abschöpfte, dann tauchte er die Hände hinein, als ob er etwas vom Boden heraufholen müsse. Er holte eine weißliche Kugel heraus, teilte sie in zwei Teile und reichte sie uns: Sie war zäh, roch säuerlich und gut.

Er legte Holz ins Feuer, steckte den Finger in die *cciata*, goss Milch aus einem Kübel zu und rührte heftig mit einem Holzstock um, an dessen oberem Ende sich eine Menge abgeschnittener Zweige befanden.

Binnen Kurzem wiederholte sich das Wunder, mit weißen Perlen inmitten von schaumigen Kissen tauchte der Ricotta auf. Binu schöpfte ihn mit einem hölzernen Schaumlöffel ab, füllte ein Gefäß aus blauem Email und reichte es uns mit drei kleinen Löffeln. Während wir aßen, füllte er die Körbchen, die über einer Zinkwanne nebeneinander auf dem Brett mit den Löchern standen. Er redete weiter: „Duft, Geschmack, Beschaffenheit, Zartheit … daran misst man den Ricotta. Jeder isst ihn, wie er ihm schmeckt: Die einen salzen ihn leicht, die anderen vermischen ihn mit Akazienhonig, manche essen ihn mit geröstetem Brot, manche trinken Wein dazu, manche essen ihn mit der Molke und manche kippen das Brett, damit er trockener wird. Aber jeden Morgen ist der Ricotta anders als der vom Vortag …"

Bei dieser Erklärung trat sein Cousin ein. Er grüßte uns, reichte uns einen Laib Brot, nahm sich einen Holzpflock und tauchte den Löffel in unser Gefäß. Binu sah ihn zärtlich an: „Pietruzzo, hast du Domenico zu den Müttern der jungen Männer geschickt und ihnen ausrichten lassen, dass es ihnen gut geht?"

Mutu, der Stumme, nickte.

„Und hast du auch Micuzzu zu Giannino geschickt?"

Mutu gab eine Art Grunzen von sich, das ebenfalls eine Zustimmung war.

„Wird im Dorf was geredet, was wir wissen sollten?"

„Alles in Ordnung." Mutu sprach ausnahmsweise, doch mehr sagte er nicht, abgesehen vom Abschiedsgruß, als er ging und mitnahm, was seine Ziegen an diesem Vormittag produziert hatten – zwei Käse und vier Ricotte; damit war nur wenig Geld zu verdienen, immerhin musste er eine siebenköpfige Familie versorgen. Vielleicht sprach er auch deshalb weniger, als er eigentlich wollte.

So kannte ich Pietro Dominici seit jeher: Am Morgen brach er flink auf und bei Sonnenuntergang kam er zurück, kein Sonntag, kein Weihnachten, kein Ostern, kein Patronatsfest, nur Arbeit und Arbeit. Der Reihe nach verließen die Hirten die Berge und stiegen in den Pellaio, um weniger hart zu arbeiten und mehr zu verdienen; ihm half seit einer Weile wenigstens Binu, doch wir wussten alle, dass das Hirtenleben im Aspromonte nicht einfach war.

Nachdem Pietro gegangen war, mussten wir die Geräte zum Herstellen von Käse und Ricotta waschen. Die Molke landete im Trog des Schweinestalls am Rande der Lichtung, wir bemerkten ihn erst, als Binu uns hinführte. Darin befand sich ein einziges, langes, dünnes Schwein, mit einem mitleiderregenden Blick; es war in einer Holzkiste eingesperrt, deren schiefes Dach zur Hälfte in der Erde steckte, dabei war rundherum ein riesiges Gebirge ohne Gehege.

Ich war in meinem Leben erst ein paar Tage eingesperrt gewesen, und zwar in Gianninos Wohnung, im Viertel, mitten im Dorf, und ich hatte geglaubt zu ersticken. Ich sagte mir, sie nannten es Schwein, damit sie ohne Gewissensbisse gemein zu ihm sein konnten.

Hinter dem Schweinestall, auf der gegenüberliegenden Seite der Lichtung zeigte uns Binu einen Garten, der von einem hohen Metallzaun umgeben war. Wir pflückten ein paar Tomaten, die sich im Beutel zum Brot und zu einem halben Käselaib gesellen würden, er hatte sie hineingelegt, bevor er die Hütte mit einem Draht verschloss. Während er die Tomaten pflückte, öffnete er einen großen Wasserhahn, und die geraden Furchen, die mit Querrinnen miteinander verbunden waren, füllten sich augenblicklich mit Wasser. Als er fertig war, drehte er den Wasserhahn zu und schloss sorgfältig das Tor. „Wir sind bereit", rief er dann zufrieden.

Wir liefen los, um die Ziegen zu suchen, wir kletterten über einen Berghang und tauchten in einen Föhrenwald ein – nach einer halben Wegstunde fragte ich mich, wie Binu das machte, woher er wusste, wo die Ziegen waren, denn sosehr ich auch die Ohren spitzte, hörte ich weder ihr Meckern noch ihre Glöckchen: Wir hatten sie im Morgengrauen gemolken, die Milch gefiltert, Lab zugesetzt und dann hatte sie Binu auf der Lichtung freigelassen, also hatten sie einen Vorsprung von mehr als zwei Stunden, ich dachte, so lange würden wir wohl auch gehen müssen, um sie zu finden. Meine Beine zitterten, sie waren noch müde von gestern, wenn wir heute wieder so weit marschieren mussten, würde ich wohl nicht bis zum Abend durchhalten, auf den Gesichtern meiner Freunde lag dieselbe Angst. Auf dem Gesicht Binus hingegen lag die Heiterkeit der Alten, die nach einem üppigen Sonntagsessen auf der Piazza einen kleinen Verdauungsspaziergang machten.

Was soll's, sagte ich mir. Der Aufstieg war vorbei, und noch bevor wir wieder bergab gingen, hörten wir am Grund des Tals die Glöckchen. Ich atmete erleichtert auf, wie auch Filippo und Antonio. Wir stiegen ruhig hinunter, und Antonio stellte all die Fragen, die ich am Vortag zu den Orten, den Bäumen, den Tieren hatte stellen wollen; und für den Onkel war das, als würde er Oliven essen, er aß Oliven und spuckte die Kerne aus, doch er spuckte viel mehr Kerne aus, als er Oliven aß, er antwortete auf Fragen und gab Erklärungen zu Dingen, nach denen ihn nicht einmal Antonio hätte fragen können.

Antonio fragte ihn, wie dieser Gipfel hieß und zeigte mit dem Arm darauf, und Binu nannte seinen Namen und auch noch den Namen dessen, der sich rechts, links und dahinter befand, den man gar nicht sah. Als wir die Ziegen fanden, grasten sie friedlich in kleinen Gruppen im Schatten der Bäume am Ufer eines Baches, und Binu vertrieb sie und erklärte uns, die Bäume seien Schwarzerlen, Hainbuchen und Zürgelbäume, und er sagte auch, man müsse die Ziegen ständig auf neue Weiden treiben, damit sie schön fett würden, damit sie beim Gehen nur die Spitzen der Büsche abknabberten, die am zartesten waren und am stärksten dufteten. So wurden auch ihre Milch, der Käse und der Ricotta zart und duftend. Die Büsche hießen Ginster, Myrten, Borretsch, Zistrose und Bergminze, und sie hatten noch viele andere merkwürdige Namen, nur ein Hirn wie das von Antonio konnte sie sich merken.

Wir stiegen wieder einen Hang hinauf, der nicht so steil wie der davor, aber viel länger war; ich stellte fest, dass der Wald aus viel mehr unterschiedlichen Bäumen bestand, als ich immer gedacht hatte: Es gab Schwarzkiefern und Schlangenhautkiefern, Lärchen, Weiß- und Schwarzfichten, und außer den Buchen gab es noch Blutbuchen, Steineichen und wilde Eichen, es gab Stieleichen, Domitilla- und Carria-Eichen, und außerdem waren da noch Stechpalmen, Wacholder, Birken … Und der Gipfel dahinter hieß Secaminò, und der andere Fasuli, Scrisà, Cerasia … Es gab einen Schweine- und einen Hundedachs, Siebenschläfer und Bilche.

Wir hätten Jahre gebraucht, um all das zu lernen, und vielleicht hätte selbst dann die Zeit nicht gereicht. Im Viertel wusste man nichts von alledem, keine Ahnung, ob Papula, der hier hatte eine Fabrik errichten wollen, diese Dinge kannte, ob die Banditen, die Gnuri, die Bullen und all die, die die Revolution im Keim erstickt hatten, sie kannten. Ich betrachtete die Sonne – wahrscheinlich war es kurz nach eins, wir waren seit mehr als zwei Stunden unterwegs und plauderten, mein Magen knurrte; ich betrachtete Binus Beutel und das Wasser lief mir im Mund zusammen. Als er es bemerkte, lächelte er mich an, öffnete die Hände, schlug damit in der Luft wie mit Flügeln. „Warte." Nach ein paar Minuten waren wir oben, wir befanden uns am Gipfel eines Berges, der höher war als alle anderen.

Mir verging der Hunger. Wir klebten am Himmel. Ein Meer zur Rechten, ein anderes Meer zur Linken und dazwischen ein Strom grüner Erde, der sich in ein anderes Meer vor uns ergoss, und dann tauchte er wieder auf und verwandelte sich in das Ufer eines neuen leuchtenden Landes, das in einem sehr hohen Berg mit einer Mütze aus Rauch gipfelte. Ich hörte Antonios Stimme – „Warum hasst ihr das Meer so sehr?" – und löste den Blick von dem Schauspiel; Antonio und Filippo schauten ins Leere, Binu saß auf einem Felsen. Ich setzte mich auf die weiche Erde am Boden. Ich atmete.

„Ich habe keine eigenen Worte, um es zu erklären, und es gibt auch keine Worte, die man erfinden könnte", sagte Binu, „ich habe nur die Worte, die der Gott, der Hirte da oben, aus vollem Halse gesungen hat, und die mächtig in alle Täler des Aspromonte gedrungen sind. Und Worte, die Leo, der Heilige des Monats Mai, wiederholt hat, um Pech in Brot zu verwandeln. Worte, die ein Hirte aus alten Zeiten zu einer Ode gemacht hat, die man von Generation zu Generation weitergibt."

Binu verstummte, atmete ein paarmal tief ein, seufzte: „Ich wäre gern der Bär, der zum ersten Mal eine Bienenwabe findet, den Zauber des bernsteinfarbenen Honigs entdeckt und ein Holzstöckchen eintaucht, wonach wie durch Zauber die Luft rundherum mit dem süßen Duft der schönsten Blumen der Erde getränkt ist. In der Haut dieses Bären versteht man, mit wie viel Kraft man einen eroberten Traum verteidigt …

Ich möchte auf immer und ewig hier heraufkommen, in jedem Frühling. Da öffnen sich auf den dornigen Ginsterbüschen die gelben Blüten und verströmen einen Duft nach Zitrone, Lakritze, Vanille und Karamell. Die Wildbirnen werden schneeweiß und die Insel zwischen Ionischem und Tyrrhenischem Meer wird zum schönsten Leckerbissen, den die Götter geschaffen haben.

Ich würde gern gemeinsam mit der Sonne aufstehen, mit dem Sonnenball hinaufsteigen, während er langsam die Serpentinen hinaufkriecht, die fast in den Himmel führen, bis zu der Stelle, von der aus man hinunterschauen kann und die wunderbaren Dinge sieht, die sich neben und vor dem Berg befinden, um zu verstehen, wie sehr man das Meer hassen kann, das den weißen Haaren eines Kindertraumes eine Strähne nach der anderen ausreißt.

Ja, der Frühling eignet sich am besten, um in den Aspromonte heraufzusteigen, wenn Nebel und Wolken auf den Dachboden geräumt worden sind, wo sie auf den nächsten Winter warten, und es kein Versteck für die gefräßigen Heuschrecken gibt. Je weiter man hinaufgeht, desto mehr sieht man das Heer der gefräßigen Insekten, die jeden Morgen früh aufwachen, um den Traum zu verzehren.

Der Frühling entzündet die Welt und zeigt die Sünde. Und die Berge sind die geeignete Kulisse, um zu verstehen, wer das Meer hasst. Wenn man oben ist, versteht man, dass die, die zu weit unten wohnen, noch nie das Paradies gesehen haben und nie dem Bären gefolgt sind und herausgefunden haben, dass er seine bernsteinfarbene Trophäe nicht gefressen, sondern einfach versteckt hat, um sie vor den Insekten zu beschützen …"

Binu verstummte, stand auf, lief den Hang hinunter. Wir sahen einander verdutzt an. Als wir uns gefasst hatten, war er schon weit weg. Wir begannen zu laufen, sahen ihn aber nicht. Wir liefen, ohne zu wissen, warum, ohne zu wissen, wohin. Wir verstanden es erst, als wir ihn rufen hörten, wir hielten inne.

Er saß vor einem Brunnen am Fuße einer Schlangenhautkiefer, die sich in einer kleinen Senke befand. Das war der größte Baum, den ich je gesehen hatte. Binu sah so ausgeruht drein wie jemand, der gerade aufgewacht ist, nicht wie jemand, der gerade wie eine Ziege gerannt war. Den Beutel hatte er schon wie ein Tischtuch auf die niedergedrückten Farne gelegt; er schnitt das Brot und forderte uns auf, uns zu setzen. Wir kuschelten uns in den Schoß des Baumes, und Tomaten und Käse wurden zu einem königlichen Mahl, das Wasser, das bei den Wurzeln des Baumes entsprang, war süßer als jedes Getränk. Doch es barg wohl einen Zauber, denn nach einer Weile senkten sich die Lider und machten, was sie wollten, nach dem letzten Bissen konnte ich die Augen nicht mehr offen halten. Ich schlug sie erst wieder auf, als die Sonne schon untergegangen war, Binu rüttelte Antonio. Wir weckten Filippo auf, holten die Ziegen und führten sie in den Stall.

Jeden Vormittag hatten die Ziegen weniger Milch, wie Binu sagte, war das nicht die richtige Jahreszeit zum Käsemachen. Die Zitzen der Ziegen würden sich im Herbst füllen, wenn sie Junge bekamen, frisches Gras wuchs und die Herde in ein tieferes Tal getrieben wurde. Mutu, der nach einem Leben voller Mühen nun fast Ferien hatte, kam uns alle drei Tage besuchen, und wir brachten die Tiere gleich nach dem Aufwachen und dem Kaffee auf die Weide.

Nach zwei Wochen beschloss Binu, dass wir nicht länger auf die Worte warten konnten, die Mutu nicht sagte. Wenn wir erfahren wollten, was es Neues gab, mussten wir hinuntergehen. Bei Sonnenuntergang gingen wir gemeinsam zu der Stelle, wo der weiße Seicento des Hirten parkte, und ich und Filippo sahen zu, wie er mit Antonio und Binu davonfuhr. Am Abend darauf kamen sie mit dem Auto voller Lebensmittel zurück, Antonio hatte einen Fünfzigtausend-Lire-Schein aus der Truhe mit der Aussteuer seiner Schwestern geholt und seine Mutter zum Einkaufen in den Laden geschickt. Er hatte auch Giannino hunderttausend Lire zugesteckt, damit er sie meiner Mutter gab, wie ich ihn gebeten hatte, und wie aufgetragen, hatte er auch ihr tröstende Worte gebracht.

„Es gibt wirklich nicht viele Neuigkeiten", sagte Binu. Die Carabinieri hatten ein paar Leute verhört, die in der Nähe der Plantage arbeiteten, Palamita fuhr mindestens einmal am Tag mit seinem Geländewagen durch die Aurora, blieb jedoch nicht stehen. „Giannino lässt euch grüßen und er richtet euch aus, dass ihr in aller Ruhe hierbleiben sollt, sobald wir wissen, was die Gesetzeshüter vorhaben, überlegen wir uns, was zu tun ist." Und er fügte hinzu: „Ich muss den Cavaliere öfters besuchen, sein Wein ist ganz mild und er will mir nicht verraten, wo er ihn kauft, und Donna Palmina macht das beste Ragout."

Antonio brachte mir sogar einen Brief meiner Mutter, ein gefaltetes, mit einem blauen Band zusammengebundenes Blatt Papier. Ich bat Binu, mir die Taschenlampe zu borgen, und unter dem Vorwand, ich müsste meine Notdurft verrichten, ging ich zum Lesen nach draußen. Ich löste die Masche, und das Blatt verströmte ihren Duft. Ich atmete ihn mehrmals ein, bevor ich das zweimal gefaltete Blatt öffnete. Es waren nur wenige Zeilen, ich las langsam, Wort für Wort, damit mir keine einzige Nuance entging:

Lieber Nichino,
jede Nacht wache ich in der Hoffnung auf, es sei nur ein Albtraum gewesen, und schiebe den Vorhang vor deinem Bett weg.

Lieber Nichino, du bist nicht hier. Ich wäre gern eine gute Ehefrau gewesen und hätte deinen Vater gehalten. Ich wäre gern eine perfekte Mutter gewesen und wäre gern von dem verdammten Lastwagen gestiegen, als wäre nichts gewesen. Mein lieber Nichino, du liegst nicht in deinem Bett, aber ich wiege dich jede Nacht in meinem Herzen und ich bete zu allen drei Heiligen des Dorfes, damit das Leben sich verändert und du einen Weg findest, der dich zum Glück führt.

Mein lieber Nichino, ich trage die Kette, die du mir geschenkt hast, immer am Hals, trotz allem geht es mir und deinen Schwestern gut, danke für das Geld, das Giannino mir gegeben hat, und vergiss nicht, dass du mein Fleisch und Blut bist, ich habe immer alles gesehen und gehört, auch wenn ich getan habe, als würde ich nichts sehen und hören.

Mein lieber Nichino, deine Mutter hat dich unendlich lieb.

Bei Binu und den Ziegen vergingen die Tage wie im Fluge. Unsere Zeit trennte sich von der Zeit, nach der der Rest der Welt sich drehte, wurde unsere ganz eigene Zeit und füllte sich mit dem Anblick des Gebirges und mit Binus *cunti*. Ich fühlte mich frei, meine einzige Aufgabe bestand darin zu leben, denn, wie Binu sagte: „Die Berge sind ein Raum, in dem dir niemand sagt, was du zu tun hast."

„Die Welt ist eine ständige Abfolge von Grenzen", sagte er außerdem, fügte jedoch gleich hinzu, dass er diese Worte von jemandem gehört hatte. „Sobald man eine überwunden hat, stößt man schon auf die nächste. Sie ist ein Käfig, in dem sich andere Käfige befinden, und die Freiheit ist nur ein Augenblick, in dem der zerstreute Wächter vergisst, dass die Tür offen ist, und ein Gefängnis mit weit offen stehender Tür ist kein Gefängnis. Man muss diesen Augenblick der Unaufmerksamkeit erhaschen, denn er dauert nicht ewig. Der Aspromonte ist ein Käfig, wie der Rest der Welt. Doch hier sind nicht nur die Bewohner weggezogen, sondern auch der Wächter, er dachte, hier sei niemand mehr, den er bewachen müsse. Das müssen wir ausnützen."

„Der Aspromonte ist Plackerei und Einsamkeit", erwiderte Antonio.

„Nein", sagte Binu lachend. „Er ist körperliche und geistige Übung. Um diesen Berg zu verstehen, muss man die Freiheitsliebe in sich tragen."

Offensichtlich trug ich die Freiheitsliebe in mir, denn ich fühlte mich hier wohl, wenn ich die ganze Aurora hätte heraufbringen können, wäre ich für immer hier geblieben.

Aber dann glich sich unsere Zeit wieder der der anderen an, unser Planet verließ die momentane Galaxie, erreichte die Erdumlaufbahn und kreiste um die Erde. Auch im Aspromonte wurde es August und es nahte das dreitägige Fest des Erlösers, des Heiligen des Regens, und wie jedes Jahr musste Binu dem Fest beiwohnen. Auch Antonio stieg bei Sonnenuntergang in Mutus Seicento, er wollte sich erkundigen, wie die Dinge im Dorf standen. Filippo und ich versicherten ihnen, dass wir allein zurechtkamen, und verabschiedeten uns lächelnd. Mutu schenkte uns ein paar Worte mehr als üblich, immerhin hatte er es uns zu verdanken, dass er diesmal auch das Fest feiern durfte. Aber kaum war der Seicento verschwunden, versiegte unser Lächeln, und auf dem Weg zum Ziegenstall verschwand es völlig.

In der Gewissheit, dass wir drei Tage allein sein würden, füllte die Nacht sich mit unbekannten Geräuschen, die Ginstermatte auf der Liege bekam Dornen, es war schwierig, eine angenehme Position zu finden, um so gut zu schlafen, wie wir es mittlerweile gewohnt waren.

Am Vormittag mussten wir zwar nur das Gehege öffnen und die Ziegen auf die Weide bringen, wir kannten den Weg so gut wie auswendig, doch es fehlten uns Binus Erzählungen und Antonios ständige Fragen. Wir trieben die Tiere nicht an, sondern ließen uns vielmehr von ihnen führen, wir ließen sie rasten und gingen lustlos die Hänge hinauf. Der Tag war heißer als gewöhnlich und nicht einmal im Wald fanden wir Kühlung. Die Herde drehte noch vor dem Ende des Wegs um, lief zum Bach, um zu trinken und neben dem Wasser zu grasen. Wir blieben lange auf der Böschung sitzen, und als es Zeit zur Rückkehr war, machten wir uns auf wackeligen Beinen zum Ziegenstall auf.

Zum ersten Mal mussten wir in der Hütte kein Feuer machen, wir aßen nur etwas Brot mit Tomaten. Nachts deckten wir uns nicht einmal zu, wir schwitzten, als befänden wir uns in der Aurora.

Am Tag darauf war es noch immer heiß, und so sehr wir die Tiere auch beschimpften, wir schafften es nicht, sie weiter als bis zum Fluss zu führen.

Am dritten Tag unseres einsamen Aufenthalts weckte uns ein pfeifender Wind, der Fluch der Hirten: der Bruschiu. Er heulte wie ein Wolf und sein Hauch war glühend heiß. Kaum öffneten wir das Gehege, rannten die Ziegen über die Lichtung und blieben bei den ersten Bäumen des Waldes stehen, sie legten sich auf den Boden und bewegen sich nicht mehr, nicht einmal mit Domenicos Stock konnten wir sie zum Aufstehen bewegen. Filippo und ich sprachen uns Mut zu, wir legten ein wenig Essen in den Beutel und gingen langsam zum Bach, suchten uns die schattigste Erle, zogen uns aus und verbrachten den Tag mehr im Wasser als an Land. Der Wind war unermüdlich, er peitschte die Bäume, die Erde. Es war, als würde alles in einer riesigen Pfanne auf einem großen Feuer brutzeln. Vom Zeitpunkt unseres Kommens bis zum Zeitpunkt unseres Gehens hatte sich der Flusslauf um die Hälfte verringert.

Der Weg zurück in den Ziegenstall war noch mühsamer als der Weg auf die Weide, der Wind peitschte uns das Gesicht, und egal, wie wir uns drehten und wendeten, er traf unsere Augen und den Mund. Die Föhrennadeln fielen wie schräger Regen, die Eichenblätter wirbelten im Wind.

Wir fanden die Ziegen, wo wir sie stehen lassen hatten, der Beton der Tränken war von Staub bedeckt und aus dem Rohr kam kein einziger Tropfen Wasser. Die Tomaten im Garten waren schwarz geworden und die inzwischen dürren Pflanzen klammerten sich verzweifelt an die Holzspaliere.

Wir verbrachten eine verzweifelte Nacht: unbeweglich und nackt auf den Ginstermatten. Im Morgengrauen heulte der Wind etwas weniger – Filippo schlief, ich stand auf. Ich warf eine Handvoll Heidekrautstängel auf die Feuerstelle, füllte die Kaffeemaschine mit dem letzten Wasser, das noch im Krug war, dann stellte ich sie auf den Dreifuß. Ich machte Feuer und wartete darauf, dass der Kaffee aufstieg. Als er aufhörte zu gurgeln, wachte Filippo auf, und während ich ihm eine Tasse eingoss, hörte man eine Stimme von draußen: „Gibt es für mich auch eine Tasse?" Ich füllte drei Tassen, reichte Filippo eine und ging hinaus. Binu saß auf einem Holzblock, ich reichte ihm den Kaffee und setzte mich auf den Boden. Der Grasteppich auf der Lichtung, der niedrig war, weil ihn die Ziegen ständig abfraßen, war gelb, der Bruschiu hatte seinen Stempel hinterlassen.

Ich trank den Kaffee aus. „Es gibt kein Wasser mehr, Binu." Er lächelte mich an, reichte mir die Tasse und strich mir über die Haare. „Ich werde die Rohre aufwecken."

Filippo kam heraus und stellte sich neben mich. Wir kämpften eine Zeit lang gegen den Wind, um eine Zigarette anzuzünden, dann beobachteten wir, wie Binu ins Gehege ging, unter dem seitlichen Unterstand verschwand und nach zehn Minuten wieder herauskam, er hatte ein Gewehr umgehängt und trug einen Patronengürtel um die Mitte. An uns vorbei ging er in die Hütte. Er trug einen Rucksack und zwei Rucksäcke hatte er in den Händen – er reichte sie uns.

Wir nahmen den Weg, der bei der Tränke begann, folgten dem Lauf des Wasserrohrs, wir überquerten die Lichtung, das dürre Gras knisterte unter unseren Schuhen. Dann gingen wir fünfhundert Meter sanft bergab, bis zu einem halb verfaulten Föhrenstamm, der umgekehrt am Boden lag; wir stiegen über ihn hinweg; dann gingen wir in einem schrägen Regen von Föhrennadeln bergauf; der Wind hatte die Bäume entlaubt; die Pinien stellten schamlos Zweige zur Schau, für gewöhnlich waren sie nur nach einem tödlichen Blitzschlag so nackt, der Farn war gelb und die Heidekrautbüsche versprengten noch unreife Früchte.

Binu blieb stehen, entsicherte das Gewehr, nahm zwei Patronen aus dem Patronengürtel, über dem gelben Metallkopf befand sich durchsichtiger Kunststoff und darunter waren schwere Kugeln aus rohem Blei zu sehen; er steckte sie in den Lauf und zog den Hahn; schließlich gelangten wir zu einer Betontränke am Fuße eines Felsens – darunter lugte ein Paar Wasserrohre hervor. Ich begriff, dass eines davon mit dem Rohr verbunden sein sollte, das Wasser zum Ziegenstall leitete, doch das Wasser von beiden floss auf den Boden.

„Da glaubt jemand, allmächtig zu sein“, flüsterte Binu mit merkwürdiger Stimme und mit einem neuen Gesichtsausdruck, der gar nicht der seine war. Er blickte sich um, kniete sich hin, um die Pfütze in Augenschein zu nehmen, die sich gebildet hatte. Man sah den von dunklem Laub bedeckten Grund. Er strich sich mit dem Handrücken über die Stirn. „Es ist noch früh, wir müssen darauf warten, dass es heißer wird.“ Er stand auf, senkte den Lauf des Gewehrs, suchte den Boden ab. „Da!“, und er zeigte auf eine ungefähr zwanzig Meter entfernte Stelle, wo die Bäume spärlich waren und eine Gruppe hoher Farne rund um ein Heidekrautbüschel stand, die in dieser Herbstlandschaft unglaublich grün waren. Binu holte den Krug aus dem Rucksack und stellte ihn unter den Strahl aus einem der beiden Rohre; das Wasser lief, einen Augenblick lang fühlte ich mich erfrischt; ich dachte, wenn es noch heißer wurde, könne man in der Luft Krapfen herausbacken, mit uns als Sardinen darin.

Ich hatte plötzlich Lust, mich in den Graben zu werfen, anstatt brav Binu zu folgen, und Filippo folgte mir.

Wir drangen in den kleinen Wald aus Farnen ein und kauerten uns unterhalb des Heidekrautbusches hin, als wir daran rüttelten, ging ein Regen von ovalen Samen und gezackten Blättern auf uns nieder; sie vermischten sich schnell mit unserem Schweiß und blieben auf der Haut kleben.

Ein paar Stunden blieben wir so sitzen und hörten zu, wie der Bruschiu seine Wut hinausschrie; hin und wieder machten wir einen Schluck vom Krug, doch das lauwarme Wasser verstärkte nur das Gefühl von Trockenheit, der Staub und die Heidekrautsamen in der Kehle verklumpten.

Dann verstummte der Wind, wurde stummer als Mutu. Ein Schnaufen, und dann noch eines und noch eines. Es kam von oben, von einer Stelle zwischen uns und der Quelle.

Da war er.

Er hielt inne, hob den Kopf, umkreiste uns von rechts und von links, blies heftig die Luft aus den Nüstern und setzte sich wieder in Bewegung, wobei er Staub aus dem Unterholz aufwirbelte. Er blieb stehen und nahm die früheren Bewegungen wieder auf, setzte sich wieder in Bewegung und hielt wieder inne. Er war nur zehn Meter von uns entfernt, schaute in Richtung unseres Verstecks. Er starrte mich mit seinen dunklen Augen an. Eine Kraft befahl mir, aufzustehen, die Arme zu heben.

Binu machte eine leichte Bewegung, sein Arm stützte sich auf meinen und auf den von Filippo. Wir blieben sitzen, wo wir waren, während das schwarze Wildschwein schnaubte und zur Quelle lief; seine riesigen Hauer tanzten vor meinen Augen; als es das Wasser erreichte, grunzte es.

Der Wald belebte sich. Die Wildsäue mit einer lauten und bunten Ferkelschar im Gefolge kamen gelaufen und umkreisten den Tümpel.

Aufs Neue Schweigen.

Der Eber ging ins Wasser, wälzte sich und grunzte unglaublich laut. Dann verließ er den Wassergraben und schüttelte das borstige Fell. Die Seinen sahen ihn an, er grunzte zum x-ten Mal und der Tümpel füllte sich mit fröhlichem Leben.

Er legte sich auf die Seite und beobachtete die Szene.

Binu hob das Gewehr, legte den Lauf auf die linke Schulter, schmiegte die Wange daran, doch sein Antlitz war das eines anderen; er betätigte den Hahn. Eins, zwei: Es war wie ein Windhauch, und dann das Knirschen eines abgebrochenen Zweiges. Der Lärm im Graben verstummte.

Bestürztes Schweigen senkte sich auf die Berge.

Der Eber erhob sich, und ich jubelte, er blickte sich um, betrachtete seine Familie. Eine zinnoberrote Wunde klaffte zwischen seinem Hals und der linken Schulter, ich spürte, wie mir die Tränen in den Mund liefen, während die Wunde immer größer wurde, der Rand riss ein und das Blut lief auf den Huf.

Die Wildschweine im Wasser kreischten im Chor.

Der Eber senkte den Kopf, sah, wie der Boden rot wurde. Er schrie wie ein Mensch.

Binu stand auf, und ich fühlte mich erleichtert. Das Tier sah uns, schaute Binu an und dann kreuzte sein Blick den meinen. Mit Tränen in den Augen. Verzweifelt.

„Wenn du unser Rohr nicht abgerissen hättest, hättest du jetzt keine Kugel im Körper. Die Hälfte des Wassers hätte dir genügt. Deine Gier, die Arroganz aufgrund deiner Macht und deiner Kraft haben dich ins Verderben gerissen", sagte Binu, mit einer Stimme, die ebenfalls nicht die seine war.

Der Eber erhob sich langsam auf die Vorderläufe, grub die Schnauze in die Erde, bog den Hintern zur Seite. Gleich darauf streckte er sich wieder durch. Aber das dauerte nur einen Augenblick, er bog sich wieder, plumpste auf die Seite, Füße strampelten in der Luft, dann hielt er still.

Die Säue und die Ferkel setzten sich wie eine kompakte Masse in Bewegung, kreischend kamen sie aus dem Tümpel, rannten über den Eber drüber und verschwanden im Wald.

Filippo und ich verließen das kleine Wäldchen aus Farnen, liefen zur Quelle und knieten uns vor ein Rohr. Er heulte. Binu kniete sich zwischen uns hin und wusch sich das Gesicht. Als er fertig war, befahl er uns, unsere Rucksäcke zu holen und zog das Messer aus der Tasche. Als wir zurückkamen, schnitt er schon die Haut auf, er setzte unterhalb des Hufes an und schnitt bis zur mächtigen Brust; dasselbe machte er mit dem anderen Lauf und dann mit den Hinterläufen. Er machte einen kreisförmigen Schnitt rund um den Anus, zog den vorderen Teil des Rektums heraus und band ihn mit einer Schnur ab, trennte das Rückgrat von der Haut, zog es bis zu den Hoden und band es auch ab.

Wir hockten uns wieder an die Quelle, mit dem Rücken zum Eber, damit wir nicht zusehen mussten.

Als er fertig war, hockte er sich wieder zwischen uns, wusch das Blut ab, und danach weinte auch er. Er weinte und sein Gesicht wurde wieder das alte, und wir weinten gemeinsam mit ihm.

Auch wir wuschen uns, dann rauchten wir eine Zigarette, bevor wir die Rucksäcke nahmen, in denen sich ein Tier befand, das bis vor Kurzem die Berge hatte erbeben lassen. Binu reparierte das Kunststoffrohr an der Quelle und dann setzten wir uns in Bewegung; die Überreste und die Eingeweide unseres Opfers ließen wir zurück, nachts würden seine Kinder und seine Geliebten kommen und sie auffressen.

Auf dem Rückweg zählte ich die Schritte, ich versuchte den Gedanken zu verdrängen, dass ich eine große Sünde begangen hatte, die größte Sünde, die es gab; man büßte sie wohl an einem grauenvollen Ort ab. Tausendzweihundert Schritte bergab, fünfhundert bergauf, von den Föhren regnete es noch immer Nadeln, doch nun war es ein gerader und nicht mehr so heftiger Regen. Wir erreichten die Lichtung, auf der sich der Ziegenstall befand. Das Wasser plätscherte in der Tränke, lief durch das Rohr, das den Garten bewässerte. Wir stellten die Rucksäcke auf den Boden, und während Binu das Gewehr wegräumte, machte ich Kaffee. Als ich die Tassen hinaustrug, saß Binu neben Filippo auf dem Holzblock vor der Tür.

Wir rauchten schweigend. Binu wartete, bis wir fertig waren, dann trat er unsere Kippen aus und sagte das, was wir befürchtet hatten. „Los", befahl er, wir hängten uns wieder die Rucksäcke um, verließen die Lichtung und begaben uns auf einen Weg, der bergab führte. Wir hatten ihn noch nie beschritten.

Ich und Filippo liefen schnell und versuchten Binu zu folgen, aber er war wieder ein anderer, nicht einmal der Körper war der seine, er ging immer schneller und schneller, der Weg führte wie ein Wirbel zwischen Heidekraut und Ginster, fädelte sich zwischen Steineichen durch, die Hitze drang in meine Brust, in meine Knochen, nistete sich im Kopf ein. Wie im Traum sah ich einen Fluss; sein Bett wurde nach oben hin schmäler, die durchsichtige Linie des Wassers wurde ganz dünn, versiegte zwischen den Felsen und verschwand. Die Vegetation auf der Böschung verwandelte sich von Grün zu Gelb und schließlich zum ausgebleichten Braun des Todes. Der trockene Flusslauf ging in einen Canyon über, plötzlich bewegten wir uns durch eine Höhle und schließlich durch einen rutschigen Stollen.

Wir krochen auf allen vieren, tauchten in einen Felsentrichter ein, der umso breiter wurde, je weiter wir nach oben, fast bis zum Himmel, kamen. Die kreisenden Krähen sagten mir, dass wir uns am Boden von Khoras Haus befanden: der Hölle. Das Licht drang spiralförmig ein und verblasste, hier unten war die Dunkelheit so kompakt wie lange nach dem Sonnenuntergang. Das Rund am Boden hatte einen Durchmesser von ungefähr fünfzig Metern, in der Mitte befand sich ein zwanzig Meter tiefer und an seiner breitesten Stelle fünf oder sechs Meter breiter Brunnen, und rundherum war ein Kiesteppich, aus dem vier Säulen aufragten, je zwei an den Rändern des Brunnens.

„Ins Wasser." Die Stimme kam von weit her, aus einem Mund, der einmal Binus Mund gewesen war. Jetzt ist es aus, dachte ich. Er wird uns ertränken. Aber ich konnte nicht widerstehen, ich stellte den Rucksack ab und zog mich aus. Ich setzte mich an den Rand der Wanne, stieg mit den Füßen hinein, tauchte unter. Es war eine dickflüssige, warme Flüssigkeit, sie schmeckte faulig wie das Wasser eines Tümpels. Am liebsten wäre ich wieder hinausgeklettert, doch meine Muskeln folgten mir nicht, sie entspannten sich, mein Körper streckte sich wie von selbst aus und mit gespreizten Beinen und Armen trieb ich unbeweglich auf der Oberfläche, mit Filippo neben mir, wie im Thunfischbecken vor dem Schildkrötenstrand.

Ich bewegte nur die Augen, die Binus Bewegungen folgten. Er legte je ein Viertel des Ebers auf die Säulen, dann zog er sich aus und kam ins Wasser, ließ sich zwischen uns treiben.

Etwas unter mir bewegte sich, immer größere Luftblasen stiegen auf, bis der ganze Tümpel blubberte. Die Temperatur fiel rasch ab, das Wasser wurde kühl, der Brunnen begann plötzlich zu leuchten. Die Raben hörten auf zu krächzen und stießen auf die Säulen herab. Binu stieg wieder hinaus, lief um den Brunnen herum. Das kalte Wasser umfing mich, ich hörte auf, Widerstand zu leisten, hörte auf nachzudenken. Ich tanzte auf den Blasen, von einer Seite der leuchtenden Wanne auf die andere.

„Habt ihr es nicht schon satt, euch schaukeln zu lassen? Kommt raus, es ist spät!"

Ich öffnete die Augen, das Licht blendete mich. „Es ist noch heller Tag, Binu", sagte Filippo.

Ich kniff die Augen zusammen, um genauer zu sehen. Binu stand am Rande des Tümpels, bereits angezogen. Er war wieder der Alte.

Schnell fand ich die Kraft wieder, stieg aus der Wanne, zog mich an und blickte mich um. Die Säulen waren etwas mehr als einen Meter hoch und genauso breit, sie bestanden aus einem dunkelgrünen Material. Das Fleisch darauf war verschwunden. In die kreisförmige Felsenwand rund um den Tümpel waren bis auf halber Höhe Figuren gehauen, ein Drache, ein Wolf, ein Stier …

„Gehen wir", forderte uns Binu mit seiner gewohnten Stimme auf.

Er reichte uns die Rucksäcke und wir folgten ihm über feinen, goldenen Kies. Aus dem Brunnen drang kühle Luft, in einer Ecke entsprang ein Rinnsal, dem wir eine Zeit lang folgten, durch den Stollen, durch den wir gekommen waren. Ich atmete tief ein und ließ mich mitreißen, der Strom zog mich mit, jetzt ging ich wieder aufrecht, das Wasser reichte mir bis über die Knie, vor mir waren die Schultern Binus.

Es war Nacht und es regnete heftig, Blitze erhellten den Himmel, sie schlugen in die Wipfel der Bäume ein, umkreisten sie wie Spiralen, bis sie den Boden erreichten.

„Gehen wir", sagte Binu aufs Neue, und wie davor versuchten wir ihm so gut wie möglich zu folgen, doch hin und wieder fielen wir zurück und er blieb geduldig stehen und wartete auf uns. Wir wussten nicht einmal, wie alt er war, die Alten im Dorf lagen um diese Zeit allerdings im Tiefschlaf, nachdem sie den Tag damit verbracht hatten, unter dem Feigenbaum auf der Piazza zu tratschen und zu dösen, einander die Anzahl und den Schweregrad ihrer Wehwehchen vorzujammern, ihre Medikamente zu zählen und die Blutdruckschwankungen zu registrieren.

Unverfroren wie ein Stier lief Binu den Hang hinauf, trampelte Farne und dornige Ginsterbüsche nieder, die ihm im Weg standen, mit der Handfläche wischte er sich den Regen aus dem Gesicht. Aber es war er, nicht der andere, das sah ich bei jedem Grollen des Himmels.

Ich dachte, wir müssten einen langen Weg zurücklegen, doch schon nach wenigen Minuten hatten wir die Lichtung mit dem Ziegenstall erreicht. Wir zogen die klatschnassen Kleider aus und Binu machte ein großes Feuer, das die Nässe in Dampfwolken verwandelte. Wir zogen uns um und setzten uns auf die Holzpflöcke. Wir rauchten und Binu bereitete das Abendessen vor. Wie üblich aßen wir Pasta aus einer Schüssel, die auf dem Holzpflock stand, und reichten einander den Weinkrug. Danach saßen wir schweigend vor dem Feuer und hörten dem Regen zu, der auf die Dachziegel trommelte, und während ich rauchte, dachte ich, dass Binu für den Heiligen des Regens mehr Wunder wirkte als Don Santoro Motta für den hl. Bastiano, und wenn ich auch gewusst hätte, wer für den Heiligen des Monats Mai Pech in Brot verwandelte, hätte die Welt keine Geheimnisse mehr für mich bereitgehalten. Aber mein Herz war schwer, hinter jedem Wunder verbarg sich eine Sünde, die Teufel halfen den Heiligen.

Ich betrachtete Binus Antlitz, wieder das gewohnte, es wirkte um zwanzig Jahre jünger als am Morgen, und seine Brust war um die Hälfte breiter als gewohnt. Sein Lächeln war jedoch bitter, nicht so friedlich wie immer. Er sagte, er sei müde, und ausnahmsweise ging er früher schlafen. Filippo schaute ins Leere, ich musste zweimal zu ihm sagen, er solle mir eine Zigarette reichen, er schüttelte den Kopf. „Antonio hat sich was entgehen lassen", flüsterte er. Wir rauchten eine Zigarette und dann gingen auch wir schlafen. Im Licht des Feuers tanzten die Gegenstände, die an Haken an den Balken hingen, die Donner rüttelten an den Felsen und der Regen trommelte in einem hypnotischen Rhythmus auf die Dachziegel; zuerst wiegte er uns in den Schlaf und am Morgen darauf weckte er uns sanft auf. Binu hatte wieder Feuer gemacht und stellte gerade die Kaffeemaschine auf den Dreifuß.

Sobald wir Kaffee getrunken hatten, stellten wir noch eine Kanne zu, denn Antonio war mit Mutu gekommen. Giannino hatte endlich mit Palamita gesprochen, gegen uns lag nichts vor. Mimmo und Nicodemo hielten dicht, Luigi war sogar freigelassen worden. Der Maresciallo hatte uns bei der Plantage gesehen, nichts mehr. Gegen uns sprach nur, dass wir verschwunden waren. Giannino war zu der Überzeugung gekommen, dass wir in die Kaserne gehen und uns verhören lassen sollten.

Binu stimmte zu, fügte jedoch weise hinzu, dass man die Sache in aller Ruhe angehen sollte. Er befahl uns, unsere Sachen in einen Rucksack zu legen, und ehe wir uns versahen, marschierten wir zum Seicento. Wir ließen Binu auf dem Platz zurück, in den die Straße mündete, er stand unter einem großen grünen Schirm, um sich vor dem Regen zu schützen. Er hatte sich nur umarmen lassen, er hatte keine Danksagungen und keine komplizierten Abschiedsworte akzeptiert, wir würden uns ohnehin bald im Viertel wiedersehen. Jetzt würde er die Ziegen auf die Weide treiben, denn „wahrscheinlich haben sie nichts gefressen, seit ich sie in eurer Obhut gelassen habe", sagte er lachend.

Der Regen begleitete uns, während wir die Serpentinen hinunterfuhren, und prasselte auf den Asphalt der Küstenstraße. Das Ionische Meer war braun, die Hochwasser führenden Flüsse färbten es in der Farbe der fetten Erde des Aspromonte. Der Regen ließ die Pflastersteine im Dorf glänzen, zog Schlieren auf den angelaufenen Fenstern des Autos und half uns, ungesehen die Aurora zu betreten. Meine Mutter war nicht überrascht, mich zu sehen, auf ihrem Glück lag jedoch ein Schatten, und kaum versuchte ich ihn zu verstehen, versteckte sie ihn mit einem Lächeln. „Du stinkst", sagte sie. „Das Wasser steht schon auf dem Herd." Meine Schwestern sekundierten und hielten sich die Nase mit den Fingern zu, schubsten mich zum Bad. Ich bekam erst einen Kuss von ihr, als sie mir den Topf mit dem heißen Wasser reichte und ich mich im Bad einsperrte. „Reib dich gut ab", sagte sie noch mal mahnend, „du stinkst wie eine Ziege."

Sobald ich die Tür öffnete, verstand ich, dass ich die Fragen aufschieben musste. Giannino saß im Zimmer und er hatte nicht nur seine ehemalige Carabiniere-Mütze auf, er trug sogar die ganze Uniform. Neben ihm, fast Schulter an Schulter, saß Papula, mit einer schwarzen Jacke über dem roten Hemd, auch eine Art Uniform.

Diesmal ging es wohl um etwas Ernstes.

Ich hätte mir gewünscht, dass Mama auf die Fragen antwortete, doch es antwortete Giannino, und sie setzte sich mit meinen Schwestern in einen Winkel, und sie vergossen alle Tränen, die sie hatten, wie damals, als mein Vater mit dem Koffer gegangen war.

Papula saß mit gesenktem Blick, Giannino sprach, die Tür ging auf und die Cundari kamen herein, umarmten mich und gingen wieder, dann kamen die Verduci und dann die Parrelli. Eine Familie nach der anderen, die ganze Aurora zog durch unsere Wohnung. Sie reichten auch meiner Mutter und meiner Schwester die Hand, als würden sie kondolieren. Als alle gekommen und wieder gegangen waren, hatte Giannino zu sprechen aufgehört. Angela deckte den Tisch und Teresa zog sich hinter den Vorhang der Küche zurück, um Pasta zu kochen.

Ich fand Mama im Schlafzimmer, sie hatte den Koffer vom Schrank geholt und legte meine Kleider hinein. Ich legte ihr eine Hand auf die Schulter, sie drehte sich um und umarmte mich. „Es ist mein Schicksal, dass ich die Männer, die ich liebe, verliere. Als ob die Zigeunerinnen mich verflucht hätten", fuhr sie fort, sobald sie aufgehört hatte zu schluchzen.

„Nein, Mama, wir haben einen eigenen Zauber, der stärker ist als der böse Blick. Du wirst mich nie verlieren."

Sie legte ihre Hände auf meine Brust und drückte mich weg. „Wo du auch bist, ich werde dich immer hierbehalten." Sie legte sich leicht eine Hand auf die Brust. „Ein Teil meines Herzens schlägt nur für dich." Sie drehte sich um und packte meinen Koffer fertig.

Giannino war gegangen, Papula setzte sich mit uns an den Tisch, schweigend, als ob es ihm in der Fremde die Sprache verschlagen hätte; ich trank meinen Kaffee und trat vor die Tür, um eine Zigarette zu rauchen, Filippo und Antonio auf der anderen Seite machten dasselbe, jeder vor seiner Tür.

Ich trat zur Seite, um sie vorbeizulassen, meine Mutter und meine Schwester überquerten die Straße, trotz des Regens beeilten sie sich nicht, ich sah, wie sie die Treppe hinaufgingen und Filippo umarmten, und dann kamen sie wieder herunter und drückten Antonio.

Giannino kam langsam, von Domenico und Luciano gestützt, Luigi bahnte ihnen einen Weg. Der Geländewagen der Carabinieri blieb vor mir stehen. Palamita war allein, stieg aus, half Giannino, vorne einzusteigen, hielt uns die Hintertür auf. Meine Mutter brachte mir den Koffer, der Maresciallo verstaute ihn, stellte auch die Koffer hinein, die Filippos und Antonios Mutter in der Hand hielten. Wir nahmen Platz und Palamita ließ uns noch Zeit, die Gesichter aller Bewohner der Aurora zu betrachten, die vor die Tür getreten waren, dann schloss er die Autotür.

In der Kaserne mussten wir uns in ein kleines Zimmer setzen, der Maresciallo stellte uns keine Fragen, wir mussten nur ein Protokoll unterschreiben, die Antworten hatte ihm Giannino diktiert. Ich und Filippo unterschrieben, ohne zu lesen. Jetzt mussten wir nur noch warten, bis der Pfiff des Pellaio ertönte.

Giannino hatte mir ausführlich erklärt, was für ein Abkommen er mit Palamita getroffen hatte. Es gab keine Beweise gegen uns, aber die Spatzen pfiffen vom Dach, wie es gelaufen war, und alle hatten die Racheschwüre der Banditen vernommen, wir hatten sie ja in ihrem Zuhause beleidigt, und auch die Revolution, an der wir teilgenommen hatten, hatte sie beleidigt. Palamita wollte weder Tote noch Verletzte – entweder wir gingen oder er würde den Scheißbullen spielen und uns irgendetwas anhängen, sofern ihm die Banditen nicht zuvorkamen, vor ihrem Gericht reichten die Beweise für ein endgültiges Urteil.

Palamita und Giannino begleiteten uns zum Zug. Auf dem Bahnsteig des von ihm erfundenen Bahnhofs übergaben sie uns Papula; alle sollten sehen, dass der Indianerhäuptling gekommen war, um die Eier des Hahns abzuholen, sie sollten verschwinden, so wie auch er verschwunden war, und um die letzten Spuren einer Revolution zu tilgen, die uns beinahe zu besseren Menschen gemacht hätte. Wir verließen das Dorf im Regen, der, als der Zug anfuhr, gegen das Fenster trommelte und Gianninos Gestalt verschleierte. Auf dem Bahnsteig hob er zum Abschied die Hand.

Schlussendlich hatte das Ionische Meer wieder einmal gewonnen, so war es immer gewesen, sobald man vom Felsen gesprungen war, reiste man ab; es hatte die Schildkröten geschluckt, die unter dem weißen Sand auf dem Strand geboren worden waren.

Jetzt trieb uns der Zephyr aufs offene Meer hinaus.

Wir schlossen uns in einem leeren Abteil ein, wir drei auf der einen, Papula auf der anderen Seite. Der Pellaio nahm seine von unzähligen Stopps unterbrochene Fahrt auf, zuerst am Ionischen und dann am anderen Meer. Wir schwiegen, die Augen fielen uns zu. Nach einem Ruck machte ich meine wieder auf, der Zug fuhr im x-ten Bahnhof wieder an. Vor mir war ein fremdes Gesicht, neben mir saßen zwei Unbekannte. Filippo und Antonio schliefen. Ich schaute hinaus, Papula betrachtete mich, im Regen stehend, dann drehte er sich um und ging zu dem Zug gegenüber, der langsam anfuhr, und sprang leichtfüßig hinein. Voller Mitleid dachte ich an die Jungs, die merkwürdig dreingeschaut hatten, als er sagte, er fahre weg, um sich behandeln zu lassen. Papula. Vielleicht waren die Löcher von den Pistolenschüssen noch gar nicht verheilt, doch er war gekommen, um die Seinen zu beschützen und die Kinder in Sicherheit zu bringen. Ich wollte kein kleiner Nichino sein.

Ich sprang auf, lief auf den Gang und zur Tür, zog an der Klinke, doch die Tür ging eine Zeit lang nicht auf. Als ich es endlich schaffte, fuhr der Zug schon schnell. Doch ich war aus Africo, ich war es gewohnt, auf fahrende Züge aufzuspringen und abzuspringen. Ich atmete tief ein, doch bevor ich springen konnte, wurde es finster. Ein ewig langer Tunnel, der kein Ende nahm.

TEIL DREI
Die Erinnerung der Schildkröte

*Schließlich werden die Erinnerungen
zum größten Schatz.*

Die Jungs der Aurora

*Wenn die Morgenröte in der Aurora nicht mehr aufgeht,
siehst du den Weg im trüben Licht des Sonnenuntergangs
ganz klar vor dir.*

Ich erinnere mich nicht, dass die Sonne derart heftig blendet, und auch das Blau des Ionischen Meeres erscheint mir intensiver. Nur das Gefühl, hier auf dem Vorgebirge des Capo Zefirio auf dem Gipfel der Welt zu stehen, ist genauso wie damals, als ich als Junge hierherkam.

Teresa hat das Auto auf der Piazza in der Aurora abgestellt, wir drei sind ausgestiegen. Angela hat den Schlüssel gedreht, der noch immer im Schloss steckt. Sie sind hineingegangen, ich bin auf dem Treppenabsatz stehen geblieben. „Ich mache einen Spaziergang", habe ich gesagt. Meine Schwestern haben sich umgedreht, Teresa hat den Arm ausgestreckt und den Schlüssel geschwenkt. „Nimm das Auto." Ich habe den Kopf geschüttelt – ich habe keinen Führerschein, ich hatte nie Zeit, ihn zu machen, und außerdem könnte ich mit einem modernen Auto nicht fahren.

Ich lasse das Viertel hinter mir und gehe über die kleine Brücke über den Fluss. Es gibt keine Kleefelder mehr, das Land ist von unschönen Betonblöcken übersät, jedes Haus hat eine eigene Form, eine eigene Höhe, etwas Unfertiges, die Häuser stehen hierarchielos in der Landschaft. Jeder hat gebaut, so wie er wollte, man kann keine Spuren mehr im Gras hinterlassen.

Mein Weg führt mich über eine Straße und dann wieder über einen Feldweg. Erst am Gipfel des Vorgebirges habe ich wieder Gras unter den Füßen und freien Raum vor mir.

Eine Zeit lang traue ich mich gar nicht, einen Blick auf das Ionische Meer zu werfen, vielleicht hat es sich ebenfalls verändert.

Stattdessen steige ich die Felsen hinunter und stelle fest, dass hier noch immer Kapern und Myrten wachsen, ich halte mich mit den Händen daran fest, um hinunterzuklettern, ich bin schon zu alt und auch nicht mehr so mutig, um von dem Felsen ins Meer zu springen, mein Körper eignet sich eher als eine Kugel denn als Engelsleib. Der Strand ist jetzt leider nur noch ein schmaler Halbkreis aus Sand, den das Meer angeknabbert hat, vielleicht haben die Schildkröten gar keinen Platz mehr, um ihre Eier abzulegen.

Ich gehe über den ganzen Strand. Es sind nur dreihundert Schritte, zweihundert Meter hat das Ionische Meer verschluckt.

Ich habe zehn Personen gezählt, jede ist allein. Beim Zurückgehen beobachte ich sie. Lauter Männer. Alle mehr oder weniger in meinem Alter.

Sie haben mich erkannt, sie lächeln mir zu. Aber ich erinnere mich nur an den Letzten in der Reihe. Riesenhände und -füße, ein Körper wie ein Monolith. Gianni Leggio von der Familie Pedazzi. Als Junge hat Rocco mich gezwungen, mit ihm in der Bar zu tanzen.

Ich setze mich da hin, wo früher das Thunfischbecken war, das jetzt völlig vom Meer überflutet ist. Ich kann nicht lange bleiben – ich muss in die Aurora zurück, vor Sonnenuntergang kommt Mama, um eine letzte Nacht in ihrer Wohnung zu verbringen, ich möchte sie in Empfang nehmen.

Ein dummer Anflug von Nostalgie hat mich hierhergeführt, alle, die lange weg waren, kennen diese Nostalgie. Sie kommen zurück, suchen sich einen Platz und legen Zeugnis ab, wie ihr Leben gelaufen ist. Wenn ich mein Leben entkleidete und nackt auf den Strand legte, würde es nur ein paar angeekelte Blicke auf sich ziehen oder schlimmer noch Fliegen anlocken.

Ich lasse meinen Blick über den Strand schweifen, ich bin froh, dass die Jungs nicht mehr herkommen, ich hoffe allen Ernstes, dass nicht einmal die Schildkröten mehr ihre Eier hier ablegen. Der Strand war keine gute Startbasis, der Anzahl und den Gesichtern derer nach zu urteilen, die wie ich zurückgekommen sind.

Für die Jungen der Schildkröten war die *Maligredi*, vor der Papula so große Angst hatte, wie eine Kontinentalplatte. Sie hat alle in einem großen schwarzen Loch verschluckt. Papula wusste allerdings nicht, dass die *Maligredi* nicht nur ein schrecklicher Fluch, sondern eine genauso gute Schauspielerin ist und verschiedene Rollen spielen kann. Für Lucianos Vater, den dummen Gemeindediener, schlüpfte sie in die Rolle von Bleikugeln. Er dachte, er hätte von Rechts wegen Anspruch auf einen Posten, den die Banditen für einen der ihren beanspruchten. In ihrer Lupara befanden sich auch ein paar Kugeln für Sartana, der geglaubt hatte, zwei Fliegen mit einer Klappe erledigen zu können: Er hatte den Befehl der Banditen befolgt, den Bewohnern eine Lektion erteilt und meine Mutter vergewaltigt. Für

Rocco, Filippo, Antonio und sogar den Geometer Bonasira, der auf seiner Baustelle keine Befehle duldete, bedeutete sie den Tod, und ebenso für die Carbone – Vater und drei Söhne, für Binu, der auf Gottes Stufe stieg, für Mutu und Domenico Dominici, die dachten, sie könnten Banditen, Priester, Gnuri und den Staat herausfordern, und wussten, dass sie das nicht überleben würden.

Für Peppe, Don Nino Zaccos Sohn, war sie Blei, genauso wie für viele andere Banditen, die glaubten, im Schutz von Priestern, Gnuri und Staat die Regeln eines tausendjährigen Naturrechts verletzen zu können, das ein strenger Richter früher oder später in den versteckten Winkeln des Aspromonte findet. Es wäre besser gewesen, wenn ich, Filippo und Antonio in diesen Winkeln geblieben wären; die Falten auf dem Antlitz der großen, alten Mutter Aspromonte hätten uns verschlucken und nicht auf den Strand spucken sollen, dann wären wir nicht in den Pellaio eingestiegen, der uns aus dem Elend hätte herausführen sollen. Binu, Giannino, Papula, Palamita, meine Mutter und die ganze Aurora haben sich geirrt, der Aspromonte hat einen Fehler begangen, als er uns fortgeschickt hat. Wir trugen den Fluch in uns, wir hätten ihn zurücklassen sollen.

Im Viertel, außerhalb des Viertels, im Dorf, in den Vierteln anderer Dörfer und in allen Dörfern am Ionischen Meer bestand die *Maligredi* aus Bleikugeln.

„Nicola …" Einer von denen, die auf dem Sand liegen, streckt mir die Hand hin. „Mein Beileid, ich komme dann bei der Traueradresse vorbei."

Ich drücke ihm die Hand. „Danke."

„Ich bin Nino, Nino Malara. 1998 waren wir gemeinsam in Bologna, im Dozza-Gefängnis", sagt er, weil er begriffen hat, dass ich ihn nicht erkenne.

„Sicher", sage ich lächelnd zu ihm, doch ich erinnere mich noch immer nicht an ihn.

Die *Maligredi* war Gefängnis, endlose Haftstrafe für viele Jungs aus dem Dorf und Umgebung, sadistisch hat sie Leben vernichtet, unbarmherziger als Blei. Sie hat Hunderte, Tausende vernichtet, an die ich mich nicht mehr erinnern kann.

Ja, die *Maligredi* war viele Dinge gleichzeitig und sie hat verschiedene Gestalten angenommen, sie hat die Söhne mitgerissen, die der Same des Libeccio gezeugt und die Große Mutter Aspromonte geboren hat.

Aber ich habe keine Zeit für Erinnerungen, ich muss in die Aurora zurück, bevor die Sonne hinter den Bergen verschwindet, ich will nicht, dass Mama kommt und ich nicht da bin, ich will nicht, dass das Ionische Meer und der Zephyr mir einen Streich spielen und sie ihre letzte Nacht in der Wohnung ohne mich verbringen muss.

Wie dumm, hierher zurückzukommen, sage ich mir, ich betrachte den steilen Hang und keuche allein beim Anblick. „Nicola." Zum Glück reicht Gianni Leggio von der Familie Pedazzi mir die Hand. Er zieht mich hoch und hält mich fest, zieht mich über den Sand und dann den Felsen hoch, ich muss mich nicht an Myrten und Kapern festhalten.

Papulas *cuntu* fällt mir ein, als er auf die Bühne gestiegen ist und Don Santoro Motta in der ersten Reihe gesessen hat, als er die Geschichte von Bacicu und Mezzaricchi erzählt hat, die den Krieg und das Internierungslager überlebt haben und Hand in Hand aus Deutschland ins Dorf zurückgekehrt sind.

Doch Gianni lässt meine Hand aus, sobald wir den Gipfel des Kaps erreicht haben, er lächelt mich an und sagt, danach käme er zu mir nach Hause. Den Weg ins Viertel lege ich allein zurück.

Ich und Mama gelangen gleichzeitig in die Aurora – ich von der einen, sie von der anderen Seite. Ich zu Fuß, sie in einem Leichenwagen. Begleitet von einem leichten Wind, der ihren Duft, den Duft der Frauen der Vergangenheit, wie einen Kranz hält. Den Duft der Mütter. Unsere Mütter, die Jasminmütter, waren bunte Feen, die jede Nacht leuchteten wie Glühwürmchen. Sie pflückten achttausend weiße Knospen und legten sie vorsichtig in ein Leinensäckchen oder ein Binsenkörbchen. „Unsere Stimmen schwingen sich in die Höhe, um den Schüchternen aus dem Schlaf zu reißen / unser Geliebter, der uns Süßes gibt, stirbt mit dem duftenden Betrug", der Wind reißt das Maul auf, wird zur Melodie. Von Mitternacht bis zum Morgengrauen sangen sie zwischen den Reihen der

Jasminsträucher, um wie Sirenen die schüchternen weißen Vampire zu überlisten, die sich in ihren duftenden Särgen einschlossen, um dem für sie tödlichen Sonnenlicht zu entgehen. Achttausend Blüten brauchte man für ein Kilo, und die Frauen zählten sie, damit die Besitzer sie nicht betrogen; die Besten schafften vierzigtausend pro Nacht und trugen dafür ein paar Lire nach Hause, mit denen sie die Bäuche ihrer Kinder füllen konnten.

Nur wer gerochen hat, wie sie im Morgengrauen duftend nach Hause kamen, weiß, wie heroisch die kalabrischen Mütter waren.

Nur wer die Tricks gesehen hat, mit denen sie ein paar Löffel armseligen Tomatenkonzentrats in üppige, einladende Pasta asciutte verwandelten, hat vom wunderbaren Mut der kalabrischen Mütter gekostet.

Nur wer im Bauch des kalabrischen Volkes war, weiß, dass wir versucht haben, besser zu werden.

Ich hatte Glück, ich hatte eine Jasminmutter. Ich weiß, bei den heftigsten Kämpfen standen unsere Frauen immer in den ersten Reihen. Wir haben verloren, doch ohne sie wäre die Niederlage total gewesen. Wenn es noch eine kleine Hoffnung gibt, verdanken wir sie der moralischen Kraft unserer Mütter, die selbst in den finstersten Stürmen alles getan haben, um uns zum Licht zu führen. Mit Wiegenliedern und Märchen haben sie uns, die Söhne der *cunti* aus dem Aspromonte, zu Bett gebracht, dann gingen sie in die Gärten der Gnuri, zählten vierzigtausend Blüten, und im Morgengrauen kamen sie zurück und erzählten uns bei Malzkaffee oder einer Tasse Milch, die sie sich dank ihrer Plackerei leisten konnten, wieder Märchen. Sie versteckten den Schweiß unter dem Jasminduft und nach zwölf Stunden Arbeit räumten sie lächelnd das Haus auf und begannen zu kochen. Ihre unermessliche Liebe versteckten sie in den kleinen Küchen, gemeinsam mit den Schlagern aus den Kofferradios.

Ich weiß, die kalabrischen Mütter haben keine Schuld; hin und wieder sind die Söhne trotz des Jasmindufts missraten.

Sie heben meine Mutter heraus, tragen sie in einem Sarg mit durchsichtigem Deckel ins Haus, man kann die Kette mit den grünen Steinen am Hals sehen. Sie stellen den Sarg auf zwei Ständer im Schlafzimmer, wir haben die Möbel hinausgetragen, damit die Trauergäste Platz haben. Auch das Vorderzimmer haben wir geleert, nur Stühle stehen an den Wänden.

Unsere Wohnung ist die einzige im Viertel, die noch im Originalzustand ist – in den anderen Wohnungen haben die Familien, die nacheinander eingezogen sind, vorne und hinten ausgebaut, haben Türen versetzt, Fenster zugemauert und neue angebracht. Mitten auf dem Platz steht ein Springbrunnen mit der Statue einer antiken Frau, aus deren Mund Wasser spritzt.

„Mein Beileid, Nicola." Langsam kommen Leute, drücken mir die Hand, umarmen mich. Die Frauen gehen ins Haus und die Männer lehnen sich an die Wand. Ein Alter seufzt hin und wieder, dann entsteht eine schwere Stille, und er durchbricht sie, er hat etwas im Hals und muss es ausspucken. „Dreißig in der Matteotti, siebenundzwanzig in der Buozzi, fünfundzwanzig in der San Salvatore, und nur neunzehn in der San Sebastiano. Die sozialistischen Märtyrer schlagen die Heilige Mutter Kirche. Ich habe sie gezählt, zweihundert Tote in weniger als zehn Jahren in den Wohnblocks der Sozialbauten. Und genauso viele sind krank. Dann muss man auch noch die anderen Todesfälle dazuzählen, damals, als wir schon an diesem elenden Strand lebten und die Krankheit noch keinen Namen hatte und die Alten dachten, der Tod sei die willkürliche Entscheidung eines Gottes oder des Schicksals. Für die Flüchtlinge aus den Bergen hat sich nicht viel geändert, früher starben sie im Aspromonte, in Africo Antica, vor einem leeren Tisch, und jetzt sterben sie im Schoß des Ionischen Meeres, in Africo Nuova, obwohl sie eine Suppe zu Mittag und eine am Abend haben."

„Gevatter Giuseppe, egal, ob Gott, die Berggeister oder das Schicksal entscheiden – für die armen Leute halten sie immer dasselbe bereit, am Gipfel der Berge wie am Kamm der Wellen", antwortet ein anderer Alter. Er ist mit zwei Jungen gekommen, die ihn stützen, er stößt sie weg und kommt zu mir. „Und die arme Gevatterin Lidia wird in einem Betongrab in der Nähe des Strandes bestattet werden, und nicht in der fetten Erde der Berge wie ihre Eltern. Meiner Meinung nach ist das kein großer Vorteil im Vergleich zur Vergangenheit", sagt er und küsst mich. „Das sind die Enkel von Nunziatina", sagt er zu mir und zeigt auf die kleinen Jungs.

„Gevatter Sarvu", sage ich zu ihm und umarme ihn aufs Neue, „kommt herein, Ihr müsst müde sein." Ich führe ihn ins Haus, gebe ihm einen Stuhl und nehme neben ihm Platz. Ich mustere seine Falten, um die Gesichtszüge von Sarvu Martoni wiederzufinden, damals, als wir uns bei Giannino versteckten, er uns Zigaretten zusteckte und selbst rauchte, damit man unseren Rauch nicht roch.

Er sagt, seine Tochter sei nach dem Tod seiner Frau mit ihrer Familie ins Dorf zurückgekommen, er habe seine Söhne verheiratet und seine Tochter sei zu ihm in die neue Wohnung in der Nähe des Bahnhofs gezogen.

Gnura Tuzza, die Botschafterin Gianninos, ist vor vielen Jahren gestorben, Mama hat es mir in einem der ersten Briefe geschrieben, die sie mir nach meiner zweiten Festnahme geschickt hat. Dann war Gnura Cata, die Päpstin, dran, dann Giannino, Palmina …

Jahrelang haben wir miteinander telefoniert und einander Briefe geschrieben, ohne uns je zu sehen. Sie hat eine Liste der Toten erstellt.

Ich kenne alle Geister aus den Sozialbauten.

In diesen winzigen Festungen habe ich meine beste Zeit verbracht, damals, als es hier noch von hoffnungsvollen jungen Menschen wimmelte, die im Lauf der Zeit immer verzweifelter wurden. Die Matteotti, die San Sebastiano, die San Salvatore, die Buozzi, die Cesare Battisti, die Michelangelo, die Oberdan, die Aurora … lauter Mikrokosmen voller Träume, die – wahrscheinlich aus ebendiesem Grund – zu Albträumen wurden.

Am Telefon und in Briefen unterhielten ich und meine Mutter uns über die Menschen aus meinem Viertel, die an einem Tumor gestorben waren, über die Alten, die das Ding in ihrem Bauch bis zum Letzten geheimhielten, über Mütter, die ihre Kinder zurückließen und zu aussichtslosen Reisen aufbrachen, über Jungs, die nicht mehr mitspielen konnten und in einem Winkel oder auf dem Balkon saßen und den anderen beim Spielen zusahen – der Vater der Verduci, Vater und Mutter der Cundari, die Kleine der Tirolo, der älteste Sohn der Gagliardi …

Mama erzählte mir auch, dass alle sich Fragen stellten, als die Toten immer mehr wurden und kein einziges Haus von der Krankheit verschont blieb. Doch die Fragen waren immer verstummt, weil es keinen öffentlichen Ansprechpartner gab, der sich dafür interessiert hätte. Alle nahmen hin, dass das Leben weiterging, unter der Last der Trauerfälle.

Und schließlich war der böse Hund auch zu uns gekommen, der Krebs hat eine ihrer großen Brüste befallen, die mir so oft als weiches Kissen gedient hatten. Mama hat nicht klein beigegeben, sie hat sie dem Chirurgen geopfert und für mich gekämpft. Wir haben es geschafft, einander wiederzusehen. Vor einem Monat haben sie mich freigelassen, alle dreißig Tage meiner wiedergewonnenen Freiheit habe ich mit ihr verbracht.

Die alten Frauen gehen vorbei, werfen mir einen aufmunternden Blick zu und gehen ins Frauenzimmer. Ich bleibe in dem Zimmer, in dem die Männer sitzen, sie kommen herein, sprechen mir ihr Beileid aus und machen eine Runde, um alle zu begrüßen.

Dann wird es dunkel, die Lampen verbreiten schwaches Licht, die Luft riecht nach Blumen, nach Atem, in den Gebeten der Frauen hallen die uralten Litaneien wider.

„Africo ist verwunschen. Ich habe als Hilfsarbeiter hier gearbeitet, als es gebaut wurde. Wo auch immer man gegraben hat, kamen die Gräber und die Knochen der Antiken zum Vorschein. Das da ist ein Friedhof, man hat die Lebenden auf die Toten gesetzt. Dieser Ort ist verwunschen."

Ein anderer antwortet: „Aber die Antiken waren intelligenter. Die Ersten, die aus dem Osten gekommen sind, haben ihre Häuser in der Mulde neben dem Vorgebirge gebaut, weit oben, um die Wärme der Sonne von Sonnenaufgang bis Sonnenuntergang zu genießen, um im Winter den warmen Hauch des Libeccio und im Frühling den kühlenden Hauch des Zephyrs zu spüren. Die Lebenden wohnten im Warmen auf den Hügeln, nur die Toten brachten sie hierher in den Sumpf, ihnen war die feuchte Luft ja egal. Ja, das war ein großes Volk: Philosophen, Krieger, Seefahrer … Doch auch wenn uns die Toten verfluchten, müsste der Fluch doch alle treffen, nicht nur die Bewohner der Sozialbauten."

„Die *Signuri* haben sich ihre Häuser auf den Hügeln und nicht hier unten gebaut", unterbricht ein anderer. „Vielleicht stammen nur sie von den Philosophen ab", wirft der Erste wieder ein.

Ein Junge mit einem Tablett voller Kaffeetassen macht die Runde, ich nehme mir eine, das Gespräch bricht ab und ich verspüre das Bedürfnis nach frischer Luft.

Rauchend gehe ich eine Zeit lang auf der Piazza auf und ab, ich betrachte die bunte Auslage des Blumengeschäfts, das sich jetzt an der Stelle von Roccos Bar befindet, die Tür des Pfarrsaals, durch die man das Kino betrat.

Ich kehre ins Viertel zurück und betrete wieder die Wohnung.

Das Gespräch ist wieder aufgenommen worden, doch das Licht ist ganz aus, ins Männerzimmer dringt nur ein wenig Licht aus dem Schlafzimmer, wo die einzige Lampe brennt. Ich habe keine Ahnung, wer spricht.

„Angeblich verdient die Mafia einen Haufen Geld damit, dass sie bei uns Giftfässer vergraben, die von irgendwo kommen."

Pause, dann eine Antwort:

„Tja, die Mafiosi heutzutage sind klug und so unverfroren, dass man Angst bekommt. Nicht, dass die Banditen früher gut waren, sie waren bloß unwissender. Könnt ihr euch vorstellen, dass damals, als das Dorf gebaut wurde, jemand hergekommen wäre und Geld dafür geboten hätte, dass Fässer vergraben werden? Dafür hätte man nicht einmal zahlen müssen, denn die damals waren so doof, dass sie sogar eine Atombombe mit nach Hause genommen hätten, wenn ihr Herr zu ihnen gesagt hätte, sie sei gut gegen Rheuma. Die Banditen waren hinterhältig, wenn sie irgendetwas Schmutziges witterten, klebten sie sich an dich wie Zecken, man konnte sie als Wachen einsetzen und bitten, eine gestohlene Ziegenherde zurückzubringen, doch bei gewissen Geschäften kannten sie sich nicht aus. Und in den Fünfzigerjahren gab es jede Menge Platz, wieso hätte man da so weit fahren sollen, um die Giftfässer ausgerechnet im Sumpf unter den Sozialwohnungen zu vergraben?"

„Es heißt, das Meer, der Fluss und die Berge seien voller Gift", sagt jemand hartnäckig.

„Die Berge nicht", erwidert jemand.

„Was den Fluss anbelangt, hat man keine Banditen engagieren müssen. Das haben wir schon selbst erledigt", sagt wiederum ein anderer, doch ein Ausruf – „Wir armen Idioten!" – unterbricht ihn, darauf folgt ein Seufzer. Er fährt fort: „Die, die kein Land hatten, borgten sich eines am Damm aus. Jahrelang haben wir die Gärten mit Schlick aus den Bergen gedüngt. Dann haben wir die Steinkörbe mit was anderem gefüllt. Wir gingen zum Konsortium des Cavaliere Pancallo; erinnert ihr euch an Pancallo?"

„Wir haben ganze Säcke von dem Zeug genommen, von dem das große Arschloch, ich hoffe, er schmort in der Hölle, sagte, es sei nur Salz ..."

„Der Teufel soll ihn holen, Khora soll ihn rösten, Athene soll ihn bestrafen und die Hexen sollen seine Söhne fressen", rufen die Alten böse im Chor. „Dank des Salzes gediehen Obst und Gemüse besser, und die Kürbisse wuchsen auf den nackten Felsen. Und die Blätter haben wir mit einem Gebräu bespritzt, das der Verbrecher eigenhändig zubereitete, dann verschwanden sogar die Ameisen. Wir haben einen Haufen Gift in unsere Gärten gekippt und auf unseren Tisch gebracht. Und dieses Gift ist in den Kies des Flusses eingesickert und hat ihn vergiftet."

„Und unsere Gärten?", schreit eine schrille Stimme. „Wie hätten wir die Steinkörbe ausleeren sollen, wenn die Jungen alle emigriert sind? Wir sind alt geworden und schwach. Auf der anderen Seite des Dammes hat die Gemeinde Müll abgeladen und verbrannt. Der Rauch war so schwarz und fett, dass er nicht einmal aufgestiegen ist, er hat sich ausgebreitet und ist als Öl wieder herabgesunken. Das Öl ist in den Gärten gelandet und hat das Bett des Flusses vergiftet. Das hat uns vergiftet."

„Ja", sagt einer und verrückt seinen Stuhl, „der Rauch des verbrannten Mülls ist in die faulige Ebene eingedrungen, in der

sich das Dorf befindet und wir haben ihn dreißig Jahre lang eingeatmet."

Ich höre dem Gespräch zu, bis draußen der Wind zu heulen
beginnt und sich mit den Litaneien der Frauen vermischt, dabei
schlafe ich ein.

„Kaffee …"

Die Stimme eines Jungen weckt mich auf, ich öffne die Augen
und schließe sie augenblicklich wieder, das Zimmer ist von Tageslicht überschwemmt. „Nimm", sagt er freundlich, aber hartnäckig.
Wieder öffne ich vorsichtig die Augen. Der Junge hält mir die
dampfende Tasse vor die Nase und ich atme den Duft ein. Ich
nehme sie ihm aus der Hand und trinke sie mit einem Schluck
aus. Der Junge dreht eine Runde, bleibt vor mir stehen, geht weiter.

Vor mir taucht ein gebräuntes Gesicht mit zwei hellen, leben-
digen Augen darin auf. Es ist das Gesicht eines ungefähr sechzig-
jährigen Mannes, er hält den kleinen, völlig weißhaarigen Kopf
zwischen den Händen. Er bemerkt mich, auf seinem Kindergesicht
erscheint ein Lächeln, doch es verschwindet, als ein anderer Junge
mit einem Tablett voller Croissants vor mich hintritt.

Ich muss hinausgehen und eine Zigarette rauchen, ich zünde
mir die letzte Zigarette an, die im Päckchen ist, und kaufe mir
ein neues. Als ich zurückgehe, stecke ich mir eine neue Zigarette
in den Mund und stelle fest, dass der Mann, den ich vor dem
Tabakladen getroffen habe und dem ich nun folge, Don Nino
Zacco ist. Er geht zu Fuß, mit einem Gehstock in der Hand,
doch er berührt damit kaum den Boden, obwohl er über neunzig
Jahre alt ist und in den Hügeln, ein paar Kilometer außerhalb
des Dorfes, wohnt.

Wir haben denselben Weg.

Er betritt meine Wohnung.

Don Nino grüßt in die Runde, hebt den Hut. Man macht einen
Stuhl für ihn frei und er setzt sich ausgerechnet Papula gegenüber,
der ihm gerade mal Zeit lässt, sich ein wenig auszuruhen, dann
redet er auf ihn ein, genauso wie beim ersten Mal auf der Bühne

beim Fest des hl. Bastiano, als ich die Fäuste von Lupas Söhnen zu spüren bekam.

„Die Schweine sind unser Problem."

„Ja, die Schweine", wiederhole ich.

„Nein, Schweine haben wir immer gehalten. Erinnert ihr euch an die Geschichte mit Zirilli, als wir noch im Dorf oben in den Bergen wohnten?"

„Natürlich", sagt Sarvu Martoni.

Und Papula fährt fort: „Für ein Monat Harken bekam Zirilli von seinem Herrn als Lohn ein Ferkel. Zirilli nahm es mit nach Hause, in das Zimmer, in dem er, ein Witwer, mit seinen sieben Kindern hauste. Im Morgengrauen stand die Familie, auch das Schwein, auf und ging hinaus, um etwas Essbares zu suchen. Eines Morgens kamen weder das Schwein noch Nunziata, die Jüngste, heraus. Zirillo sagte, sicher habe Piruzza, der Hund des Teufels, seine Tochter mitgenommen und sie in Khoras Höhle geworfen. Denn so geschah es mit schlimmen Kindern, die den Erwachsenen nicht gehorchten, sie ließen sich von den Erzählungen des Hundes ködern, der ihnen einen wunderbaren Ausflug versprach, und sie setzten sich auf seinen Rücken und landeten stattdessen am Boden einer Felsenhöhle. Nach ein paar Tagen fehlte Peppuccio, und auch diesmal sprach der Vater von Piruzza. Dann folgten Totarello und schließlich alle anderen, einer nach dem anderen. Bis zuletzt behauptete Zirilli, es sei der Hund des Teufels gewesen.

Dann eines Morgens steckte nicht einmal er die Nase aus der Tür. Es folgte tagelanges Schweigen, bis man schließlich im Zimmer Grunzen hörte, zuerst nur hin und wieder, und dann immer häufiger und schrecklicher. Schließlich bekam das Dorf Angst und bat die Soldaten um Hilfe. Sie traten die Tür ein und fanden auf dem Bett ein riesiges Schwein mit langem, kohlschwarzem Haar. Das Schwein stürzte sich auf die Eindringlinge, sie mussten es mit der Muskete erschießen. Es war so groß, dass es nicht durch die Tür passte. Um es hinauszuziehen, musste man es vierteilen. Und als sie ihm die Brust aufschlitzten, tauchte dunkelrosa, zartes Fleisch auf, mit nur einer dünnen weißen Fettschicht. Man erzählt,

Piruzza habe auch Zirilli mitgenommen, und in jedem Haus des Dorfes landete ein Stück Schweinefleisch."

Papula schweigt, kein Lufthauch ist zu hören, uns selbst die Klagen bleiben den Frauen im Hals stecken.

Dann fährt er fort: „Nun, dieses Schwein hat uns alle angesteckt. Dabei haben wir in den Bergen alle ein Schwein unter dem Bett gehalten. Wir haben es mit unserem Atem aufgezogen, damit es im Winter unseren Hunger stillte. Deshalb haben wir die alten Dörfer verlassen, denn niemand wollte mehr mit einem Schwein im Haus schlafen oder auf dem Rücken Piruzzas verschwinden. Doch in den Sozialbauten tragen wir das Schwein mittlerweile in uns. Es ist mit uns ins Tal gezogen. Es war in den Bergen bei uns und es ist hier bei uns. Das Schwein hat sich dafür entschieden, in den Sozialwohnungen im Viertel zu leben, die auf den stinkenden, mit Gift trockengelegten Malariasümpfen erbaut wurden, in Häusern, die aus giftigem Meeressand errichtet wurden, aus schimmligen Ziegeln und schrecklichen Materialien, die man immer benutzt hat, um die Häuser der Armen zu bauen."

Papula zieht eine Grimasse, legt sich eine Hand auf Bauch und Brust. „Auch in den Sozialbauten haben wir ein Schwein unter dem Bett gehalten, wie wir es in den Hütten im Aspromonte taten, und die Wohnblocks sind aus Schweinefleisch errichtet worden."

Schweigen. Eine Zeit lang spricht niemand.

Don Nino Zacco hüstelt ein paarmal, schaut auf die Uhr und steht auf. Zuerst verabschiedet er sich von mir. „Mein Haus ist weit weg, außerhalb des Dorfes, und die alten Beine brauchen lang, um den Weg zurückzulegen", sagt er, um die Kürze seines Besuchs zu rechtfertigen. Er macht eine Runde und verabschiedet sich von allen, bei Papula bleibt er stehen.

„Papula, es gibt eine Unmenge von Armen, je mehr sterben, desto mehr werden geboren. Sie drängen sich in einer Wohnung, sie hocken aufeinander. Und sobald die Krankheit einmal anbeißt, lässt sie nicht mehr locker. Die Reichen sind spärlich, sie haben Häuser mit Gittern vor den Fenstern und wohnen in großen Abständen. Auch für die Krankheit ist es mühsam, sie zu besuchen."

Don Nino ist mit seiner Runde fertig und geht hinaus, auch ich gehe hinaus und zünde mir eine Zigarette an, ich schaue ihm nach, wie er rasch davongeht, den Stock schwingend. Alle, die vor dem Haus stehen, schauen ihm nach, stoßen leise Flüche aus.

Beim nächsten Trauerfall wird er wieder in den Sozialbauten auftauchen, er wird durch die Tür mit dem schwarzen Flor an der Tür treten, er wird den Verwandten des Toten einen Besuch abstatten und unerschrocken die Flüche der Lebenden auf sich nehmen, doch die scheinen ihm nicht zu schaden, sondern sein Leben zu verlängern.

Ich folge ihm. Ich denke aufs Neue, dass die *Maligredi* verschiedene Formen hat, dass sie unsere Leute veranlasst hat, in den Pellaio einzusteigen, dass sie sie ins Gefängnis gebracht hat, dass sie sie mit Kugeln zerfetzt und mit Krankheiten infiziert hat.

Ich sage mir, dass die *Maligredi* gemeinsame Sache mit den Signuri, den Priestern und dem Staat gemacht hat, allerdings hätte sie nie und nimmer die Festung des Aspromonte erobert, wenn ihr nicht ein Bandit die Tür geöffnet hätte. Ich gehe schneller, Don Nino hört mich hinter sich, bleibt stehen, dreht sich um.

Ein Schatten überholt mich, bleibt zwischen mir und dem Alten stehen, reißt ihm den Stock aus der Hand und schlägt ihm damit ins Gesicht. Don Nino fällt um und der Stock schlägt ihn nach wie vor.

Ich halte Papula erst auf, als Don Ninos Gesicht so aussieht wie das Roccos im Schoß seiner Mutter.

„Damals hätte ich es tun sollen", sagt er, und seine Augen sind wieder so wie damals, als ich ihn das erste Mal gesehen habe.

Hinter ihm bleibt ein blaues Auto stehen, „zuckerpapierfarben", hätte Rocco gesagt, am Steuer sitzt ein sommersprossiger Junge und ein anderer mit traurigem Gesicht sitzt daneben. Papula lächelt mich an, befreit sich aus der Umarmung, mit der ich ihn festgehalten habe, der Stock gleitet ihm aus den Händen, hinterlässt einen langen, hellroten Streifen auf seinem weißen Hemd. Er dreht sich um und steigt ins Auto. Die Reifen quietschen und hinterlassen schwarze Streifen auf dem Asphalt.

Ich denke, dass die *Maligredi* und die Revolution einander ähneln, sie laufen Gefahr, ewig zu werden, wie die Hoffnung, die hier trotz der jahrelangen Tragödie wie ein unablässiger Wind ist. Und es gibt Menschen, die sich jede Kampfpause vorwerfen, und Menschen, die bedauern, auch für andere gekämpft zu haben. Ich wünsche mir, dass das Ionische Meer und der Zephyr endlich nicht mehr das Leben betrügen und Frieden mit dem Libeccio schließen. Ich habe die letzten dreißig Jahre im dunklen Geheimnis der Schildkröten verbracht, ich hocke mich neben Zacco hin, der sein ganzes Blut vergossen hat.

INHALT

Die Drucklegung erfolgte mit freundlicher Unterstützung durch die
Abteilung für deutsche Kultur in der Südtiroler Landesregierung.

AUTONOME PROVINCIA
PROVINZ AUTONOMA
BOZEN DI BOLZANO
SÜDTIROL ALTO ADIGE

Deutsche Kultur

Gioacchino Criaco, geboren 1965 in Africo, Kalabrien. Studium der Rechtswissenschaften in Bologna, Anwalt in Mailand. Nach 20 Jahren Rückkehr nach Africo. Mit dem Roman *Schwarze Seelen* (Folio 2016) gelang ihm ein Bestseller, dessen Verfilmung durch Francesco Munzi mit vielen internationalen Preisen bedacht wurde.